DONGSUH MYSTERY BOOKS 61

공포의 보수

H.P. 러브크래프트/정광섭 옮김

동서문화사

옮긴이 정광섭(鄭光燮)
경북대학교 문리대 철학과 서양철학 전공. 「자유문학」 신인문학상 시부문 수상. 《청색시대 시인을 위하여》 지은책 시집 《빛의 우울과 고독》 옮긴책 애거서 크리스티 《검찰측 증인》 등이 있다.

DONGSUH MYSTERY BOOKS 61

공포의 보수

H.P. 러브크래프트 지음/정광섭 옮김
초판 발행/2003년 5월 1일
발행인 고정일/발행처 동서문화사
창업 1956. 12. 12. 등록 16-345(윤)
서울강남구신사동540-22 ☎546-0331~6 (FAX) 545-0331
www.epascal.co.kr

*

사업자등록번호 211-90-02201
ISBN 89-497-0146-4 04840
ISBN 89-497-0081-6 (세트)

공포의 보수
차례

이 책을 열은 당신에게

신들의 분노와 통곡이 울려오는 그로테스크 세계의 문이 열립니다. 들어 가십시오. 그리하여 괴기와 공포의 환영에 희열하는 당신을 만나십시오.

당신은 꿈속에서 머리가 있어야 할 자리에 물고기 대가리가 붙어 있는 사람을 만날 수도 있습니다. 이 남자는 당신과 이야기하다가 몸을 땅에 누이더니 점차 땅으로 변해갑니다. 이런 상황은 당신을 놀라게 하거나 두렵게 하지는 않을 것입니다. 그것은 한낱 꿈에 불과하니까요. 당신이 꿈에서 깨어 세부적인 면을 분석하기 시작할 때에야 비로소 꿈 속의 모든 것이, 만약 깨어 있는 시간에 보았다면 매우 이상하고 끔찍한 것이었다는 걸 알게 될 것입니다.

꿈은 환영입니다. 그러나 동시에 꿈에서는 피가 피가 아니고, 고통이 고통이 아니고, 죄는 죄가 아닙니다. 가슴에 품거나 손으로 잡을 수 없는 그림자에 지나지 않는 신기루일 뿐입니다.

러브크래프트(H.P. Lovecraft)의 작품을 읽는 독자들은 교수형을 소재로 한 아름다운 그림과 비너스가 목욕하고 있는 것을 그린 추악한 그림을 상상할 수 있게 됩니다.

러브크래프트는 자신만의 독특한 세계를 가지고 있습니다. 그가 그것을 그리게 되면 그 세계는 당신의 눈에는 악몽으로 보일 수도 있습니다. 열광적으로 춤을 추어야 하는 디스코텍이 어떤 사람들에게는 지옥처럼 느껴지고 어떤 사람들에게는 천국으로 들어가는 문처럼 느껴지는 거나 마찬가지입니다. 그의 그로테스크 소설의 언어들은 기괴한 세계를 표출해 내는 초현실주의 화가 벡신스키(Beksinski)의 전람회장에 들어선 섬뜩한 느낌을 줍니다.

하워드 필립스 러브크래프트는 고전적 전통을 숭배하여 그로테스크 소설의 미적 가치는 우리 육체의 허약함을 경고하는 것이라고 믿습니다. 우리가 아는 어떠한 즐거움도 결국은 썩어 없어집니다. 그러므로 그의 작품들은 삶을 위한 끝없는 투쟁과 썩어 문드러지는 부패의 과정을 동시에 환기시킵니다. 그의 이야기 속에는 피에 얼룩지고 녹이 슨, 비밀스런 시의 음률이 흐릅니다.

그의 작품은 사실보다는 비전과 환영의 기억에서 영감을 받은 것입니다. 러브크래프트는 어떤 사물을 표현함에 있어서, 실제 사물과 문화적인 이미지를 구별하지 않고 써 낼 줄 아는 놀라운 재능을 갖고 있습니다. 그러기에 유령을 연상케 하는 사람이 음울한 항구의 해변 벤치에서 앉아 쉬고 있는 그로테스크한 서술이 가능한 것입니다. 교과서적인 사실화에서 환상 속 해부학으로의 이행은 거의 알아차리기 힘들 정도의 악취를 풍기기도 합니다.

순수 예술은 아름다운 거짓말을 창조함으로써, 적어도 어느 정도는 생활 속의 고달픔과 공포를 경감시켜 주기도 합니다. 러브크래프트는 글로 그림을 그리고 있습니다.

마치 우리들 자신의 내면의 꿈을 사진찍는 것처럼, 러브크래프트의 아이디어는 아주 짧은 찰나에 떠오른 섬광과 같아서 그 아이디어가 현명하다거나 어리석다거나 부도덕하거나 건설적이라거나 파괴적이라고 생각할 이유가 없습니다.

그는 불가피하게 사라질 수밖에 없는 것들과 싸우는 유일한 방법은 창조라고 생각합니다. 그는 그의 사후에 영속적인 어떤 것을 남기기 위해 글을 씁니다. 물론 우리들 눈에 보이는 모든 것은 시간과 함께 사라져 갑니다.

이 책의 이야기들은, 모든 것이 가능한 동시에 결정적이지는 않은, 애매모호하고 불길한 분위기 속으로 실체부재의 의혹을 용해해버리고 있습니다. 그러므로 이 작품들에 대해 실체가 불투명하기 때문에 재미없다고 하는 건 근본적으로 세련되지 못한 발상입니다. 오히려 실체를 마지막까지 숨겨두면서 어디까지 그 괴이한 분위기를 전할 수 있는지, 그 가능성을 모색하는 것에 그의 야심이 있다고 보아야 할 것입니다. 러브크래프트에게는 이러한 야심을 밑받침해주는 개성적인 문체와 조직적인 이야기 전개가 갑자기 불어난 홍수처럼 물살이 소용돌이칩니다.

그의 맨 첫 이야기 《인스마우스의 그림자》는 음울하고 환상적이면서도 읽은 뒤에까지 이상하게 생생한 현실감을 줍니다. 그리하여 그 물고기 얼굴을 한 기괴한 생물의 그림자가 언제까지나 마음속에 새겨지는 걸작입니다.

하워드 필립스 러브크래프트(1890~1937)는 에드거 앨런 포 이후 미국 그로테스크 소설의 가장 위대한 대가로 알려져 있으며, 세계적으로도 그로테스크 소설 장르에서 가장 위대한 작가 중의 한 사람으로 꼽히고 있습니다. 그의 작품은 한때 프랑스 지식인 사회를 풍미했고, 영국의 비평가 콜린 윌슨의 연구 대상이 되었으며, 만화영화와 라디오 극본으로도 각색되어 전파를 타기도 했습니다.

러브크래프트는 미국 로드아일랜드 주 프로비던스에서 태어나 생애의 대부분을 이 지방에서 보냈습니다. 세인트오거스틴(플로리다 주 북동부 해안에 있는 휴양지로, 미국에서 가장 오래된 도시)과 뉴올리언스 그리고 캐나다의 퀘벡을 잠깐 방문한 적은 있었으나, 그 여행은 자료 조사를 위한 것이었을 뿐, 병마에 시달리는 러브크래프트는 주로 고향에 머물러 있어야 했습니다.

러브크래프트의 처음 문학 활동은 생계 유지를 위해 다른 작가들의 작품을 다듬어주는 것으로 시작합니다. 1922년이 되어서야 러브크래프트 자신의 작품이 팔리게 되었고, 그 이듬해에 〈위어드 테일스〉라는 잡지가 발간되면서 러브크래프트의 소설이 제법 정기적으로 발표되기 시작했습니다. 그러나 러브크래프트는 아직 자신의 창작에 충분한 자신감을 가지지 못했기 때문에 남의 작품을 손질하며 문장력을 기르는 힘든 일에 많은 시간을 빼앗겼습니다. 또한 많은 작가와 독자와의 서신을 주고받으며 자기 작품의 방향을 잡아나갔습니다. 은둔자 같이 조용한 생활을 하는 러브크래프트에게 편지는 하나의 보완책인 셈이기도 했던 것입니다.

얼마 뒤 러브크래프트의 그로테스크 소설은 당장 호의적인 반응을 얻으며 영국의 크리스틴 켐벨 톰슨이 편집한《밤이 아니다》시리즈에 실리게 되었습니다. 그 중 몇 편은 그 해의 에드워드 J. 오브라이언의 최우수 소설집에 별 2개와 별 3개로 랭크되었으며, O. 헨리 기념 선집에도 수록되었습니다. 더 실 해미트의《밤에 기다》와 T. 에블릿 할의《땅거미가 지면 주의하라》라는 선집에도 그의 소설이 실렸습니다. 그러나 그의 글들을 한 권의 책으로 엮어 내는 것은, 고딕 로망적이고 그로테스크한 작품의 성격 때문에 판매가 부진하리라는 이유로 출판사들이 기피하였습니다.

러브크래프트가 만들어낸 크투르프 신화는 전적으로 그 자신의 창작의 소산이지만, 그가 좋아했던 지난 세대 작가들의 영향을 받은 것도 사실입니다.

그는 웨일스의 작가 아더 멕켄에게서 환상적인 이야기에 역사 기록과 증거 사실을 곁들임으로써 사실성을 부여하는 기법을 차용, 이를 발전시켜 나아갔습니다.

또한 미국 소설가 로버트 체임버스의 기법에서도 도움을 받았습니다. 체임버스는 몇몇 괴기 단편에서 《노랑 옷을 입은 왕》이라는, 기이하고도 퇴폐적인 책이 주는 악마적인 영향을 중심 테마로 다루고 있습니다. 체임버스는 다른 작품 속에서도 이 책의 수수께끼 같은 구절을 때때로 인용하기 때문에, 독자들 가운데 잘 속는 사람들은 잠깐이나마 이 책이 실제로 존재한다고 믿게 됩니다.

러브크래프트는 이러한 기법을 받아들여 작품 속에서 《네크로노미콘》이라는 책의 존재를 설정하고, 이 책을 자주 인용하였으며, 책의 판본과 옮긴이와 출간 연도 등을 작품 속에 교묘히 끼워넣음으로써 독자로 하여금 실제로 그런 책이 있다고 믿게 하였습니다. 상상 속의 이 책이 너무나 사실같이 느껴진 나머지, 실제로 고서적상이 책의 복사본을 판다는 광고를 내는 일이 있었을 정도였습니다.

에드거 앨런 포, 브럼 스토커, 멕켄, 체임버스에게서 기법을 빌려오기는 했지만, 러브크래프트가 가장 크게 빚진 사람은 영국계 아일랜드인 판타지 문학가 던세니 경입니다. 그는 《페가나의 신들》이나 《신비의 책》과 같은 초기 작품집에서 판타지를 도입하였습니다. 던세니 경은 상상속 신들의 신전을 창조하였고, 산문시로 그 신들의 전설을 썼습니다. 또한 후기 작품 속에서는 '땅끝'에서 일어나는 환상적인 이야기의 배경으로 '페가나 신화'를 사용하였습니다. 즉 소설 자체의 고유한 지리를 창조했을 뿐만 아니라 소설 속 가상의 왕국에서 믿는 종교까지 창안해 냈던 것입니다. 이 기발한 아이디어는 그 이후로 많은 작가의 사랑을 받았습니다. 러브크래프트는 이 아이디어를 활용하여 크투르프 신화를 창조했습니다. 러브크래프트의 작품에서 던세니 경의 영향은, 그가 처음 이 특이한 작가의 작품을 만난 1919년 이후로 더욱 두드러지나, 이전 작품에서도 이런 자취를 더듬어 볼 수 있습니다.

러브크래프트의 생전에 출판된 책은《인스마우스의 그림자》한 권뿐입니다. 그의 작품이 그가 살아있을 때 더욱 많은 독자를 얻지 못한 것은, 초자연적인 작품이 팔릴 만한 고급한 그로테스크 소설의 시장이 없었기 때문입니다. 그의 작품은 오히려 세상을 떠난 뒤 각광을 받게 되었는데, 여기에는 그의 제자격인 편지친구 오거스트 달레스와 도날드 윈드리의 공이 컸습니다. 그들은 러브크래프트의 작품을 출판한다는 목적을 가지고 1939년 아캄하우스라는 출판사를 설립하였으며, 이후 러브크래프트 뿐만 아니라 판타지 호로 그로테스크 문학 출판에 선구적인 역할을 담당했습니다.

러브크래프트에게는 모순적인 요소가 있습니다. 그가 대단히 합리적이고 현실적인 사람이었음에도 그의 작품은 초자연적인 그로테스크 세계에 기반을 두고 있기 때문입니다. 그의 작품에는 현실 세계를 초월하는 악마적 지성과 사악한 마법과 악령들이 나타납니다. 이러한 비현실적인 존재들이 독자에게 매우 설득력 있게 다가올 수 있었던 것은 그가 철저한 무신론자이기 때문에 가능했는지도 모릅니다. 그 자신이 초자연적 세계에 영향받지 않았기 때문에 엄정한 객관성을 유지할 수 있었고, 끔찍한 마신의 전당을 실제로 존재하는 것처럼 실감나게 그려낼 수 있었던 것입니다.

당신이 느끼는 공포 그 감정 자체가 실체에 대한 것이 아니라 궁극적으로 상상력의 작용에서 나오는 것이므로 당신이 그 이미지를 그리는 능력이 풍부할수록 하워드 필립스 러브크래프트를 더욱 사랑할 수밖에 없으리라 생각합니다.

이제 떠나십시오. 러브크래프트 세계에로의 여행을, 그리하여 그로테스크 도시와 인간, 그로테스크 반인반수, 그로테스크 절해고도에서 아웃사이더가 된 당신의 숨겨진 놀라운 비밀을 만나는 충격적 희열을 맛보시게 될 것입니다.

인스마우스의 그림자

1

1927년이 저물 무렵에서 이듬해 초에 걸쳐 연방정부 관리들은 인스마우스라는 매사추세츠 주의 오래된 항구 도시에서 어떤 기괴한 비밀 조사를 실시했다. 세상 사람들이 이 사실을 처음 알게 된 것은 1928년 2월의 일로서 이때는 벌써 광범위한 지역에 연이은 단속의 손길이 미치면서 많은 사람들이 체포된 뒤였다. 그리고 아무도 살려고 하지 않을 벌레먹고 덜컹대던 허름한 집들이 다닥다닥 붙어 있던 비참한 해안 거리는, 정부의 주도면밀한 준비 아래 깨끗이 불태워지거나 다이너마이트로 폭파되었다. 태평스런 사람들은 이 사건을 갑작스런 밀조주 단속시에 일어나는 큰 충돌과 유사한 형태라고 태연하게 보아넘겼다.

그러나 좀더 빈틈없는 신문 기자들은, 체포된 사람 수가 놀랄 만큼 많은데다 당국이 이 일에 동원한 인원 또한 어마어마하며 죄수들을 비밀리에 처형시켰다는 사실마저 알고는 의심쩍은 눈빛을 번뜩였다.

재판이 벌어진 흔적도, 아니 고발조차 분명히 행해진 흔적이 없을 뿐더러 이후에도 국가의 정식 형무소에 이 사건으로 체포된 죄수들이 수감된 흔적도 전혀 찾아볼 수 없었다. 나환자수용소나 강제수용소로 보내진 죄수거나 지역마다 배치된 육해군 형무소에 수감된 죄수에 대해서 이런저런 애매한 말들은 있었지만 결국 분명한 것은 아무것도 없었다는 사실이었다. 아무튼 그 뒤로 인스마우스라는 마을에는 사람들이 거의 살지 않게 되었으며, 재건의 조짐조차 오늘날까지 그다지 기대할 수 없는 미약한 몸부림에 불과했다.

이 사건에 대해 여러 공공단체에서 제출한 진정이나 항의에는 비밀을 밝힌 긴 변명서가 보내졌고, 그 대표자들은 몇몇 수용소나 교도소에 안내되어 찬찬히 그 실정을 둘러보았다. 그 결과 이러한 각 단체도 믿기 어려울 만큼 소극적으로 되었고 완전히 얌전해졌다. 신문기자 쪽은 달래기 어려웠으나 결국에 가서는 대개 정부에 협력하는 모양이었다. 다만 어떤 신문——노골적인 방침 때문에 언제나 천시되고 있는 타블로이드판 신문——만은 깊은 잠수에 견디는 잠수함이 '악마의 암초' 건너편에 있는 깊은 해구(海溝)에 어뢰를 발사했다는 보도를 실었다. 이 기사는 선원들이 잘 드나드는 곳에서 우연히 취재한 것인데, 실은 어느 정도 떠돌아다니던 이야기였다. 그렇지만 그 나직한 검은 암초는 인스마우스 항구에서 1마일 반 이상이나 떨어져 있었고 그 어뢰와 이 사건과 무슨 관계가 있다고는 도저히 생각할 수 없었다.

이곳 주민이나 가까운 도시의 사람들은 예전부터 걸핏하면 떠도는 소문을 놓고 왈가왈부하길 좋아했는데 어쩐 일인지 타곳 사람에게는 입도 벙긋하지 않는 것이었다. 삭을 대로 삭고 반쯤 버려지다시피한 인스마우스를 이들이 입에 올리게 된 지는 어느덧 100년 가까이 되지만 수년 전 끼리끼리 쑥덕대며 은근히 내비치던 그 사건 만큼 야만

스럽고 저주받을 일은 그 뒤 한 번도 일어나지 않았다. 여러 가지로 많은 사건이 일어났기 때문에 자연히 이들은 입이 무거워졌으므로 일부러 시키지 않는 한 필요 없는 이야기는 하지 않게 되었다. 그렇지 않다하더라도 이들은 사실 진상을 거의 몰랐다. 그도 그럴 것이 황폐하여 사람이 살 수 없는 넓은 습지가 내륙으로 뻗어 있었기 때문에 가까운 마을 사람들조차도 인스마우스에 들르기가 그리 쉽지만은 않았다.

그러나 나는 사건에 관한 함구령 따위는 깨끗이 떨쳐 버리고 남김없이 솔직히 이야기하고 싶다. 그 사건의 결말은 실로 철저했다. 그토록 가공할 마무리가 행해졌으니 인스마우스에서 알아낸 사실을 슬쩍 들어올린다한들 기껏해야 언짢은 표정이나 보는 정도지 새삼스레 세상 사람들을 놀라게 할 일 따위는 없을 것이다. 뿐만 아니라 이미 발견된 사실도 아마 여러 가지 해석을 할 수 있으리라고 생각된다. 무엇보다 지금까지 내가 주워들은 온갖 소문이 사건의 전모와 비교할 때 도대체 몇 분의 일에 해당할지조차 모를 뿐더러 다른 이유에서도 더 이상 이것저것 파고들며 깊이 관계하고 싶지 않기 때문이다. 내가 이런 말을 하는 것도 이 사건에 관한한 관리를 제외하고는 그 어느 누구보다도 가장 깊이 관계해 왔고, 어쩌면 앞으로 나를 과감한 행동으로 내몰 것 같은 여러 가지 심각한 인상을 받았기 때문이다.

1927년 7월 16일 이른 아침, 인스마우스 거리에서 정신 없이 도망친 사람은 나였고, 깜짝 놀란 내가 정부에 대하여 꼭 조사를 실시해서 분명한 조치를 취해 주기 바란다고 요청했기 때문에 이 이야기의 전모가 처음으로 밝혀지는 계기가 되었던 것이다. 이 사건이 아직 기억에 생생하고 또 확실히 밝혀지지 않았을 때는 나도 기꺼이 침묵을 지키고 있었지만 그것도 어느새 옛날 일이 되었다. 이제는 세상 사람들의 흥미도 호기심도 사라져버린 이 마당에 파멸과 죽음의 그림자,

이상하리만큼 신을 두려워하지 않던 분위기가 넘쳐흐르던 검은 베일에 뒤덮인 항구마을에서 보낸 소름끼치는 몇 시간의 경험을 부디 여러분에게는 슬쩍 귀띔해 두고 싶다는 묘한 충동을 느끼고 있다. 단지 말문만 열고 나면 나의 능력들에 자신감을 되찾을 수 있을 것 같고, 그 전염성 있는 악몽의 환상에 사로잡힌 것이 내가 처음이 아니라는 사실도 확인될 것이며 게다가 내앞에 가로놓인 끔찍한 단계에 대해서도 분명히 내 뜻을 밝힐 수 있는 처지가 될 수 있을 것이다.

처음이고 게다가 그것이 결국 최후의 기회가 되었지만――아무튼 처음 인스마우스 거리를 보기 전날까지는 그런 거리에 대해서는 들은 적이 없었다. 그때 나는 성인이 된 기념으로 경치를 구경하거나 명소나 유적 등을 찾아보거나 동식물의 분포 상태를 조사하면서 뉴잉글랜드 지방을 여행하고 있었는데, 전부터 생각했던 옛 뉴버리포트에서 어머니의 고향인 아캄에 곧장 가 보려고 계획했다. 차를 갖고 있지 않았기 때문에 언제나 가장 싸구려 여정을 찾아서 기차·전차·버스로 여행하고 있었다.

뉴버리포트에서 알아보니 아캄에 가려면 기차밖에 없다는 거였다. 내가 인스마우스라는 이름을 처음 들은 것은 이 역 개찰구에서 운임이 너무 비싸다고 항의하고 있을 때였다. 다부진 체격에 야무진 얼굴을 한 그 개찰원은 내 말씨가 시골뜨기는 아닌데다 끊임없이 값싼 여정에 매달리고 있는 것에 동정심을 느꼈는지 지금까지 아무에게도 가르쳐 주지 않았던 경로가 있음을 넌지시 일러 주었다.

"보세요. 저기 있는 낡은 버스를 타고 갈 수 있어요"라고 주저하면서 그는 말했다. "사실 이 근처 사람들은 저걸 이용하려는 사람이 별로 없지만 저 버스는 인스마우스를 통과한답니다. 인스마우스라는 이름은 들은 적이 있으시겠죠? 근처 사람들이 싫어하는 것도 그 탓이죠. 운전하는 사람은 인스마우스의 조 서전트라는 사나이입니다. 아마 이 거리에서나 아캄에서도 별로 손님이 타지 않는데 그래도 잘 달리고 있다고 모두 불가사의하게 생각하죠. 차비는 틀림없이 쌀 겁니다. 승객은 겨우 두세 사람이고 타는 손님도 인스마우스 사람뿐이죠. 하먼드 약국 앞의——저 네거리 있는 데서, 아마 최근에 차 시간표가 바뀌지 않았다면 정각 오전 10시와 오후 7시에 두 차례 발차할 겁니다. 나는 타 본 적이 없으나 겉보기에는 정말 심하게 낡았더군요."

불길한 그림자가 덮인 인스마우스의 이름을 들은 것은 이때가 처음이었다. 보통 지도에도 실려 있지 않으며 또한 최근의 안내서에도 기재되어 있지 않은 도시가 있다는 말만 들어도 이미 충분히 흥미를 갖게 될 것인데, 이 개찰원이 은근히 묘한 말까지 하는 걸 듣게 되자 나는 끓어오르는 호기심을 도저히 참을 수 없었다. 근처 사람들이 그토록 꺼리고 싫어하는 마을이라면 어딘가 여행자의 관심을 살 만한 꽤 별난 데가 있을 게 틀림없다고 생각했다. 만일 인스마우스가 아캄보다 앞에 있다면 거기서 내리려고 생각하고 개찰원에게 뭔가 인스마우스에 대해 조금 이야기해 주지 않겠느냐고 부탁해 보았다. 그러자 그는 조심스럽게 생각하는 듯한 표정으로, 다소 우쭐해 하면서 이렇게 말을 시작했다.

"아아, 인스마우스 말이지요? 알겠습니다. 그건 마뉴제트 강 어귀에 있는 유별난 도시죠. 예전에는 시라고 부를 정도로 컸어요. 1812년 전쟁 전에는 대단한 항구였지요. 요 100년 동안에 완전히 황폐해져서 지금은 철도도 없어졌지요. 보스턴-매사추세츠 철도가 그곳을 통과하지 않게 되었는데다가 롤리로부터의 지선도 몇 해 전에 폐지되었거든요.

입주해 있는 집보다 빈집이 오히려 많은 형편입니다요. 물고기나 새우를 잡는 것 이외에는 이렇다 할만한 일거리도 없는 형편입니다. 어부들은 대부분 이곳이나 아캄, 입스위치로 돈벌이하러 나가죠. 예전에는 공장도 몇 개 있었지만 지금은 시간을 정해 놓고 조업하는 빈약한 금 제련소가 단 하나 있을 뿐입니다.

그러나 그 제련소도 예전에는 퍽 컸고, 마슈라는 주인 노인은 대단한 부자임에 틀림없었지요. 이 노인은 별난 사람으로 집에만 틀어박혀 있었어요. 아무튼 만년에는 뭔가 피부병이 도져서 불구자가 되었다는데, 사람들 앞에 나타나지 않는 것도 그 때문이라는 거였어요.

그 노인은 제련소를 시작한 오베드 마슈 선장의 손자뻘이 됩니다만 어머니는 어딘가의 외국인이었던 모양입니다. 소문에는 남태평양 주민이라는 얘기도 있습니다. 그러니까 그 마슈가 50년 전에 입스위치의 여자와 결혼했을 때는 그야말로 큰 법석을 피웠어요. 인스마우스의 일이라면 세상 사람들은 언제나 그렇게 법석을 피웠죠.

이 도시나 그 주변 사람들은 자기들이 인스마우스 출신인 경우엔 반드시 숨기려고 합니다. 하지만 마슈의 아이들이나 손자들은 내가 보기에는 다른 패거리들과 별로 다른 점이 없어 보였어요. 게다가 그 아이들은 내가 하는 말을 잘 들어요. 그러고 보니 요즘은 큰 아이들이 전혀 모습을 보이지 않는군요. 노인도 밖으로 나온 적이 없고요.

왜 모두들 인스마우스를 그렇게 싫어하는지 모르겠어요. 들어 보세요, 이 근처 사람들이 하는 말을 너무 지나치게 평가해서는 안 됩니다. 그들은 좀처럼 실행에 옮기지 않지만 일단 실행하게 된다면 결코 그만두지 않는 성미입니다.

그들이 이러쿵저러쿵 인스마우스의 소문을 떠들어댄 지도, 아니 귀엣말로 속삭여온 지도 어느덧 100년이 흘렀군요. 목소리를 낮추어 이야기하는 것도 생각해 보면 무엇보다 그들이 인스마우스를 무서워하고 있다는 말이 되겠지요.

인스마우스를 둘러싼 이야기 중에는 듣고 있다가 저절로 웃음을 터뜨리게 하는 것도 있어요. 예를 들면 마슈 노선장이 악마와 거래를 해서 지옥에서 작은 마귀들을 데리고 와 인스마우스 거리에 살게 했다는 이야기나, 1845년 무렵 선창과 가까운 어떤 곳에서 마귀 숭배와 인신 공양 의식이 행해지는 것을 우연히 목격한 사람들이 있다는 이야기가 그것입니다. 하지만 나는 원래 버몬트의 팬턴 출신이므로 아무래도 그런 이야기를 수긍할 수가 없어요.

그러나 노인 중에서 항구 난바다 쪽에 있는 암초――'악마의 암초'라고 하는데, 그 이야기를 하는 사람이 있으면 꼭 들어둘 필요가 있다고 생각합니다. 그 암초는 언제나 대체로 수면에서 위로 많이 나와 있으며 바다 속에 잠겨 있는 부분도 아주 많지는 않지만 그래도 역시 섬이라고 부를 수는 없어요. 이야기란 다른 것이 아닙니다. 그 암초에는 때때로 많은 마귀들이 나타나, 그 근방을 기어다니거나 꼭대기 가까운 곳이 있는 동굴 같은 구멍으로 들락거린다는 겁니다. 이 암초는 울퉁불퉁한 혹투성이의 바위 덩어리로 둘레가 1마일은 충분히 될 겁니다. 예전에 선원들이 항해를 끝내고 항구로 돌아올 때는 이 암초를 피하기 위해 멀리 우회했다고 하더군요.

말하자면 그런 선원은 인스마우스 출신이 아니었죠. 마슈 선장이 파도의 형편을 보아서 때때로 밤에 이 암초에 상륙한다고 해서 그들이 선장에게 반감을 품고 있었다는 이야기도 있어요. 그 선장이었으니까 적어도 그 정도의 일은 했을 겁니다. 왜냐하면 내 생각에는 그 암층이 퍽 흥미롭게 생겨서 마슈 선장은 해적이 숨겨둔 약탈품이라도 찾아다녔을 것이고 또 아마 발견했는지도 모릅니다. 그 정도의 이야기라면 실제로 어쩌면 있을 수 있는 일인지 모르겠으나 그 암초에서 마귀들과 거래를 했다는 것은 도대체 말이 되지 않습니다. 솔직히 말해서 이야기를 종합해 볼 때 그 암초를 이러쿵저러쿵 나쁘게 떠벌린 사람은 다름 아닌 선장 자신이 아닌가 나는 보고 있어요.

방금 한 이야기는 1846년 전염병이 크게 유행하기 전의 일이며 그 전염병으로 주민이 반 이상이나 목숨을 잃었습니다. 대체 그 전염병이 무슨 병인지 확실한 것은 알 수 없었습니다만 아마도 귀국한 배가 중국 어딘가에서 갖고 들어온 외국의 병이었을 겁니다. 아주 고약한 병이었죠! 온 도시가 큰 소동에 휩싸였고, 다른 곳에서는 도저히 있을 수 없을 정도로 지독한 만행이 계속되면서 마침내 그 거리는 보기에도 무참한 모습으로 변해 버렸지요. 그 뒤 두 번 다시 옛날 모습으로 돌아가지 않았어요. 지금 살고 있는 사람은 겨우 3, 4백 명쯤 될 것입니다.

그런데 그 사람들의 감정 밑바닥에 흐르고 있는 것이란 별것도 아닌 인종적인 편견입니다. 그렇다고 해서 내가 그런 편견을 가져서는 안 된다는 건 아닙니다. 나 또한 인스마우스 사람은 싫으며 그 거리에는 전혀 가고 싶은 생각이 없어요.

당신은 말씨로 보아 아무래도 서부 사람인 듯합니다만, 이 뉴잉글랜드 지방의 배가 옛날에는 아프리카나 아시아, 남태평양, 그 밖의 여러 지역의 이국적인 항구와 크게 왕래를 했다는 것, 또 선원들이 여러 가지로 색깔이 다른 곳곳의 사람들을 데리고 왔다는 것은 잘 알고 있으리라 생각합니다. 세일럼(매사추세츠 주 북동부에 있는 항구 도시)의 사나이가 중국인을 아내로 맞아 데리고 온 이야기를 들은 적이 있을 겁니다. 그리고 어딘가 코드곶(매사추세츠 주에 있는 대서양으로 뻗은 곶) 가까이에는 지금도 피지 제도(태평양 남부의 영국 식민지)의 주민이 많이 있다지 않습니까.

뭐랄까요, 인스마우스 사람들 배후에는 뭔가 그런 일이 있었음에 틀림없습니다. 그곳은 습지와 작은 만이 많이 있어서 다른 도시와는 완전히 연락이 차단된 듯한 데 상세한 것은 잘 모릅니다.

하지만 마슈 노선장이 자기에게 맡겨진 배 세 척을 부려서 2, 30명씩 이상한 주민들을 데리고 돌아온 것만은 거의 틀림없어요. 현재 인스마우스에 살고 있는 사람들에게는 확실히 이상한 특징이 있어요. 그것을 어떻게 설명해야 좋을지 나로서는 알 수 없습니다만 뭔가 이렇게 등골이 오싹해지는 것이 있어요. 서전트의 버스를 타게 되면 그 사나이에게도 그런 점이 있으니까 아, 이거구나 하고 곧 알게 됩니다. 그들 중에는 이상하게 머리 모양이 좁고 코가 납작하고 게다가 눈은 불룩 튀어나와 벌려진 채 사람을 찬찬히 바라보고 있는 것 같은 모습을 한 사람들이 있는데 그들의 피부는 말도 아니랍니다. 상어의 껍질처럼 꺼칠꺼칠하고 뭐가 잔뜩 나 있고 목 양쪽은 주름투성이에 잘룩하죠. 게다가 젊어서부터 대머리가 된답니다. 나이 든 사람은 그야 눈으로 볼 수 없을 정도죠. 정말 그 사람들을 이 눈으로 보았을 때 꿈이라고 생각했습니다. 자기 모습을 거울에 비춰보면 틀림없이 모두 죽어 버릴 겁니다. 동물조차도 그들을 싫어한답니다——아직 자동차가 없었던 옛날에는 말(馬)들 때문에 시끄러운 일이 많이 일어났었죠.

이곳이나 아캄이나 입스위치에서도 그들을 상대하는 사람은 아무도 없어요. 그들이 이 도시에 오거나 누군가 타곳 사람이 그들의 어장에서 물고기를 잡으러 갈 때면 어쩐지 찬 기운이 돕니다. 하지만 다른 곳에는 전혀 입질이 없어도 인스마우스에는 늘 물고기가 떼를 지어 있었으니 이상한 노릇이죠. 이왕 말 나온김에 당신도 한번 그곳에서 낚시를 해 보십시오. 그러면 그들이 어떻게 대하는지 금방 알 수 있어요.

그들은 예전에는 철도로 이곳까지 왔어요. 그 지선이 폐지된 뒤부터 롤리까지 걸어가 거기서 기차를 탔는데, 지금은 저 버스를 이용하고 있어요. 네, 물론 인스마우스에도 호텔 하나쯤은 있어요. 길먼 하우스라고 하지요. 하지만 잘 알려진 싸구려 호텔이라 권하고 싶진 않습니다. 오늘 밤은 이 도시에서 주무시고 내일 아침 10시 버스를 타고 가는 편이 좋을 겁니다. 그렇게 하면 그쪽에서 저녁 8시에 아캄행 버스를 탈 수 있어요.

2, 3년 전에 그 길먼 하우스에 숙박한 일이 있는 한 공장 감독이 있었는데, 그 호텔에 관한 꺼림칙한 이야기를 해 주었습니다. 이상한 사람들이 있는 것 같다고 했어요. 그의 말로는 다른 방에서 말소리가 들려왔다는 겁니다.

그런데 다른 방은 대부분 빈 방이었죠. 그러니까 무서워진 겁니다. 아마 외국어로 이야기한 모양인데, 가장 무서웠던 것은 때때로 들려오는 어떤 독특한 목소리였답니다. 그 목소리는 이 세상의 것으로는 생각할 수 없는——그래요, 마치 꺼져 드는 듯한 소리랄까——그런 소리였기 때문에 옷을 벗고 자려는 생각은 도무지 할 수 없었답니다.

얼마 동안 기다리고 있으려니까 아침해가 떠서 밝아졌는데 그 말소리는 밤새도록 계속되었다는 겁니다. 그 사나이의 이름은 케이시라고 하는데 인스마우스 사람들은 자기를 찬찬히 바라보며 뭔가 경계하는 듯했다는 겁니다. 그는 마슈 제련소를 이상한 곳에서 발견했다는 겁니다. 그 장소는 마뉴제트 강의 낮은 쪽 폭포 위에 있는 낡은 공장 안에 있었다고 했습니다.

그가 한 말은 전부터 내가 들었던 이야기와 꼭 일치했어요. 그 고장에 관해서는 제대로된 자료도 없고 일에 대해서도 무엇 하나 기록이 없어요. 마슈 집안의 사람이 제련하는 금 원료를 대체 어디서 구입하는지 그것은 훨씬 전부터 수수께끼였어요. 정상적 루트에서 사들인 행적이 없는데도 그들은 몇 해 전에 많은 금괴를 배로 실어냈어요.

선원이나 제련소 사람들이 때때로 진귀한 외국 보석을 몰래 팔았다든가, 또는 그런 보석류를 마슈 집안의 여자들이 몸에 장식한 것을 한두 번 본 적이 있다는 소문도 있었어요. 아마 오베드 노선장이 어딘가 이교도의 항구에서 산 거라고 모두들 믿고 있었어요. 특히 그가 그 무렵 원주민과의 교역용으로 많이들 사용하는 유리구슬이나 장신구를 대량으로 주문하게 된 뒤부터 그렇게 생각하게 되었죠. 물론 그때나 지금이나 노선장이 '마귀의 암초'에서 예전에 해적이 숨겨 둔 보물을 발견했다고 생각하는 사람도 있어요. 그런데 여기에 조금 이상한 문제가 있어요. 이 노선장은 벌써 60년쯤 전에 죽었고 남북전쟁 후 그 항구에는 타고 다닐 만한 배는 한 척도 없었을 겁니다. 그런데 마슈 집안 사람들은 아까 말한 교역용으로 쓰는 유치한 물품을 적은 양이나마 여전히 사들이고 있었어요. 대부분 유리나 고무제품의 싸구려 물품이라고 하는데 인스마우스 사람들 자신들도 그런 것을 보길 좋아했나 봅니다. 그들이 남양의 식인종이나 아열대의 야만인과 거의 다를 바 없는 추한 인종이 아니라고도 장담 못하겠지요.

1846년의 그 유행병으로 인스마우스의 좋은 혈통은 단절되어 버린 게 분명합니다. 아무튼 그 거리의 명문이나 다른 부자들은 사정이 형편없지요. 아까 말했듯이 그 거리 전체에 살고 있는 사람은 아마 4백 명을 넘지 않을 것으로 생각됩니다. 하지만 그들 말로는 어디든 사람이 산다고 하더군요. 아아, 무법자에 교활하고 사람 눈을 피해야 할 비밀이 많은, 이른바 남부의 백인 쓰레기(남부 여러 주의 무지하고 가난한 백인계급) 같은 인간들이 많은 것이겠지요. 생선과 새우를 많이 잡아 트럭에 싣고 다른 도시로 팔러 가는데, 불가사의한 일을 다른 곳에서는 한 마리도 잡지 못해도 그곳만은 물고기가 우글우글하다는 거에요.

그들에 관한 정보를 늘 얻는다는 건 누구도 할 수 없는 일입니다. 공립학교 직원이나 인구조사 직원들은 정말 대단한 수고를 하고 있어요. 인스마우스에서 그 고장 사람도 아닌데 필요 없이 탐색하려는 사람이 있다면 틀림없이 쌀쌀한 대접을 받게 되어 있어요. 은밀히 들은 이야기로는 그 거리에서 행방불명이 된 상인이나 관리의 수는 한두 명이 아닌 모양이고 정신이 이상해졌기 때문에 지금 덴버스에 가서 요양하고 있는 남자도 있답니다. 그 고장 사람들이 그 남자에게 뭔가 몹시 무서운 짓을 한 것이 틀림없어요.

나 같으면 밤에 출발하려고 생각하지 않겠어요. 그 이유는 방금 여러 가지로 말해드렸어요. 나는 그 거리에는 한 번도 간 적이 없고 가 보려고도 생각하지 않습니다. 그래도 낮 여행이라면 위험은 없을 겁니다. 이 근처 사람들은 낮이라도 그곳에 가는 건 그만 두는 편이 좋을 거라고 충고할 테지만 나는 괜찮을 거라고 생각합니다. 당신이 단순히 경치를 구경하거나 옛 자료라도 찾으러 간다면 아주 좋은 곳이죠."

개찰원에게서 이런 이야기를 들었기 때문에 나는 그날 저녁 뉴버리포트의 공립도서관에서 몇 시간을 보내며 인스마우스에 관한 자료를 조사해 보았다. 그리고는 상점·식당·차고·소방서 등이 있는 곳을 돌아다니면서 이 고장 사람들에게 물어보았지만 결국은 그 개찰원이 한 말 그대로였다.

아무리 시간을 소비해도 선천적으로 입이 굳은 그들에게 더 이상 입을 벌리게 할 수는 없다는 걸 나는 깨달았다. 그들에게는 인스마우스에 지나치게 흥미를 갖고 있는 사람은 조금 이상하다는 듯이 뭔가 막연히 의심하는 표정으로 보았다.

나는 YMCA에 숙박했는데 이곳 사무원은 그런 음산하고 황폐한 곳에 가는 일은 그만두라고 연신 만류했고 도서관 사람들도 똑같은 태도를 보였다. 분명히 교양 있는 사람의 눈으로 보면 인스마우스라는 거리는 타락한 거리의 극단적인 견본으로밖에 보이지 않는 모양이었다.

도서관 책꽂이에 있었던 에식스 군(郡)의 역사에 관한 책에는 인스마우스에 대해 거의 적혀 있지 않았고 다만 이 도시는 1643년에 건설되어 독립전쟁 이전에는 조선업으로 이름이 알려졌고, 19세기 초반에는 항구로 크게 번영했으며, 그 뒤 마뉴제트 강을 동력으로 이용하는 경공업의 중심지가 되었다는 것밖에 적혀 있지 않았다.

1846년의 전염병이나 폭동은 이 마을의 이름을 더럽히는 일이라는 듯이 그것에 관한 기사는 극히 간단히 처리되어 있었다.

그 뒤의 기록은 의미상으로 틀림은 없다고 하나 이 마을의 쇠퇴에 관해 설명한 말은 거의 없었다. 남북전쟁 뒤에는 모든 공업의 중심 세력이 마슈의 제련소에 통합되었고, 지금(地金)을 시장에 내보내는 일만이 어업 지역에서 변함 없는 오직 하나의 주요한 공업으로 남게 되었다. 대규모 회사들이 서로 경쟁하면서 일용품의 가격이 떨어지고 어업도 점차 활기를 잃었지만 인스마우스 항 부근에서 물고기가 사라지는 일은 결코 없었다.

외국인은 절대 인스마우스에 살려고 하지 않았고 한때 폴란드와 포르투칼인들이 대대적으로 정착하려고 시도한 적이 있었으나 더없이 따끔한 맛을 보고 쫓겨난 적이 있으며 이 사건에 대해서는 줄곧 숨기고 있었지만 분명히 그들을 추방되었다는 확고한 증거가 있다.

인스마우스와 관계가 있는 기록 중에서 가장 흥미 있는 것은 확실하진 않으나 그 묘한 보석류와 뭔가 관계가 있는 것 같다고 기록된 몇 마디였다. 이 말이 그 지방 인심에 꽤 강한 인상을 주었다는 것은 자명한 일이다. 왜냐하면 아캄에 있는 미스캐토닉 대학 박물관과 뉴버리포트 역사협회 전시실에 각각 보관되어 있는 표본이야말로 바로 스스로 화제의 물건이라고 말하고 있었기 때문이다.

이런 종류의 단편적인 설명문은 실로 빈약하고 평범했지만 덕분에 나는 옛날부터 수수께끼의 밑바닥을 흐르고 있는 본체에 대하여 어떤 영감을 얻을 수 있었다.

그 보석품들 속에는 상당히 기묘하고 호기심을 자극하는 것이 있었다. 도저히 참을 수 없어 나는 어느 정도 늦은 시간이었음에도 불구하고 그 지방 역사와 관계있는 그 표본——틀림없이 관(冠)처럼 보이는 크고 묘한 균형미를 보이는 물품——을 꼭 보려고 결심했다.

이 도서관 사서는 역사협회를 관리하고 있는 근처에 살고 있는 노부인 안나 틸턴에게 소개장을 써 주었다. 꽤 나이 먹은 이 온화한 부인은 대충 간단히 나에게 설명한 뒤 이미 문을 닫은 협회 진열실로 안내해 주었다. 고려할 여지가 없을 만큼 시간이 늦지는 않았기 때문이다. 그 컬렉션이야말로 과연 멋진 것이었는데 그즈음 내 기분으로는 구석진 진열장에서 전기 불빛을 받고 반짝이고 있는 그 이상한 물품 외에는 아무것도 눈에 들어오지 않았다.

자줏빛 비로드 쿠션 위에 놓여 있는 이국풍의 그 화려한 환상미와 오묘함, 도저히 이 세상 물건으로는 여겨지지 않는 멋진 전시품을 보고 말 그대로 감탄의 신음소리를 내는데는 남보다 배로 민감한 감수성 따위는 필요 없었다. 지금도 그때 내 눈으로 본 것을 설명하기는 어렵다. 그 설명서에 써 있는 대로 그것이 일종의 관이었던 것은 틀림없다.

그 모양은 거의 기형에 가까운 타원형 머리에 맞춘 것처럼 원둘레는 몹시 큰데다가 앞쪽이 훨씬 높고 묘하게 구불구불했다. 대체로 금이 주재료인 듯했는데 금보다는 더 밝고 신비로운 광택을 보고 나는 뭔가 금처럼 아름답고 정체를 알 수 없는 어떤 금속과의 합금이 아닐까 생각했다.

보존 상태는 거의 완벽했으므로 그 아름다운 장식들은 몇 시간을 들여다보아도 지루한 줄 몰랐다. 관을 장식하고 있는 간단한 기하학 무늬나 바다를 표현한 너무도 담백한 문양들이 놀랍도록 정교한 기술과 미적 감각을 발휘하여 그 표면에 돋을새김이 되어 있었다.

보면 볼수록 더더욱 그 관의 아름다움에 매료되었는데, 그 매력에는 조금 설명하기 어려운 이상한 불안의 요소가 있었다. 처음에 나는 그것이 기묘한 다른 세계에서 만들어진 예술품인 만큼 불안한 기분이 드는 거라고 판단했다. 지금까지 보아 온 다른 예술품은 모두 내력이 알려진 민족이나 국민이 만든 것이든가, 또는 모든 유명한 유파에 대해 다소 반항하는 현대적 도전의 뜻을 품었든가, 그 둘 중 하나였다. 하지만 이것은 무한한 성숙과 완성을 이룩한 어떤 안정된 기교에 의해 만들어진 것이 분명한데다 동양풍이나 서양풍과는 아주 동떨어지고 고대풍도 현대풍도 아닌 그 기교 또한 유례를 보거나 들은 적도 없는 아주 불가사의한 것이었다. 이 관에는 마치 다른 행성에서 만들어진 작품 같은 경향이 깃들어 있었다.

그러나 이윽고 나는, 회화적인 기묘한 관의 디자인이 도안을 연상시킨다는 점에서 나를 불안하게 만들었다는 것을 깨달았다. 그 무늬는 어느 것을 보아도 시간과 공간에 관해서는 여러 가지 비밀과 상상할 수 없는 저 먼 심연이 있음을 자연스레 이야기하고 있었다. 또한 그 돋을새김이 어디까지나 단조롭고 단순히 물결 무늬를 표현하고 있어 불길한 느낌이 들었다.

돋을새김 중에는 나도 모르게 얼굴을 피하고 싶으리만큼 그로테스크한 악의에 찬 저주스러운 전설상의 괴물——예를 들면 반은 물고기에 반은 양서류를 연상케 하는——모습도 볼 수 있었는데, 이 두

가지 것을 연상하는 기분과 언제나 머리에 떠오르는 불유쾌한 잠재적 기억을 떼어 놓을 수는 없었다. 이들 괴물의 모습은 그 기억력이 아주 원시적이고 또한 무서울 정도로 선조 전래의 것인 뇌세포의 심층 조직에서 그만큼 어떤 생생한 이미지를 불러일으키는 것처럼 생각되었다.

반은 물고기 반은 개구리라는 신을 모독하는 것 같은 이런 모습이야말로 인간이 아직 모르는 비인간적 악의 진수에 충만된 모습이라고 나는 때때로 상상했었다.

형상이 이상한 점과 비교하면 틸턴 부인이 내게 말해 준 관이 입수된 경위는 너무 평범하고 하잘것없는 것이었다. 그 관은 1873년 인스마우스에 살고 있었던 어떤 주정뱅이가 스테이트 거리의 전당포에 터무니없이 싼값으로 저당잡힌 것이었다. 그 사나이는 얼마 뒤에 싸움으로 죽어 버렸다. 그래서 역사협회가 직접 전당포에서 인수하게 되었는데 진열할 만한 값어치가 있어서 곧 장식장에 진열하게 되었던 것이다. 이 관의 분류 표시에는 동부 인도인가 인도네시아 산이라고 씌어 있으나 어디까지나 추측에 지나지 않는다고 양해를 구하고 있었다.

틸턴 부인도 이 관이 뉴잉글랜드에서 만들어진 것인데 여기 이대로 남게 된 사실에 관해 생각할 수 있는 한의 가설을 여러 가지로 비교 검토해 본 결과, 아무래도 오베드 마슈 노선장이 발견한, 외국에서 건너온 해적의 숨겨진 보물의 일부라고 믿게 된 모양이다.

그 뒤 마슈 집안 사람들은 이 관이 협회에 보관되어 있다는걸 알게 되자 곧 비싼 값으로 매입하겠다고 집요하게 신청했다는 사실로 보아서도 틸턴 부인의 견해는 더욱 강해졌으며, 역사협회 측에서는 여전히 팔지 않겠다는 결심을 바꾸지 않았다.

그러나 마슈 집안은 오늘에 이르기까지 여전히 그 신청을 종종 되풀이하고 있다는 것이다.

틸턴 부인은 나를 진열실 밖으로 데리고 나가면서, 이 지방의 지식인 사이에서는 마슈 집안의 주된 재산은 해적의 보물이라는 설이 일반적으로 널리 믿어지고 있다고 이야기해 주었다. 어두운 그림자가 덮인 인스마우스 거리에 대한 틸턴 여사 자신의 태도도——그녀는 아직 인스마우스에 한 번도 가 본 적이 없다고 했는데——문화 정도가 아주 낮은 사회에 대한 혐오감을 나타내고 있었다. 틸턴 부인의 말에 따르면 인스마우스에서는 마귀를 숭배하고 있다는 풍설이 있으며, 어떤 특수한 비밀 종파가 그 숭배를 어느 정도까지 정통적인 것으로 받아들이고 있고, 세력을 떨치어 정통파 교회를 남김없이 손안에 장악해 버렸다는 것이다.

틸턴 여사의 이야기로는 이 비밀 종파는 '다곤(성서에 나오는 필리스틴인이 믿는 반인반어상의 신) 비밀 교단'이라 불리며 백 년 전에 인스마우스의 어업이 쇠퇴하려 했을 때 동양에서 들어온 저급한 반우상 숭배의 종파임에 틀림없다는 것이었다. 또 그때부터 갑자기 인스마우스에서는 물고기가 많이 잡히게 되었기 때문에 단순한 사람들 사이에서 이런 종교가 뿌리깊게 보급된 것도 무리는 아니라는 것이었다. 이윽고 이 비밀 교단은 인스마우스 전체에 더할 바 없는 영향을 갖게 되었고, 전면적으로 프리메이슨(1717년 런던에서 성립된 초인종적·초계급적 인도주의 단체)에 대신하여 뉴 처치 그린의 옛 프리메이슨 회관 안에 있는 본부를 차지해 버렸다고 했다.

신앙심 깊은 틸턴 여사에겐 이런 일들 모두가 옛날부터 부패와 황폐함으로 가득한 그 인스마우스 거리를 싫어하는 당연한 이유가 되었다. 그러나 나로서는 그런 이야기를 듣는 것만으로도 그곳으로 가 보고 싶은 충동을 새삼 불러일으킬 뿐이었다. 단순히 건축물이나 역사적인 기대뿐 아니라 강한 인류학적인 흥미도 더 보태어졌으므로, 밤은 점점 깊어가는데 나는 YMCA의 작은 방에서 거의 잠을 이룰 수가 없었다.

2

이튿날 아침 10시 조금 전 나는 고풍스런 시장 광장에 있는 하먼드 약국 앞에서 조그만 여행 가방을 하나 들고 인스마우스행 버스를 기다렸다. 버스가 도착하는 시간이 가까워지자 근방을 한가하게 걸어다니던 사람들이 일제히 길 반대 방향으로 가 버리거나, 아니면 광장을 가로질러 건너편에 있는 간이식당 쪽으로 흩어지는 걸 보았다.

과연 그렇군, 그 개찰원 이야기는 과장이 아니었다. 사실 이 근처 사람들이 인스마우스나 그 주민들을 몹시 싫어한다는 건 이것만 보아도 확실히 알 수 있었다. 얼마 있으려니까 몹시 낡고 더러운 잿빛의 작은 버스 한 대가 주도(州道) 저쪽에서 덜컹거리며 달려와 방향을 바꾸더니 내 바로 옆 모퉁이에 정차했다. 나는 즉시, 그 버스라는 걸 알았다. 차 앞 유리에 붙어 있는, 거의 읽을 수 없는 행선지 표지판도 '아캄-인스마우스-뉴버리포트'라는 뜻임을 얼마 뒤에 똑똑히 짐작해 낼 수 있었다.

승객은 세 사람뿐이었다. 음침한 표정에 그리 나이가 많아 보이지는 않는 얼굴빛이 검고 칠칠치 못한 풍모의 사나이들이었는데, 차가 서자 그들은 흐느적흐느적 볼꼴 사나운 모양새로 차에서 내려 몰래 사람 눈을 피하듯 말없이 주도를 따라 걷기 시작했다. 운전 기사도 내려왔는데 나는 그 사나이가 뭔가를 사러 약국으로 들어가는 걸 물끄러미 보고 있었다. 그는 개찰원이 말한 조 서전트라는 사나이임에 틀림없었다. 아직 그 사나이의 세밀한 부분까지 주의해서 보지 않았지만 저절로 내 가슴에 혐오감이 가득 솟아올라 아무리 해도 억제할 수 없었다. 왜 이런 기분이 드는지 알 수 없었다. 이 사나이가 소유하고 있으며 운전도 하는 버스에 이 지방 사람들이 탈 생각도 않고, 또 이런 사나이와 그 친척들이 모여 살고 있는 곳에는 되도록 가지 않으려 하는 것은 매우 당연한 일이라고 나는 생각했다.

운전 기사가 약국에서 나왔을 때 나는 그를 더 자세히 보면서 내가 좋지 못한 인상을 받는 것은 대체 어떤 이유에서일까를 곰곰이 생각해 보았다.

그는 너무 마른 편이었다. 키는 대충 6척 가까운, 등이 구부정한 사나이로 후줄근한 감색 상의를 걸쳤고 닳아빠진 잿빛 골프모를 쓰고 있었다. 나이는 35살 정도였고, 얼빠진 듯 무표정한 그의 얼굴을 보지 못한 사람 눈에는 목에 묘하게 깊이 패인 주름이 있기 때문에 나이보다 늙어 보였을 것이다.

머리 모양은 폭이 좁았다. 부은 듯 물기 있는 파란 눈은 눈짓이라도 하는 것처럼 껌벅거렸다. 코는 납작하며 이마와 턱은 몹시 빈약하고 귀는 이상하게 발달이 늦은 모습이었다. 수염이 닿지 않는 길쭉한 두꺼운 입술과 꺼칠꺼칠하고 창백한 볼에는 오글쪼글한 노란 털이 드문드문 나 있을 뿐이었다.

그 얼굴 표면은 마치 피부병 때문에 살갗이 벗겨진 듯이 군데군데 묘하게 조화를 이루지 못하고 있었다. 손은 큼직하고 핏줄이 불룩 솟아 있었고 아주 보기 드문 흙빛이었다. 손가락은 몸 전체와 비교해서 놀랄 만큼 짧았고 언제나 꼭 쥐고 있는 모양이었다. 이 사나이가 버스로 걸어 갈 때, 나는 이상하게 비틀거리는 그의 걸음걸이를 찬찬히 바라보고 이 사나이의 발이 보통 사람보다 무척 크다는 걸 깨달았다. 그 발을 잘 보고 있으면 과연 그 발에 맞는 구두를 어떻게 마련하는지 수수께끼 같다는 생각이 들 정도였다.

이 사나이의 신변에는 뭔가 더러운 느낌이 있었으므로 나는 더욱 싫어졌다. 분명히 이 사나이는 어시장 근처에서 일하거나 서성거리는 버릇이 있어 보이며, 어시장의 독특한 냄새를 몸에서 물씬 풍기고 있었다. 그의 몸 속에는 대체 어떤 외국인 피가 흐르고 있는지 나로선 짐작할 수 없었다.

그 풍모의 기묘한 특징은 아시아인도, 폴리네시아인도, 지중해 연안의 사람도, 또한 흑인도 닮지 않았다. 그런데도 무슨 까닭인지 사람들이 그를 자기와는 다른 외국인으로 보고 있는지 그 이유만은 알 수 있었다. 내가 보기에는 이 사나이에게 외국적인 요소가 있다기보다는 차라리 생물학적으로 퇴화되어 있지 않은가 생각되었다.

이 버스에 타는 손님이 나 이외에는 한 사람도 없다는 걸 알았을 때 어쩐지 가엾은 느낌이 들었다. 아무튼 이 운전 기사와 단둘이서 떠난다고 생각하니 혐오감이 일었다. 그러나 드디어 출발 시간이 가까워졌기 때문에 나는 언짢은 기분을 참으면서 차에 따라 올라 1달러 지폐를 내밀고 '인스마우스'라고 단 한 마디를 중얼거렸다. 그는 말도 않고 40센트의 거스름돈을 주면서 이상한 표정으로 나를 흘끗 보았다. 나는 운전 기사로부터 떨어진 뒤쪽, 그러나 같은 왼편 자리에 앉았다. 이 버스 여행 중 나는 계속 해안을 보고 싶었기 때문이다.

'쿵' 하고 한 번 크게 흔들거리자 마침내 고물 자동차는 움직이기 시작했다. 배기통으론 무럭무럭 검은 연기를 뿜으면서 벽돌로 지은 옛 건물이 나란히 서 있는 주도를 덜컹덜컹 시끄러운 소리를 내며 달려갔다. 인도를 걸어가는 사람들을 흘끗 바라보자 그들은 이 버스를 보고 싶지 않다는 듯, 아니 적어도 보고 있는 모양조차 보이고 싶지 않다는 듯 묘한 시늉을 하고 있음을 나는 알아차렸다. 이윽고 우리는 왼쪽으로 돌아 국도로 나왔다. 그러자 버스는 미끌어지듯 달리기 시작했다. 초기 공화제 시대의 위엄 있는 옛 저택이나 그것보다 더 옛날 식민지 시대의 농가들이 빠르게 물러나고 로어 초원과 파커 강을 지나 결국 마지막에는 길고 단조로운 시계가 탁 트인 해안지방으로 들어섰다.

햇빛은 따뜻했고 날씨는 아주 좋았다. 모래 위에는 사초류와 성장이 나쁜 관목이 자라고 있는 풍경이 달려감에 따라 점점 황량해졌다. 인스마우스로 가는 좁은 길은 롤리나 입스위치 방면으로 가는 간선 국도에서 갈라지기 때문에 얼마 뒤에는 차가 해안 바로 옆의 길을 달렸고 차창으로는 푸른 하늘과 플럼 섬의 모래톱이 보였다.

집은 한 채도 볼 수 없었다. 도로 상태로 판단해서 이 근방은 교통량이 매우 적다는 것을 알 수 있었다. 비바람에 씻긴 낡은 전화용 전봇대에 전깃줄은 단 두 줄밖에 없었다. 때때로 차는 바닷물이 드나드는 수로 위에 걸쳐놓은 통나무 다리를 건넜는데 그 수로는 내륙으로 아주 깊게 파고들었기 때문에 이 고을을 외부 세계에서 단절시키는 구실을 하고 있었다.

또 간혹 가다가 바람에 쓸려 높이 쌓여진 모래 언덕에는 마르고 썩은 나무그루나 무너진 벽의 일부가 머리를 내민 것들이 보였다. 나는 어저께 읽은 역사책에 인용되어 있던 옛 전설이 생각났다. 그것에 의하면 예전에 이곳은 비옥하고 인가가 많았던 마을이었다. 그런데 이렇게 변한 까닭은 모두 1846년에 인스마우스에 유행했던 전염병과 함께 생겨난, 눈에 보이지 않는 악마의 힘과 무슨 꺼림칙한 관계가 있음에 틀림없다고 단순한 주민들은 아예 그렇게 믿어 버리고 있다는 것이다. 하지만 실제로는 해안에 가까운 삼림지대를 생각 없이 채벌하여 토사를 막아 주던 가장 적합한 보호물이 사라져 버렸기 때문에 바람에 불려온 모래가 마음대로 침입하게 된 것이 진짜 원인이었다.

마침내 플럼 섬은 시야에서 사라지고 왼쪽으로 넓은 대서양 바다가 보이기 시작했다. 버스가 달리고 있는 좁은 길이 가파른 오르막길이 되었기 때문에 나는 눈길을 앞으로 보내 차바퀴 자국이 나 있는 언덕배기의 도로와 하늘이 맞닿은 그 쓸쓸한 지점을 보고 있는 동안에 어쩐지 몹시 불안해졌다. 마치 이 버스가 그대로 단단한 지면에서 훌쩍 이륙해서 저 높은 신비한 하늘, 미지의 비밀 세계로 올라가는 것이 아닌가 여겨졌기 때문이다. 여전히 바다 향기는 불길한 냄새를 풍기고 있었다. 거기에 무뚝뚝하게 잠자코 있는 운전 기사의 그 휘어진 등과 폭이 좁은 머리를 보고 있노라면 더욱 혐오스런 기분이 강해지는 거였다. 그렇게 그의 모습을 보고 있으려니까 그 머리 뒤쪽에는 얼굴과 마찬가지로 털이 거의 없었고 꺼칠꺼칠한 잿빛 살갗에 노란 털이 드문드문 나 있을 뿐이었다.

그로부터 얼마 뒤 버스는 둔덕의 꼭대기에 다 올라갔고, 저 멀리 펼쳐져 있는 골짜기가 보였다. 그 골짜기에서 마뉴제트 강이 길게 늘어선 낭떠러지와는 정북방으로 바다에 흘러들고 있었고, 낭떠러지들은 다시 킹스포트 곶으로 뻗어가다 앤곶 쪽에서 휘어져 있었다. 멀리 어슴푸레 보이는 수평선에는 온갖 전설이 전해져 오는 기괴한 옛집이 서 있는 킹스포트 곶의 현기증 일 듯한 모습이 뚜렷이 드러났다. 그러나 내 시선은 금세 더 가까운 눈아래에 펼쳐진 파노라마 같은 경치에 빨려들고 말았다. 불길한 그림자에 덮였다는 소문의 인스마우스가 지금 바로 내 코앞에 있는 것이 생생하게 느껴졌다.

인스마우스는 건물들이 빽빽하게 밀집되어 있는 꽤 넓은 마을이었다. 하지만 사람이 살고 있는 기척은 조금도 보이지 않았다. 굴뚝에서는 연기 한 줄 오르지 않았다. 높은 뾰족탑 세 개가 수평선을 배경으로 검은 그림자로 희미하게 불쑥 떠올라 있는 게 보였다. 그 중 하나는 꼭대기가 무너져 내렸으며 다른 두 탑은 예전에 시계 문자반이 붙여 있던 자리가 뻥하니 구멍이 뚫려 검은 입을 벌리고 있었다.

휘어진 맞배지붕이나 뾰족한 지붕이 빼곡하게 밀집되어 있는 곳은 마치 벌레에 먹힌 느낌을 주었고, 둔덕을 달려 내려가 시가지에 가까워짐에 따라 거리의 지붕은 대부분 무너져 앉았다는 것을 알았다. 그 중에는 연이은 지붕이나 둥근 지붕에 난간이 있는 전망대 따위가 부설된, 조지 왕조풍의 집들이 죽 서 있는 꽤 넓은 구역도 있었다. 이

들 집은 대부분 바다에서는 꽤 떨어져 있었으며 그 중에는 살 만한 괜찮은 집들도 한두 채 있었다.

이런 건물들 사이를 빠져나가 훨씬 내륙으로 들어가자 녹슨 잡초가 무성한 폐기된 철로가 보였으며 지금은 전선도 없이 다 쓰러져가는 기울어진 전신주에는 롤러나 입스위치로 가는 옛 마찻길의 표지가 붙어 있었다.

이렇게 황폐한 거리 모습 가운데에서도 가장 심한 곳은 해변에 가까운 곳이었다. 그래도 해안지대 중앙에는 작은 공장으로 보이는, 꽤 잘 보존된 벽돌 건축의 하얀 종루가 보였다. 거의 모래로 묻혀 버린 항구에는 그 주변을 옛날의 돌 방파제가 둘러싸고 있었다. 그리고 그 방파제 위에 어부 두세 사람이 앉아 있는 모습이 보였다.

그들이 앉아 있는 제방 끝에는 예전엔 등대라도 있었던 모양인지 뭔가 주춧돌 같은 것이 남아 있었다. 그 제방 안쪽에는 모래톱이 생겨 그 위에 낡은 오두막과 밧줄을 동여맨 작은 배들이 몇 척 떠 있었으며 새우를 넣는 항아리가 흩어져 있었다. 그 종루 옆을 흐르는 강은 남쪽으로 방향을 바꾸어 방파제 끝에서 바다와 합류하는 지점 이외는 깊은 곳이 없는 모양이었다.

해안 여기저기에 방파제의 잔해가 머리를 내밀고 계속 노후해 가고 있었다. 그 중에서도 가장 남쪽에 해당되는 곳이 제일 황폐했다. 바다 위 멀리에는 파도가 높은 데도 길쭉한 검은 그림자가 얼핏 보였다. 그 암초는 해면에서 윗부분이 보일까 말까 할 정도밖에 나오지 않았다. 그래도 역시 눈에 보이지 않는 묘하게 불길한 느낌을 주었다. 나는 이것이야말로 그 '악마의 암초' 임에 틀림없다고 생각했다. 그것을 찬찬히 보고 있는 동안에 격렬한 반감뿐만 아니라 뭔가 휘말려드는 듯한, 참으로 기묘한 충동에 휩싸였다. 하지만 정신차리고 보니 처음 느꼈던 반감보다는 이상하게도 그 유혹에 이끌리는 기분이 점점 더 강해지는 것이었다.

여태까지 길에서 마주친 사람도 없었다. 차는 여러 모양으로 황폐한 단계를 드러내고 있는 버려진 농장을 지나가고 있었다. 거기서 나는 망가진 창문을 누더기로 막고 조개 껍데기나 죽은 물고기들이 뜰에 흩어져 있는 집들을 몇 채 볼 수 있었다. 때때로 우울한 얼굴을 한 사람들이 황폐한 뜰에서 일을 하거나 생선 냄새 풍기는 아래쪽 해안에서 대합을 잡고 있는 모습을 볼 수 있었다. 또는 원숭이같이 생긴 아이들이 모여서 잡초가 무성하게 자란 대문 앞에서 놀고 있는 것도 보였다. 웬일인지 모르겠지만 그들을 보고 있는 동안 그 음침한 건물을 보았을 때보다도 나는 더욱 불안을 느꼈다. 그 까닭은 다름이 아니라, 그들은 한결같이 얼굴이나 몸짓에 어떤 특징을 갖고 있었기 때문이다. 그 특징이란 뚜렷하게 정의하거나 설명할 순 없지만 아무튼 나에게는 본능적으로 좋아할 수 없는 성질의 것이었다. 아니, 잠깐만 그 독특한 몸매는 지금까지 내가 특히 공포나 우울의 감정에 압도되면서 읽었던 책 속에서 발견한 모습과 비슷하다고 얼핏 생각했다. 그러나 그런 막연한 추억은 금세 사라졌다.

버스가 더 낮은 지역으로 갔을 때 부자연스러울 만큼 조용히 떨어지는 폭포가 뚜렷이 모습을 드러냈다. 페인트를 칠하지 않은 기울어가는 집들이 길의 서편에 빽빽이 들어서 있고 그 수는 점점 많아져 지금까지 지나온 집들보다는 훨씬 시가지다운 모양을 갖추고 있었다. 지금까지 전방에 보였던 파노라마 같은 풍경도 점차 시가지다운 모양으로 형성되기 시작했다. 또 여기저기 둥그런 돌을 깔아 놓은 차도나 벽돌을 깐 인도가 죽 뻗어 있는 모양을 볼 수 있었다. 그러나 모두 빈집이 분명했고 군데군데 집이 없는 곳은 무너진 굴뚝이나 지하 창고의 벽이 무너진 잔해가 쌓여 있었다. 근방 일대에는 구역질이 치밀고 혐오스러운 생선 냄새로 가득했다.

이웃고 십자로와 버스 정류장이 보였다. 그 해안지대로 이어지는 십자로 왼쪽 거리는 길이 포장되어 있지 않은 채 지저분했고 오른쪽 거리는 또 예전에는 꽤 화려했다는 걸 연상케 하였다. 여태까지 나는 이 거리에서 누구 한 사람 만나지 못했다. 그러나 지금 겨우 사람이 살고 있는 기척을 보기 시작했으며——여기저기에 커튼이 내려진 창문이 있었고 길모퉁이에서는 간혹 자동차 소리가 들렸다. 차도와 인도가 점차 뚜렷이 구분되었고, 또 건물은 19세기 초기의 목조와 벽돌을 절충한 건물이 많았는데——아직 충분히 사람이 살 수 있도록 손질되어 있었다. 과거의 모습을 풍부하게 그대로 보존하고 있는 이 거리 한복판에 있게 되자 나는 고적(古蹟) 애호가로서 초보자이지만 냄새에 대한 불쾌감이나 악의, 반감도 잊어버렸다.

그러나 나는 목적지에 도착하기까지 매우 불쾌한 어떤 강한 인상을 불가피하게 맛보지 않을 수 없는 운명에 있었던 모양이다. 버스는 그때 중앙광장, 즉 방사상의 중심지에 도착했는데, 그 양편에는 몇몇 교회가 들어서 있었고 중앙에는 가장자리가 뭉개져 버린 둥그런 잔디의 흔적이 있었다. 나는 오른쪽 앞 모퉁이에 있는 기둥이 줄지어 서 있는 커다란 회관을 보았다. 예전에 그 건물은 흰 칠을 했을 터이지만 지금은 벗겨져 잿빛이 되어 있었다. 그리고 맞배지붕이 있는 곳에 검정과 금빛으로 써 있는 글은 이젠 거의 바래서 한참 애쓴 끝에 겨우 '다곤 비밀 교단'이라는 글임을 읽을 수 있었다. 이것이야말로 지금은 쓰잘 데 없는 의식이 행해지게 된 옛 프리메이슨 회관이었던 것이다.

그 뜻을 열심히 판독하려고 했을 때, 길 건너편에서 '땡' 하고 종을 치는 듯한 소리가 들려와서 내 주의력을 앗아갔으므로 나는 얼른 좌석으로 돌아가 차창 밖을 내다보았다.

종소리는 동그란 탑이 있는 석조 교회에서 들려왔다. 그 교회는 분명히 고딕식으로 다른 집보다 양식이 새로웠으나 건축 방식이 서툴렀고 균형이 잡히지 않아 최하부가 높고 창문은 꽉 닫혀 있었다. 시계탑 바늘은 내가 얼핏 본 쪽은 떨어져 나가고 없어졌지만 그 둔중한 소리는 11시를 알리는 것임을 알 수 있었다.

그런데 그때 갑자기 시간 따위는 내 머릿속에서 깨끗이 사라져 버리고 말았다. 무어라 표현하기조차 어려운 너무도 끔찍한 모습이 실로 한순간 '휙'하고 눈에 들어왔기 때문이었다. 공포는 어느새 내 마음을 강하게 사로잡고 말았다. 교회 최하부의 입구가 열려 있었고 그 속은 직사각형으로 검게 보였다. 내가 그곳에 시선을 보냈을 때 어떤 물체가 그 컴컴한 직사각형 입구 속을 스쳐 지나갔거나 또는 스쳐 지나간 듯이 생각되었다. 내 머릿속에는 금세 악몽 같은 생각이 떠올랐다. 그 생각이란 아무리 분석해 보아도 악몽 같은 성질을 지적할 수 없다는 점에서 역시 그만큼 미칠 노릇이었다.

그것은 살아 있는 생물이었다. 그야말로 이 마을 한복판에 들어온 뒤 운전 기사 외에는 처음 내 눈에 띈 생물로 그때 내가 더 침착하게 정신을 차렸더라면 그런 따위는 조금도 무섭다고 생각하지 않았을 것이다. 나중에 곧 깨달았는데 그것은 분명히 특수한 법의를 입은 목사였고, 그 법의는 틀림없는 그 '다곤 교단'이 이 고을의 교회 의식을 변경해 버린 뒤부터 사용된 것이었다. 아마도 내 잠재의식 속에 있는 주의력을 우선 빼앗아 일종의 이상야릇한 공포감을 준 것은 머리에 쓰고 있었던 그 길쭉한 관이었으며, 그것은 전날 저녁때 틸턴 여사가 보여 준 것과 거의 흡사했다. 이 관이 나의 상상력에 영향을 미쳐서 그것을 쓴 분명치 않은 얼굴과 법의를 입은 호리호리한 모습에 뭐라 말할 수 없는 불길한 특징을 띤 모양으로 생각하게 한 것이다. 그러나 나는 이윽고 그것을 보고 몸을 떨 이유는 하나도 없다고 판단했다. 아무튼 어떤 지방의 불가사의한 신앙이 뭔가 묘한 경위로──아마 땅속에서 파낸 소유자 미상의 보물로——그 사회에 유명해진 독특한 관 하나를 예복으로 사용한다고 해서 별로 이상할 것도 없지 않으냐고 생각했다.

지금은 보기에도 꺼림칙한 생김새의 젊은이들이 겨우 몇 명, 혼자 우두커니 서 있거나 두셋이 어울려 있는 모습이 거리에 나타났다. 망가진 여러 모양의 집 1층에는 군데군데 낡은 간판을 단 작은 상점이 있었으며, 내가 탄 버스가 덜컹거리며 달려감에 따라 트럭 한두 대가 멈춰 있는 것도 보였다. 폭포 소리가 점점 뚜렷이 들려오고 얼마 뒤 앞쪽에 꽤 깊은 협곡이 나타났는데, 거기는 길도 넓었고 쇠난간이 있는 국도용(國道用) 다리가 놓여 있었다. 건너편에는 큰 광장이 있었다. 버스가 이 다리를 쿵 소리를 내며 건너갔을 때 나는 양편을 둘러보았다. 그러자 풀이 자란 낭떠러지 가장자리와 훨씬 아래쪽에 공장 같은 건물이 보였다. 한참 더 밑에 보이는 강은 수량이 제법 풍부하고 오른쪽 상류에는 기세 좋게 떨어지는 두 개의 폭포가 있었다. 또 왼편 하류에는 한 개의 폭포가 있었다. 다리가 있는 데서 들리는 폭포 소리는 아주 귀가 아플 정도로 요란했다. 이 다리를 건너자 버스는 넓은 반원형 광장 안으로 들어가 오른편의 높고 둥근 지붕이 있는 건물 앞에서 멈추었다. 그 건물에는 노란 페인트 자국이 있었고 반쯤 지워진 '길먼 하우스'라고 쓴 간판이 매달려 있었다.

나는 버스에서 내릴 수 있었던 것이 기뻤기 때문에 곧장 이 허름한 호텔 현관으로 들어가 여행 가방을 맡기기로 했다. 카운터에는 한 사람밖에 없었다. 내가 말하는 '인스마우스의 얼굴'이 아닌 중년 사나이였는데, 이 사나이에게는 마음에 걸리는 질문은 일절 하지 않기로 결심했다. 왜냐하면 이 호텔에서는 지금까지 몇 번이고 이상한 일이 일어났다는 것이 생각났기 때문이다. 질문을 그만두기로 하고 나는 광장으로 걸어갔다. 광장에는 벌써 발차한 모양으로 그 버스는 보이지 않았고 나는 그 주위를 감정이라도 하는 듯 주의 깊게 살펴보았다.

둥근 돌이 깔려 있는 이 광장의 반쪽은 곧장 마뉴제트 강변으로 이어지고 다른 쪽에는 18세기 무렵의 경사식 지붕의 벽돌 건물이 반원형으로 들어서 있었다. 그리고 그 광장 중앙에서 남동·남·남서로 몇 개의 길이 바퀴살 모양으로 뻗어 있었다. 가로등은 마음이 우울할 정도로 그 수가 적었고 빛도 빈약하여——광원이 약한 전등뿐이었으니까——달이 밝다는 것은 알고 있었으나 일의 계획상 어두워지기 전에 꼭 출발하지 않으면 안 된다는 것이 고마웠다.

어느 건물할 것 없이 제법 잘 보존되었고 현재 개점중인 상점만 해도 열 채 이상이었고, 그 중 하나는 퍼스트 내셔널 체인에 속하는 식료·잡화점이었다. 그 밖에는 음침한 식당이 한 채, 약방과 생선 도매상이 각각 하나, 그리고 광장 가장 동쪽의 강 가까운 곳에 이 거리 단 하나의 공장인 마슈 제련회사 사무소가 있었다. 거기에는 그때 10명쯤 사람밖에 보이지 않았고 자동차나 트럭이 네댓 대 그 근처에 흩어져 주차해 있었다.

남이 가르쳐 주지 않더라도 이곳이 인스마우스라는 마을의 중심인 것쯤은 곧 알 수 있었다. 동쪽으로는 군데군데 항구가 파랗게 반짝이고 있는 것이 보였고 그 항구를 배경으로 해서 예전에는 아름다웠을 조지 왕조풍의 반쯤 무너진 뾰족탑 3개의 잔해가 남아 있었다. 강 건너편 강변에는 마슈 제련소로 짐작되는 건물 위에 하얀 종루가 우뚝 솟아 있는 것이 보였다.

웬일인지 모르겠지만, 아무튼 나는 먼저 그 식료·잡화점에서 여러 가지 것을 알아보려고 했다. 그곳 점원은 인스마우스 지방 출신은 아닌 것 같았다. 보건대 17살쯤의 젊은 남자 하나뿐이었는데 이 고장에 관해서 충분히 만족할 만한 이야기를 들려 줄 것 같은 쾌활하고 붙임성이 있어 보이는 모습을 보자 나는 아주 즐거워졌다.

그 젊은이는 몹시 이야기가 하고 싶었던 모양이다. 나는 곧 그가 이 고장과 생선 비린내와 음험한 이 고장 사람들을 싫어한다는 말을 들었다. 그는 다른 곳에서 온 사람과 이야기하는 것을 무엇보다 마음의 위안으로 삼고 있었다. 그 젊은이는 아캄 출신으로 입스위치 사람의 집에 하숙하고 있는데 틈만 나면 아캄의 자기 집으로 간다고 했다. 가족들은 그가 인스마우스에서 일하는 것을 싫어했으나, 체인업체에서 그를 인스마우스에 배속시켰고 그도 또한 현재의 일을 그만두고 싶지 않았기 때문에 참고 견디고 있다는 이야기였다.

그 젊은이의 말에 따르면 이 인스마우스 거리에는 공립도서관도 상공회의소도 없다고 했다. 그러나 나는 앞으로 내 방침을 어떻게든 잘 세울 수 있을 것 같았다. 내가 지금 걸어온 거리는 페데럴 거리로 그 서쪽에는 훌륭한 옛 주택가인 즉 브로드, 워싱턴, 라파예트, 아담스 거리가 있고, 그 동쪽에는 해안 가까이로 빈민굴이 있었다. 조지 왕조풍의 옛 건축 양식의 교회가 많이 보인 곳은 이런 중심가 옆 빈민굴 속에 있는 교회로 모두 오랜 동안 버려져 온 것이었다. 이런 교회의 부근에서는――특히 강 북측――별로 사람 눈에 띄지 않는 것이 좋은 모양이다. 왜냐하면 이곳 주민들은 대개 무뚝뚝한데다가 모르는 사람들에게는 적의를 품고 있기 때문에 타곳에서 온 사람들 중에는 행방불명이 된 사람도 있는 모양이다.

잘못해서 어떤 몇 구역에 발을 들여놓는 일이 없도록 조심해야 한다는 것을 그 젊은이는 상당한 희생을 지불한 뒤 비로소 깨달은 모양이었다. 예컨대 마슈 제련소 부근이나, 아직 사용되고 있는 여러 교회 부근, 또 뉴 처치 그린의 기둥이 즐비하게 서 있는 '다곤 교단 회관' 근처를 돌아다니는 것은 가능한 삼가야 한다. 이들 교회는 매우 이상해서 다른 고장에서는 모두 맹렬히 부인하고 있는 기괴하기 짝이 없는 의식과 법의를 버젓이 사용하고 있었다. 그들의 신앙은 아주 이

단적이고 수수께끼에 가득 차 있어 어떤 불가사의한 의식을 행하면 이 지상에 있으면서도 마치 육체적 불멸에 이를 수 있다는 암시를 주는 교의도 갖고 있었다.

이 젊은이에게 세례를 준 목사, 즉 아캄에 사는 애즈버리파의 메소디스트 감리교회의 월리스 박사는 그에게 인스마우스에서는 어느 교회에도 들어가서는 안 된다고 엄중히 권고했던 모양이다.

이 젊은이는 인스마우스 주민들에 대해서 어떻게 설명해야 좋을지 모르는 것 같았다. 이 거리 사람들은 늘 사람 눈을 피하고 마치 동굴 속에 사는 동물처럼 좀처럼 모습을 드러내지 않기 때문에, 그들이 그 끝이 없는 어업을 하지 않을 때는 도대체 어떻게 시간을 보내는지 상상도 할 수 없었다. 아마도 그들이 마시고 있는 밀조주의 막대한 양으로 판단하건데 낮 동안은 술에 취해 자고 있는 모양이었다. 그들끼리는 무뚝뚝하지만 그런대로 어떤 우정이나 동정심으로 단결하여 자기들은 이 세상과는 다른, 더 나은 실재의 세계 가까이에 있다는 듯이 이 세상 따위는 경멸했다. 그들의 모습, 특히 눈도 껌벅대지 않고 빤히 바라보면서 그저 벌리고만 있는 두 눈은 과연 사람들을 놀라게 할 만한 데다가 목소리조차 구역질이 났다. 밤에 교회에서 흘러나오는 소리, 특히 그들이 가장 중요하게 생각하는 축제일 내지 부활절인 4월 30일과 10월 31일에 그들이 목놓아 부르는 성가는 실로 듣기가 끔찍할 정도였다.

그들은 물을 대단히 좋아하며 강과 항구 양쪽에서 마음껏 수영을 했다. 난바다에 있는 '악마의 암초'까지의 수영 경기는 진기한 일이 아니었다. 이 근방 사람들은 엄청난 체력이 필요한 스포츠라도 언제든지 참가할 수 있을 만큼 모두 튼튼해 보였다. 그러고 보면 이 부근에서 본 사람은 대부분 젊은이들이었고 나이가 들수록 못생긴 얼굴을 하고 있는 경향이 있는 것 같았다. 예외의 경우는 바로 그 호텔의 늙은 사무원이었다. 그에게는 이상하게 못생긴 얼굴 흔적이 없었다. 도대체 늙은이들은 대게 어떤 얼굴을 하고 있을까? 또 흔히 말하는 '인스마우스적 얼굴'이라는 것은 나이가 들수록 증상이 심해지는 기이한 병이라도 되는 것일까?

성인이 된 뒤에 그렇게 대폭적으로 몸 모양이 철저하게 변할 정도의 증상——두개골 같은 근본적인 골격 요소에도 그 증상은 나타났다——은 물론 매우 드물게 찾아볼 수 있는데, 이들의 얼굴 변화도 눈에 보이는 전체적인 증상과 마찬가지로 풀 수 없는 것도 아니고 전례가 없는 일도 아니었다. 여기에 대해서는 뭔가 확실한 결론을 내리려고 해도 꽤 까다로워서 간단하게 되질 않는다고 점원은 말했다. 그 까닭은 아무리 오래 인스마우스에 머물러 있어도 이 고장 사람과 개인적으로 친해진 사람은 없었기 때문이라고 했다. 또 거리에 모습을 나타내고 있는 사람들 중에서 가장 열등한 사람들보다 더욱 열등한 사람들은 어딘가에 갇혀 있을 거라고 믿고 있었다.

거리 사람들은 때때로 뭐라 말할 수 없는 묘한 소리를 듣는 일이 있었다. 강 북쪽 강변도로에 들어서 있는 금세 무너질 듯한 낡은 집들은, 소문에 의하면 저마다 비밀 통로가 있으며 그것이 지금까지 사람 눈에 띄지 않게 이상한 사람들을 가두어 두는 본거지라고 했다. 가령 그런 사람들이 있다면 어떤 나라의 혼혈종인지 그건 알 수 없다. 정부의 관리들이 외부에서 이 거리에 올 때는, 보기에도 불쾌한 그 사람들을 보이지 않는 곳에 숨겼다.

그 젊은이는 가령 내가 이 고장 사람에게 그 장소가 있는 곳을 물어 보더라도 그건 틀림없이 헛수고일 거라고 말했다. 단 한 사람 그런 질문에 대답해 줄 만한 사람이 있기는 하다. 그 사람은 대단히 나이 먹은 늙은이인데 보통 얼굴을 한 사람으로 거리 북쪽의 낡은 집에 살고 있으며 소방서 근방을 돌아다니면서 시간을 보내고 있다는 것이었다. 이 백발의 제이독 앨른이라는 사람은 96살이며 거리에서도 유명한 술꾼인데다 머리도 다소 돌았다고 했다. 어쩐지 비밀이 많아 보이는 노인으로 뭔가를 두려워하는 듯이 뒤를 돌아보는 버릇이 있고 평소에는 이 고장 이외의 사람과는 말도 하지 않으려고 하는데, 그가 좋아하는 마약을 주면 거절을 못하고 일단 약에 취해 버리면 놀랍게도 유명한 그 추억담의 일부를 이야기해 준다는 것이었다.

그러나 결국 그 노인에게서 얻은 자료는 거의 아무 도움도 되지 않았다. 왜냐하면 그의 이야기는 완전히 미친 사람의 헛소리로 도저히 있을 수 없는 경이적인 무서운 현상을 불완전하게 어렴풋이 암시할 뿐이고, 노인의 미친 환상 이외에는 아무 근거도 없는 이야기였기 때문이다.

누구 한 사람 그 노인의 이야기를 신용하는 사람은 없었다. 이 고장 사람들은 노인이 술에 취해서 타곳에서 온 사람과 이야기하는 걸 싫어했기 때문에, 이 노인에게 여러 가지 것을 묻고 있는 장면을 보인다는 것은 자칫 잘못하면 위험한 일이 생길 수 있다고 했다. 아마도 떠도는 소문 중에서 가장 어리석은 이야기와 몇 가지 환상담은 이 노인이 퍼뜨린 것인지도 모른다.

다른 고장에서 온 사람들 중에서도 기괴한 것을 보았다는 사람이 몇몇 있었는데, 제이독 노인의 이야기와 기형적인 주민들의 존재를 대조시켜 보면 그런 환상이 퍼뜨려지는 것도 무리가 아니다. 다른 지방에서 온 사람들은 밤늦게 밖에 나가는 사람도 없고 또 그런 일을 하지 않는 편이 좋다고 몰래 주의를 받고 있었다. 그렇지 않더라도 밤거리는 기분 나쁠 만큼 캄캄하니까.

주민들의 생업에 대해서 말한다면――물고기가 풍부하게 있다는 것은 분명히 이상야릇한 현상인데, 이 고장 사람들은 더 이상 이 물고기에서는 이익을 얻을 수 없게 되었다. 게다가 값도 떨어졌고 경쟁은 더욱 심해졌다. 물론 이 마을의 진짜 일감은 제련소의 일이며 공장 사무소는 지금 우리 두 사람이 서 있는 곳에서 동으로 겨우 두세 집 건너 십자로에 있었다. 마슈 노인은 좀처럼 바깥에 모습을 드러내지 않았으나 때때로 커튼을 드리운 차를 타고 공장으로 가는 모양이었다.

마슈 노인이 어떤 모습이 되어 있느냐에 대해서는 여러 가지 소문이 나 있다. 예전에는 꽤 멋쟁이였으니까 지금도 그 기형적인 몸에 맞추어 만든 에드워드 왕조식 프록코트를 입고 있다는 이야기였다. 전에는 그의 아들들이 십자로 옆 사무실을 운영하고 있었으나 나중엔 그 아들들도 오랫동안 모습을 나타내지 않게 되었고, 일의 실권은 손자들 손에 넘어가 있었다. 마슈 노인의 아들이나 딸들은 아주 기묘한 모습으로 변했으며 특히 맏아들의 변모는 심했고 모두 건강이 나빠져 있다고 했다.

마슈의 딸들 가운데 한 사람은 보기에도 불쾌한 파충류 같은 모습으로 변했으며 그 기묘한 머리에 쓰는 관과 마찬가지로 외국에서 온 것으로 짐작되는 이상야릇한 보석류를 몸에 장식하고 있다는 것이었다. 이 이야기를 하는 점원도 간혹 본 적이 있는데 해적이 마귀의 보물 창고에서 갖고 온 것이라는 소문이 나 있다. 이곳의 목사——현재 어떤 이름으로 부르고 있는지 모르지만 그 성직자들——역시 관 모양의 머리 장식을 쓰고 있는데 그들 모습은 좀처럼 볼 수 없었고, 그 밖에도 여러 가지 이상한 사람들이 인스마우스 주변에 있는 모양이지만 아직 본 적이 없다는 것이었다.

마슈 집안 사람들은 이 고을의 다른 명문집이라고 하는 웨이트, 길먼, 엘리엇이라는 세 집안 사람들과 마찬가지로 모두 사회 교제를 싫어했다. 마슈 집안은 워싱턴 거리에 있는 몇 개의 넓은 집에 살았으며 그 중 몇 채에는 남들에게 얼굴을 보이지 않으려고 벌써 세상에는 사망 통지와 기록이 제출되어 있으면서, 실제로는 아직 살아 있는 친척들을 보호하고 있는 모양이었다.

젊은 점원은 거리 표지가 대부분 없어졌기 때문이라면서 나를 위해 약도이긴 했으나 충분히 도움이 될 거리의 주요한 곳을 그린 상세한 지도를 만들어 주었다. 얼핏 보기에도 이 지도가 퍽 도움이 된다는 걸 알았기 때문에 나는 고맙다 말하고 그 지도를 호주머니에 넣었다.

레스토랑이 단 한 채밖에 없다는 걸 나는 알고 있었으나 그곳이 몹시 불결해 보여 싫었기 때문에 나중에 점심 대신 먹을 생각으로 그 식료품 가게에서 치즈·비스킷·생강이 든 웨하스를 충분히 샀다. 처음 계획으로는 먼저 거리의 주요 도로를 걸어 보고, 가는 길에 이 고장 사람이 아닌 사람을 만나면 이야기를 나누고, 8시가 되면 아캄행 버스를 타려고 마음먹었다. 이 고을이 극단적으로 황폐한 지방 도시의 견본이라는 걸 잘 알겠으나 나는 사회학자가 아니었기 때문에 상세한 관찰은 건물만 하기로 했다.

이리하여 나는 검은 그림자에 덮인 인스마우스의 좁은 거리를 다소 망설이면서도 꼼꼼하게 살피며 걷기 시작했다. 다리를 건너자 하류의 폭포 소리가 나는 쪽으로 길을 정하고 마슈 제련소 바로 옆을 지나갔는데 이상하게도 일을 하는 듯한 소리는 조금도 들려오지 않았다. 이 제련소 건물은 깎아지른 절벽 위에 있었는데 그 절벽 가까이에는 다리가 하나 있고, 여러 도로가 하나로 합류하는 중앙 광장이 있었다. 그 광장은 독립전쟁 이후 현재의 중앙 광장과 대체되기까지는 옛날의 중심지였던 곳임을 나는 짐작할 수 있었다.

중심가에 있는 다리를 건너 그 협곡을 다시 한번 넘어가자 별안간 소름이 끼칠 듯한 완전히 황폐한 곳이 나왔다. 내가 바라보는 시계 가득히 반쯤 무너진 맞배지붕의 울퉁불퉁한 톱날 모양의 환상적인 선이 하늘을 배경으로 그려졌고, 그 위로는 꼭대기가 무너진 옛 교회의 뾰족탑이 괴물처럼 솟아 있었다.

중심가에는 사람이 사는 집도 몇 채 있었지만 대부분은 대문에 단단히 못이 박혀 닫혀 있었다. 포장되어 있지 않은 도로를 걸어가자 황폐한 낡은 집 창문이 뻥하니 거멓게 입을 벌린 것을 볼 수 있었고 그런 낡은 집 중에는 토대의 한 부분이 가라앉았기 때문에 설마 할 정도로 위험한 각도까지 푹 기울어진 집들이 많이 있었다.

이들 창문은 과연 괴물처럼 찬찬히 나를 지켜보는 듯한 느낌을 주었으므로 동쪽 물가까지 가는 데에는 상당한 용기가 필요했다. 황량한 집 한 채를 보고 느끼는 공포심은, 그런 집들이 모여서 거리 전체가 완전히 황폐한 양상을 나타내고 있는 것을 봄으로써 산술 급수적이라기보다 기하 급수적으로 한층 커졌다.

이토록 우중충한 공허와 죽음의 그림자가 덮인 끝없는 거리를 바라보고, 이렇게 무한히 이어진 검게 웅크린 집채들의 한 구역이 완전히 버려진 채 거미줄과 과거의 추억과 온갖 해충에 맡겨져 있는 것을 생각할 때, 아무리 믿을 만한 철학상의 이치를 떠올린다하더라도 씻을 수 없는 강한 공포와 혐오감을 느끼지 않을 수 없었다.

피시 거리는 중심지 못지않게 황량했으나 그래도 벽돌집이나 석조 건물의 창고들이 아직 훌륭하게 겉모양을 유지하고 있는 점만으로도 다른 곳보다 나은 편이었다. 워터 거리 역시 마찬가지로 황폐했는데 다만 옛 방파제가 있었던 곳에는 바다를 향한 몇 개의 큰 수로가 있었다. 사람 그림자는 멀리 방파제 있는 곳에 간혹 움직이고 있는 어부 외에는 아무도 없었고, 항구에 밀려오는 파도 소리와 마뉴제트 강의 폭포 소리 외에는 아무 소리도 들리지 않았다.

인스마우스라는 거리는 더욱 내 신경을 불안하게 만들었다. 흔들거리는 워터 거리의 다리를 전에 왔던 길로 돌아가면서 나는 조용히 뒤돌아보았다. 약도를 보니 피시 거리의 다리는 완전히 파괴되었다고 써 있었다.

강 북쪽에는 지저분하고 더러운 생활이 영위되고 있는 흔적——워터 거리에 있는 현재 조업중인 생선 통조림 공장, 연기를 뿜고 있는 굴뚝, 여기저기를 수선한 지붕, 때때로 어딘지도 모르게 들려오는 소리, 이따금 음침한 인도나 포장되어 있지 않는 골목을 힘없이 걸어가는 사람 그림자 따위로 나에겐 이 지역 쪽이 거리 남부지역의 완전히 황폐한 곳보다 더 우울하게 느껴졌다.

첫째 이 근방 사람들이 거리의 중심지 사람들보다 더 꺼림칙하고 이상해서 그런지 잘 설명할 수는 없지만 몇 번이고 스스로도 주체할 수 없는 극단적인 상상을 해야만 했다. 말하자면——가령 그 '인스마우스의 얼굴'이 실은 병이 아니라 도리어 종족의 혈통에 의한 것이라고 한다면, 인스마우스 주민 중에서 이 해안 가까운 지역에 사는 사람들이 내륙 쪽 사람들보다 외래 계통의 혈통을 강하게 물려받았을 터이고, 그 경우 이 해안 가까운 지역에는 더 극단적으로 외래 계통의 혈통을 전해주는 사람들이 살고 있을지도 모른다는 상상이었다.

사소한 일이지만 내 마음에 걸렸던 한 가지 일은 희미하게 들려오는 작은 소리가 대체 어디에서 오는 것인지 모른다는 점이었다. 그 소리는 당연히 사람들이 살고 있는 집 쪽에서 들려오는 것일 테지만 실제로는 아주 단단히 못질을 한 집 너머에서 가장 확실히 들려오는 일이 가끔 있었다.

무엇인가 스치는 소리, 바삐 달리거나 또는 좌르르 무너지는 정체를 알 수 없는 소리가 들려오자, 나는 그 식료품 가게 청년에게서 들은 비밀통로의 일이 생각나 기분이 나빠졌다. 나는 문득 이 고장 사람들의 목소리를 한 번도 들은 적이 없다는 사실을 깨닫고 이유는 잘 모르겠지만 부디 안 듣게 되길 바라면서도 그 외래 종족들의 목소리는 어떨지 줄곧 상상하고 있었다.

나는 잠시 걸음을 멈추고 중심가와 처치 거리에 서 있는 저마다 훌륭하지만 황폐한 두 채의 옛 교회를 내 마음이 흡족할 때까지 바라보다가 해변의 빈민굴 쪽으로 서둘러 걸어갔다. 다음에 갈 방향은 이치로 따져서는 뉴 처치 그린 쪽이었으나, 어찌된 까닭인지 나는 아까 지하실 있는 데서 이상한 관을 쓴 목사인지 사제인지가 뭐라 말할 수 없는 무서운 모습으로 얼핏 보였던 그 교회 앞을 다시 한 번 지나가는 일은 도저히 참을 수 없었다. 게다가 그 식료품점의 청년도 이 거리의 교회는 그 다곤 교단 회관과 마찬가지로 다른 고장에서 온 사람은 접근하지 않는 편이 좋다고 말했다.

그래서 나는 중심가의 북쪽을 계속 걸어서 머틴 거리까지 가서, 그곳에서 내륙으로 구부러져 그린 북쪽에서 페데럴 거리로 건너가 브로드 거리 북쪽에 해당하는 워싱턴 거리, 라파예트 거리 및 애덤스 거리라는 차례로 쓸쓸한 상류 지역으로 들어갔다. 훌륭했던 옛길은 당연히 노면의 상태도 나쁘고 잡초도 내버려 두었으나 느릅나무 가로수의 장엄함은 아직 옛 모습을 다소나마 남기고 있었다.

나는 눈을 크게 뜨고 한 집 한 집 큰 저택들을 둘러보았으나 일부가 허물어진 채 방치되어 있는 집터에 출입구는 널빤지로 막아 놓은 그대로였다. 그렇지만 역시 한 거리에 한두 채는 사람이 살고 있는 기척이 느껴졌다.

워싱턴 거리에서도 사람이 살고 있는 것 같은 수리도 잘 된 집이 추녀를 나란히 하여 네댓 채나 있었고, 더욱이 손질이 잘된 잔디 정원과 밭도 달려 있었다. 그 중에서 테라스가 달린 넓은 꽃밭이 그대로 뒤쪽 라파예트 거리까지 뻗어 있는 가장 호화로운 저택이야말로 마음 고생이 끊일 새 없는 그 제련소 주인인 마슈 노인의 저택임에 틀림없다고 보았다.

이 마을에는 짐승들의 그림자가 전혀 보이지 않았기 때문에 인스마우스에는 개도 고양이도 없는 것으로 생각이 들 정도였다. 또 한 가지, 내가 고개를 갸우뚱하고 기분 나쁘게 생각한 것은, 특별히 손질이 잘된 집조차도 3층과 다락방 창문이 모두 굳게 닫혀 있다는 것이었다. 이 서먹서먹한 죽음의 그림자가 덮인 조용한 거리에는 사람의 눈을 피하는 쌀쌀한 공기가 깔려 있는 모양으로, 나는 자신의 일거일동이 어딘가 모르는 그늘진 곳에서 누군가 교활해 보이는 눈으로 빤히 감시당하고 있는 것 같은 느낌이 자꾸 드는 것을 피할 수 없었다.

나는 왼편에 있는 종루에서 종소리가 세 번 깨어지는 듯 울릴 때마다 몸서리를 쳤다. 그 음률이 흘러나오는 둥그런 지붕이 있는 교회를 생생하게 떠올렸기 때문이다. 워싱턴 거리를 강 쪽으로 따라 가자 눈앞에 나타난 것은 예전에 상공 지대였던 것 같은 새 지역으로 앞쪽에 공장의 폐허가 보였고 그 밖에 역 같은 흔적이 있는 폐허를 보면서 오른쪽 계곡에 걸쳐 있는 다리까지 걸어갔다.

눈앞의 위태위태한 다리에는 주의를 촉구하는 게시문이 붙어 있었지만 나는 위험을 무릅쓰고 다시 한 번 건너편 남쪽으로 가 보았다. 거기에도 사람 사는 흔적이 있었다. 남의 눈을 피하듯 힘없이 걸어가는 사람들이 가만히 나를 보고 있었고, 더 정상적인 얼굴을 한 사람들은 냉담하게 의아한 눈초리를 보냈다. 인스마우스는 점점 머무르기 거북한 거리가 되었기 때문에, 아직 발차 시간까지는 꽤 여유가 있는 그 불길한 버스를 기다릴 것 없이 무슨 수를 써서 아캄 쪽으로 가는 차를 찾아야 한다고 생각하면서 페인 거리를 꺾어서 중앙광장으로 발길을 향했다.

그때 비로소 나는 왼쪽에 반쯤 무너진 소방서를 보았고, 붉은 얼굴에 턱수염을 기른 눈빛이 흐릿한 노인이 뭐라 표현할 수 없는 심한 누더기를 몸에 걸치고 소방서 앞 벤치에 앉은 채 역시 차림새가 좋지 않은, 그러나 이상한 얼굴을 하고 있지 않은 두 소방관과 이야기를 하고 있는 것을 보았다. 그 노인은 옛날의 인스마우스와 그 인상에 관한 그의 이야기가 정말 저주스러워 사람들이 믿을 수 없다고 하는, 머리가 반쯤 이상해진 90대의 제이독 앨른임에 틀림없었다.

3

내가 계획을 바꾸어 아까처럼 당장 이 거리에서 떠나려 생각했던 것은 심술궂은 요괴——말하자면 눈에 보이지 않는 어둠의 냉소적인 인력——탓임에 틀림없었다. 나는 처음부터 거리의 시찰은 건물을 보는 것만으로 끝낼 작정이었기 때문에, 이 죽음과 황폐함으로 거칠어진 거리에서 재빨리 도망칠 자동차편을 얻으려고 중앙광장 쪽으로 걸음을 서두르고 있었다. 그런데 이렇게 제이독 노인의 모습을 보자 갑자기 기분이 다시 변해서 급히 되돌아가려던 나의 발길은 어느새 흐트러져 느려졌다.

아까 나는 이 노인이 하는 말은 황당무계하고 조리에도 맞지 않는 이야기이며, 도저히 믿을 수도 없는 괴담을 말하는 것이 고작일 거라는 말을 들었으며, 이 노인과 이야기하는 것을 이 고장 사람에게 들키면 위험하다는 경고도 받았다. 그러나 어찌 됐든 간에 이 노인이 인스마우스 고을의 몰락을 목격했으며 배나 공장으로 번영했던 옛날로 거슬러 올라가는 기억을 가지고 있다는 걸 생각하면, 나는 이제 아무리 그만두라고 해도 가만히 있을 수 없는 호기심에 마음이 들떠 있었다.

결국 신화나 전설 같은 것은 아무리 기묘하고 어리석은 이야기라 할지라도 처음에는 진실에 바탕을 둔 상징, 즉 우화에 지나지 않으며, 이 제이독 노인은 요 90년 동안 인스마우스에서 일어난 모든 사건을 보아 왔을 게 틀림없었다. 호기심이 상식과 자제력을 무너뜨리고 불타 올라 혈기에 찬 자만심에서 나는, 위스키의 힘을 빌리면 이 노인은 입을 열 것이고 그 다음에는 봇물처럼 쏟아져 나올 그의 허풍 속에서 잘하면 진짜 역사의 주춧돌만을 골라낼 수 있을지 모른다고 생각했다.

이 노인에게 지금 여기서 이야기를 거는 것은 소방원들의 눈에 띄어 방해받을 것은 뻔한 일이다. 그러니까 그렇게 할 수 없다. 그래서 나는 아까 식료품 가게 점원에게서 술이 얼마든지 있다는 말을 들은 가게에서 밀주를 사려는 생각을 했다. 그런 다음 자연스럽게 지나가는 척하고 소방서 근방을 돌아다니다가 제이독 노인이 잘 하는 버릇대로 그가 어슬렁거리며 걸어다니기 시작한 기회를 보아서 우연히 딱 마주치면 된다. 아마도 그 점원의 말이 맞다면 제이독 노인은 지긋이 한곳에 있을 수 없는 성미여서 소방서 근방에 한 시간 이상 조용히 있는 일은 없으리라.

중앙광장에서 조금 떨어진 엘리엇 거리의 허름한 잡화상 뒷문에서 조금 비싸기는 했으나 5홉짜리 병에 든 위스키를 샀다. 응대하던 천하게 생긴 점원에게는 사람을 쏘아보는 듯한 '인스마우스의 얼굴' 같은 데가 다소 있기는 했으나 그 태도는 몹시 상냥했다. 아마 트럭 운전 기사나 순금을 사러 온 사람 따위로, 다른 고장에서 이 거리로 찾아온 술 좋아하는 손님을 늘 대접해온 탓이리라.

다시 한 번 광장 안으로 들어갔을 때 어쩐지 운이 찾아올 거라는 생각이 들었다. 왜냐하면 페인 거리에서 어슬렁거리며 나와 길먼 하우스 근방에서 누더기를 걸친 키가 크고 메마른 제이독 앨른 바로 그 사람의 모습을 발견했기 때문이다. 나는 계획대로 대뜸 방금 산 위스키 병을 내어 보이며 그의 주의를 끌었다. 잠시 뒤 내가 웨이트거리——내가 알고 있는 가장 한적한 곳으로 가는 길——로 들어서자 노인은 어떤 기대감으로 슬금슬금 내 뒤를 따라왔다.

나는 식료품 가게 점원이 만들어 준 지도를 의지해서 아까 갔던 남쪽 해변의 한적한 곳을 목표로 걸어갔다. 그곳에 도착해 보니 멀리 제방 위에 있는 어부들 이외에는 전혀 사람 그림자가 없었다. 그래서 한두 블록 남쪽으로 더 가면 어부들에게도 보이지 않는 곳에 도착할 수 있었고, 황폐한 방파제에서 둘이 앉을 자리를 발견하면 아무에게도 들키지 않고 몇 시간이고 마음대로 제이독 노인의 이야기를 들을 수 있을 거라고 생각했다. 내가 중심 거리에 들어가기 전에 "여봐요, 선생!" 하고 부르는 약간 목쉰 소리가 뒤에서 들려왔기 때문에 나는 그가 따라오는 걸 잠시 기다렸다가 위스키를 한 모금 그에게 병째 들고 마시도록 했다.

워터 거리를 곧장 걸어가면서 나는 슬슬 그의 마음을 떠보려고 했다. 이윽고 주변에 전혀 인기척이 없는 반쯤 쓰러진 음침한 폐허로 들어가서 남쪽으로 꺾었으나 늙은이는 이쪽에서 기대하는 만큼 쉽사리 떠벌려 주려고 하질 않았다.

결국 나는 무너진 벽돌과 벽돌 사이로 바다가 보이는, 잡초가 무성한 빈터 저편에 풀의 높이만큼 흙과 돌의 방파제가 뻗어 있는 것을 발견했다. 이끼 덮인 물가의 돌무더기는 그런대로 앉을 만했고, 이 장소라면 북쪽이 황폐한 창고로 가려져 있기 때문에 어디서든 보이지 않을 것 같았다. 이곳이야말로 천천히 이야기를 시작하기에 안성맞춤의 장소라고 생각했다.

그래서 나는 노인을 아래쪽 좁은 길로 안내하여 이끼가 낀 돌 사이에 편히 앉을 수 있는 곳을 골라 주었다. 주변은 죽음과 황폐의 분위기가 넘치고, 생선 비린내가 참을 수 없을 만큼 코를 찔렀다. 하지만 지금은 다른 일에 조금도 마음 쓰지 않으려고 결심했다.

만일 내가 8시발 아캄행 버스를 탈 생각이라면 이야기를 할 시간은 기껏해야 4시간쯤 남아 있었기 때문에 이 늙은 주정뱅이에게는 술을 더 먹이는 동시에 나 자신은 간단한 점심을 먹기로 했다. 술을 권하는 것은 좋지만 자칫 술이 지나쳐 제이독이 취해서 기분 좋게 그냥 잠들어 버리는 일이 없도록 나는 신경을 썼다.

한 시간쯤 지나갔을 때 여태까지 사람 눈을 두려워하듯 꾹 다물고 있던 그 입도 열리기 시작했지만, 실망스럽게도 아무리 내가 인스마우스와 그 그림자에 덮인 옛날 모양에 대해 캐물어도 그런 질문은 슬쩍 피하고 요즘 화제만 지껄여 댔다. 말하는 투를 보니 제이독 노인은 신문 관계에 박식하고 사고방식이 시골식으로 몹시 따지려고 하는 걸 알았다.

그럭저럭 두 시간 가까이 지나려 할 무렵에는 나도 위스키 5홉으로는 도저히 만족할 만한 성과는 얻을 수 없을지 모른다는 걱정에서 차라리 제이독을 기다리게 하고 위스키를 더 가지러 가는 편이 좋지 않을까 하는 생각이 들었다.

그런데 바로 그때 여태까지 무슨 질문을 해도 풀리지 않았던 그 노인의 굳은 입이 우연히 풀려 헐떡헐떡 숨을 가쁘게 몰아쉬면서 산만하게 지껄이던 노인의 말투가 갑자기 달라졌다. 나는 얼른 노인에게 다가앉아 조용히 귀를 기울였다. 그때 그 암초는 마치 손짓하는 듯이 파도 사이로 선명하게 모습을 나타내고 있었다. 그 광경을 보자 노인은 어쩐지 불쾌해진 모양이었다. 그 증거로 혼잣말처럼 '바보'라느니 '제기랄'이니 하며 심한 욕설을 낮게 내뱉더니 바싹 다가앉아 야릇한 곁눈질로 암초를 흘겨보면서 내 옷깃을 꽉 움켜쥐고는 갑자기 친근한 말투로 다음과 같이 이야기를 시작했다.

"애초부터 일이 시작된 무대는, 다름 아닌 저기서부터 갑자기 바다가 깊어지는 저 고약하고 분통 터지는 암초랍니다. 지옥의 1번지 같은 곳인데 깊이를 재려고 했지만 도저히 밑바닥까지 측량 납덩이가 닿지 않은 아주 깊은 곳이죠. 그 늙은 선장 오베드는 성공했습죠. 남양의 섬에서 엄청난 돈을 벌었다는 이야기지만 저기서는 더 많이 벌었다고 하니까요.

그 무렵은 내남없이 모두 불경기였습죠. 장사도 시원찮았고 새로 생긴 공장도 문을 닫아서 일자리가 없어졌죠. 우리중에서는 가장 살만했던 친구들조차도 1812년 있었던 전쟁 때는 해적이 되거나, 길먼이 소유했던 돛대가 2개 달린 엘리지호나 바닥이 평평한 운반선인 레이저호를 타고 어디론가 사라져 버렸지요. 오베드 마슈만도 돛대가 2개인 콜롬비호와 헤티호, 그리고 돛대 3개짜리인 스마트라 퀸호 등 세 척의 배를 거느리고 있었죠. 처음에는 그 녀석뿐이었죠, 동인도나 태평양에서 일을 하고 있었던 것은. 그러나 에스들러스 머틴이 갖고 있던 돛대 3개짜리 말레이 브라이드호가 1828년에는 드디어 그 무역에 끼어들게 되었어요.

오베드 선장 같은 사나이는 다시없을 겁니다. 그런 나이 먹은 개구쟁이 같은 사나이는! 헤헤헤! 나는 그가 곧잘 외국 이야기를 들려주던 걸 기억하고 있어요. 또한 세상 사람들이 괴로운 생각을 하면서 교회에 가는 것은 어리석은 짓이라고 한 말도 지금까지 기억하고 있어요. 그의 말에 따르면 세상 사람들은 서인도 제도의 주민 같은 신을 믿는 편이 좋다고 했어요. 그 주민들의 신이란 제물을 바치면 그 대신 물고기를 많이 잡도록 해주고 모두의 소망을 진짜로 들어 준다는 것이었죠.

오베드와 가장 사이가 좋은 친구였던 매트 엘리엇도 여러 가지 이야기를 했습니다만 이 엘리엇만은 이단의 사교(邪教)를 반대한 모양입니다. 엘리엇에 따르면 오사하이트 섬 동쪽에 섬 하나가 있는데, 그 섬에는 짐작할 수 없으리만큼 낡은 석조 유적이 많이 있다는 겁니다. 그리고 캐롤라인 제도 중의 포나페 섬 근방에도 그것과 같은 종류의 조상(彫像)이 있다는 이야기였어요. 석상의 얼굴은 이스터 섬에 있는 큰 조상의 얼굴을 닮은 모양이라고 했어요. 그 근방에는 화산섬도 하나 있는데 이 화산섬에는 종류가 다른 유적이 있고 조상의 모양도 그 작은 섬의 것과 다른 종류이고, 전에는 바다 밑에 있었던 모양으로 마멸되어 있는데다가 그 표면에는 온통 무서운 괴물 그림이 조각되어 있다는 거였어요.

알아듣겠어요, 선생? 엘리엇이 말하길 그 근방 주민들은 물고기를 얼마든지 마음대로 잡을 수 있고 또 몸에는 그 작은 섬의 유적에 있는 조각과 같은 괴물 모양을 새긴 금으로 만든 이상야릇한 팔찌라든가 팔뚝 장식이라든가 머리에 하는 장식품 따위를 번쩍번쩍 달고 있었던 모양인데, 그 조각들은 무슨 물고기 비슷한 개구리라든가, 개구리 비슷한 물고기 모양의 것이 마치 사람처럼 여러 가지 자세를 취한 것들이 그려져 있다는 거에요. 그들이 대체 어디서 그런 장식품을 입수하는지 선원들 중에는 한 사람도 아는 사람이 없었고, 다른 섬의 주민들도 자기들이 물고기를 잡지 못할 때, 바로 이웃 섬의 사람들이 어떻게 그 많은 고기를 잡는지 전혀 알 수가 없었다는 겁니다. 매트도 이 일에는 고개를 갸우뚱했고 오베드 선장도 이상하게 생각한 모양입니다. 그런데 오베드는 해마다 상당한 수의 젊은이가 행방불명이 되어 그만 돌아오지 않게 되는 것을 깨닫게 되었어요. 게다가 늙은이의 수도 별로 많지 않다는 것도 알았어요. 오베드 쪽에서도 마음속으로 은근히 아무리 지독한 카나카이족이라 하더라도 대단히 무서운 생김새를 한 사람이 있구나 생각했어요.

그 이단의 사람들에게서 그들의 신앙의 본체에 관한 이야기를 알아낸 것은 오베드였지요. 대체 어떻게 해서 알아냈는지는 모르겠습니다만, 오베드는 우선 처음에는 주민들이 몸에 장식하고 있는 금 같은 물건들과 주민들이 좋아할 것 같은 값싼 유리 세공품들을 교환했지요.

그 금 같은 물건을 어디서 입수했는가를 주민들에게 캐묻는 동안에 결국 늙은 추장 와킬러라는 사나이에게서 그것과 관계되는 이야기를 알아낸 겁니다. 오베드 외에는 그 옛날의 누런 빛의 악마 이야기를 한 사람도 믿지 않았습니다만, 오베드 선장은 마치 책이라도 읽듯이 주민들의 마음을 읽을 수 있었죠.

헤헤헤! 지금은 아무리 내가 그 이야기를 해도 아무도 믿지 않아요. 아마 당신 같은 젊은 분도 믿어 주지 않을 걸로 생각합니다만, 이렇게 당신을 찬찬히 보고 있으니까 오베드처럼 사람 마음을 읽을 수 있을 것 같은 날카로운 눈을 갖고 있군요."

이 노인의 중얼거림은 점점 가늘어졌다. 노인의 이야기 따위는 주정꾼의 잠꼬대에 지나지 않는다는 걸 충분히 알고 있으면서도 무섭고 절실하며 또한 불길한 그의 말투에서 나는 나도 모르게 몸서리를 쳤다.

"그런데 선생, 오베드라는 녀석은 이 세상에서 들어본 사람이 거의 없는, 또한 설사 들어보았다고 해야 믿을 수 없는 괴물이 있다는 것을 확실히 자기 눈으로 본 겁니다. 이 카나카이족이란 바다 밑에 사는 일종의 마귀이며 많은 젊은 남자와 아가씨를 산 제물로 요구하고 그 보답으로 온갖 혜택을 주었던 모양입니다. 주민들은 그 기묘한 폐허가 있는 화산섬에서 그 마귀 비슷한 것과 만나고 있었으니까 아마도 물고기인지 개구리인지 분간 못할 그 무서운 괴물 그림은 이 마귀의 모습을 그린 것이지요.

아마 주민들은 여러 가지로 인어에 관한 이야기를 듣고 그런 전설을 말하기 시작한 것이 아닐까요? 그 전설에 의하면 본디 바다 밑에는 여러 종류의 도시가 있고 그 섬도 본디 바다 밑에서 솟아올랐다는 것입니다. 이 섬이 옛날에 느닷없이 해면에 떠올랐을 때 그 석조 건물 속에 아직 몇 명 살아 있었던 것이 그 마귀들이라고 합니다.

그러니까 카나카이족은 바다 밑에 있었다는 소문이 있어요. 뭍에 올라온 그 마귀들은 곧 몸짓 손짓으로 말을 걸고 이윽고는 교역을 시작한 모양입니다.

그들이 좋아하는 것은 산 사람의 희생물이었어요. 바다 밑에서 여러 해 동안 그것을 맛본 일이 있었지만 뭍의 세계에서는 한 번 뿐으로 인연이 끊어졌다는 겁니다. 그들이 산 제물로 한 인간을 어떻게 처분했는지는 나로서는 알 수 없지만 오베드도 그 일은 그다지 깊이 추적하고 싶지 않았던 모양이에요.

그러나 그 편이 이단의 주민들에겐 더 나았던 겁니다. 주민들은 생활이 어려워져 모든 일이 막혀 있었기 때문입니다. 주민들은 해마다 두 번, 즉 5월제 전날 밤(4월 30일 저녁)과 만성절(萬聖節)의 저녁 제일(10월 31일)에 바다의 신에게 젊은 남자와 아가씨를 몇 명 제물로 바쳤지요.

그 밖에도 자기들이 만든 조각 장신구도 얼마간 바친 모양입니다. 그 보답으로 받는 것이 많은 물고기로――그 근방의 바다에서 잡혔죠――그것과 때때로 금 같은 것이 얼마간 손에 들어왔어요.

방금 이야기한 대로 주민들은 그 작은 화산섬에서 그 괴물들과 만나――카누에 그 밖의 것들을 싣고 가 돌아올 때는 그 보답으로 금 따위의 귀금속류를 가지고 돌아온 겁니다. 처음에 괴물들은 큰 섬으로 오지 않았지만 얼마 뒤에는 오고 싶어했습니다. 주민들과 사귀게 된 뒤로는 큰 섬에 꼭 오고 싶어했으며, 제삿날――즉 4월 30일과 10월 31일에는 정말 성대한 잔치를 벌이게 된 모양입니다. 알겠습니까? 그 괴물들은 뭍에서도 살 수 있었어요. 이른바 양서동물이라고 할까요.

카나카이족 사람들은 그 괴물들에게 다른 섬에서 온 주민은 가령 괴물들이 이 섬에 있다는 소문을 들으면 틀림없이 너희들을 죽일 거라는 이야기를 해주었으나, 괴물들은 태연한 얼굴로 있었어요.

그야 그럴 테죠. 아무리 다른 섬의 주민이 쫓아내려고 생각하더라도 마음만 먹으면 괴물들은 주민들을 일소해 버리는 건 식은 죽 먹기였을 테니까요. 말하자면 옛날에 이 지상에서 모습이 없어진 종족도——그것이 어떤 종족이었거나——역시 같은 봉변을 받았을 테니까요.

그러나 그 괴물들도 소동을 일으키고 싶지 않았던 모양으로, 누군가 다른 곳에서 이 섬에 오는 사람들이 있으면 그들은 숨어 지냈답니다.

카나카이족 사람들은 개구리 같은 그 어인족(魚人族)과 사귀게 되자 다소 고생스런 점이 있었을 것입니다만, 결국에는 어떤 새로운 견해를 갖게 되어 체념한 모양입니다. 말하자면 어떤 생물도 그 근원을 따져 보면 물 속에서 나온 것들이고 조금 몸을 변화시키는 것만으로 다시 물로 돌아갈 수 있다는 점으로 보면, 인간도 그 물 속에 사는 괴물들과 다소 관계가 있음에 틀림없다는 겁니다.

그 괴물들은 카나카이족을 향해, 만일 자기들과 혼혈하면 처음에는 사람과 닮은 아이가 생길 테지만 그러는 동안 점점 괴물을 닮은 아이가 생기게 되고 마지막에는 완전히 물에 익숙해진데다 바다 밑 괴물과 마찬가지 생활을 하게 될 것이라고 가르쳐 주었답니다. 그런데 선생, 이 부분이 가장 중요합니다. 실은 그 카나카이족 중에서 어인족과 혼혈해서 수중 생활에 들어간 혈통의 사람들은 이젠 자연사를 하는 일이 없어졌어요. 단 폭력으로 죽게 되는 경우는 별도입니다만.

그런데 선생, 오베드 선장이 그 섬의 주민들과 알게 되었을 무렵에는 벌써 그 주민들은 깊은 바다에 살고 있는 그 괴물과 완전히 혼혈이 되어 버린 모양입니다. 주민들은 나이를 먹어 괴물의 혈통 징후가 몸에 나타나기 시작하자 물 속이 도리어 몸에 편하기 때문에 육상 생활을 그만둘 때까지 계속 몸을 숨기고 있는 모양입니다. 그 중에는 다른 사람보다 곧 물에 익숙해지는 사람도 있고, 또 수중생활을 할 수 있도록 몸이 변하지 않는 사람도 있었다는 겁니다.

그러나 대부분은 괴물들이 말한 대로 생활이 변했어요. 태어날 때부터 괴물을 닮은 사람은 빨리 순응했지만 그것과 반대로 거의 인간과 변함이 없는 모습을 한 사람들은 경우에 따라 70살 넘기까지 섬에 있었던 모양입니다. 물론 그 나이가 되기까지는 곧잘 시험삼아 바다 밑으로 들어가 보지만 일단 바다 속 생활에 적응한 사람들은 보통 때도 곧잘 뭍에 올라 왔던 모양입니다.

그러니까 섬 주민들 중에는 벌써 200년이나 옛날에 바다 속에 들어간 5대째 선조 할아버지와 이야기를 한 사람도 있었던 모양입니다.

그 주민들은 죽는다는 것이 어떤 일인지 몰랐던 겁니다. 아직 수중 생활로 완전히 전환하지 않은 동안에 다른 섬의 주민들과 카누를 타고 전쟁을 하거나 깊은 바다 밑에 있는 마귀의 산 제물이 되거나 뱀에게 물리거나 전염병에 걸리거나 급성병에 걸리거나 하는 경우는 별도이지만, 죽는다고 생각하지 않고 얼마 있으면 조금도 무섭지 않은 상태로 변화한다고 제법 단순히 생각하고 있었어요.

주민들은 자기들이 손에 넣은 불사(不死)의 미덕을, 모든 것을 희생시킬 만한 값어치가 있는 것으로 생각했어요. 그리고 오베드도 나중에 왈라키 노인의 이야기를 찬찬히 되씹어 보는 동안 점점 불사야말로 그 무엇보다 중요한 가치가 있다고 믿게 되었으리라 나는 생각합니다. 사실 왈라키는 어인족의 혈통이 전혀 섞여 있지 않은 몇 사람 가운데 한 사람으로, 다른 섬들의 추장 집안끼리 결혼해서 태어난 당당한 추장의 혈통을 이어받은 인물이었어요.

왈라키는 바다 괴물에 관한 여러 가지 의식과 주술을 오베드에게 보여 주고 또한 인간의 모습과는 전혀 닮지 않은 변해버린 마을 주민을 몇 사람을 보여 주었다고 하는데, 웬일인지 바다 밑에서 온 그 괴물들의 모습은 결국 한 번도 보여 주지 않았다는 겁니다.

말하자면 추장은 오베드에게 납인가 뭔가로 만들어진 묘한 것을 주었는데 그의 이야기로는 이것을 사용하면 바다 속 어디서든 물고기를 그 보금자리까지 송두리째 잡을 수 있다는 겁니다. 물고기를 잡으려면 어떤 주문을 외우면서 그것을 바다 속에 던져 넣으면, 그 주문은 세계 어느 곳에서도 들리게끔 했으니까 물고기를 잡을 생각이 있는 사람은 누구나 물고기의 소굴을 찾기만 하면 송두리째 잡을 수 있다는 거죠.

엘리엇은 그 일이 싫어서 참지 못하고 섬에서 떠나고 싶다고 생각했지만, 오베드는 빈틈없는 사람이었으므로 금 같은 것을 터무니없이 싸게 손에 넣을 수 있으니 그것을 전문으로 한다면 돈벌이가 된다는 걸 알아차렸던 겁니다.

몇 년에 걸친 오랫동안 이런 상태가 계속된 결과, 오베드는 웨이트 거리의 낡아빠진 공장을 금 제련소로 만들어 다시 한 번 조업할 수 있을 만큼 금 원료를 손에 넣었던 겁니다.

오베드는 설사 아무리 작은 조각이라도 금과 비슷한 그 물건은 팔지 않았어요. 왜냐하면 마을 사람들이 이러쿵저러쿵하고 파고들어 따지면 귀찮아지기 때문입니다. 오베드 선장의 부하 선원들도 역시 금 비슷한 덩어리를 얻었지요. 그들은 몰래 가지고 있었을 뿐 팔아서는 안 된다는 약속은 했지만 때때로 팔았던 모양이에요. 오베드도 가족 아낙네들에게는 가장 무난한 장신구를 몸에 달게 했어요.

그런데 이야기를 1838년 무렵으로 옮긴다면——그 무렵 나는 아직 일곱 살의 어린애였어요——오베드 선장이 그 해에 두 번째 항해를 떠나 그 작은 섬에 가 보았더니 섬 주민들은 모두 어딘가로 쫓겨나서 전혀 모습을 볼 수 없었다는 겁니다. 다른 섬 주민들도 풍문으로 그 작은 섬에서 일어난 사건 이야기를 듣고 자기들끼리 그 문제를 처리하려고 했던 모양입니다.

결국 주민들은 바다의 괴물들이 유일하게 두려워하던 그 신의 마법을 본 게 틀림없다고 한다면 믿으시겠습니까? 노아의 홍수보다 더 옛시대의 폐허가 남아 있는 섬이 바다 밑에서 성큼성큼 솟아오르는 걸 보고 카나카이족들은 모두 어안이 벙벙하여 다만 놀랄 뿐이었죠. 말하자면 신의 저주에 의해 큰 섬에서도 작은 화산섬에서도 건물은 남김없이 파괴되었는데 단지 그 폐허 어딘가에 있던 아주 큰 석조물만은 파괴되지 않고 서 있었다는 겁니다.

군데군데 돌덩어리가 뒹굴고 그 돌덩어리 표면에는 마치 주문처럼 오늘날의 만(卍)자 표지가 새겨져 있었답니다. 아마 그 표지는 선주민이 남긴 선물이었겠지요.

섬에는 주민 모습을 한 사람도 볼 수 없었고 또한 금괴 비슷한 것은 흔적조차 없어졌어요. 가까이에 있었던 카나카이족 중에서도 이 일에 관해서는 한 사람도 말하려고 하지 않았어요. 마치 처음부터 그 섬에는 사람이 없었던 것처럼요.

이 사건은 당연히 오베드에게는 큰 타격이었죠. 왜냐하면 그가 예전부터 하고 있던 교역은 그 무렵 금방이라도 바닥이 드러날 만큼 부진한 상태여서 이 섬에서 하는 그저 먹기식인 금괴교역만 믿고 있었기 때문이었죠. 이것은 또한 인스마우스 전체에도 큰 타격이었지요. 다름 아닌 이 항구가 선박 교역으로 유지되던 시대에는 선장이 벌면 대체로 그 부하 선원들에게도 벌이가 되었기 때문이죠.

인스마우스 사람들은 심한 불경기가 오자 의욕이 꺾이어 양손을 든 형편이 되었고 결국 경제적으로 완전히 침체되고 말았답니다. 물고기가 잡히지 않는데다가 공장 쪽도 아예 경기가 없어졌기 때문이죠.

그런 까닭에 오베드는 조금도 이득이 없는 그리스도교에 기도를 드리고 있는 얌전한 사람들에게 욕지거리를 퍼붓기 시작했어요. 그리고 바라는 것은 무엇이나 주는 신을 믿고 있는 사람들을 자기는 잘 알고 있다고 이야기하면서요. 만일 어느 정도의 사람들이 자기 편을 들어 준다면 자기는 아마 물고기도 듬뿍 잡게 해 줄 뿐 아니라 금괴도 얼마쯤 얻을 수 있는 능력을 갖게 될 수 있다고 소문을 퍼뜨렸죠.

물론 스마트라 퀸호에 함께 타고 일했던 선원들은 오베드가 어떤 판단에서 그런 말을 하는지 곧 알 수 있었죠. 선원들은 그 섬을 보고 왔으니까요. 그 사람들로선 생김새가 아주 다른 바다 괴물들과 그리 친해질 생각은 없었죠.

하지만 무슨 일인지 전혀 내용을 모르는 사람들은 오베드가 한 말에 다소 마음이 움직인 모양입니다. 그 사람들은 진짜로 벌이가 되는지 어쩐지 확실한 증거를 보여 달라고 요구하기 시작한 겁니다."

여기까지 이야기하자, 노인은 잠시 머뭇거리면서 속으로 중얼거리더니 어느새 언짢아 보이는 걱정스런 얼굴이 되어 입을 다물어 버렸다. 신경질적으로 흘끗 뒤돌아 보다가 곧 가물가물한 새까만 암초를 매혹된 듯이 물끄러미 바라보았다.

내가 아무리 그에게 말을 걸어도 대답하지 않았다. 그래서 나는 남은 위스키를 그에게 완전히 넘겨주는 편이 좋을 거라는 걸 깨달았다. 방금 들은 터무니없는 이야기에 나는 깊은 흥미를 느꼈다. 왜냐하면 이 이야기 속에는, 인스마우스의 기괴함에 뿌리를 두면서 동시에 창조적 상상력으로 세련되게 꾸며진 외래계 전설의 단편이 많이 섞여 있는 일종의 원시적 우화가 포함되어 있다고 느꼈기 때문이다.

사실 이 이야기에는 뭔가 확실한 구체적 근거가 있다고는 조금도 믿을 순 없었지만, 그래도 역시 그 뉴버리포트에서 본 그 꺼림칙한 관과 매우 흡사한 기묘한 보석과는 관계가 있는 것을 보더라도, 이 이야기에는 절박하게 와 닿는 공포를 느끼게 하는 것이 있었다. 그 장식품도 결국 적어도 어딘가 묘한 섬에서 건너온 것일 테고, 이런 황당무계한 이야기도 결국 이 주정뱅이 노인의 허풍이라기보다 도리어 과거의 사람인 오베드가 제이독 노인에게 말한 허풍인지도 모를 일이었다.

내가 제이독 노인에게 위스키 병을 넘기자 그는 마지막 한 방울까지 깨끗이 마셔 버렸다. 왜 그가 이렇게 위스키에 강한지 이상했다. 높고 거친 숨결이지만 술에 취해 혀가 말리는 기색 따위는 전혀 없었다.

그는 술병 주둥이를 핥고 나자 그것을 자기 호주머니에 넣은 뒤 혼자서 고개를 끄덕이면서 작은 소리로 조용히 혼잣말을 중얼대기 시작했다. 그 중얼거림을 한 마디도 놓치지 않으려고 나는 그에게 바짝 다가앉았다.

그 더러운 긴 수염 그늘에 비웃음이 숨어 있는 것처럼 느껴졌다. 그는 나름대로 정확히 표현하려고 애쓰고 있었고 덕분에 균형이 잘 이루어지고 있음을 나는 확실히 알 수 있었다.

"가엾게도 매트는……그래요, 매트는 오베드의 계획에 반대하고……마을 사람들을 자기편에 붙이려고 목사들과 오랫동안 의논하거나 여러 가지로 애써 보았지만……결국은 헛수고를 했으며……조합교회파의 목사를 놈들이 마을에서 쫓아 버렸고 메소디스트파의 목사는 스스로 그만두었고, 뱁티스트파의 고집스런 목사 배브콕의 모습도 없어지고……그것은 여호와 하느님의 노여움이었죠……나는 아직 나이도 어린 조그만 어린애였지만 바로 이 귀로 들었고 이 눈으로 똑똑히 보았어요……다곤과 아쉬탈테(풍요와 번식을 맡아보는 고대 셈족의 여신)……사탄과 바르세부브(마귀 중의 첫째와 둘째)……금 송아지(이스라엘 왕 여로보암이 세운 금으로 만든 우상) 카난이나 펠리시테의 우상……바빌로니아의 불길한 우상……메네, 테켈, 웁할신……"

노인은 다시 입을 다물었다. 그 흐릿한 파란 눈 모양으로 보아 노인이 어쩌면 인사불성에 떨어지는 건 아닐까 나는 걱정했다. 그래서 그의 어깨를 조용히 흔들어 주자 그는 놀란 눈으로 뜻도 모를 말을 마구 지껄이기 시작했다.

"이것 봐, 자넨 내 말을 믿지 않는 거야? 음 그렇군. 그럼 대체 오베드 선장과 20여 명이 한밤중에 마귀의 암초로 배를 저어 가, 풍향이 좋은 밤에는 온 항구에 들릴 만한 큰소리로 노래를 부른 것은 무슨 까닭이지? 그래, 무슨 까닭이야? 그리고 또 그 오베드가 측량할 수 없을 만큼 깊은 낭떠러지로 되어 있는 그 암초 뒤편에 가서 바다 속 깊이 무거운 납을 던져 넣은 것은 무슨 까닭인지 가르쳐 줘. 왈라키에게서 받은 그 이상한 납을 대체 녀석은 어떻게 했는지 가르쳐 줘.

이것 봐, 자네. 5월절의 전야제와 만성절의 저녁 제사에 그들은 대체 뭐라고 떠들고 있었지? 그리고 또 새 교회의 목사, 전에는 선원이었던 그 목사들이 그 이상야릇한 법의를 입고 오베드가 갖고 돌아온 금 비슷한 물건을 몸에 장식하는 건 대체 무슨 까닭인가?"

그 몽롱한 파란 눈동자는 마치 야만인이나 미치광이처럼 보였고 더러워진 하얀 수염은 마치 전기라도 통한 듯이 빳빳하게 곤두서 있었다. 제이독 노인은 아마 내가 겁내고 있는 걸 눈치챈 모양인지 킬킬 기분 나쁜 웃음을 웃었다.

"킬킬킬! 이제 알 것 같소? 아마 당신은 옛날 일을 알고 싶을 테지요. 나는 그 무렵 집의 전망대에서 밤에 바다를 바라보다가 괴물을 보았지요. 봐요, 알겠어요? 생김새는 작지만 귀는 큼직해요. 오베드 선장 일이라면, 소문이란 소문은 하나도 놓친 적이 없는, 귀신같은 내 귀란 말씀입죠. 암초로 간 사람들쯤 당연히 알고말고요! 크크크.

나는 어느 날 밤, 배에서 사용하는 아버지 망원경을 꺼내 들고 전망대에 올라가 보았지요. 달이 뜨자 얼마 뒤 그 암초 있는 곳에 뭔가 생물이 우글우글하더니 그것들이 바다로 뛰어드는 모양이 보였어요. 오베드와 패거리들은 보트에 타고 있었지만 그 생물은 암초 건너편에서 깊은 바다에 뛰어들자 두 번 다시 떠오르지 않았어요. 어린아이 혼자 전망대에 올라가 사람이 아닌 괴물들을 보고 있다니 근사한 광경이라고 생각하지 않습니까? ……어때요? 낄낄낄……."

이 노인이 점점 신경질적으로 되어 갔기 때문에 나는 뭐라 말할 수 없는 불길한 느낌에 가슴이 두근거리기 시작했다. 그는 마디가 굵은 손으로 내 어깨를 잡았는데 그 떨리는 손가락은 그가 웃으며 즐거워하기 때문은 아니었다.

"어느 날 밤, 암초 저쪽 편에서 뭔가 무거운 물건을 실은 오베드의 보트가 멈춰 서 있었는데 그 이튿날, 젊은 거지 한 사람이 행방불명되었어요. 어찌된 일일까요? 하이애럼 길먼이 어디에 숨었다는 겁니까? 아니면 어디로 갔다는 말입니까? 그렇다면 또 다른 사람들은 어떻게 됐다는 겁니까? 닉 피어스, 로레이 웨이츠, 애드닐럼 사우스윅, 헨리 개솔린 등은 어떻게 된 겁니까? 네? 크크크…… 괴물들은 몸짓이나 손짓으로 이야기를 하지요. 진짜 손이 있는 겁니다…….

그런데 선생, 드디어 오베드가 다시 일어서게 되었어요. 그의 세 딸들이 여태껏 누구에게도 보인 적이 없는 금 장신구를 몸에 달고 다니는 걸 보게 되었고, 그 제련소 굴뚝에서는 다시 연기가 올라가게 되었어요. 다른 사람들도 번창해졌고, 물고기도 마치 자기들을 잡아가라는 듯이 항구에 모여들기 시작했어요. 도대체 뉴버리포트나 아캄이나 보스턴에 얼마나 출하해야 좋을지 모를 정도로 성황을 보이기 시작한 거에요. 그리고 오베드는 옛 철도를 개통시켰어요. 킹스포트 근처의 어부들은 인스마우스에서 놀라우리만큼 물고기가 많이 잡힌다는 소문을 듣고 슬루프 형 범선을 타고 온 모양이지만 그들은 모두 행방불명이 되었고 두 번 다시 모습을 나타내지 않았어요. 바로 그 무렵, 항구 사람들은 '다곤 비밀 교단'을 조직하고 골고다 비밀결사의 집회가 있었던 프리메이슨 회관을 사서 본부로 사용했던 모양입니다. 킬킬킬! 매트 엘리엇은 프리메이슨 회관을 파는 데 반대했었는데 바로 그 무렵 별안간 그의 모습이 사라졌어요.

알겠어요? 나는 오베드가 카나카이족의 섬에서 한 것과 같은 일을 이 마을에서 하려고 계획하고 있다고는 말하지 않아요. 나도 처음에는 설마 그가 이 마을에서 그 어인족과의 혼혈을 계획하고 있다고는 생각하지 않았고 또 젊은이들을 바다에서 훈련시켜 불사신의 어인족으로 바꾸려는 것으로 생각하지도 않았어요. 녀석은 금괴가 탐났던 겁니다. 그래서 그걸 위해서라면 어떤 희생도 무릅쓸 생각이었죠. 그래서 그들은 얼마 동안은 만족하고 있었던 모양입니다.

그런데 1846년이 되자 이 마을에는 뭔가 이상한 낌새가 보이기 시작했어요. 웬일인지 여러 사람이 행방불명이 되고, 주일날 모임의 설교도 몹시 야만스러워지고, 그 암초 소문도 종종 들리게 되었어요. 나는 행정위원인 몰리에게 전망대에서 본 것을 상세히 이야기해 주고 그나마 위로로 삼았어요. 어느 날 밤, 파티가 열리고 그 뒤 오베드 일행은 그 암초로 떠났어요. 나는 보트와 보트 사이에서 뭔가 그물을 치는 듯한 소리를 들었어요. 그 이튿날 오베드와 그의 동료 32명이 유치장에 갇혔어요. 마을 사람들에겐 대체 뭐가 뭔지 전혀 짐작이 가질 않았어요. 어떻게 처리해야 좋을지 당황했어요. 아, 그때 누군가 알았다면…… 그로부터 2, 3주 후에 영원히 바다 속에 던져 넣지 않아도 되었을 것을……."

제이독의 얼굴에는 공포와 피로의 빛이 떠올라 보였다. 나는 얼마 동안 그를 그대로 조용히 내버려두었다. 그러나 시계를 옆눈질해서 시간만은 제대로 보고 있었다. 조류가 바뀌어 밀물이 들어오기 시작하였고 그 파도 소리를 듣고 노인은 갑자기 정신을 차린 것 같았다. 나는 그 밀물이 고마웠다. 왜냐하면 파도가 높을 때는 생선 냄새도 그다지 불쾌하지 않았기 때문이다. 나는 다시 그가 중얼대는 말을 놓치지 않으려고 귀를 기울였다.

"그 무서운 밤…… 나는 그걸 보았어…… 전망대에 올라가…… 녀석들의 무리가…… 우글우글 모여 있는 것을…… 암초 위 가득히, 그리고 항구 쪽에도 헤엄쳐 왔고 마뉴제트 강에도 들어왔지요…… 아니, 그날 밤 인스마우스 거리에는 진짜로 어떤 사건이 일어났다고 생각합니까…… 하필이면 녀석들은 우리 집 문을 두드렸어요. 그런데 아버지는 한사코 문을 열어주지 않았어요…… 그리고 아버지는 총을 들고 부엌 창가로 올라가 몰리를 찾았고, 어떻게 하면 좋을까 생각했어요…… 그런데 갑자기 온 거리에 죽은 사람과 죽어 가는 피해자가 생겼어요…… 총소리와 비단을 찢는 듯한 비명소리가 들렸어요…… 올드 스퀘어, 다운 스퀘어, 뉴처지 그린 쪽에서 외치는 소리가 들려왔어요…… 감옥의 문은 비틀어 열어졌고…… 포고령이니…… 대반역이니 하고 큰 소동이 벌어졌어요…… 사람들이 모두 모이자 마을 주민의 반이 행방불명된 것이 판명되었으며, 그 원인은 표면적으로는 전염병 탓이라고 하였어요…… 오베드에게 가담한 사람들과 그 괴물과, 줄곧 얌전히 있었던 사람들 외에는 행방불명되었고…… 아버지 소식도 그때 그만 끊어지고 말았어요.”

이 노인은 점점 숨이 차서 땀을 뻘뻘 흘리고 있었다. 내 어깨를 쥐고 있는 손에 꽉 힘이 들어갔다.

“오전 중에 모든 것이 정리되었어요…… 그러나 뭔가 사건이 일어났다는 흔적은 생생하게 남아 있었어요…… 오베드가 지휘를 하여 거리의 정세는 이제부터 더욱 변한다고 말했어요…… 그 괴물들도 우리와 함께 교회에 모였고 또 어떤 집들은 이 진기한 손님을 접대하지 않을 수 없게 되었어요…… 괴물들은 카나카이족과 이루어졌던 것처럼 이 마을 사람을 상대로 혼혈을 하려 했고, 오베드도 그것을 막으려고는 생각하지 않았어요. 지나친 짓이었죠. 오베드도…… 이 일에 관한 한 미친 짓을 하는 것과 같았죠. 그의 말에 따르면 괴물들이 물고기와 보물을 가져다 주는 이상 이번에는 그들이 바라는 것을 갖다 주지 않으면 안 된다는 것이었어요…….

표면적으로는 별로 아무런 변화도 없었지만 우리로서는 스스로를 지키기 위해서 그저 되도록 그 이상한 괴물들을 피하지 않을 수 없었어요. 우리는 모두 ‘다곤의 맹세’를 했어요. 그러자 그 뒤 또 제2, 제3의 맹세를 하라는 겁니다. 특별히 도움이 되는 사람은 특별한 보수를 받았어요. 금괴나 뭔가를. 아무리 방해해도 더 이상 소용이 없었어요. 바다 밑에는 그들이 몇 백만이나 있었으니까요.

녀석들은 뭍에 올라와 인간을 일소해 버리려는 생각은 하지 않았어요. 그들을 배신해서 그렇게 하지 않을 수 없도록 만들었다면 간단한 일이었을 테지만요. 우리는 남쪽 바다의 주민들이 했듯이 괴물들에게 주술을 걸어 죽이려고는 하지 않았고, 또한 카나카이족 주민도 그 주술의 비결을 가르쳐 주지 않았어요.

산 제물도, 주민들의 장식품도 많이 주고 마을에서 편히 숙박할 수 있도록 해주지 않으면 그들은 만족하지 않았어요. 다른 고장에서 이런 이야기를 태연히——라는 것은 기도도 드리지 않고, 라는 뜻인데——듣고 있을 사람은 한 사람도 없을 겁니다. 비밀은 모두 그 '다곤 비밀 교단'이라는 충직한 일파의 손에 쥐어져 있었어요……어린이들만은 꼭 살려 두었다가 우리들 인간의 궁극의 선조인 어머니 히드라와 아버지 다곤에게 돌아가지 않으면 안 돼, 이야! 이야! 쿠툴르프·푸타운! 푼구일·무굴우나프·쿠툴르프·르·리에·우가나굴·푸타군!"

제이독 노인은 갑자기 저주하는 듯한 말투로 강하게 재빨리 말하기 시작했다. 나는 나도 모르게 침을 삼켰다. 가엾게도 이 노인은 술 탓인지 불쌍하게도 깊은 환상에 빠져 자기 주위의 황폐함, 이상함, 질병 등에 대한 혐오 탓으로 이런 풍부한 공상을 만들어낸 것이다. 그는 흐느껴 울기 시작했으며 주름이 잡힌 양 볼에는 눈물이 흘러 턱수염 속으로 흘러가고 있었다.

"어이쿠, 맙소사. 내가 열 다섯 살 때부터 보아 온 그 일은……메네, 메네, 테켈 우프할신! ……행방불명된 사람들, 자살한 사람들, 아캄이나 입스위치 같은 도시에서 이 사건의 경위를 이야기한 사람들은 지금 당신이 나에 대해 그렇게 생각하는 것처럼 모두 미친 사람이라고 말했어요.

그러나 내가 보아 왔던 그 일은, 그래요, 녀석들은 나에게 사정이 알려졌다고 해서 훨씬 전부터 나를 죽이려고 했으므로, 나로서는 오베드를 배신하는 다곤의 맹세를 첫 번째도 두 번째도 할 수밖에 없었으며, 배심원들도 내가 보았던 것을 일부러 떠들고 다닌다는 것을 증명할 수 없었으므로 나를 궁지에 몰아넣을 수 없었던 거지요…… 하지만 나는 세 번째 맹세만은 도저히 하고 싶지 않았어요. 그런 맹세를 하느니 차라리 죽는 편이 낫다고 생각했어요.

남북전쟁 무렵이 되자 사정은 더욱 나빠졌어요. 이미 1846년 이후에 태어난 아이들이 그 무렵에는 성인이 되기 시작했지요. 그 아이들 중에는 괴물과 같은 녀석도 있었어요. 나는 불안해서 견딜 수 없었어요. 그 무서웠던 밤 이후 나는 한 번도 기도를 드리지 않았고 괴물의 모습도 보지 못했고, 오로지 내 생활 속에만 갇혀 있었어요. 말하자면 피가 통하지 않는 생활이었지요.

나는 전쟁에 참가했어요. 만일 용기와 분별력이 있었다면 두 번 다시 이 마을에 돌아오는 일 없이 어딘가 먼 곳에 자리를 잡았을 겁니다. 그런데 동네 친구들이 내게 편지를 보내 인스마우스의 사정은 그렇게 나쁘지 않다고 했던 겁니다. 내 생각으로는 1863년 이후에는 정부의 관리가 인스마우스에 있었으니까 그런 편지를 보냈던 것이겠죠.

전쟁이 끝나자 다시 전의 나쁜 상태로 돌아가고 마을 사람들은 아주 영락한 신세가 되었고, 공장도 상점도 경기가 없었으며 어업은 전혀 되질 않았고, 항구는 배가 드나들지 않았고 철도는 폐지되었지요.

그런데 그 괴물들은 ……여전히 저주받을 마귀의 암초에서 헤엄쳐 나와 마뉴제트 강으로 들락거리는 걸 그만두지 않았어요. 아니,

그뿐만 아니라 점점 다락방 창문으로 들어가게 되어 빈집이었던 집들에서 점점 시끄러운 소리가 나게 된 겁니다.

다른 고장 사람들은 우리 일에 대해서 그들 나름대로의 소문을 내고 있었어요.

아까 한 질문으로 짐작컨대 아마 당신도 그런 소문을 여러 가지로 들었을 겁니다. 그들 나름대로의 소문이란, 그들이 이따금 본 일이 있는 그 괴물 이야기라든가, 지금도 어디선가 들어와 좀처럼 없어지지 않는 그 묘한 보석류 이야기인데, 아직 무엇 하나 밝혀진 것은 없어요. 다른 고장 사람은 어느 이야기도 진짜로 믿지 않아요.

그들의 말에 따르면 그 금 같은 물건도 해적이 숨겼던 보물로 보는 겁니다. 인스마우스 사람에게는 외국인의 피가 흐르고 있다든가, 조금 머리가 돌았다든가 하는 정도죠. 게다가 마을 사람들도 외부인은 보란듯이 내쫓아 버리기 일쑤고 특히 밤에 돌아다니면서 쓸데없이 캐묻지 못하도록 하고 있어요. 짐승들은 예의 괴물을 보면 무서워 멈칫거렸고——말(馬)은 당나귀보다 더했어요——하지만 자동차가 달리게 된 뒤부터 말썽은 없어졌어요.

1846년에 오베드 선장은 두 번째 부인을 얻었는데, 그 부인이란 마을에서는 누구 한 사람 얼굴을 본 적이 없는 여자로, 어떤 사람 말에 따르면 오베드가 얻고 싶다고 한 것이 아니라 그 괴물들에게 불려 가서 어쩔 수 없이 결혼하게 되었다는 겁니다.

그와 그 부인 사이에 세 아이를 낳았는데 그 가운데 둘은 일찍 죽었지만, 보통 인간과 다를 바 없는 여자애 하나가 남아 유럽에서 교육을 받았어요. 결국 오베드는 아무 사정도 모르는 아캄의 사나이를 속여서 그 딸과 결혼시켰어요. 요즘은 다른 고장의 사람은 인스마우스 사람과는 아예 관계를 맺지 않으려고 합니다.

현재 제련소를 운영하고 있는 바너버스 마슈는 오베드의 손자로 오베드와 첫째 부인과의 사이에 생긴 오우네시포러스——그가 장남인데——의 아들인데 그의 어머니도 절대로 외부에 모습을 내보이지 않은 사람의 하나였어요.

지금은 바너버스의 모습도 꽤 변해 버렸죠. 눈은 줄곧 뜬 채 감을 수 없게 되었고 모습도 아주 사람과는 달라졌다는 겁니다. 듣건대 아직 옷은 입고 있는 모양이지만 멀지 않아서 바다 속에 잠수할 겁니다. 아마 시험 잠수는 해 본 걸로 생각됩니다. 그들은 영구히 바다 속에 잠수할 수 있을 때까지는 때때로 주술을 위해 잠수한다는 겁니다.

바너버스가 사람들 앞에 모습을 보이지 않게 된 것도 그럭저럭 10년쯤은 됩니다. 그의 아내는 어떤 기분으로 있는지 모르겠지만——그녀의 고향은 입스위치입니다——바너버스가 50여 년 전에 그녀에게 결혼을 신청했을 때 괴물의 피를 이은 자들은 하마터면 그에게 린치를 가할 뻔했지요. 오베드는 1878년에 죽었고 그 아이들도 지금은 저 세상에 가 버렸어요. 첫째 부인의 아이들도 죽었고 그 밖의 사람들은…… 어찌 되었는지 아무도 모릅니다."

밀물 소리가 이제는 아주 심해졌다.

이 노인의 기분도 눈물을 찔끔거리던 태도에서 뭔가를 경계하고 무서워하는 태도로 조금씩 변했다. 이따금 이야기를 중단하고 신경질적으로 슬그머니 뒤를 돌아보는 몸짓을 하거나 다시 암초 쪽을 바라보기도 했으므로, 그 이야기가 아무리 유치하고 바보스러운 것임에도, 나도 점점 막연한 불안을 똑같이 느끼지 않을 수 없었다. 제이독의 목소리는 이제 완전히 고음이 되어 큰소리를 지르며 용기를 불러일으키는 모양이었다.

"여보시오, 선생. 뭐라고 말해 봐요. 이런 마을에서 살고 싶다고는 생각하지 않습니까? 그 무엇이든 썩고 죽으며, 괴물들이 상륙해서는 캄캄한 지하실이나 다락방에서 당신이 걸어가는 어느 길에도 기어 나와서 짖어대거나 울어대는 이 거리에서 살고 싶지 않습니까? 봐요, 매일 밤 교회나 '다곤 교단 회관'에서 울려오는 웅얼대는 소리를 듣고 싶지 않습니까? 5월절 전야제나 만성절의 저녁 예배 때 그 무서운 암초에서 들려오는 소리에 귀를 기울이고 싶지 않습니까? 이 늙은이를 미친 사람이라고 생각하는 건가요? 어때요, 선생. 별 다를 바 없는 이야기지만 조금 더 이야기해도 좋겠습니까!"

이렇게 말하는 제이독의 목소리는 새된 소리가 되어 있었다. 미치광이처럼 흥분해서 떠들어대는 소리는 이제 그만두라고 하고 싶을 만큼 나빠져 있었다.

"제기랄 것! 그 괴물 같은 눈으로 이제 그만 뜯어봐! 알겠어, 오베드 마슈는 지금도 지옥에 있어. 그리고 언제까지나 지옥에 있지 않으면 안 돼. 힛힛힛…… 지옥에 말이야! 내가 잡힐 줄 알아? 나는 아무 짓도 하지 않았어. 누구에게도 이야기하지 않았어!

아, 댁은 거기 있었수? 그래 좋아, 지금까지 아무에게도 말하지 않았지만 지금부터 말하려는 참이야! 댁은 조용히 앉아서 듣고만 있으면 돼. 지금까지 아무에게도 말하지 않았던 일이야…… 알겠어? 나는 그날 밤 이후 더 탐색하는 것을 그만두기로 했어. 하지만 역시 그들에 관한 것은 알게 되었지.

댁도 진짜로 무서운 것이 어떤 일인지 알고 싶을 테지, 응? 그건 말이야 이렇지, 진짜로 무서운 건 그 물고기 괴물들이 여태까지 해온 일이 아니라, 이제부터 하려고 하는 일이야! 녀석들은 댁들 집에서 이 마을로 여러 가지를 운반해 오고 있어. 몇 년에 걸쳐 그렇게 하고 있었는데 요즘은 퍽 조용해진 것 같아. 워터 거리와 중심가 사이에 있는 강 북쪽에 있는 괴물들의 집에는 그들이 운반해 온 물건이 가득 차 있어. 일단 그들이 준비가 끝나면…… 알겠나, 녀석들의 준비가 끝나면…… 댁은 '숏고스'의 소문을 들은 적이 있수?

여봐, 듣고 있나? 나는 녀석들의 정체를 잘 알고 있어. 어느 날 밤, 나는 녀석들이 하는 짓을 보았어. 그때…… 이아 아! 이야!"

노인이 너무 갑자기 비명을 지르고 또 그 소리가 사람답지 않은 공포감에 넘쳐 있었기 때문에 나는 자칫 정신을 잃을 뻔했다. 그의 눈길은 내 등 뒤 악취가 몹시 나는 바다 쪽을 보고 있었는데 그 두 눈은 금세 얼굴에서 튕겨 나올 것만 같았으며 그의 얼굴은 그리스 비극에 사용하는 공포의 탈과 꼭 같은 모양이었다. 그의 뼈가 드러난 손가락은 기분 나쁘리만큼 내 어깨에 꽉 파고들었고, 대체 무엇을 그렇게 보고 있는 것일까 하고 내가 바다 쪽을 뒤돌아보았을 때도 노인은 그대로 꼼짝도 하지 않았다.

내 눈에는 무엇 하나 발견되지 않았다. 다만 밀물의 흰 파도만이, 그것도 길게 선을 그은 듯한 흰 파도가 아니라 군데군데 잔물결을 치며 그것이 하나로 연결된 것 같은 파도만 보였다. 그러나 방금 제이독이 나를 흔들었기 때문에 나는 얼핏 뒤돌아보았다. 지금까지 공포로 굳어졌던 그의 얼굴이 풀어져 눈꺼풀이 파르르 경련하고 이를 가는 소리가 들리는 것 같은 무서운 형상이 되는 것을 나는 알 수 있었다. 이윽고 그는 다시 말할 수 있게 되었다. 하지만 그것은 속삭이는 듯 떨리는 목소리였다.

"어서 도망쳐! 어서 가! 녀석들에게 들키고 말았어. 필사적으로 도망쳐! 잠시라도 우물쭈물하지 마라. 녀석들은 벌써 눈치챘어. 어서 도망쳐! 이 마을에서 도망쳐."

또 하나의 큰 파도가 느슨해진 옛 방파제에 부딪쳤다. 그러자 이 광기의 노인이 속삭이는 소리는 다시금 인간이라고 생각되지 않는 피가 얼어붙을 듯한 비명으로 변했다.

"이 야아……! 야……아!"

내가 아직 흐트러진 마음을 가라앉히기도 전에 그는 내 어깨에 놓았던 손의 힘을 풀자 내륙의 시가지 쪽으로 맹렬히 뛰어갔다. 썩어서 무너진 창고 벽을 돌아 북쪽으로 휘청거리며 가 버렸다.

나는 바다 쪽을 얼핏 뒤돌아보았으나 거기에는 아무것도 없었다. 나는 워터 거리에 도착하자 북쪽을 보았다. 그러나 그 근방에는 제이독 앨른의 모습은 그림자도 보이지 않았다.

4

이 비참한 이야기——미친 듯한 동시에 슬프고 괴기하며 무서운 이 이야기——를 듣고 느꼈던 감정은 도저히 나로서는 표현하기 어려웠다. 식료품점 청년에게서 미리 각오하라는 말은 들었지만 실제 상황에 당면해 보니 역시 당황스럽고 혼란을 느끼지 않을 수 없었다. 이야기 자체는 어른스럽지 못했지만 제이독 노인의 미친 듯한 집념과 겁먹은 모양을 보자 그러지 않아도 이 마을이 싫고 눈에 보이지 않는 어두운 그림자에 참지 못하게 된 내 마음은 점점 불안이 더해지는 걸 느끼기 시작했다.

이 이야기는 나중에 체로 쳐서 그 역사적 우화의 핵심만을 걸러낼 수 있다는 생각에 지금 당장은 잊어버리고 싶었다. 시간은 상당히 지나 어느덧 7시 15분을 가르키고 있었고 발차 시각을 생각하자 이제 더 우물쭈물하고 있을 수 없었다. 아캄행 버스는 거리의 광장에서 8시 출발로 되어 있었다. 나는 시간에 맞거나 맞지 않거나 형편대로 할 작정이었으므로 걸음을 빨리하여 구멍 뚫린 지붕과 기울어진 집들이 서 있는 황폐한 거리를 걸어 호텔로 향했다. 호텔에는 가방이 맡겨져 있었고 거기서 버스를 기다리면 될 거라고 생각했다.

오후의 기울어 가는 햇빛이 고풍스런 거리의 집들과 더러운 굴뚝에 한가로이 비치고 있었다. 나는 날카로운 옆눈질을 때때로 뒤쪽으로 보냈다. 만일 이 냄새나는 무섭고 어두운 그림자에 덮인 인스마우스를 곧 빠져나갈 수 있다면 얼마나 좋을까 생각하자 '그 인상 나쁜 서전트가 운전하는 버스 외에 뭔가 탈것이 있으면 좋을 텐데' 하는 생각이 들었다. 그러나 또 너무 급히 이곳을 떠나는 것도 아쉬운 느낌이 들었다. 왜냐하면 이 거리의 어느 구석에도 그 세부는 한 번 볼 가치 있는 건물이 여러 채 있었고, 30분이면 쉽게 전부 보고 다닐 수 있다고 생각했기 때문이다.

나는 그 식료품 가게 청년이 만들어 준 지도를 펼쳐놓고 전에 한 번도 통과하지 않았던 길을 찾아내자, 그 중에서 타운 스퀘어로 가는 길 중에서 국도를 지나지 않고 마슈 거리를 빠져나가는 길을 선택하기로 했다.

폴 거리 모퉁이에 접근했을 때, 사람 눈을 꺼려하는 그 녀석들이 소곤소곤 지껄이면서 그 근방에 드문드문 모여 있는 것이 보였는데 마지막으로 중앙광장에 도착했을 때는 그 근방에 서성거리던 녀석들은 모두 길먼 하우스 현관으로 모여들고 있었다.

내가 카운터에서 내 여행 가방을 받고 있는 동안 그들의 부어 오른 듯한 눈이 묘하게도 깜박거리지도 않은 채 찬찬히 나를 바라보고 있는 것 같아서, 나는 그 기분 나쁜 녀석들이 아무도 버스에 같이 타지 않았으면 좋겠다고 은근히 바랐다.

그 버스는 다소 빨리, 손님 셋을 태우고 8시 전에 덜컹거리며 돌아왔다. 그러자 아까부터 길가에 서 있던 무서운 얼굴을 한 사나이가 운전기사에게 뭔가 들리지 않는 말로 귀띔을 했다. 운전기사 서전트는 우편 주머니와 한 묶음의 신문을 던진 뒤 호텔로 들어갔다.

그런데 그 승객들이란 오늘 아침 뉴버리포트에 도착했을 때 보았던 사나이들로 차에서 인도로 힘없이 내리자 그 근처에 서성거리던 녀석들 중 한 사람과 얕은 소리로 속삭거렸는데 그 말은 아무래도 영어가 아닌 것은 확실했다.

나는 텅 빈 차에 올라, 올 때와 똑같은 좌석에 앉았다. 그러나 어쩐지 기분이 가라앉지 않았다. 이윽고 운전기사가 나타나 어쩐지 사람을 위압하는 듯한 굵은 음성으로 중얼중얼 이야기하는 걸 듣고는 겨우 마음이 가라앉았다.

그런데 버스를 타기는 했으나 이번에는 운이 나빴던 모양이다. 조금 전에 뉴버리포트에서 돌아올 때는 꽤 좋은 속도로 달렸었는데 지금은 기관에 고장이 생겨 아캄까지는 도저히 갈 수 없다는 것이었다. 뿐만 아니라 오늘 밤 중에는 도저히 수리가 끝날 것 같지 않고 인스마우스에서 아캄까지든 어디든 다른 고장으로 가는 차는 하나도 없다는 것이었다.

운전기사 서전트는, 아무쪼록 죄송하지만 손님은 길먼 하우스에서 숙박할 수밖에 없으며 호텔비는 다소 싸게 해 줄 테지만 어쨌든 미안합니다, 라고 말했다. 이 뜻밖의 일로 나는 어리둥절했으며, 불도 들어오지 않는 집이 반이나 되는 이 황폐한 거리에서 밤을 맞으려고 생각하자 소름이 오싹 끼쳤다. 할 수 없이 나는 버스에서 내려 길먼 하우스의 로비로 들어갔다. 무뚝뚝하고 이상한 얼굴의 사무원이 맨 위에서 두 번째 층, 즉 4층의 428호실을 1달러에 내주었는데 단, 수도 설비는 없다는 것이었다.

뉴버리포트에서 이 호텔의 소문은 여러 가지로 듣고 있었음에도 결국 여기서 묵게 된 것이다. 숙박계에 사인을 하고 숙박비도 지불하고 그 사무원에게 여행 가방을 들게 하여 이 무뚝뚝하고 음침한 사나이의 안내로 전혀 인기척도 없는 먼지투성이의 복도를 지나 1층, 2층, 3층 삐걱거리는 계단을 올라갔다. 안내받은 곳은 호텔 뒤편에 붙어 있는 음침한 방으로 창문이 둘 달려 있고 장식없는 싸구려 가구가 놓여 있었다.

창문에서 바깥을 내다보니 아래쪽으로는 황폐한 낮은 벽돌담으로 둘러친 지저분한 가운데뜰이 있고 썩어서 가라앉은 지붕이 건너편의 늪지대를 바라보며 서쪽으로 뻗어 있었다.

복도 막다른 곳에는 옛 유적을 연상시키는 욕실이 있었는데 그 안에는 낡은 대리석 수반과 주석 욕조가 있었고 희미한 전등이 켜 있었으며 벽 둘레에 있는 납으로 된 수도관에는 그 위로 곰팡내 나는 널빤지가 덮여 있었다.

아직 날이 밝았기 때문에 나는 호텔에서 나서자 중앙광장으로 가서 간단히 저녁 식사를 하려고 했다. 조금 전과 마찬가지로 기분 나쁜 패거리들이 서성거리고 그 녀석들의 눈길이 온몸에 집중되는 것을 느꼈다. 그 식료품 가게는 벌써 닫혀 있었기 때문에 아까 낮에는 들어가지도 않았던 그 레스토랑에 들어가지 않을 수 없었다. 그런데 그 가게에는 땅딸막하고 머리 폭이 좁고 빤히 바라보는 깜박거리지도 않는 눈을 한 사나이와 코가 낮고 놀랄 만큼 두텁고 못생긴 손을 가진 젊은 여자가 일하고 있었다. 서비스는 모두 카운터식으로 되어 있었다. 다소 마음이 놓인 것은 식품 모두가 통조림이나 포장품을 사용하고 있다는 점이었다. 크래커에 야채 수프 한 접시를 먹자 충분했으므로 나는 길먼 하우스로 돌아갔다.

그 괴기한 얼굴을 한 사무원에게서 카운터 데스크 옆에 있는 흔들거리는 물품장에서 석간 신문과 파리똥으로 더럽혀진 잡지를 받자 나는 곧 음침한 내 방으로 갔다. 저녁 어둠이 깊어졌기 때문에 나는 싸구려 쇠난간이 달린 침대 위쪽에 있는 희미한 전구를 켜고 그나마 읽기 시작했던 책을 다시 읽어 보려고 펼쳤다. 이 낡은 죽음의 그림자에 덮인 거리에서 떠날 수 없는 현재, 이 거리의 기괴한 일들을 이것저것 생각하는 건 반갑지 않은 일이니까 뭔가 다른 일에 기분을 집중하는 것이 좋겠다고 나는 생각했다.

게다가 그 늙은 주정뱅이에게서 들은 이야기를 생각하니 아무래도 나쁜 꿈을 꿀 것만 같았기 때문에 나는 되도록 그 노인의 눈물 글썽한 눈을 생각하지 않기로 했다.

또한 공장 감독이 뉴버리포트의 개찰원에게 이야기했던 길먼 하우스에 관한 것이나 호텔 방에서 밤에 이상한 사람 소리가 들린다는 소문을 생각하는 것도 그만두어야 했다. 아니 그것뿐이 아니라 그 캄캄한 교회 입구에서 관을 쓰고 서 있던 사나이의 얼굴, 그야말로 바른 정신이었던 나로서도 확실한 설명을 할 수 없는 그 무서운 얼굴도 떠올리지 않는 것이 좋겠다고 생각했다.

방이 이렇게 음산하고 곰팡내가 나지 않았더라면 사실 더 평범하고 일상적인 일들을 떠올릴 수 있었을 테지만, 실제로는 죽음을 연상할 만큼 곰팡내가 났기 때문에 거리 전체에 가득 차 있는 생선 냄새에 섞여 더욱 기분 나쁜 냄새가 되어 집요하게 죽음과 퇴폐한 것들을 연상시켰다.

또 하나 내 마음에 걸리는 일은 방 문에 자물쇠가 없다는 것이었다. 거기에 난 자국으로 보아 전에는 있었던 모양이다. 이제는 떼어 버린 흔적이 남아 있을 뿐이었다. 물론 이 노후한 건물의 다른 모든 부속품과 마찬가지로 고장난 것임에 틀림없었다.

신경이 날카로워진 채 사방을 둘러보자 양복장 선반 위에 자물쇠가 하나 얹혀 있는 것이 보였다. 더러워진 모양새나 그 자국으로 판단하건대 본디 이 문에 붙어 있었던 것과 크기가 같았다. 완전히 신경이

긴장되어 있었던 나는 조금이라도 기분을 편하게 하기 위해 전부터 열쇠 뭉치와 함께 갖고 다녔던 드라이버로 그 자물쇠를 전에 있었던 곳에 다시 단단하게 부착했다.

그 작업이 완전히 끝나고 침대에 들어갈 때는 문을 단단히 잠글 수 있다고 생각하니 다소 마음이 놓였다. 실제로 꼭 잠글 필요는 없었다. 그러나 그렇게 해야 안심할 수 있었다. 양쪽 옆방으로 통하는 두 개의 문에는 단단하게 자물통이 부착되어 있었기 때문에 그것도 단단히 잠갔다.

아무튼 옷을 입은 채 잠이 올 때까지 독서를 계속하기로 마음을 정하자 나는 윗옷과 구두를 벗고 셔츠의 단추를 풀려 놓은 채 자리에 누웠다. 밤중에 잠이 깨었을 때 시계를 볼 수 있도록 여행 가방에서 손전등까지 꺼내 바지 주머니에 넣어 두었다. 그러나 좀처럼 잠이 오질 않았다. 그래서 잠시 독서를 그만두고 머리에 떠오르는 생각을 잘 분석해 보았더니 자신이 무의식중에 뭔가 두려워하면서, 뭐라고 하면 좋을지 모를 소리를 이제나저제나 하고 조용히 귀를 기울여 기다리고 있다는 걸 깨달았다. 불안해졌다. 그 공장 감독의 이야기가 나의 상상력에 생각보다 강한 영향을 미치고 있음에 틀림없었다. 아무튼 나는 다시 독서를 계속하려고 해 보았으나 조금도 그런 기분이 되지 않는 자신을 깨달았다.

이윽고 나는 계단과 복도에서 마치 누군가가 걸어가는 듯 삐걱대는 소리가 때때로 들리는 것 같았기 때문에 다른 방에도 손님이 들어오기 시작한 모양이라고 생각했다.

그러나 조금도 사람 소리가 나지 않았을 뿐만 아니라 그 삐걱대는 소리에는 뭔가 은근한 그 무엇이 느껴졌다. 나는 점점 더 기분이 나빠져 차라리 푹 잘 수 있는 연구라도 하는 편이 나을 거라고 생각했다.

그러나 이 거리에는 분명히 묘한 패거리들이 있고 여태까지 행방불명된 여행자가 몇 명 있다는 것도 틀림이 없었다. 어쩌면 이 호텔도 돈을 목적으로 여행자를 죽이는 그런 숙소인 것일까? 그런데 아무리 보아도 나에게는 큰 부자 같은 데가 없다. 아니면 이곳 사람들은 호기심 많은 여행자에게 몹시 적의를 품는 것일까? 또는 지도를 보면서 공개적으로 구경하고 돌아다닌 것이 그들에게 불쾌한 관심을 일으키게 한 것일까? 그때 문득 나는 이따금 마루가 삐걱대는 소리를 듣고 그렇게 생각하는 것은 나도 몹시 신경과민이 되어 있었음에 틀림없다는 걸 깨달았다. ——그렇지만 여기 무장하고 있지 않았던 것을 나는 유감스럽게 생각했다.

잠이 오지 않았지만 몹시 피로했기 때문에 아까 설치한 복도를 면한 문의 자물쇠를 단단히 잠그고 전등을 끄자 울퉁불퉁하고 딱딱한 침대에 이번에는 다시 옷들을 모두 입은 채 이불 속으로 들어갔다. 어둠 속에서는 아주 희미한 소리도 세게 들려 불쾌한 느낌이 지금까지보다 더욱 강해져 내 가슴을 압박했다.

전등을 꺼 버린 것은 유감스런 일이었지만 피곤했기 때문에 일부러 다시 일어나 켜는 것도 싫었다. 길고 음산한 시간이 지난 뒤 다시 한번 새삼스럽게 계단과 복도가 삐걱대는 소리가 들리는가 했더니 계속해서 가만가만 속삭이는 소리가 들려왔다.

그것은 내가 아까부터 염려하고 있었던 일을 하려는 것 같은 소리로 여겨졌다. 즉 내 방의 정면 문의 자물쇠를 열쇠로 조심조심 열려고 하는 것임에 틀림없었다.

미리 막연하게 불안을 느끼고 있었던 만큼 이렇게 실제로 무서운 위험이 닥친 것을 알고는 그다지 심하게 무서워하진 않았다. 확실한 사정은 몰랐지만 아까부터 본능적으로 경계하고 있었으므로 이제부터 사태가 어떻게 전개되든 이런 새로운 실제적인 위험 속에서는 꼭 조심하지 않으면 안되었다.

아무튼 이 위험이 막연한 예감에서 이렇게 목전의 현실로 변한 것은 내게 심각한 충격을 주었고, 순식간에 내 등골을 서늘하게 만들었다. 사실 지금까지 내 예감이 완전히 어긋난 적은 한 번도 없었다. 따라서 지금도 이 악의에 찬 계획은 모두 예측하고 있었기 때문에 금세 들어올 것 같은 침입자의 다음 행동을 나는 죽은 듯이 기다릴 수 있었다.

이윽고 은밀한 소리가 멎고 북쪽 방에 누군가가 자물쇠를 열고 들어간 사람이 있다는 걸 느꼈다. 그리고 거기서 이 방으로 통하는 문의 자물쇠를 은밀히 조사하고 있는 것 같았다. 자물쇠는 물론 잠겨 있었다. 이윽고 그가 방을 나가는 소리가 방바닥을 타고 나지막하게 들려왔다. 그리고 얼마 뒤 이번에는 말소리가 정면 복도를 따라 나 있는 계단 쪽에서 들려왔다. 내 방이 모두 잠겨 있다는 것을 알게 된 사나이가 어쩔 수 없이 잠시 계획을 늦추고 있다고 나는 추측했다.

내가 곧바로 움직일 수 있는 준비를 갖추고 있었던 점은, 실은 몰래 마음 속에서 어떤 일을 무서워하고 만일의 경우 도망칠 길을 몇 시간이나 은근히 생각하고 있었다는 증거였다. 내 방문을 몰래 만졌던 알 수 없는 인물은 단순히 정면으로 상대하거나 처리할 수 없는 성질의 위험한 상대일 뿐만 아니라 되도록이면 몰래 피할 수밖에 없는 상대라는 것을 처음부터 나는 느끼고 있었다. 할 일은 꼭 하나밖에 없었다. 즉 정면 계단이나 로비 이외의 통로를 통해 한시라도 빨리 이 호텔에서 필사적으로 도망치는 일이었다.

나는 조용히 몸을 일으키고 여행 가방을 들지 않고 뛰어나가게 될 만약의 상황을 대비해 소지품 몇 가지를 골라서 호주머니에 넣어 두려고 먼저 손전등을 켜고 침대 위에 있는 전등 스위치를 찾아 전기를 켜려고 했다.

그런데 전등은 켜지지 않았다. 전기가 끊겨져 있었다. 내가 잘 알 수 없는 나쁜 계획이 복도에서 몰래 진행되고 있음에 틀림없었다. 지금은 소용도 없는 스위치에 손을 댄 채 서 있으려니까 다시 나직이 마루를 삐걱대며 아래에서 발소리가 올라오는 동시에 뭔가 서로 이야기하는 소리가 희미하게 들려오는 것 같았다.

나는 순식간에 그 굵은 말소리 쪽은 어쩐지 사람이 아니라는 생각이 들었다. 몹시 목이 쉬어서 부르짖는 듯한, 말끝이 희미하게 목에 걸리는 그 목소리는 도저히 사람의 소리라고는 할 수 없었다.

나는 다시 그 공장 감독이 이 곰팡내 나는 병적인 건물에서 한밤중에 들었다고 하는 소리를 생각하고는 새삼스럽게 가슴이 막히는 듯한 느낌이 들었다.

손전등의 불빛을 의지해서 호주머니에 여러 가지 물건을 집어넣자 모자를 쓰고 어떻게든 아래로 내려갈 기회를 엿보려고 살금살금 창문으로 걸어갔다. 주(州)의 화재예방법이 있었지만 이 호텔 뒤쪽에는 비상계단이 설비되어 있지 않았으며 내 방 창문으로 보이는 것은 우뚝 솟은 3층 높이의 벽과 자갈을 깐 가운데뜰뿐이었다.

그런데 양측을 보니 낡은 벽돌로 만든 사무실 같은 건물이 바로 호텔 옆에 붙어 있었고 그 경사진 지붕은 이 4층 높이에서 뛰어내릴 수 있는 데까지 뻗어 있었다.

그러나 그 좌우 건물 어느 쪽 지붕으로 뛰어내린다 하더라도 내 방에 붙어 있는 양쪽 문의 어느 쪽인가를 거쳐서 옆방에 들어가지 않으면 안되었으며, 북측과 남측 가운데 어느 쪽이 가능할지 나는 순간적으로 계산해 보았다.

어쨌든 복도로 나가는 것은 발소리를 상대방에게 들킬 위험이 있고, 게다가 거기서 옆방으로는 도저히 들어갈 수 없을 것 같았으므로 결국 그만두기로 했다. 만약 내가 움직일 수 있다면 이제 남은 유일한 방법은 좌우 양쪽 방으로 통하는, 어느 쪽이든 망가지기 쉬운 문에 어깨를 부딪쳐 억지로 밀어젖혀 여는 도리밖에 없었다.

이 건물이나 가구가 낡은 정도로 보아서는 그건 할 수 있을 것 같았다. 그런데 그 방법은 소리를 내지 않고는 도저히 할 수 없다. 그렇게 하려면 상대가 단결해서 내 방의 정면 문을 밀어서 열기 전에 어떻게든 옆방까지 내가 재빨리 운 좋게 가는 것을 예상하지 않을 수 없었다. 그래서 나는 복도를 면한 문 뒤에 되도록 소리나지 않게 큰 책상으로 막아서 보강했다.

나는 이것이 잘될 거라는 예상도 확실치 않았으며 가령 지붕으로 뛰어 내렸다고 해도 거기서 어떻게 지면까지 내려가고, 또한 내려가더라도 어떻게 이 거리에서 도망치는가 그 두 가지 문제는 미해결인 채 남아 있었다. 한 가지 고마운 일로는 뛰어내릴 건물은 몹시 낡아서 지붕에 난 천창 중에는 그 내부가 뻥하니 입을 벌린 것이 몇 개 있었다.

그 지도로 판단하면 거리에서 도망치는 데 가장 좋은 길은 남쪽에 있다는 것을 확인하자 나는 먼저 남쪽 문을 보았다. 문은 내 방으로 열리게 되어 있고, 자물쇠를 열더라도 저쪽 편에서 잠겨져 있기 때문에 밀어젖혀 열기에는 적당하지 않았다. 그래서 그쪽으로 도망치는 것은 단념하고 가만가만 문에 침대를 밀어붙이고 만일 나중에 옆방에서 녀석들이 열려고 해도 방해가 되도록 했다.

북측 문은 저편으로 열리게 되어 있었고 살펴 보니 자물쇠가 걸려 있었으나 이 문으로 나갈 수밖에 없다고 생각했다. 가령 페인 거리에 면한 건물 지붕에 뛰어내려 무사히 지상까지 내려갈 수 있다면 그때는 아마 가운데뜰이나 가운데뜰에 이어져 있는 건물이나 또는 반대편 건물 사이를 그냥 달려서 빠져나가 워싱턴 거리나 베이츠 거리로 나갈 수 있을 걸로 생각되었다.

어찌되었든 먼저 워싱턴 거리 쪽으로 나가 타운 스퀘어 지구에서는 한시 바삐 빠져나갈 것을 결심했다. 여기서 나는 페인 거리 쪽으로 가는 것은 피하고 싶었다. 다름 아니라 페인 거리에는 소방서가 있어서 아마도 밤새도록 일어나 있을 것이 틀림없었기 때문이다.

이런 것을 생각하면서 나는 보름이 방금 지난 달빛에 비추인 황폐한 거리의 집들을 내려다보고 있었다. 왼편에는 거무스레한 구정물이 흐르는 개골창이 이 황량한 광경을 굽이쳐 흐르고 있었고 그 개골창 한쪽에는 낡은 공장이, 그리고 그 반대쪽에는 철도역이 개골창에 바싹 붙어 있었다. 그리고 그 너머에는 녹슨 철도와 롤리 가도가 평탄한 늪지대 쪽으로 뻗어 있었으며 그 늪지대 여기저기에는 지면이 약간 높직하게 올라가 건조해져 그대로 수풀이 되어 있는 곳이 보였다.

왼편에는 시냇물이 굽이굽이 흐르고 있는 전원지대가 더 가까이 보이고 입스위치로 가는 길이 달빛에 하얗게 빛나고 있었다. 그러나 내가 이제부터 가려고 결정한 남쪽으로 뻗은 아캄 가도는 지금 서 있는 곳에서는 보이지 않았다.

그러면 북쪽 문은 언제 망가뜨리면 좋을까, 또한 되도록 소리를 내지 않고 망가뜨리려면 어떻게 하는 것이 좋을까, 꾸물꾸물하는 동안에 아래층의 희미한 소리는 사라지고 그 대신 새로 무거운 발소리가 들리는 동시에 계단이 삐걱대기 시작했다. 내 방의 문 위에 있는 천창에서 깜박깜박 흔들리는 빛이 흘러들고 복도의 널빤지는 무겁게 삐걱거리기 시작했다. 아마 사람 소리인 것 같은 억눌린 소리가 점점 가까워지고 마침내는 뚜렷한 노크 소리가 방문 밖에서 들렸다.

그 순간, 나는 숨을 죽이고 조용히 그 모양을 살피고 있었다. 긴 시간이 지난 것같이 생각되자 구역질 나는 비린내가 갑자기 놀랄 만큼 근방에 심해지는 것만 같았다. 노크는 계속 되풀이되었고 점점 그 소리가 커졌다. 지금이야말로 행동을 개시하여 나도 북쪽 문의 자물쇠를 열고 몸무게로 밀어젖히는 작업을 시작할 때라고 마음먹었다.

노크 소리는 점점 더 커졌다. 그래서 나는 그 노크 소리가 이쪽의 작업 소리를 지워 버리면 좋을 텐데, 하고 마음 속으로 빌었다. 마침내 일을 시작했는데 얇은 판자와 약한 자물쇠를 파괴하려고 쇼크도 아픔도 잠시 잊고 세 번, 네 번 왼쪽 어깨로 부딪혔다. 문은 생각보다 튼튼했지만 나는 지치지 않았다. 그러는 동안에도 문 바깥쪽의 복도는 점점 더 소란스러워졌다.

나는 마침내 북쪽 문을 열었다. 하지만 그 소리는 당연히 복도에 있는 녀석들에게 들렸을 것이다. 잠시 동안에 여태까지의 노크는 심하게 두들기는 소리로 변하고 내 방 양편에 있는 방의 복도를 면한 문의 자물쇠를 열려고 하는 열쇠 소리가 기분 나쁘게 울렸다. 나는 방금 문을 연 북쪽 방으로 뛰어들어가 상대편이 그 방의 복도를 면한 문을 열기 전에 안에서 걸쇠를 걸어 버렸다. 그러나 그렇게 하고 있는 동안에 옆에 있던 또 다른 북쪽 문——내가 창에서 건너편 건물 지붕으로 뛰어내리려 생각했던 3번째 방의 복도에 면한 문——에서 딸깍딸깍하고 열쇠 집어넣는 소리가 났다.

한순간, 나는 완전히 절망을 느꼈다. 창문이라는 출구 없는 방에 갇힌 나는 완전히 한방 먹은 셈이었다. 이상한 공포가 등골로 달렸다. 조금 전에 내 방을 살피던 침입자가 먼지투성이의 방바닥에 남기고 간 발자국은 새어 나오는 바깥 광선에 비쳐 공포와 설명하기 어려운 불가사의한 특성을 띠었다. 그런 절망을 느끼면서 몽롱한 무의식 속에서 나는 옆방 문이 이 방과 마찬가지로 운 좋게 자물쇠가 완전하다면 바깥에서 문을 열기 전에 안에서 걸어 버리려고 정신 없이 뛰어갔다.

아주 운 좋게도 나는 아직 살아남을 수 있었던 모양이다. 왜냐하면 옆방의 그 문은 자물쇠가 걸려 있지 않았을 뿐만 아니라 실은 반쯤 열려 있었던 것이다. 정말 아슬아슬하게 문에서 재빨리 세 번째 방으로 뛰어들어가 이미 안쪽으로 다소 열린 듯한 복도 쪽 문에 오른쪽 무릎과 어깨를 힘껏 밀어 붙였다.

허를 찔린 바깥쪽 녀석들이 기가 꺾인 동안에 문을 닫고 전의 방에서 한 것과 마찬가지로 문의 튼튼한 쇠고리를 걸어 버렸다. 휴우, 가슴을 쓰다듬어 내리자 곧 여태까지 문을 두드리던 커다란 소리는 갑자기 사라지고, 그 대신 시끌시끌한 소리가 아까 침대로 막아 놓았던 문의 바깥에서 들려왔다.

아마도 녀석들의 대부분은 내가 있었던 방 남쪽으로 들어와 측면에서 공격하기 시작한 것임에 틀림없었다. 그것과 동시에 지금 내가 있는 방의 또 다른 복도를 면한 북쪽 방의 문에 열쇠 소리가 났기 때문에 나는 더욱 위험이 닥친 것을 느꼈다.

북쪽 방으로 연결 된 문은 활짝 열린 채였는데 곧 열쇠가 열린 복도 문을 누르고 있을 여유는 없었다. 다만 순간적으로 열려 있는 그 연락 문을 반대측 남쪽의 연결 문과 마찬가지로 닫고 걸쇠를 채우자 북쪽에는 침대를, 남쪽에는 거울이 달린 장롱으로 막아 놓고 또한 복도 쪽 문에도 세면대로 막아 놓았다. 이렇게 해서 그런대로 임시변통의 방어벽을 만들자, 창문으로 나가 페인 거리의 건물 지붕으로 뛰어내리기까지는 그 응급적인 울타리에 운명을 맡길 수밖에 없었다.

그러나 이런 위험한 순간에도 내가 가장 두려워했던 것은 몸을 지키기 위해 그 방벽이 약하다는 것과는 별도로 어떤 다른 이유에서였다. 내가 몸서리친 것은, 나를 쫓고 있는 녀석들의 그 불길한 신음소리나 웅얼거림이나 때때로 쥐어짜는 듯이 짖어대는 소리 가운데 똑똑히 알아들을 수 있는 사람다운 목소리를 내는 녀석이 하나도 없다는 사실이었다.

내가 가구를 움직여 창문으로 갈 때 그때까지 남쪽 방에서 들려 오던 심한 소리는 멎고 복도를 달려 내 방 북쪽 방으로 몰려드는 발소리가 들려왔다. 분명히 적의 대부분은 그 연결 문이, 내가 지금 있는 방으로 통해 있다는 걸 눈치 채고는 약한 그 문에 한꺼번에 몰려 간 것이다.

그 문 밖에는 달빛이 아래 건물의 용마루를 비추고 있었는데 뛰어내릴 작정인 그 지붕은 급경사였으므로 급히 뛰어내리는 것은 앞뒤를 생각하지 않은 모험으로 생각되었다.

상황을 판단한 결과, 나는 이때 도망칠 곳으로는 두 창문 중 남쪽 편으로 결정했다. 말하자면 기운 지붕의 가운데쯤에 내려서 거기서 가장 가까운 천창을 목표로 삼으려 했다. 낡은 벽돌 건물 속에 뛰어내리는 일에 일단 성공하더라도 이번에는 쫓아오는 녀석들을 고려하지 않으면 안 되는데, 내려서면 그림자에 가려진 가운데뜰의 열려 있는 문을 통해 나가서 결국은 워싱턴 거리에 이르고, 거기서 남쪽을 향하면 이 거리에서 빠져나갈 수 있을 걸로 생각했다.

북쪽의 연결 문은 지금 삐걱삐걱 심한 소리를 내고 문의 약한 널빤지는 금세 망가질 것 같았다. 아무래도 녀석들이 뭔가 무거운 것을 파괴 도구로 쓰기 시작한 것임에 틀림없었다. 그러나 침대는 아직 움직이지 않았으므로 적어도 내가 도망칠 기회는 조금 남아 있었다. 창문을 열고 보니 창문 옆에 놋쇠 고리로 가로대에 매단 두꺼운 비로드 커튼이 드리워져 있었고 또한 커다란 덧문 턱이 밖으로 죽 뻗어 있었다. 위험하게 뛰어내리지 않을 수 있는 방법을 뭔가 급히 생각하면서 나는 매달린 커튼을 끌어 모으자 가로대에 매달린 그 커튼을 손아래에 놓고 급히 고리 두 개만을 덧문 턱 속에 집어넣은 뒤 커튼 끝자락을 밖으로 내던졌다.

주름진 무거운 커튼이 옆집 지붕 위에 너끈히 닿았다. 그 커튼 고리와 덧문 턱은 충분히 내 몸무게를 지탱해 줄 것 같았다. 이렇게 해서 나는 창문에서 기어 나와 급조한 로프 사다리를 타고 그 병적이며 공포로 얼룩진 길먼 하우스 건물에서 깨끗이 떠나게 되었다.

나는 경사가 가파른 지붕에 깔아 놓은 느슨해진 기와 위로 안전하게 내리자 발을 미끌어 뜨리지 않고 검게 빠끔 입을 벌린 천창이 있는 데까지 걸어갔다. 기어 나왔던 창문을 쳐다보니 아직 어두웠으나 '다곤 비밀 교단', 뱁티스트 교회, 조합 교회 등의 건물에 반짝반짝 불길한 불이 번쩍이고 있는 것이 보였다. 교회에 관한 일들을 생각하자 소름이 끼쳤다.

아래쪽 가운데뜰에는 아무도 없는 것 같았으므로 나는 거리에 경계의 손이 뻗치기 전에 어딘가로 도망치고 싶다고 생각했다. 천창 안을 손전등으로 비추어 보니 거기에는 아래로 내려갈 계단이 없었다. 그러나 아래까지 거리는 얼마 되지 않았기 때문에 천창 가장자리로 기어올라가 아래로 뛰어내렸더니 망가진 상자와 나무통들이 난잡하게 흩어져 있는 먼지투성이의 마룻바닥에 발이 닿았다.

그곳은 아주 지저분하고 음산한 곳이었지만 그런 인상을 되도록 떨쳐버리면서 손전등으로 비춘 계단으로 급히 걸어갔다. 황급히 시계를 보니 새벽 2시를 가리키고 있었다. 발소리를 죽여 가며 걸었으나 그래도 꽤 소리가 났다. 창고 비슷한 2층을 지나 곧 1층으로 서둘러 내려갔다. 주변은 완전히 황폐한 모양이었으며 들리는 것은 내 발소리뿐이었다. 마침내 아래 홀에 도착했는데 그 한쪽 끝에 황폐한 페인거리 입구가 직사각형으로 희미하게 밝아 보였다. 반대쪽을 보았더니 뒷문 역시 열려 있었기 때문에 쏜살같이 거기에서 뛰어나가자 돌계단을 5단쯤 내려서 잡초가 무성한 자갈이 깔린 가운데뜰로 나갔다.

달빛은 그런 아래쪽까지 미치지 않았지만 앞길은 그런대로 보였다. 길먼 하우스와 같은 줄의 건물에는 몇 군데인가 불이 반짝이고 있는 창문이 보였다. 나에게는 그 안에서 허둥대며 떠드는 소리가 들리는 것 같았다. 워싱턴 거리 쪽으로 걸어가자 입구가 열려진 집 몇 채가 보였기 때문에 가장 가까이에 있는 입구를 도망칠 곳으로 선택했다.

현관 안은 캄캄했으나 반대쪽 막힌 곳까지 가 보니 길로 나가는 그 문은 움직이지 않도록 비녀장이 박혀 있었다. 다른 건물을 골라 보려고 결심하고 그 가운데뜰 쪽으로 손으로 더듬거리며 되돌아갔으나 출구로 가까이 갔을 때 나는 흠칫 그 자리에 발길을 멈추었다.

왜냐하면 길먼 하우스의 출입구가 열려 있었고 그 안에서 괴상한 모습을 한 사람 그림자가 어둠 속에 손잡이가 있는 등을 들고 대그락거리는 듯한 무서운 소리로 분명히 영어가 아닌 말을 서로 굵은 목소리로 주고받으면서 여럿이 우르르 몰려 나왔기 때문이다.

그들의 몸짓에는 침착함이 없었고, 녀석들이 아직 내 행방을 눈치채지 못했다는 걸 알고, 나는 마음을 놓았다. 그럼에도 그들의 모습을 보자 나는 온몸에 소름이 끼쳤다. 그 웅크린 자세로 비틀거리는 걸음걸이는 구역질이 날 듯 보기 흉했다. 그 중에서도 가장 싫었던 것은 그 가운데 한 사람이 이상한 옷을 걸치고 그 보기 싫은 관과 흡사한 것을 쓰고 있는 것을 보았기 때문이다. 그들의 모습이 가운데뜰로 흩어짐에 따라 나는 더욱 공포를 느꼈다. 한길로 면한 이 건물에서 밖으로 도망칠 길이 없다고 한다면? 그 비린내가 몹시 견디기 어려웠기 때문에 참고 있는 동안 정신을 잃는 것이 아닌가 하고 나는 생각했을 정도였다.

다시 한번 손으로 더듬어 길로 나가면서 문 하나를 열고 현관 홀에서 그 방으로 들어갔는데 그 방 창에는 덧문이 꼭 닫혀 있었으나 창틀은 없었다. 손전등으로 비추어 보니 그 덧문이라면 열 수 있을 것 같았다. 그래서 대뜸 그 창문으로 기어올라 밖으로 나가서 조심스럽게 덧문을 닫았다.

이리하여 나는 워싱턴 거리로 나왔다. 그때 사람 그림자도 등불도 보이지 않았고 눈에 들어오는 건 희부연 달빛뿐이었다. 그러나 멀리 떨어진 여기저기에서 목쉰 소리나 발소리, 그리고 도저히 발소리라고는 생각되지 않는 허둥지둥 달리는 기묘한 소리가 들려왔다.

이젠 한시라도 우물쭈물할 수 없었다. 어느 방면에 무엇이 있다는 건 나로선 확실히 알고 있었기 때문에 쓸쓸한 시골 달밤이 그렇듯이 가로등이 모두 꺼져 있던 것이 참으로 고마웠다.

몇몇 소리는 남쪽에서 들려왔는데 그래도 나는 그 방향으로 도망치려는 계획을 버리지 않았다. 남쪽이라면 누구와 만나든, 또 설사 뒤쫓는 녀석들을 만났을 경우라도 급히 몸을 숨길 빈집들이 많이 있다는 걸 알고 있었다.

나는 급히 서두르면서도 발소리가 나지 않게 걸어서 황폐한 집들 가까이로 다가갔다. 아까부터 열심히 기어 내리고 기어오르고 했기 때문에 모자는 없어졌고 머리카락은 멋대로 흩어졌지만 특별히 사람 눈을 끌 만한 차림새는 아니었다. 우연히 누구하고 지나치더라도 의심받지 않고 지나갈 수 있었다.

베이츠 거리에서 어떤 집 현관이 환히 열려져 있는 것을 발견했을 때 두 그림자가 비실거리며 눈앞을 지나가는 동안 그 안에 숨어 있긴 했지만 이윽고 곧 다시 걸어가 넓은 빈터로 가까이 갔다. 그곳은 엘리엇 거리가 남쪽 교차점에서 워싱턴 거리와 대각선으로 마주 보는 곳이었다. 나는 낮에 이 광장을 봐 두지 않았지만 식료품 가게 청년의 지도로 생각해 보면 달빛에 비쳐서 어디서든 통째로 보이도록 되어 있었기 때문에 아무래도 이곳은 위험한 곳 같았다.

그러나 피할 수는 없었다. 왜냐하면 가령 다른 길을 가더라도 사람에게 발견될 위험이 있는데다가 시간이 몹시 늦어지고 결국 먼 길을 돌게 되기 때문이다. 그렇다면 대담하게 정정당당히 이 광장을 건너갈 수밖에 없다. 인스마우스 사람 특유한 그 비틀거리는 걸음걸이를 되도록 잘 흉내내고 동시에 아무도——적어도 뒤쫓아오는 사람은 누구 한 사람——없다고 믿으면서.

대체 뒤쫓는 사람들이 몇 명이나 되는지, 또 실제로 어떤 목적으로 뒤쫓고 있는지 전혀 짐작이 가지 않았다. 거리마다 이상한 움직임이 시작된 모양인데 내가 길먼 하우스에서 도망쳤다는 소문은 아직 널리 퍼지지 않는 걸로 나는 판단했다. 물론 얼마 뒤 워싱턴 거리에서 어딘가 남쪽 거리로 이동하지 않을 수 없었다. 왜냐하면 그 호텔에서 나온 추적자들이 당연히 나를 추적할 것이 틀림없기 때문이다. 조금 전까지 있었던 그 낡은 건물의 먼지 쌓인 마루 위에는 아무래도 내 발자국이 남았을 터이고 그것을 보면 어떻게 길로 나갔는지 금방 들통날 것이다.

넓은 빈터에는 예측한 대로 달빛이 환하게 비치고 있었다. 그 한가운데에는 마치 공원처럼 철책으로 두른 옛날에는 잔디밭이었던 것 같은 곳이 있었다. 다행히 그 근방에는 아무 그림자도 보이지 않았고 게다가 타운 스퀘어 방향에는 웅얼웅얼 우르렁거리거나 짖거나 하는 일종의 기묘한 소리가 점점 높아지는 것 같았다. 사우스 거리는 퍽 넓으며 그대로 해변까지 천천히 내리막으로 되어 있었고 바다가 탁 틔어 보였다. 나는 밝은 달빛을 받으면서 그곳을 지나갈 때 멀리서 누군가 내 모습을 보지 않았으면 하고 생각했다.

나는 아무 방해도 받지 않고 나아갔다. 이젠 뒤쫓는 듯한 소리는 들리지 않았다. 사방을 둘러보는 동안에 나도 모르게 걸음을 늦추고 이 길의 막다른 데서 달빛에 밝게 반사되어 눈이 부신 바다를 잠시 동안 바라보았다. 방파제 너머 저 먼 바다에 희미하게 '악마의 암초'의 어둑한 그림자가 보였고, 그것에 눈길을 보냈을 때 지금까지 34시간 동안 들었던 불길한 여러 가지 전설——그 울퉁불퉁한 암초야말로 끝없는 공포와 상상할 수도 없는 괴기함에 둘러싸인 세계의 입구라고 하는 전설을 생각하지 않을 수 없었다.

그때 아무런 조짐도 없이 나는 저 멀리 암초 위에 별안간 빛이 깜박거리는 것을 보았다. 그 빛은 너무나 분명해서 착각할 수 없는 것이었고 그 때문에 나는 이성적인 마음의 침착성을 잃고 까닭도 알 수 없는 공포에 사로잡혀 근육이 심한 경악 때문에 굳어졌는데 그 경악을 누그러뜨린 것은 오로지 무의식적인 조심성과 반쯤 최면술에 걸린 듯한 기분뿐이었다.

그리고 더 나빴던 것은 내 배후의 북동쪽 멀리에 솟아 있는 길먼 하우스의 높은 지붕 꼭대기에서 거의 비슷하지만 일정한 간격을 두고 빛이 반짝이고 있는 것이었다. 그건 응답용 신호에 틀림없었다.

나는 근육을 잘 조정하여 자기 모습이 상대편으로부터 완전히 드러나 보인다는 걸 새삼스레 깨닫자, 전보다 더 한층 비틀거리는 걸음걸이를 흉내내어 걷기 시작했다. 그리고 두 눈은 사우스 거리의 광장 쪽으로 바다 경치가 보이는 동안에는 그 불길한 암초를 보고 있었다.

나로서는 그것이 '악마의 암초'와 관계가 있는 뭔가 불가사의한 의식이라든가 또는 어떤 일행이 그 불길한 암초에 배로 상륙하고 있다고 생각하는 것 외에는 달리 상상할 수 없었다. 나는 폐허가 된 잔디가 있었던 근처를 왼쪽으로 돌면서 그림과 같은 여름 달빛에 빛나는 바다 쪽으로 눈길을 보낸 채 그 설명하기 어려운 알 수 없는 불빛에서 눈을 떼지 못했다.

지금까지 느낀 적이 없었던 강한 공포를 마음에 느낀 것은 이때였다. 그 공포 때문에 나의 마지막 자제심도 산산조각으로 부숴지면서 황폐한 악마 같은 거리와 마주하고 있는 입을 뻥하니 벌린 캄캄한 집 입구나 으슴푸레 빛나고 있는 창문을 지나 남쪽으로 정신 없이 달리기 시작했다.

왜냐하면 조금 가까이 가서 바라보았을 때 암초와 해안 사이에 있는 달빛에 비추인 수면에는 넘실넘실 바닷물이 차 있었고 그 수면에는 항구를 향해 헤엄쳐 오는 생물의 무리가 가득했기 때문이다. 내가 서 있는 이 먼 곳에서 잠시 보아도 물에서 떠오르거나 가라앉는 머리나, 파도를 가르는 팔이 뭐라고 형용하기 어려운, 설명하기 힘든, 실로 이상하고 상식적으로는 생각할 수 없는 모습을 하고 있는 것만은 확실히 알 수 있었다.

정신 없이 도망치다가 나는 한 블록도 달리기 전에 멈추고 말았다. 내 왼편에 분대를 짠 추적꾼들이 뭔가 사냥감을 몰아 세우듯 외치는 소리가 들리기 시작했기 때문이다. 그것과 함께 발소리도, 목청껏 외치는 소리도 들리고 덜컹거리는 자동차 소리가 페데럴 거리를 빠져 남쪽으로 울려 퍼지면서 지나갔다.

갑자기 나는 계획을 바꾸지 않을 수 없었다. 왜냐하면 만일 남으로 뻗은 국도가 앞길이 막혀 있다면 나는 아무래도 도망칠 다른 길을 찾아내야 했기 때문이다. 나는 걸음을 멈추자 열어젖혀진 문으로 빈집에 들어가 추적대가 오기 전에 달빛이 환한 광장을 지나온 것은 정말 행운이었다고 되돌아 보았다.

다음에 깨달은 것은 정말 고맙지 않은 일이었다. 왜냐하면 추적꾼들이 다른 길에도 나와 있다면 녀석들이 내 뒤를 직접 뒤쫓고 있는 것이 아니라는 점은 분명했기 때문이다. 녀석들은 내 모습을 발견한 것이 아니라 단지 나의 도주를 저지하려는 계획을 실천하고 있는 것에 지나지 않았다. 바꾸어 말하면 인스마우스에서 밖으로 통하는 길이란 길은 모두 똑같이 경계하고 있다는 것이 된다.

무엇보다 거리의 주민들은 내가 어떤 경로를 취할 것인지 모르는 이상 모든 길을 경계하는 수단을 취하는 것은 당연했기 때문이다. 만일 그렇다면 어느 길도 통과하지 않고, 길이 없는 밭이나 들을 질러서 도망쳐야 하는데, 이 근방에는 늪 같은 수로가 종횡으로 나 있는 점을 감안하면 대체 어떤 식으로 하면 좋을까? 잠시 동안 내 머리는, 첫째로 이제 될 대로 되라는 절망감과, 둘째로 근방에 떠도는 비린내 같은 악취가 갑자기 심해졌기 때문에 현기증을 느꼈다.

그때 나는 예전에 롤리로 이어졌다가 폐지되었다는 철도 생각이 났다. 그 튼튼한 노선에는 자갈이 깔려 있었고 잡초가 자라기는 했지만 그래도 아직 개골창 옆에 있는 무너질 듯한 역에서 북서쪽으로 뻗어 있었다. 어쩌면 추적꾼들은 아직 그것을 깨닫지 못하고 있을지 모른다. 가시덤불이 밀생한 황무지는 쉽사리 사람이 지나갈 수 없도록 되어 있었고, 도망치는 사람이 설마 이런 길을 지나가리라고는 생각할 수 없기 때문이다.

이 철로는 아까 호텔 창문에서 보아 두었으며, 어떤 모양으로 뻗어 있는지도 알고 있었다. 공교롭게도 그 선로를 따라 난 길 첫머리는 롤리 가도에서도, 거리의 높은 곳에서도 훤히 보이는 곳이었다. 그러나 나는 수풀을 남몰래 가만히 헤치고 지나갈 수 있을 것 같았다. 어쨌든 이것이 나의 탈출을 위한 유일한 길인데다 달리 뾰족한 수도 없었으므로 무조건 실천해 볼 도리밖에 없었다.

나는 거의 썩은 은신처 현관 안으로 들어가 다시 한번 손전등의 불을 켜고 식료품 가게 청년이 그려 준 지도를 펴 보았다. 당면 문제는 어떻게 그 낡은 철길에 도달하느냐는 것이었다. 지금 보기에는 먼저 뱁슨 거리로 갔다가 서쪽 라파예트 거리로 꺾어져 거기서 아까 건넜던 광장 바로 옆을 돌게 되는데——이번에는 광장을 건너가지 않아도 된다——거기에서 다시 북쪽으로 갔다가 이번에는 서쪽으로 지그재그로 라파예트 거리, 베이츠 거리, 애텀스 거리, 뱅크스 거리를 지나서——마지막 뱅크스 거리는 강을 따라 나 있다——아까 호텔 창문에서 보아 두었던 그 쓸쓸한 역의 낡은 건물로 가는 길이 가장 안전한 경로였다.

왜 뱁슨 거리로 가는 길을 선택했느냐 하면 아까 지났던 광장을 다시 한번 지나는 일은 어쩐지 싫었고, 사우스 거리 같은 넓은 길을 서쪽으로 가는 것도 마음에 내키지 않았기 때문이다.

정식으로 출발하기 전에 나는 우선 한길을 건너서 오른쪽으로 꺾어 되도록 몰래 뱁슨 거리 쪽으로 들어갔다. 추적꾼들의 소리는 아직 페데럴 거리 쪽에서 들려 왔다. 뒤돌아보자 내가 도망쳐 온 건물 가까이에 한 줄기 빛이 번쩍 보이는 것 같았다. 기필코 워싱턴 거리를 빠져나가고 싶은 마음에서 나는 누구하고도 만나는 일이 없게 될 행운을 빌면서 단걸음에 뛰어나갔다. 뱁슨 거리의 다음 모퉁이로 나와 보니 놀랍게도 사람이 살고 있는 집이 한 채 남아 있었고 창문에는 커튼이 내려져 있었다. 그러나 집안에는 불이 켜져 있지 않았다. 나는 아무 탈 없이 그곳을 통과했다.

뱁슨 거리에 들어가기는 했으나 그곳은 페데럴 거리의 길과 교차되어 있었기 때문에 추적꾼들에게 들킬 위험이 있었다. 그래서 무너질 듯한 기묘한 건물 그늘에 바싹 붙어서 걸어갔다. 등 뒤에서 들려 오는 소리가 때때로 커질 때마다 마침 지나던 집 현관에서 두 번이나 멈춰 섰다. 앞에 보이는 광장은 달빛을 받아 넓고 황량하게 빛나고 있었지만 내가 선택한 진로에 의하면 그곳을 건널 필요는 없었다. 두 번째로 멈춰 섰을 때 나는 희미한 소리가 새삼스럽게 주위에 퍼지는 것을 들었다. 그늘에서 조심스럽게 엿보자 자동차 한 대가 그 광장을 향해 달려가는 것이 보였다. 뱁슨 거리와 라파예트 거리에도 면해 있는 엘리엇 거리를 따라 점점 저쪽으로 달려갔다.

그것을 보면서――얼마 동안 약해졌던 그 비린내 같은 악취가 갑자기 또 심해져 숨이 막힐 듯했을 때――자동차가 왔던 같은 방향에서 등을 웅크린 이상한 모습을 한 생물들의 한 무리가 펄쩍 뛰기도 하고 비틀거리기도 하면서 오는 것을 보고, 이것이야말로 입스위치

가도를 경계하고 있는 무리임에 틀림없다는 것을 알았다. 왜냐하면 엘리엇 거리의 도로를 곧장 나가면 그것이 그대로 국도로 이어져 있었기 때문이다. 그 이상한 생물 가운데 두 녀석은 부피가 큰 옷을 입었고 한 녀석은 뾰족한 관을 쓰고 있었는데 그것이 달빛에 비쳐 파르스름하게 빛났다. 그 걸음걸이가 몹시 이상했기 때문에 나도 모르게 소름이 끼쳤다——마치 펄쩍펄쩍 뛰는 걸음걸이였기 때문이다.

그 한 무리의 끝 모습이 보이지 않게 되자 나는 다시 걷기 시작하여 모퉁이를 뛰다시피 돌자 라파에트 거리로 들어갔고, 거기서 그 무리 중 낙오자가 다시 이 길로 올지도 모른다고 생각하고 재빨리 엘리엇 거리를 건넜다. 나는 멀리 타운 스퀘어 방향에 깔깔거리거나 씩둑씩둑 지껄이는 소리를 들었는데 무사히 그 거리를 통과했다.

가장 무서웠던 것은 달빛이 비치는 사우스 거리의 넓은 길을 다시 건널 때였다. 거기서는 바다가 보였는데 이때에는 아무래도 긴장하지 않을 수 없었다. 녀석들 중의 누구에게 발견될지도 몰랐고 또 엘리엇 거리에서 만난 추적대의 낙오자가 두 지점의 어느 곳에서나 반드시 내 모습을 발견할 위험이 있었기 때문이다. 결국 나는 걸음걸이를 전처럼 아주 늦추어 인스마우스 주민 특유의 그 비틀거리는 걸음을 흉내내면서 걷는 편이 좋겠다고 마음먹었다.

시야가 트이면서——이번에는 오른편에——다시 바다가 보였는데 나는 전혀 보지 않기로 결심하고 있었다. 그러나 아무래도 참을 수 없었기 때문에 앞 그늘로 조심스럽게 비틀거리는 걸음걸이 흉내를 내면서 걸어갈 때 얼핏 옆눈질로 바라보았다. 과연 큰 배는 보이지 않았지만 대신 작은 보트 하나가 황폐한 방파제 쪽으로 오고 있는 모습이 눈에 들어왔다.

보트에는 방수 덮개가 쳐져 있고 겹겹이 물건들이 쌓여 있었다. 헤엄치는 사람의 모습도 몇몇 발견되었고 저 멀리 검은 암초에는 움직이지 않는 불빛이 어렴풋이 보였는데 앞에 보이는 반짝거리는 빛과는 달리 딱 꼬집어 말할 수 없는 묘한 색깔이었다. 오른쪽 전방의 기울어진 집들 위에는 길먼 하우스의 높은 원형 돔이 몽롱하게 떠올라 보였다. 그러나 불은 하나도 켜 있지 않았다. 얼마 동안 고마운 산들바람 덕분에 사라졌던 비린내가 다시금 강하게 풍겨 왔다.

내가 아직 한길을 건너기 전에 북쪽에서 워싱턴 거리를 따라 중얼중얼 속삭이면서 걸어오는 한 무리의 소리가 들려 왔다. 내가 달빛에 빛나는 바다를 겁에 질려 바라보았던 광장까지 그들이 왔을 때, 처음에 나는 그들과 거리가 조금밖에 떨어져 있지 않다는 걸 알았고, 동시에 녀석들의 얼굴이 야수같이 무섭고 그 등을 웅크린 걸음걸이는 인간의 모양과는 거리가 멀고 도리어 개와 비슷하다는 것을 보고 깜짝 놀랐다.

어떤 녀석의 동작은 마치 원숭이를 꼭 닮았으며 그 긴 팔은 종종 땅바닥에 닿았다. 한편 법의를 걸치고 관을 쓴 또 다른 사나이는 마치 펄쩍펄쩍 뛰는 모양으로 걷고 있었다. 아마 이 일행은 길먼 하우스의 가운데뜰에서 보았던 패거리들로, 말하자면 내 뒤를 가장 가깝게 추적하고 있던 녀석들이 틀림없다고 판단했다.

그 중에는 내가 있는 방향을 흘끔 뒤돌아보는 녀석도 있었기 때문에 나는 무서움에 질려 그 자리에 못에 박힌 듯이 서버렸다. 그래도 임시로 흉내내고 있는 그 비틀거리는 걸음걸이만은 겨우 계속하고 있었다.

지금까지 그들이 내 모습을 보았는지 어쩐지는 알 수 없으나 만일 보았으면서도 눈치채지 못했다면 나의 계략이 그들을 한 방 먹인 셈이 된다. 왜냐하면 그들은 자기들의 진로를 바꾸지 않고 그대로 달빛이 비치는 광장을 건너서 사라졌기 때문이다. 그 동안 그들은 뭐라고 표현할 수 없는 천박한 목소리와 사투리로 깔깔대고 씩둑씩둑 지껄이고 있었다.

나는 다시 한번 그늘에 들어가자 아까와 마찬가지로 잔걸음으로 달려서, 밤의 어둠 속에 검은 현관문을 열고 있는 기우뚱한 낡은 집들 앞을 지나갔다. 서쪽에 있는 인도를 건너가자 가장 가까운 모퉁이를 돌아 베이츠 거리로 들어갔고, 거기서는 남쪽 건물에 바짝 붙어서 걸었다. 사람이 살고 있는 듯이 보이는 집 두 채를 지났다. 그 가운데 한 채는 2층 방에 쓸쓸하게 불이 켜 있었지만 별로 방해가 될 사람은 만나지 않았다.

애덤스 거리로 돌았을 때에는 이제 괜찮을 거라는 느낌이 들었는데, 캄캄한 현관에서 느닷없이 한 사나이가 비틀거리며 나왔기 때문에 나는 깜짝 놀랐다. 그러나 그 사나이는 몹시 술에 취해 있었기 때문에 당황할 필요는 없었다. 이리하여 나는 뱅크 거리의 폐옥이 된 쓸쓸한 창고에 무사히 도착할 수가 있었다.

강 협곡을 따라 나 있는 죽은 듯한 길에는 사람 그림자 하나 볼 수 없었고 폭포 소리가 내 발소리를 삼켜 버렸다. 낡고 황폐한 역까지 잔걸음으로 달려가더라도 상당한 시간이 걸리는 거리였고 주변을 둘러싼 커다란 벽돌 창고는 민가의 현관보다 더욱 무섭게 여겨졌다. 그러나 나는 마침내 그 옛날식 아케이드가 붙어 있는 역을, 또는 역 잔해를 확인하자 조금 저쪽 끝에서 시작되고 있는 선로로 가까이 다가갔다.

선로는 녹슬어 있었지만 거의 그대로 무사했으며 침목들 대부분도 썩지 않았다. 그러나 걸어가든 달려가든 바로 선로 위를 밟고 가는 것은 난처한 일이었지만 온 힘을 기울여 노력했기 때문에 당장은 생각대로 일이 빨리 진척되었다. 상당한 거리까지 그 선로는 협곡 가장자리를 따라 달리고 있었다. 이윽고 나는 눈이 휘둥그레질 만큼 높은 협곡에 걸려 있는 긴 다리 있는 데까지 당도했다. 이 다리의 상황에 따라 다음에 취할 내 수단이 정해질 것이다. 가령 건널 수 있다면 나도 이 다리를 건널 테지만, 만일 안 된다면 더 위험을 무릅쓰더라도 한길을 헤매어 다닌 끝에 되도록 가까운 곳에서 안전한 다리를 건널 수밖에 없었다.

폭이 넓고 안쪽 길이가 긴 그 옛날 다리는 달빛을 받아 괴이하게 반짝이고 있었다. 그 침목은 다리 첫머리부터 적어도 몇 미터가 되는 곳까지 탄탄하다는 걸 알자 손전등을 의지해서 건너기 시작한 것은 좋았는데 눈앞에 오락가락 날아다니는 박쥐 떼 때문에 자칫하다간 발을 헛디딜 뻔했다. 다리 한가운데의 침목에 아주 위험하게 갈라진 틈이 있어서, 한때는 아차 하고 멈춰 섰지만 필사적으로 뛰어서 다행히 잘 건널 수 있었다.

기분이 으스스한 터널을 빠져서 다시 달빛을 보았을 때 나는 기뻤다. 이 옛날 선로는 노면과 같은 높이로 리버 거리를 지나갔으며 거기서 급히 방향을 바꾸어 주변 일대가 점점 시골다운 풍경이 되었고 인스마우스의 비린내나는 악취는 사라졌다.

그 근방에는 잡초와 가시덤불이 여러 군데 있었고 때때로 내가 가는 앞길을 막고 사정없이 구두를 할켰는데 나는 그래도 위험이 닥칠 때 몸을 숨길 수 있다고 생각하니 역시 고마웠다. 게다가 나는 롤리 가도에서 이 앞길이 똑똑히 보인다는 것을 알고 있었다.

이윽고 늪지대가 시작되었고 키 작은 풀이 자란 철둑 위로 철로가 달려서 그 부분만은 잡초도 덜 자라나 있었다. 다시 지반이 조금 높아진, 이를테면 늪의 섬을 연상시키는 곳을 지나가게 되었는데 여기서 풀과 가시덤불에 덮인 얕은 도랑 하나를 건넜다. 아까 호텔 방 창문에서 본 것으로 짐작해서 이 근방은 롤리 가도에서 퍽 가깝기 때문에 이 도랑은 일시적인 은신처로 퍽 고마운 것이었다. 도랑은 한쪽 끝에서 길과 교차하고 거기서부터 더 안전한 곳까지 죽 구불구불 이어져 있었다. 그러나 그러는 동안에도 나는 역시 경계를 늦출 수가 없었다. 다행히 지금까지는 그들이 이 철도를 순찰하지 않았음을 나는 확신했다.

도랑 속에 들어가기 전에 나는 뒤쪽을 보았는데 추적꾼의 모습은 보이지 않았다. 낡은 뾰족탑이나 썩기 시작한 인스마우스 거리의 지붕들이 신비로운 노란 달빛을 받아 아름답게 몽롱히 떠올라 보였다. 그것을 보니 흉측한 운명에 들어서기 전의 인스마우스 거리의 광경이 이런 것인가 하고 생각되었다. 거기서 나는 눈을 돌려 거리에서 내륙 쪽을 보았을 때 뭔가 심상찮은 낌새를 느끼고 한순간 숨을 죽이고 있었다.

그때 내가 본, 아니 보았다고 생각한 것은 먼 남쪽에서 시끌시끌 물결치는 듯한 사람 그림자로, 평탄한 입스위치 가도를 따라 거리에서 많은 사람들 무리가 나와 있는 것이 틀림없다는 느낌이 들었다.

꽤 거리가 멀었기 때문에 상세한 것은 보이지 않았지만 종대(縱隊) 행진의 움직임은 어쩐지 기분 나쁜 광경이었다. 그 종대는 크게 물결치듯 움직였고 지금은 서쪽으로 기운 달빛을 받아 반짝반짝 빛나고 있었다. 게다가 바람이 반대로 불고 있었음에도 불구하고 소리가 나는 낌새도 있었는데 아까 내가 들은 중얼거림보다 더 하등인 야수의 울부짖음과 비슷했다.

온갖 불쾌한 억측이 가슴을 스쳐 지나갔다. 나는 문득 몇 세기나 계속 내버려진 채 황폐할 대로 황폐해진 다 쓰러져가는 해변가의 집에 숨겨져 있다고 하는 인스마우스를 상징하는 생물을 생각했다. 아까 보았던 이름도 알 수 없는 수서동물(水棲動物)도 떠올렸다. 또한 멀리 보였다 말았다 하는 패거리는 물론이고 길에도 흘러넘칠 만큼 모여 있을 추적꾼의 수가 사람 그림자도 희미한 인스마우스치고는 이상하리만큼 인원이 많다는 생각이 들었다.

지금 눈앞에 대열을 이룬 이 많은 사람들은 대체 어디서 나타난 것일까? 짐작조차 할 수 없이 깊은 그 옛날의 은신처에는 아직 기록에도 없고 상상할 수도 없는 기형적 생물이 무리를 이루고 있는 것일까? 아니면 그 저주스러운 암초에 있는 미지의 많은 제3자를 아직 본 적도 없는 큰 배가 상륙시키기라도 했단 말일까? 대체 저들은 누구일까? 왜 여기에 있는 것일까? 그리고 이렇게 많은 녀석들이 입스위치 가도를 다니고 있다면 다른 가도의 경비도 마찬가지로 강화되고 있는 것일까?

나는 관목이 자란 도랑에 들어가 아주 천천히 수풀을 헤치며 걸어가고 있었다. 그러자 그 더러운 비린내가 다시금 주변에 충만했다. 풍향이 갑자기 동쪽으로 변했기 때문에 해안에서 시가지를 빠져 그 냄새가 날아온 것일까? 아마 틀림없다고 생각했다. 그 까닭은 지금까지 조용했던 방향에서 목청을 울리는 듯한 무서운 웅얼거림이 들려왔기 때문이다. 아니 그뿐만이 아니다. 다른 소리도——뭔가 몹시 불길한 상상을 불러일으키는 어떤 대대적인 타박타박, 터벅터벅, 하는 큰소리도 들려 왔다. 그 소리를 들으니 말이 안 되는 연상이라고 스스로 생각하면서도 나는 저 멀리 입스위치 가도에서 기분 나쁘게 움직이고 있는 사람 물결을 연상했다.

이윽고 그 악취가 잡음과 함께 더욱 심해졌으므로 나의 전율도 갑자기 멎고 내 몸을 숨겨 주는 그 도랑에 감사했다. 나는 롤러 가도가 옛 철도를 서쪽 방향으로 가로질러 갈라지기에 앞서, 이 철도 선로에 접근하는 것은 이 근방이라는 걸 생각해 냈다. 뭔가 저쪽에서 그 가도로 오는 사람들이 있었다.

그들이 지나서 보이지 않을 때까지 조용히 누워 있을 수밖에 없었다. 고맙게도 그 녀석들은 탐색용으로 개를 사용하지는 않았다. 설령 개를 사용했다 하더라도 주위에 온통 충만되어 있는 그 악취 속에서는 효과가 있을 것 같지는 않았지만.

모래땅 도랑의 이 관목 그늘에 있으면 추적꾼들이 100야드 앞의 선로를 건너간다 하더라도 나는 안심할 수 있었다. 내 쪽에서는 그들을 보려고 생각하면 볼 수 있었으나 그들 쪽에서는 내가 여기 숨어 있는 한, 요상한 마술이라도 쓰지 않고서는 발견되지 않을 것이다.

그들이 눈앞을 지나갈 때 나는 갑자기 그 모습을 보는 것이 무서워졌다. 나는 그들이 그곳을 우르르 지나갈 것으로 여겨지는 바로 코앞의 달빛이 비치는 대지를 보고 이젠 두 번 다시 지워지지 않을 정도로 오염되어 버릴 거라는 이상한 상상을 했다. 아마도 이 녀석들이야말로 모든 인스마우스의 생물 중에서 가장 하등한, 두 번 다시 생각하고 싶지 않을 괴물임에 틀림없었다. 악취는 점점 더 사방에 충만되고 잡음은 더욱 높아지면서 도저히 인간의 것이 아닌 울음소리, 외침소리, 짖는 듯한 짐승 같은 소음으로 바뀌었다. 이것이 진짜로 나의 추적자들의 소리일까? 녀석들은 개를 사육하고 있는 것일까? 내가 아는 한 인스마우스에서는 이 이상의 하등 동물은 보지 못했다. 팔딱팔딱, 팔딱팔딱하는 걸음걸이는 아주 기묘해서, 나는 도저히 그런 소리를 내기에 적합한 하등 동물은 상상할 수 없었다. 그 소리가 서쪽으로 모두 사라지기까지 나는 눈을 감고 있고 싶었다. 그들 중 한 무리는 방금 코앞까지 와서 주변의 공기는 그들이 웅얼대는 숨소리로 더럽혀지고, 또한 그들의 이상한 발소리에는 땅도 울리지 않았다. 나는 금세 숨이 막힐 것 같아서 모든 힘을 모아 눈을 감으려고 했다.

다음 순간에 일어난 일이 불길한 현실인지, 아니면 단순히 악몽 같은 환상인지 그 점에 대해서는 지금도 나는 언급을 회피하고 싶다. 나중에 내가 정부를 상대로 미친 듯이 호소한 결과, 당국이 취한 조치에 의해 그것은 기괴한 진실이라고 확인될 테지만, 옛날부터 무엇엔가 홀린 검은 그림자에 덮인 그 마을의 반쯤 최면에 걸린 듯한 상태라면 어떤 환상이 어찌 다시 한 번 되풀이되지 않을 수 있겠는가?

그런 장소에서는 그런 기묘한 일이 일어날 수 있으며 그 적막하고 악취가 심한 거리들, 반쯤 썩은 지붕이나 무너질 듯한 뾰족탑이 혼잡하게 모여 있는 환경에서는 미친 듯한 전설의 유산이 작용하는 영향력이 한 인간의 상상력을 넘는다고 해도 무리는 아니다. 또한 실제로 전염성의 광란증을 일으킬 세균이 인스마우스를 덮고 있는 그 어두운 그림자의 핵심 깊숙이 잠재되어 있지 않았다고도 할 수 없으리라. 제이독 앨른 노인의 이야기를 들은 뒤에는 대체 누가 현실이라는 것을 믿겠는가?

정부의 관리들은 유감스럽게도 아직 제이독을 발견하지 못했고 그가 어떻게 되었는가에 대해서 아직도 아무 단서조차 잡지 못하고 있다. 대체 어디까지가 제이독 노인의 광적인 공상이며 어디서부터가 실제 이야기일까? 또한 지금의 나의 공포도 전적으로 환상이 아닐까?

그런데 나는 그날 밤, 노란 환영 같은 달빛을 받으면서 인기척 없는 철로의 도랑에 무성하게 자란 관목 사이로 몸을 숨기고 있을 때, 눈앞의 롤리 가도를 팔딱팔딱 뛰듯이 녀석들이 오는 것을 이 눈으로 본 그 생물들의 모양에 대해 한 마디 하지 않을 수 없다.

심한 공포 때문에 바깥 모양은 일절 보지 않으려 했던 내 결심은 잘 실행되지 않았다. 사실 잘 될 리가 없었다. 왜냐하면 바로 100야드 앞을 그 정체 모를 생물의 한 무리가 깔깔거리며 워어 워어 짖으면서 떠들썩하게 뛰고 있었는데 나는 조용히 웅크린 채 눈만 감고 있을 수는 없었기 때문이다.

나는 이미 최악의 사태에 대비한 각오는 되어 있었고 사실 그때까지 보아 온 것을 고려하면 마땅히 각오하지 않으면 안 되었다. 나를 추적해 온 다른 녀석들도 아주 이상한 괴물들이었다. 이상한 요소가 더 큰 괴물을, 말하자면 정상적인 생물다운 요소가 조금도 없는 형태의 것을 보려는 각오를 하고 있었던 것도 당연한 일이 아니었을까?

그 목쉰 울음소리가 바로 가까이에 들리자 비로소 나는 눈을 뜨고 보았다. 그러자 도랑의 양쪽 끝이 얕아지고 한길이 노선과 교차되는 곳에 그들의 긴 대열의 일부가 훤히 보이는 것을 깨닫고, 그 기울기 시작한 노란 달빛이 설사 어떤 무서운 광경을 비추더라도 나는 역시 내 눈으로 그 광경을 똑똑히 확인하지 않을 수 없다는 기분이 되었다.

그 생물은 이 지상의 생물에 관한 내 지식으로는 이해할 수 없는 괴물이었으며, 또한 조금은 남아 있던 마음의 평화와 완전무결한 것이라 믿고 있던 자연과 인간성에 대한 나의 신념에 종지부를 찍어 버린 괴물이었다. 내가 아무리 상상력을 발휘하고, 또 설령 그 제이독 노인의 미친 헛소리를 곧이곧대로 믿고 멋대로 상상했다고 하더라도 그때 내가 이 두 눈으로 본, 아니 보았다고 믿는, 흡사 신을 모독하는 듯한 그 악마적인 생물의 모습과는 도저히 비교가 되지 않았다.

실은 그것을 대담하게 솔직히 묘사하는 두려움을 조금이라도 늦춰 보려고 그 생물의 모습을 나는 은근히 빙 돌려서 말하고 있는 것에 지나지 않는다. 이 지구라는 행성이 그런 기괴한 생물을 창조한다는 것이 과연 정말 가능할까? 또한 여태까지는 시시한 전설에서나 나오던 그 열에 들뜬 환상을 인간이 과연 객관적인 생물로 실제로 본 일이 있었을까?

게다가 나는 그들이 무한히 긴 대열을 지어 환상적인 악몽처럼 그로테스크하고 불길한 사라반드(고전 무용곡)를 추면서 기괴한 달빛 아래 인간과는 동떨어진 모양으로 춤추거나 뛰면서 깔깔거리고 씩둑씩둑 지껄이는 모양을 보았다.

개중에는 이름도 모를 하얗게 반짝이는 금속으로 만든 긴 관을 쓴

자들도 몇 명 있었고, 또 어떤 녀석들은 기묘한 옷을 입었고…… 맨 앞에 서 있는 한 녀석은 요괴 같은 꼽추로 검은 코트와 줄무늬가 있는 바지를 입었으며 사람이 쓰는 펠트 모자를 아마도 머리에 해당되는 못생긴 부분에 얹고 있었다…….

그들의 배는 흰빛이었는데 주된 몸 색깔은 잿빛을 띤 초록색이었다. 그 몸의 대부분은 광택을 띠고 미끌미끌했으며 등 가장자리에는 비늘이 붙어 있었다. 그 체형은 어쩐지 양서동물과 비슷했다. 머리는 물고기를 닮았고 그 머리에는 결코 닫혀지지 않는 볼록 튀어나온 눈이 달려 있었다. 목 양옆에는 호흡하는 아가미가 붙었고 긴 손발 끝에는 물갈퀴가 달려 있었다. 그 녀석들은 불규칙하게 두 발로 뛸 때도 있었고 또 네 발로 뛸 때도 있었다.

녀석들의 발이 네 개밖에 없는 것을 보고 어쩐지 나는 안심이 되었다. 깔깔거리고 워어워어 하고 짖는 소리는 분명히 어떤 이야기를 나누기 위한 것으로 녀석들이 얼굴다운 얼굴을 갖고 있지 않기 때문에 결여되어 있는 의사 표현의 모든 음영을 그렇게 소리로 전달하는 것이었다.

그러나 그들은 이렇게 기괴한 양상을 띠고 있으면서도 반드시 친밀감을 가질 수 없는 모습은 아니었다.

나는 그들이 무엇인지 이미 알 만큼 알고 있었다. 뉴버리포트에서 보았던 그 저주스런 관의 기억이 내 머리 속에 아직 생생하게 남아 있었기 때문일까? 그 녀석들은 신을 모독하는 듯한 기묘한 도안에 의해 만들어진 물고기인지 개구리인지 구별이 안 가는 끔찍한 생물들로, 그 어두운 교회 지하실에서 관을 쓴 꼽추 목사를 처음 보았을 때 내가 연상한 것이 무엇인지 비로소 알게 되었다.

그들의 수는 도저히 헤아릴 수도 없었다. 무한히 우글우글 모여 있는 것같이 여겨졌으며, 한순간 얼핏 보아서는 극히 일부밖에 눈에 들어오지 않았다. 다음 순간, 나는 실신이라는 바라지도 않던 발작 때문에 모든 것이 눈앞에서 몽롱해졌다. 태어나서 처음 경험한 실신이었다.

5

잡초가 무성하게 자란 철로변에 의식을 잃고 쓰러져 있던 나는 낮에 내리기 시작한 조용한 비 덕분에 눈을 뜨게 되었다. 앞쪽으로 보이는 길로 비틀거리며 가까이 가 보니 새로 생긴 진창 속에는 아무 발자취도 없었다. 인스마우스의 적적한 거리의 집들과 흔들리는 듯한 교회의 뾰족탑들이 남동 방향에 잿빛으로 희미하게 보였다. 그러나 사방이 온통 황폐한 소금물 습지로 되어 있고 부근에 사람이라고는 그림자 하나 없었다. 내 시계는 아직 움직이고 있었고 시간을 보니 정오가 조금 지나 있었다.

내 가슴에는 지금까지 경험한 일이 과연 현실의 일인지 어떤지, 확실히 알 수 없다는 의문은 있었으나 그 배후에는 뭔가 흠칫 소름 끼치는 것이 있음을 느꼈다. 나로서는 악마의 그림자가 드리워진 이 인스마우스에서 반드시 도망치지 않으면 안 되었으므로, 피곤으로 기력이 떨어진 이 몸으로 과연 움직일 수 있는지 시험해 보았다. 쇠약과 배고픔이 심했고 공포와 곤혹스러움에 나는 괴로워하고 있었음에도 얼마 지나자 걸을 수 있다는 것을 스스로 알 수 있었다. 그래서 나는 롤리 방향으로 진창길을 걷기 시작했다. 해가 저물기 전에 롤리 마을에 도착하여 거기서 식사를 하고 사람 앞에 나가도 창피하지 않을 옷으로 갈아입었다.

밤열차를 타고 아캄에 갔으며, 이튿날 아캄에서 정부의 관리들에게 성의껏 상세한 사정을 이야기했다. 나중에 보스턴에서도 나는 똑같은 일을 되풀이했다.

이렇게 정식으로 문제를 제기한 결과 얻은 가장 큰 수확은 세상 사람들이 이 사건을 충분히 인식했다는 사실이다. 따라서 이제는 세상의 건전한 상식을 위해 더 이상 이야기하고 싶지 않다. 내가 이런 생각을 하게 된 것은 갑자기 나를 덮친 광기 탓일까? 아니, 아마도 엄청난 공포심 내지는 깜짝 놀랄 일이 내게 닥쳐오고 있었기 때문이리라.

생각해 보면 지극히 당연한 일이지만 나는 다른 여행 계획, 이를테면 명소를 관광한다든가 건축물을 보고 다닌다든가, 고고학적 연구를 한다든가 하는 처음에는 퍽 중요하게 보았던 즐거움의 태반을 포기해 버렸으며, 또한 그 미스캐트닉대학 부속 박물관에 있다고 하는 기이한 보석류도 구태여 조사해 보려는 마음도 생기지 않았다. 그러나 아캄에 체류하고 있는 동안 훨씬 전부터 얻고 싶었던 계도(系圖)를 몇 가지 모아 보았다.

그들 계도는 매우 조잡한 자료임에는 틀림없었지만 나중에 조회하거나 짜맞추어 보니 퍽 도움을 주었다. 그곳 역사 교회의 도서관원으로 E. 래프햄 피바디라는 사람은 아주 정중하게 나를 도와주었는데, 내가 아캄의 일라이저 온의 손자이며, 일라이저 할머니는 1867년에 탄생하여 오하이오의 제임스 윌리엄슨이라는 남자와 17살 때 결혼했다고 하자, 피바디 씨는 그 이야기에 유별난 관심을 보였다.

알고 보니 어머니의 큰아버지 중 한 사람이 몇 해 전에 나와 똑같은 목적으로 인스마우스에 간 일이 있었던 모양인데, 할머니 고향에서는 다들 호기심 있는 눈으로 보았던 모양이다. 피바디 씨 이야기로는 할머니의 아버님인 벤저민 온이라는 분이 남북전쟁 직후에 결혼했을 때는 이런저런 말이 많았던 모양이다.

그것은 다름 아니라 그 신부의 선조가 확실치 않는 가문으로, 신부는 뉴 햄프셔의 마슈 집안의 고아였는데 실은 에식스 군(郡)의 마슈 집안의 사촌이라는 것을 알았기 때문이다.

그러나 이 아가씨는 프랑스에서 교육을 받고 있었기 때문에 자기 집에 대해서는 거의 아는 것이 없었다고 할 정도였다. 그 후견인이 아가씨와 그녀의 가정교사인 프랑스 부인을 부양하기 위해 보스턴에 자금을 예금해 두었는데 그 후견인의 이름을 아캄 사람들은 아무도 몰랐고, 이윽고 그 후견인이 없어졌기 때문에 가정교사가 법정의 지시에 따라 후견인의 책임을 대행하였다. 이 프랑스 부인은——훨씬 전에 죽었는데——퍽 말이 적은 분이었으나, 마음만 먹으면 말솜씨가 제법 뛰어날 분이었다고 하는 사람도 있었다.

그런데 가장 번거로운 문제는 뉴 햄프셔의 명문 집안 중에는 이 아가씨의 호적상 양친인 이녹과 리디어(미서브) 마슈에 해당하는 사람이 없다는 점이었다. 아마도 많은 사람들이 넌지시 짐작해 말하듯이 이 아가씨는 마슈 집안의 누군가 훌륭한 인물의 사생아였는지도 모른다.

그러고 보니 이 아가씨는 확실히 그 마슈 집안 특유의 눈 모양을 하고 있었다. 난처한 일로는 이 여자가 첫 아기인 나의 할머니를 낳고는 그만 젊은 나이에 죽어서 모든 것이 대충대충 정리되어 버렸던 모양이다. 마슈라는 이름을 듣자 나는 어쩐지 불쾌한 것이 연상되어서 마슈라는 이름이 가계도에 속하는 것이라는 통지를 받고서도 환영할 기분이 되질 못했다.

게다가 피바디 씨가 나도 그 마슈 집안의 눈 모양을 하고 있다는 말에는 아예 정나미가 떨어졌다. 그러나 나는 나중에 가치 있게 쓰일 자료를 제공해 준 데 대해서는 피바디 씨에게 감사의 뜻을 표했고 상세히 기술된 온 집안에 관한 각서와 참고서류의 리스트를 복사했다.

나는 보스턴에서 곧장 톨레도의 자택으로 돌아갔는데, 그 격렬했던 경험에서 회복하기 위해 그 뒤 한 달 동안 마우미에서 지냈다. 9월이 되자 최종 학년에 대비하기 위해 오버린 반에 입학하였고 그 다음은 이듬해 6월까지 공부와 그 밖의 여러 가지 활동 때문에 바빴다. 단, 나의 진술과 증언을 계기로 해서 시작된 재판과 관계가 있는 정부의 관리들이 간혹 찾아올 때만 지나간 그 무서운 사건을 회상할 뿐이었다.

6월 중순 무렵——인스마우스에서 그런 경험을 한 지 딱 1년째——나는 돌아가신 어머니 고향인 클리블랜드의 윌리엄슨 집에서 한 주를 보내면서 여러 가지 서류며 구전(口傳)이며 선조 전래의 가보와 새로운 가계도상의 몇 가지 자료를 조회하면서 어떤 가계도를 만들 수 있는지 연구하고 있었다.

사실대로 말하면 나는 이 일을 좋아하진 않았다. 왜냐하면 윌리엄슨 집안의 분위기는 나에게는 언제나 괴로웠기 때문이다. 이 집안에는 일종의 병적인 경향이 있었으며 내가 어렸을 때 어머니는 나를 자기 고향에 보내려 하지 않았다.

그러나 어머니는 자기 아버지가 톨레도에 오면 언제나 환영했다. 아캄 태생의 우리 할머니는 기묘한 사람으로 언제나 나를 무섭게 대했던 모양이다. 때문에 할머니가 행방이 묘연해졌을 때도 나는 슬퍼하지 않았던 것 같다.

그즈음 나는 여덟 살이었다. 할머니는 장남인 나의 큰아버지 더글러스가 자살한 뒤 슬픔에 못 이겨 자취를 감춘 것이라 한다. 더글러스 큰아버지는 뉴잉글랜드로 여행한 뒤 자살했는데, 그 여행은 틀림없이 내가 했던 여행과 같았으며, 따라서 아캄 역사협회에서 그의 일을 회상하게 된 실마리가 되었던 것이다.

이 더글러스 큰아버지는 할머니를 꼭 빼닮아서 나는 이 큰아버지도 싫어했다. 두 사람 모두 뭔가를 찬찬히 바라보는 듯한 깜박이지도 않는 눈을 갖고 있었기 때문에 나는 표현할 수 없는 막연한 불안을 느꼈다. 내 어머니나 월터 작은아버지는 그런 생김새가 아니다. 그들은 아버지를 닮았다. 월터 작은아버지 아들의 어린 사촌형제인 로렌스는 가엾게도 몸이 나빠져서 캔턴에 있는 요양소에 영원히 격리될 때까지는 할머니와 꼭 닮았다고 할 정도였다. 나는 로렌스와 4년 동안 만나지 못했는데 어느 날 작은아버지가 그의 상태는 정신적으로도 육체적으로도 매우 중태라고 말했다. 아마 로렌스의 어머니는 그 걱정이 원인이 되어 2년 전에 돌아가신 모양이다.

나의 할아버지와 홀아비가 된 그 아들 월터하고는 클리블랜드의 집에서 함께 살았는데, 그 집에는 옛날 기억이 어둡게 덮고 있었다. 나는 그곳 역시 싫어서 되도록 빨리 연구를 마치려고 노력했다.

윌리엄슨 집안의 기록이나 구전은 할아버지가 풍부하게 제공해 주었으나 온 가문의 자료는 월터 작은아버지의 손을 빌리지 않을 수 없었다. 작은아버지는 생각나는 대로 자기 자료첩에서 그 내용을 보여 주었다. 그 중에는 각서·편지·발췌 기사·가보·사진·모형 등이 들어 있었다.

내가 우리 선조에 어떤 공포를 느끼기 시작한 것은 온 가문의 편지나 사진을 보았을 때였다. 전에도 말했듯이 할머니와 더글러스 큰아버지는 언제나 나를 방해만 했다. 이 두 분이 세상을 떠나 몇 해가 지난 지금도 그들의 얼굴을 사진으로 보면 나는 측량할 수 없는 증오와 혐오의 감정이 솟구치는 것을 느낀다. 처음에는 그 변모를 눈치채지 못했으며 조금이라도 의심하는 걸 그만두려고 강력히 부정했음에도, 점점 무서울 정도의 유사점이 자연히 표면에 나타났다. 이 두 분의 얼굴 표정에는 전에는 깨닫지 못했던 어떤 사실, 그야말로 공평히 생각해 본다면 움직일 수 없는 공포를 가져다 주는 어떤 사실을 그것은 지금 분명히 암시하고 있었다.

그런데 가장 강한 쇼크를 받은 것은 작은아버지가 고을의 안전예금 지하금고에 있는 온 가문의 보석을 보여 주었을 때의 일이었다. 그 중 어떤 물건은 정말 정교하게 되어 있어서 자기도 모르게 감탄하지 않을 수 없었지만 오래된 장식품이 들어 있는 한 기묘한 상자도 있었다. 이것은 기이한 그늘이 있는 그 증조할머니로부터 전해진 것으로 작은아버지는 이것을 꺼내는 것을 주저하고 있었다.

작은아버지의 말에 의하면 그 안에 들어 있는 물품은 퍽 괴기하고 거기에는 뭔가 혐오스런 디자인이 되어 있는데, 자기가 알기로는 할머님이 공개적으로 몸에 장식한 적은 없고 다만 간혹 들여다 보는 것으로 만족하셨다고 한다.

뭔가 불길한 운명을 연상케 하는 전설이 그 물품에 연관되어 있어서 프랑스 부인 가정교사는 증조할머니에게 유럽에서는 이것을 몸에 장식해도 무방하지만 뉴잉글랜드에서는 절대로 안 된다고 말했던 모양이다.

작은아버지는 천천히 마지못해 이 물품을 열어 보면서, 그 디자인은 아주 이상해서 뭔가 구역질이 나는 것들도 있으니까 놀라도 자기는 모른다고 나에게 주의를 주었다. 지금까지 그 물품을 본 예술가나 고고학자들은 기교가 정말 뛰어나고 이국 정서가 풍부한 걸작이라고 했는데, 과연 그 재료가 무엇인지 또는 어떤 미술 계통에 속하는 것이냐 하는 단계가 되면 누구 하나 아는 사람이 없었다. 상자 속에는 팔찌 두 개, 관이 한 개, 뭔가 가슴 장식품 같은 것이 하나 있었다. 그 가슴 장식품에는 다소 참을 수 없는 방종한 자태를 한 상(像)이 돋을새김으로 장식되어 있었다.

이런 설명을 듣고 있는 동안 나는 감정의 고삐를 꼭 쥐고 있었음에도 끝내는 점점 높아지는 공포의 그림자가 얼굴에 드러났다. 작은아버지는 엇 하는 듯한 표정이 되더니 잠시 물품의 포장을 풀던 손을 멈추고 내 표정을 살폈다. 그대로 계속 풀어 주세요, 하고 내가 몸짓을 하자 작은아버지는 다시 못이기는 척 마저 풀기 시작했다. 작은아버지는 최초의 물품——말하자면 그 관을 꺼낼 때 뭔가 설명서라도 붙어 있지 않을까, 하고 예상했던 모양인데, 사실 진짜로 무엇을 기대했는지는 알 수 없었다. 아무튼 나는 그런 것은 전혀 바라지도 않았다. 왜냐하면 그 보물이 어떤 것이냐에 대해서는 이미 충분히 이해하고 있었기 때문이다. 다만 나는 1년 전 그때 관목들이 밀생한 철로변에서 그랬듯이 말도 못하고 그만 실신하고 말았다.

그날부터 나의 생활은 이것저것 생각하다가는 걱정만 하는 악몽 같은 생활이 시작되었으며, 대체 어디까지가 역겨운 현실이고 어디까지가 기분 탓인지 모르게 되었다.

나의 증조할머니는 제 부모를 확실히 알 수 없었지만 마슈 집안 계통의 여자이고 남편은 아캄에 살고 있었던 모양이다. 그러고 보니 제이독 노인도, 오베드 마슈와 괴물 여자 사이에 낳은 딸을 아버지인 오베드가 요령껏 속여서 아캄에 살고 있는 어떤 사나이에게 시집보냈다고 말하지 않았던가?

그 늙은 주정뱅이는 내 눈을 보고 오베드 선장을 닮았다고 중얼거렸는데, 그것은 대체 무슨 뜻이었을까? 아캄에서도 피바디라는 그 도서관원은 나를 보고 당신은 틀림없는 마슈 가문 혈통의 눈 모양을 하고 있다고 말했다. 그렇다면 오베드 마슈는 나의 6대 조부님에 해당된다는 말인가?

그러면 나의 6대 조모님은 대체 누구란 말인가? 아니 뭐라구? 그러나 이런 일은 아마도 헛소리에 지나지 않아. 그 하얗게 번쩍이는 금 장식물도 알고 보면 내 할머님의……아무튼 아버지에 해당되는 사람이 인스마우스의 선원에게서 산 것인지도 몰라. 게다가 또 할머니나 자살한 큰아버지의 그 뚫어지게 바라보는 듯한 눈도 인스마우스의 어두운 그림자가 완전히 나의 상상력을 암울하게 덮고 있기 때문에 드디어 생겨난 환상일지도 모른다.

그러나 큰아버지는 어떤 이유에서 뉴잉글랜드로 선조의 일을 조사하러 간 뒤 자살해 버렸던 것일까?

2년 이상이나 나는 이와 같은 온갖 잡념을 없애버리려고 악전고투하여 어느 정도 성공을 거두었다. 아버지가 나를 위해 어떤 보험회사에 직장을 얻어 주었기 때문에 나는 되도록 매일 열심히 일하면서 그 혐오스런 잡념을 떠올리지 않기로 했다.

그런데 1930년 겨울부터 31년까지의 기간에 갑자기 그 악몽 같은 망상이 다시금 나를 덮쳤다. 처음에는 아주 가끔, 그것도 우연히 찾아왔지만 몇 주가 지나는 동안에 점점 빈번히 덮쳐 오게 되었다. 내 눈앞에는 넓은 물의 세계가 펼쳐졌고 그곳에서 나는 바다 밑에 있는 커다란 주랑(柱廊)이나 거대한 돌을 쌓아올린 풀이 자란 미궁을 빠져나가면서 괴상한 물고기의 벗을 하고 있는 것 같았다. 그러자 예전의 그 괴물도 모습을 나타내기 시작하고, 문득 정신을 차리고 보면 나는 말할 수 없는 공포에 사로잡혀 있었다.

그러나 꿈을 꾸고 있는 동안에는 그 괴물들이 조금도 무섭지 않았다. 나도 녀석들과 같은 무리였고 결코 인간의 것이 아닌 그 장신구를 한 채 수로를 걸어다니고 악마의 저주를 받은 바다 밑에 있는 녀석들의 예배당에서 이상야릇한 기도를 올리고 있었다.

도저히 다 생각해낼 수 없을 만큼 많은 일들이 있었는데, 가령 매일 아침 떠올린 일을 극명하게 적어 두었더라면 나는 분명 미치광이나 천재 중 어느 한쪽의 딱지가 붙여졌을 것이다.

그 무렵 나는, 뭔가 무서운 힘이 내게 작용하여 나를 점점 정상적인 정신의 세계에서 끌어내려 암흑과 이상한 것으로 가득 찬 뭐라 말할 수 없는 심연으로 끌어넣으려고 노리고 있는 그러한 느낌이 들었다.

그리하여 점점 그렇게 되어 가는 과정이 내 마음에 무겁게 와 닿았다. 내 건강도 용모도 눈에 띄게 점점 나빠지고, 드디어 마지막에는 직장을 그만두고 조용한 격리생활에 들어가지 않을 수 없었다. 특이한 신경장애에 걸린 나는 때때로 거의 눈을 감을 수 없는 증상이 나타나게 되었다.

아침에 거울을 볼 때마다 놀라는 정도가 점점 심해진 것도 그 무렵이었다. 병이 점점 나빠지는 것은 아무튼 보기에 민망한 것이었지만, 나의 경우에는 그 배후에 뭔가 더 미묘하고 더 알 수 없는 것이 잠재되어 있는 것 같았다. 아버지도 그것을 눈치챈 모양이었다. 왜냐하면 아버지는 의심스러운 듯이, 그것도 마치 깜짝 놀란 듯한 얼굴로 나를 보게 되었기 때문이다. 대체 무엇이 내 속에 기생하고 있는 것일까? 할머니나 더글러스 큰아버지의 용모와 점점 더 닮아 가다니 그런 일이 있을 수 있을까?

어느 날 밤, 나는 무서운 꿈을 꾸었는데 그 꿈속에서 나는 할머니를 바다 밑에서 만났다. 할머니는 반딧불로 빛나는 궁전에 살고 있었고 그 궁전에는 울퉁불퉁한 진귀한 산호와 기괴한 꽃들이 피어 있는 십자 모양의 테라스가 있었는데 할머니는 따뜻하게 나를 맞아 주었다.

그 온정은 어쩌면 조소가 담긴 것이었는지도 모른다. 할머니의 모습은, 수중 생활에 들어간 사람들의 예와 똑같이 아주 변했으며 나를 보고 자기는 결코 죽은 것이 아니라고 했다. 죽은 것이 아니라 죽은 아들이 탐지하고 있는 어떤 곳으로 가서 할머니는 어떤 세계에 뛰어들었으며――그 세계는 아들도 갈 운명이었으나 이해할 수 없게 한 발의 총성과 함께 연기처럼 사라져 버렸다――그 세계는 또 동시에 내 영역도 될 것이라고 했다. 나는 거기서 도망칠 수 없었다.

나는 앞으로 죽는 일 없이, 인류가 아직 지구상을 걸어다니기 전부터 존재했던 그 괴물들과 함께 영원히 살게 될 것 같은 느낌이 들었다.

나는 또 할머니의 할머니뻘이 되는 사람도 만났다. 8만 년 동안 스스야 루아이는 위 하 은슬레이에 살고 있으며 오베드 마슈가 죽은 뒤 다시 그곳에 돌아갔다. 위 하 은슬레이는 파괴되지 않았다. 가령 인류 이전에 지구를 지배했던 이름모를 '옛 지배자'가 고대의 마술로 이따금 '심해의 생물'을 저지할 수는 있어도 영원히 파멸시킬 수는 없었던 것이다.

지금 당분간은 그들도 얌전히 있는다. 그러나 이윽고 어느 날인가 그들의 기억이 되살아나는 날에는 위대하신 쿠트루프가 열망했던 공물을 구해서 다시 일어설 것이다. 다음 기회에는 인스마우스보다 큰 도시를 노릴 것이다. 여태까지 그들은 크게 번성하려고 계획하고 자기들의 도움이 되는 것을 키워 왔지만 여기서 다시 한 번 시기를 기다리지 않으면 안 되는 처지가 되었던 것이다. 지상의 인간들을 죽음에 이르게 했다는 이유로 나는 고행하지 않으면 안 되었지만 그건 대단한 일은 아닐 것이다.

내가 처음으로 숏고스를 본 꿈은 대충 위에 말한 것과 같은데, 그 광경을 보자 정신 없이 비명을 지르면서 벌떡 일어나 나는 눈을 떴다. 그날 아침 거울에 비쳐진 내 모습은 더 이상 의심의 여지도 없는 그 '인스마우스의 얼굴'이 되어 있었다.

지금까지 나는 큰아버지 더글러스처럼 권총자살은 하지 않았다. 하마터면 자동권총을 사서 쏠 뻔했으나 그 꿈 생각을 하고 그만두었다. 그 꿈을 생각하면 극도로 긴장되었던 공포는 가라앉고 미지의 심해에 대해서도 두려움보다는 도리어 기묘하게 이끌리는 듯한 느낌이 들었다.

꿈의 세계에서 나는 기이한 말을 들었고 기묘한 일을 했으며, 잠에서 깨어났을 때는 공포감보다 도리어 의기양양한 기분을 느꼈다. 나의 경우 여태까지 대부분의 사람들이 그랬듯이 몸이 완전히 변하는 것을 기다릴 필요는 없다고 믿고 있다. 만일 그때까지 기다린다면 아마 아버지는 그 가엾은 사촌동생이 갇혀 있는 것처럼 나를 요양소에 집어넣을 것이다.

터무니없이 멋진, 여태까지 유례가 없는 영광이 바다 밑 세계에서 나를 기다리고 있는 이상, 곧 그것을 찾으러 갈 작정이다. 라 르 리에! 크투르프 푸타군! 라! 라! 아니, 나는 권총 자살 따위는 하지 않는다. 그런 짓은 단연코 사양하리라!

나는 우선 캔턴 정신병원에서 사촌동생을 탈출시킬 계획을 세운 뒤, 둘이 함께 그 수상한 그림자에 덮인 인스마우스로 떠날 것이다. 우리 둘은 난바다에 웅크리고 있는 암초를 향해 헤엄쳐 가서 암흑의 심연을 잠수하여 들어가 거대한 돌을 쌓아 올린 굵직한 기둥이 즐비하게 서 있는 위 하 은슬레이에 도착하면, 나는 심해의 마귀 소굴에서 경이와 영광에 둘러싸인 채 영원히 살아갈 것이다.

벽 속의 쥐

1923년 7월 16일, 목수가 일을 끝내자, 나는 이그자무 수도원 자리의 건물로 옮겼다. 이 건물을 재건하는 데는 그야말로 신물이 날 정도로 힘들었다. 사는 사람 없이 방치되었던 이 건물은, 바깥의 골조 외에는 거의 흔적도 남아 있지 않았기 때문이다. 그러나 이 토지는 나의 조상이 살았던 부지였기 때문에 아낌없이 돈을 썼다.

제임스 1세의 치세 이후, 여기는 아무도 살지 않았다. 그 치세에 대해서는 세세한 설명은 할 수 없지만 정말 무서운 비극이 일어나 이 건물 주인과 어린이 5명, 거기다 하녀 몇 명이 살해당했다. 놀랍게도 그 집의 셋째 아들이 범인이라는 혐의를 받았는데 이 남자야말로 나의 직계 조상으로 이 혐오스러운 가계의 피를 잇는 유일한 생존자였다.

유일하게 살아남은 이 후계자는 살인자라는 오명을 뒤집어쓰고 유산을 국가에 몰수당했지만 고발당한 당사자는 변명을 한다든가 혹은 재산을 되찾으려 한다든가 하지 않았다. 양심이나 법률보다 훨씬 무서운 무언가에 이끌려 자신의 눈에 보이는 것과 마음에 새겨진 기억에서 예스러운 건물의 형태를 뿌리치고 싶은 마음에 11대째인 이그자무 남작 월터 드 라 포아는 영국을 뒤로 하고 미국의 버지니아로 도망쳤다. 그리고 그곳에서 한집안을 이루었는데 그 뒤 100년도 지나지 않아 그 집안의 이름은 데라포아라고 불리게 되었다.

이 웨일스의 이그자무 수도원 자리에는 그 뒤에도 여전히 사람이 살지 않았다. 건물은 나중에 자연히 노리스 가문의 재산으로 지정되었는데 예스럽고 독특한 혼합건축 양식 덕분에 호사가들의 연구대상이 되었다. 그도 그럴 것이 색은 내지는 로마네스크풍의 건물 속에 고딕풍의 탑이 떡하니 서 있었던 것이다. 게다가 기초공사에서는 더 오래된 양식——이를테면 로마풍, 드루이드 교(고대 켈트족의 자연종교)식, 이 지방 특유의 웨일스풍, 또는 여러 양식들이 혼합되어서 번갈아 나타나는 곳도 있긴 했지만 어디까지나 전설이 진실을 전한다고 가정했을 때의 이야기다. 토대는 대단히 특이해서 한쪽 끝이 발치에서 그대로 단단한 석회암 절벽으로 되어 있었다. 이 절벽 끝에 서면 수도원에서 3마일 서쪽에 있는 안체스터 마을의 황량한 골짜기가 한눈에 보였다.

건축가나 몽상가는 오래된 이 기묘한 유물을 기꺼이 연구하겠지만, 이 마을사람들은 그것을 몹시 싫어했다. 몇백 년 전에 내 선조가 살던 시대부터 마을사람들은 이 건물을 몹시 기분 나쁘게 생각하고 있었고 사는 사람이 없는 채로 내팽개쳐져 있었기 때문에 이끼가 끼고 곰팡이가 피자 더더욱 꺼렸다.

나는 자신이 저주받은 가문 출신이란 것을 알고 나서 안체스터에 왔다. 때문에 이번 주, 목수들한테 이그자무 수도원 자리를 폭파시키고 그 흔적까지도 정돈시켰다. 나는 진작부터 미국에 건너온 초대 선조가 묘한 혐의를 받았기 때문에 이 식민지로 온 것이라는 사실까지 포함하여 있는 그대로의 상태를 대략 알고 있었다.

그러나 데라포아 가문 대대로 전해지는 과묵이라는 가풍 때문에 지금까지 자세한 것은 나도 몰랐다. 근처 농원주들과 달리 우리 집에선 십자군에 참가한 선조가 어땠다느니 중세나 르네상스 시대의 위인들이 어땠다느니 하는 그런 자랑은 좀처럼 하지 않았을 뿐아니라 대대로 전해오는 전통도 없었다. 유일한 관습이라곤 남북전쟁이 일어나기 전 가문의 어른이 장남에게 밀봉한 서류를 건네주면서 내가 죽고 난 뒤에 읽어보라고 한 게 고작이다. 우리 집이 소중하게 생각하는 명예는 미국으로 건너가고 나서 얻은 것으로 약간 소극적어서 세상과의 만남이 적었다고는 하나 자존심 강한 훌륭한 버지니아 가문이라는 점이다.

남북전쟁 중에 우리 가문의 재산이 바닥나버렸고 흔히 카팍스 저택이라고 부르는 제임스 강가의 집도 소실되었기 때문에 생활이 확 바뀌었다.

카팍스 저택이 방화로 무너져 내려 연세 드신 할아버지가 돌아가셨고 이로써 우리 모두를 과거에 묶어두던 그 봉서도 사라지게 되었다. 당시 7살이었던 나의 눈에 비친 그 화재의 참상이 지금도 뚜렷이 생각난다.

그 화재 때, 북군 병사들은 와아와아 외쳐댔고 부인들은 날카로운 소리를 질렀으며 흑인들은 신음하듯 기도를 드렸다. 아버지는 그 무렵 리치먼드 수비대에 있었기 때문에 어머니와 난 성가신 수속을 거친 끝에 간신히 전선을 통과하는 군대의 허가를 얻어 아버지한테 도착했다.

전쟁이 끝나자 우리 일가는 어머니의 고향인 북부로 옮겼다. 나는 그곳에서 자라 마침내 중년이 되었으며, 눈치 없고 동작 둔하고 느린 양키치고는 더할 나위 없는 재산가가 되었다. 아버지나 나나 우리 가문 대대로 전해내려 오는 그 봉서에 무슨 말이 씌어 있는지는 몰랐을 뿐더러 내가 매사추세츠에서 사업을 시작하게 되고 점차 나이를 먹어

가면서 그 옛날 우리 집안에는 무슨 비밀이 있었다네 하는 얘기에는 완전히 흥미를 잃어갔다. 그 비밀이 무엇인지 그때 조금이라도 눈치를 챘더라면 난 기꺼이 이그자무 수도원을 이끼가 끼고 박쥐가 사는 거미줄투성이로 내팽개쳐두었을 것을!

아버지는 1904년에 돌아가셨는데 나한테 유언다운 말씀은 남기지 않으셨을 뿐만 아니라 어미를 잃은 내 외아들 10살짜리 앨프레드한테도 남기지 않으셨다. 가문의 전설을 듣는 순서를 역전시킨 것은 이 앨프레드였다. 그것은 다름 아닌 내가 아들에게 농담 반의 억측을 들려주었을 뿐인데 앨프레드는 제1차 대전 때인 1917년 공군장교로 영국으로 건너갔을 때 선조에 얽힌 흥미 있는 전설을 나한테 보내왔다.

데라포아 가문은 아무래도 파란만장하고 불길한 역사가 얽혀 있는 모양이다. 아들의 친구로 에드워드 노리스라는 영국공군 대위가 내 선조가 살고 있던 안체스터 가까이에 살았기 때문에 앨프레드는 이 친구한테서 어느 농민의 미신 이야기를 들었다. 그런데 어찌나 놀랍고 이상하던지 어지간한 소설가로서는 도저히 꿈도 못 꿀 이야기라고 했다. 물론 이야기한 당사자인 노리스 대위는 그런 이야기를 곧이곧대로 받아들이지는 않았지만, 이야기를 들은 아들은 흥미를 느끼고 좋은 이야깃거리로 삼아 재미있는 편지를 잔뜩 써서 내 앞으로 보낸 것이다.

대서양 저편에 있는 선조들의 유물에 내가 분명히 관심을 보이고 그 선조의 주거지를 사서 원래대로 복구시킬 작정을 한 것은 그때 읽은 전설 때문이다. 또한 그 편지에는 노리스가 앨프레드한테 그 저택이 보기에도 무참하게 황폐해 있다는 말과, 지금 그 저택은 자기 작은아버지가 갖고 있기 때문에 깜짝 놀랄 만큼 싼 가격에 양도할 수 있다고 덧붙여져 있었다.

나는 1918년에 이그자무 수도원을 샀는데 복구계획은 사들인 직후에 아들이 부상병으로 돌아오는 바람에 잊어버리고 말았다. 아들은 그 뒤 2년밖에 못 살았는데 나는 그동안 사업의 운영도 공동경영자한테 맡긴 채 오로지 아들의 간호에만 매달렸다.

1921년에 아들을 잃고 세상에 의지할 곳이 없어진 나는 이미 젊지 않다는 것을 알고 은퇴를 하였고, 2년 전에 사두었던 그 저택에서 여생을 보내려 작정했다. 내가 12월에 안체스터를 방문하자 노리스 대위가 환대해 주었다. 이 대위는 통통하게 살찐 느낌의 청년으로 죽은 아들인 앨프레드에게 깊은 경의를 나타냈다. 저택복구에 착수하면 도움이 되는 설계도나 숨겨진 옛날이야기를 모으는 일을 꼭 도와주겠다고 약속했다.

나는 이그자무 수도원을 냉정하게 둘러보았다. 그것은 쓰러져 가는 중세의 폐가가 너저분하게 엉기어 붙어 있는 것에 지나지 않았다. 주위 한 면은 이끼로 덮여 있고 곳곳이 벌집과 같은 갈까마귀 둥지 투성이로 위태롭게 절벽 위에 올라 있었는데 별채에 있는 탑의 석벽 외에 마루도 없고 내부장식도 전혀 없었다.

3세기가 넘는 그 옛날, 선조가 이 건물을 뒤로 하고 떠났을 무렵의 모습이 조금씩 상상되면서 나는 일꾼들을 고용하기 시작했는데 그럴 때마다 내가 인근 마을까지 나가야 했다. 안체스터 마을사람들은 믿을 수 없을 만큼 이곳을 무서워하며 또한 몹시 꺼려했기 때문이다. 그러한 감정은 실로 강렬해서 이따금 다른 곳에서 온 일꾼조차 전염되어 도망가 버리는 자들이 꽤 있었다. 건물 자체와 내 혈통 모두가 그들의 공포와 증오심을 불러일으키는 원인인 것 같았다.

내 아들은 전에 한 번 여기에 체류하고 있는 동안, 자신이 드 라 포아 가문 사람이라고 하자마자 마을 사람들이 미워하더라고 나한테 말한 적이 있다. 나도 선조의 유물을 거의 모른다는 것을 마을사람들이 이해할 때까지는 아들의 경우와 같은 이유로 에둘러 데면데면한 대접을 받았다.

마을사람들은 내가 선조에 대해 거의 모른다는 것을 알았을 때도 몹시 무뚝뚝했고 또한 나를 피했기 때문에 이 마을의 여러 가지 전설을 모으려면 아무래도 노리스한테 매달리는 수밖에 없었다. 마을사람들이 도저히 참을 수 없었던 것은 그들이 꺼리는 그 건물을 내가 원래대로 고치러 왔기 때문인 것 같았다. 말이 되든 안 되든 그들 눈에는 이그자무 수도원이 단지 악마나 늑대인간의 소굴로 비춰졌기 때문이었다.

나를 위해 노리스가 모아준 일화를 이것저것 짜 맞추고, 여기에 몇몇 학자들의 설명을 더해보니, 이그자무 수도원은 유사 이전의 신전 터에 세워졌던 것으로 추정되었다. 유사 이전의 신전이란 고대 켈트족이 신봉했던 드루이드 교나 반(反)드루이드 교의 것을 말하는 것이므로 틀림없이 스톤헨지(영국 솔즈버리 근교에 있는 고대의 거석 기념물. 제단석을 둘러싼 2중 고리모양의 돌기둥. BC 1900~BC 1500년 경에 구축됨)와 같은 시대인 것이다. 말로 설명하기 어려운 굉장한 의식이 여기서 집행되었다는 것을 의심할 사람은 아무도 없을 뿐더러 그 의식이 로마인에게서 전래된 시비리(서아시아 지역의 자연의 여신. 모든 신의 어머니라는 의미로 마그나 마더라 하며 생산을 상징) 숭배 의식과 합쳐진 것이라는 불쾌한 이야기도 전해진다.

지하실 바로 아래에 둥근 구덩이 형태의 또 다른 지하실에는 "디브…… 오프스…… 마더……"라고 새겨져 있는데 지금도 또렷이 읽을 수 있는 명백한 그 문자는, 오랜 옛날 로마 시민이 비밀신앙을 금지당했으면서도 좀처럼 지키지 못했던 그 "마그나 마더" 표시이다.

안체스터는 여러 가지 유적을 보면 알 수 있듯이 시비리를 모시는 사원이 굉장히 거창한데다 옛날 로마제국 제3군단의 주둔지기도 하여 프리지아 승려들의 지휘채로 불경한 의식을 행하는 예배자들로 혼잡하기 짝이 없었다고 한다. 게다가 전해오는 여러 가지 이야기를 종합해보니 이 오래된 종교는 몰락했지만 사원에서 행해진 야단법석은 여전했고, 승려들도 본질적으로는 전혀 다를 바 없는 새로운 종교로 계속 존속해왔음을 알 수 있었다. 마찬가지로 이 의식도 로마의 위세에도 소멸되지 않고 색슨인 사이의 어떤 의식이 시비리 사원에 남은 것에 뒤섞여 이것이 그 뒤 계속된 의식의 본질적인 요강이 되었다. 덕분에 예의 7왕국(영국의 앵글로 색슨 시대에 있었던 7개 왕국의 연합체) 중반에 널리 두려워할 만큼 신앙 중심지가 되었다고 한다.

기원 천년 무렵에는 이곳에 튼튼한 석조 수도원이 세워져 있어서 기묘한 권력을 가진 승려계급이 살기 시작했는데 둘레가 광대한 정원으로 둘러싸여 있었기 때문에 민중의 접근을 걱정하여 일부러 벽을 만들 필요가 없었다고 어느 연대기에 기술되어 있다. 이때는 데인(덴마크에 살고 있던 노르만인. 8세기말부터 영국을 침입하여 1016년에는 영국을 정복함) 인한테도 파괴되지 않았는데 노르만 인의 영국 정복 이후는 기세가 훨씬 약해졌음이 틀림없다.

헨리 3세가 1261년에 나의 초대 선조 이그자무 남작에 해당하는 길버트 드 라 포아에게 이 땅을 하사하실 무렵 아무 방해도 없었다는 것을 보아도 그렇게 미루어 짐작할 수 있다.

이 시대 이전에는 나의 가계에 아무런 불길한 기록이 없는 것으로 보아 아무래도 이때 뭔가 묘한 일이 일어난 모양이다. 어느 연대기에선 1307년 무렵에 드 라 포아 가문의 어느 인물에 관하여 "신벌이 내려진 자"라고 했고, 또 고대 사원과 수도원 자리에 세워져 있는 그 건물에 대한 마을의 전설은 불길하고 미치광이 같은 공포스러운 이야기뿐이었다. 화롯가에서 하는 이야기에는 자신도 모르게 오싹하는 것이 있어 모두가 움찔하며 입을 다문다. 뭔가 의심스러운 듯이 안절부절 못하므로 오히려 점점 더 소름이 끼치는 것 같았다.

마을사람들은 나의 선조를 악마의 피를 이은 종족이라고 간주하고, 거기에 비하면 질 드 레(많은 아이들을 살해했던 잔인한 15세기 프랑스 장군)나 마르키 드 사드(사디즘의 원조, 프랑스 후작) 등은 신출내기에 지나지 않는다고 하며 이 몇 세대 동안 때때로 마을사람들이 행방불명이 된 것도 모두 나의 선조 때문이라고 수군댔다.

우리 집안에서 가장 나쁜 사람은 아무리 봐도 남작과 바로 뒤를 이은 자들로 입방아에 오르지 않는 사람이 없을 정도였다. 설령 건전한 후손이 나왔다고 해도 그런 후계자는 전형적인 나쁜 후손한테 길을 양보하고 이상하게 요절한 것으로 되어 있다. 또한 이 집에서는 가장이 사제를 맡아 비밀의식이 치러졌던 모양인데 경우에 따라서는 극소수의 인원밖에는 참가할 수 없었던 것 같다.

이 의식에는 혈족보다 오히려 당사자의 기질이 중요한 요소였던 게 분명한데, 그 증거로는 이 집으로 시집 온 여자 몇 명도 그 의식에 끼어 있었다. 제5대 남작의 둘째아들 고드프리의 아내인 콘월(잉글란드 서남단에 위치한 주) 출신의 마가레트 트레바 부인은 이 지방 전체 아이들한테 인기 있는 악의 화신이다. 특히 굉장한 옛 민요로 일컬어지는 마녀 이야기는 지금도 웨일스 변경 부근에서 사라지지 않고 남아 있다.

눈과 코의 생김이 민요와 똑같지는 않지만 메어리 드 라 포아 부인의 섬뜩한 이야기도 노래로 남아 있다. 이 부인은 슐즈필드 백작과 결혼한 지 얼마 안 되어 남편과 시어머니에게 살해되지만 죄를 지은 두 사람은 두번 다시 사람을 죽이지 않겠다고 승려에게 참회하자 죄가 용서되면서 축복받았다고 한다.

이런 전설이나 민요가 한결같이 허무맹랑한 미신을 잘 나타내고 있다고는 하나 나는 몹시 불쾌해졌다. 오랫동안 나의 선조한테 얽힌 이야기로 이런 미신이 전해져 왔다는 것이 참을 수 없었다. 그런 한편 극악무도한 습성의 책임자를 조사하는 동안에 우연히 나의 직계 선조가 연기한 어느 유명한 스캔들이 생각나 불쾌해졌다. 스캔들은 카팍스 출신의 나의 사촌 젊은 란돌프 드 라 포아에 얽힌 사건이다. 이 란돌프라는 남자는 흑인 패거리에 들어간 적이 있어서 멕시코 전쟁에서 돌아온 뒤는 부두교(Voodoo교. 흑인 노예들 사이에서 신봉되었던 종교. 북치고 노래하고 춤추는 행위에서 주술적 힘을 발휘한다고 믿었다)의 승려가 되었다는 인물이다.

석회암 절벽 아래 바람을 그대로 맞는 황량한 골짜기에서 우는 소리나 아우성치는 소리가 들린다든가, 봄에 비가 내린 뒤 묘지에서 악취가 감돈다든가, 어느 날 밤 존 크레이브 경의 말이 쓸쓸한 들판에서 발버둥치며 울고 있는 흰 사물을 짓밟았다든가, 대낮에 수도원 안에서 뭔가 묘한 것을 본 하인이 미쳐버렸다든가 하는 그런 불투명한 이야기들은 차라리 참을만 했다. 이런 이야기는 진부한 유령전설에 지나지 않았다. 이 무렵 나는 강한 회의론자였다. 우선 농민이 행방불명이 되었다는 이야기 같은 건 문제삼지도 않았다. 하긴 그 정도의 문제는 원래 중세의 습관으로 보아 특별히 중요한 것도 아니었다. 또한 지나친 호기심을 가지면 살해되어 목이 이그자무 수도원 주변의——지금은 없지만——성벽 위에 매달리는 일도 여러 번 있었다고 한다.

개중에는 그야말로 형언할 수 없이 아름다운 이야기도 몇 개 있어서, 이야기를 들으면서 '아! 젊었을 때 비교신화학을 열심히 해 둘걸' 하는 생각이 절실했다. 예를 들면, 그 중에서도 가장 분명한 이야기로 박쥐 날개를 단 무수한 마물들을 노래한 극적인 서사시가 있다.

그 쥐 같은 마물들은 매일밤 수도원에서 연회를 개최했다고 알려져 있는데——그러고 보니 넓고 큰 밭에 가득한 시원찮은 야채가 균형이 맞지 않을 만큼 풍성하게 재배된 것도 식량을 대기 위한 것이라고 수긍할 수 있으리라——쪼르르 돌아다니는 이 불결한 동물은 제 영역을 황폐화시키는 비극을 일으킨 지 3개월 뒤에 우르르 거리로 쏟아져 나왔다.

이 야위고 더럽고 걸근거리는 쥐 대군은 지나는 길에 있는 것들을 모조리 쓸어버리고 닭이나 고양이, 개, 돼지, 양, 심지어 두 사람의 불운한 인간까지도 탐욕스럽게 먹은 뒤 비로소 맹렬한 기세를 거두었다고 한다. 저마다의 전설군(傳說群)은 모두 잊기 어려운 이 쥐 떼의 큰 무리들 이야기를 중심으로 떠돌고, 저마다의 전설은 마을의 집집마다 넓게 퍼져 뒤에 공포와 저주를 남겼다.

내가 초로(初老)의 완고함으로 조상이 살던 건물을 복구하는 일을 서둘러 강행한 것은 이런 전설에 이끌렸기 때문이다. 그렇다고 해서 이런 이야기가 심리적으로 나를 에워싸는 주요 환경을 구성하고 있다는 생각은 조금이라도 해선 안 된다. 한편으로는 노리스 대위나 옛것을 좋아하여 나한테 도움을 준 사람들은 언제나 나를 칭찬하고 격려해 주었다. 손을 댄지 2년이 지나 공사가 마무리되었을 때 나는 이 복구공사의 엄청난 비용을 보충하고도 남는 긍지를 느끼면서 큰 방, 판자를 댄 벽, 원형 천장, 칸막이 창이나 폭넓은 계단을 둘러보았다.

중세의 특색은 모두 교묘하게 재현되었고 새로운 부분도 원래의 벽이나 토대와 잘 어울렸다. 선조들의 거처가 원상복귀되었으므로 이번엔 이 지방에서 내가 마지막이 될 우리 집안의 명예를 만회하려 마음을 먹었다. 난 앞으로 여기에 거처를 정하고 드 라 포아 가문의 사람(나는 다시 예전대로 이 이름을 쓰기로 하였다)이 악마의 피를 이을리 없다는 것을 사람들에게 똑똑히 보여주리라고 생각했다. 이그자무 수도원은 중세풍이었으나 내부가 완전히 새로워져 예전의 해를 끼치는 짐승이나 유령은 완전히 형체를 감춰 버렸다.

나는 1923년 7월 16일에 이주해 왔다. 같은 지붕 아래 살고 있는 사람은 하인이 7명에 고양이가 9마리인데, 특히 나는 뒤에 있는 종족을 좋아했다. 개중에 가장 나이 먹은 '네로'라는 고양이는 7살로, 매사추세츠의 볼튼에서 함께 데려온 놈이다. 다른 고양이들은 건물이 복구될 때까지 내가 한때 노리스 대위 집에 머물고 있는 동안에 수집한 것이다.

닷새 동안 우리 일상은 더할 나위 없이 평안하고 고요한 가운데 지나갔는데 나는 대체로 오래된 선조의 자료를 편찬하면서 시간을 보냈다. 그때 나는 비참한 그 마지막 사건과 월터 드 라 포아의 도망에 대해서 매우 자세한 자료를 손에 넣었다. 아무래도 이것은 카팍스의 화재로 잃은 선조로부터 전해지는 유언서의 내용과 비슷하다고 생각되었다.

자료에 따르면 월터는 자신에게 협력한 4명의 하인을 제외한 나머지 모두를 취침중에 살해했다는 이유로 비난받은 모양이다. 이 살해사건은 그의 태도를 완전히 바꾸어버린 어느 놀랄 만한 발견을 하고 나서 2주일 뒤에 일어난 일인데, 놀랄 만한 발견에 관해선 살해사건 때 그를 도와준 뒤 손이 미치지 못하는 먼 곳으로 도망쳐버린 하인들 외엔 아마 아무한테도 털어놓지 않은 것으로 생각된다.

아버지를 포함한 형제 셋과 두 자매를 학살한 이 계획적인 사건을 마을사람이 대체로 너그럽게 보아 넘긴 데다 법적조치가 그야말로 미온적이었기 때문에, 이 범죄자는 작위를 지닌 채 박해도 받지 않고 변장도 하지 않고 버지니아로 무사히 달아나 버렸다. 세상 사람들은 그가 오랜 옛날부터 저주받은 토지를 이와 같이 정화했다고 평가했다.

이 참극의 원인이 된 발견이라는 것이 대체 무엇인지 나는 전혀 짐작도 가지 않았다. 월터 드 라 포아가 혈통에 얽힌 불길한 이야기를 알고 나서 몇 년 지났을 것임이 틀림없다. 때문에 이 자료에 조금도 신선한 자극을 줄 리 없었다. 당시 그 사람은 뭔가 놀랄 만한 고대 의식을 목격했거나, 수도원이나 그 부근에서 비밀을 밝힐 뭔가를 우연히 발견한 것은 아닐까?

영국에 있을 무렵, 월터는 내성적이고 점잖은 젊은이였다는 평판이다. 미국에 건너가 버지니아에 정착하고부터는 엄격하고 신랄했다기보다는 오히려 뭔가를 고민하고 뭔가를 두려워하는 듯한 모습이었다. 다른 모험가인 온화한 베르뷰의 프랑시스 하리의 일기에는 그 사람이 보기 드문 정의감과 명예심과 섬세한 신경을 갖고 있다고 씌어 있다.

7월 22일에 첫 사건이 일어났다. 이 사건이 일어난 당시에는 가볍게 지나쳤는데 뒤에 일어난 사건과 견주어 생각해보니 초자연적인 어떤 의미가 드러났다. 그 일은 지나쳐버리는 것이 무리가 아닐 만큼 단순한 것으로, 그때의 사정으로 수상히 여겨지지 않은 것이 당연했다. 그때 내가 살던 집이 아무리 사연이 많은 집이라고는 하나, 벽 외에는 모두 새로 고친 건물이고 또한 똑똑한 하인들한테 에워싸여 있었으니 불안한 마음이 생길 리 없었다는 점을 꼭 생각해줬으면 하기 때문이다.

나중에 내가 깨달은 것은 기질을 잘 알고 있는 그 검은 고양이가 아무리 봐도 녀석의 타고난 성질로 생각해서는 설명이 되지 않을 만큼 온 신경을 곤두세운 채 걱정스러운 모습을 하고 있었다는 것뿐이다.

검은 고양이는 왠지 침착하지 못하고 뭔가 불안에 쫓기는 듯 방에서 방으로 옮겨 다니면서 고딕 건축의 일부에 해당하는 벽을 냄새 맡고 다녔다. 이것이 얼마나 흔한 이야기인지 나도 잘 안다. ──이건 유령이야기에 나오는 개가 망령에게 주인이 보는 앞에서 으르렁거리는 거나 마찬가지다──그래도 나는 도저히 부정할 수가 없다.

다음날 하인 하나가 집 안 어디를 가나 이렇게 고양이가 있어서는 도무지 진정이 되지 않는다고 불평을 했다. 나의 서재는 이 건물 안에서도 훨씬 높은 서쪽 탑에 있었는데 천장은 둥근 모양으로 되어 있다. 벽에는 검은 떡갈나무 널빤지가 둘러쳐져 있고 창은 고딕풍의 삼중창으로 석회암 절벽과 황량한 계곡을 한눈에 볼 수 있었다.

그 하인은 이 서재에 와서 고충을 털어놓았는데, 그가 이야기하고 있는 동안에도 새까만 '깜돌이'가 서쪽 벽을 타고 돌아다니며 떡갈나무 널빤지를 빈번히 북북 긁고 있는 것을 나는 보았다. 그 부분은 원래 석벽이었는데 이번 복구 때 떡갈나무 널빤지를 붙여 벽을 감춘 곳이다.

나는 하인에게 인간의 감각으로는 느끼지 못하지만 고양이의 예민한 기관이라면, 설령 그 석벽을 널빤지로 새로 차단했다 하더라도 확실하게 느낄 수 있는 뭔가 묘한 냄새라든지 발산물이 있는 게 틀림없다고 이야기했다. 그러자 하인은 '생쥐든가 들쥐가 있는 게 아닌가'라고 했다. 그러나 나는 틀림없다고 믿었기 때문에, 여기에는 삼백 년 동안 한 마리도 없었고 설령 이 부근에 들쥐가 있다고 해도 이렇게 높은 벽 안에 있을 리가 없지 않느냐고 했다.

지상에서 이렇게 높은 벽 안에 쥐가 돌아다닌다는 이야기는 지금까지 한 번도 들은 적이 없다. 나는 그날 오후, 노리스 대위를 찾아갔다. 대위는 들쥐가 느닷없이 그것도 전례 없는 방법으로 수도원 자리의 건물을 활개치고 다닌다는 것은 있을 수 없는 일이라며 확신시켜 주었다.

그날 밤 나는 평소 하던 대로 하인도 동반하지 않고 서쪽 탑으로 갔다. 이 탑은 내가 거실로 사용하는 방으로 서재에서는 돌계단과 복도로 연결되어 있다. 돌계단의 일부는 옛날 것이고 짧은 복도는 전부 복구한 것이다. 이 방의 모양은 둥글고 상당히 높다. 벽에는 널빤지를 대는 대신 몸소 런던에서 사온 아름다운 그림 무늬가 있는 아라스(프랑스의 지명. 섬유·금속공업이 유명)풍의 벽걸이가 걸려 있다.

나는 '깜돌이'도 방에 함께 들어온 것을 확인하고 무거운 고딕식 문을 닫았다. 양초 모양을 솜씨 좋게 흉내 내어 만든 전구를 머리맡에 두고 마지막으로 불을 끄고는 조각이 가득한 지붕이 달린 침대로 들어갔는데, 그 존경할 만한 고양이님은 평소처럼 나의 발치에 웅크리고 있었다. 나는 커튼을 젖히지 않고 맞은편 북측의 좁은 창으로 밖을 바라보았다. 오로라가 희미하게 비쳐들어 창의 아름다운 장식이 훌륭한 형체를 그렸다.

나는 어느새 깊이 잠이 든 모양이다. 이상한 꿈에서 차츰 깨어나는 듯한 느낌을 분명히 느끼고 있었다. 내가 꿈에서 깨어날 때 그 고양이는 지금껏 꼼짝 않고 자던 곳에서 사납게 뛰어 일어났다. 희미한 오로라 빛을 받으며 고양이가 머리를 앞으로 쑥 내밀고 앞다리를 내 발목에 놓더니 뒷다리를 뻗디디고 있는 것이 보였다. 이 고양이는 창에서 약간 서쪽에 있는 벽의 한 곳을 가만히 바라보고 있었는데, 나한테는 별로 달라보이지 않았다.

그러나 난 가능한 한 주의 깊게 그곳을 바라보았다. 그렇게 보고 있는 동안에 나도 '네로'가 아무 일도 없는데 그냥 흥분하고 있는 게 아니라는 걸 알았다. 벽걸이가 실제로 움직였는지는 잘 모르겠다. 미미하게 움직인 것처럼 생각되는데 그 벽걸이 뒤에 낮긴 하지만 쥐 소리가 분명히 똑똑하게 들렸다는 것만큼은 단호히 말할 수 있다.

순간 고양이가 벽걸이로 몸을 날려 거기에 매달렸기 때문에 그 부분이 찢어져 바닥에 떨어졌다. 거기에 구중중한 고대 석벽이 나타났는데 그 벽에는 일꾼이 다시 손을 댄 흔적이 군데군데 있었지만 설치류가 헤맨 흔적은 보이지 않았다.

'네로'는 벽의 이 부분에서 가까운 바닥을 왔다갔다하면서 바닥에 떨어진 벽걸이에 발톱을 세우고는 그 벽과 떡갈나무를 깐 바닥 사이에 몇 번이나 앞발을 넣으려 하였다. 결국 고양이는 아무것도 발견하지 못했기 때문에 잠시 지나자 귀찮고 힘들다는 듯이 누워 있는 내 발치로 돌아왔다. 나는 아무것도 하지 않고 있었지만 그 밤은 그것으로 잠을 이룰 수가 없었다.

나는 아침에 하인들에게 물어보았지만 어느 한 사람도 이상한 점을 알아차리지 못했다. 그런데 여자 요리사 한 사람이 창틀에서 자고 있던 고양이의 모습이 이상했다는 것을 기억하고 있었다. 밤 몇 시쯤이었는지는 모르지만 아무튼 그 고양이가 몹시 앙칼진 소리를 내기에 요리사가 잠에서 깨어, 열려 있는 문으로 마치 뭔가를 쫓듯이 달려 내려가는 것을 우연히 보았다고 했다.

나는 점심 무렵까지 꾸벅꾸벅 졸고 있다가 오후에 노리스 대위를 다시 한 번 방문했다. 내가 이야기한 것에 몹시 흥미를 느꼈는지 이묘한 사건——정말 사소한 것이기는 하지만 대단히 기묘한——은 그 사람의 생생한 감각에 호소하는 바가 있었다. 그래서 그 사람은 이 지방에 전해지는 유령이야기를 몇 가지나 들려주었다. 우리 집에서 쥐가 나올까봐 모두들 겁먹고 있는 것을 보다 못한 노리스가 쥐덫과 함께 쥐약을 주었다. 귀가하자마자 하인한테 명령하여 그 두 가지 무기를 쥐가 나올 만한 요소요소에 놓아두게 하였다.

나는 졸음이 밀려와 견딜 수가 없었기 때문에 바로 침대에 누웠는데 뜻하지 않게 소름끼치는 꿈에 시달렸다. 난 몹시 높은 곳에서, 무릎 높이쯤 오물이 차 있고 희미한 빛이 비치는 동굴을 내려다보고 있는 것 같았다. 그 동굴에는 흰 수염을 기른 마물 돼지치기가 흐늘흐늘 야무지지 못한 몸으로 동료와 함께 한 짐승 무리를 쫓고 있었다. 그 짐승은 그냥 보기만 해도 뭐라 말할 수 없이 불쾌하고 메슥거리는 모습이었다. 돼지치기가 한숨 돌리고 나서 자신이 한 일을 둘러보고는 흐음, 이제 됐다며 고개를 끄덕이자 그것을 신호로 엄청난 무리의 쥐 떼가 악취 풍기는 동굴 바닥으로 우르르 몰려내려오더니 짐승이든 사람이든 구별 없이 탐욕스럽게 먹어댔다.

나는 문득 '네로'가 움직였기 때문에 이 엄청난 꿈에서 눈을 번쩍 떴다. 이 고양이는 평소와 마찬가지로 아까부터 내 발치에서 자고 있었다. 이번에는 나도 고양이가 무슨 이유로 앙칼진 소리를 내며 숨을 헐떡인 건지, 또한 그 효과의 정도는 모르지만 왜 나의 발목에 발톱을 세울 만큼 무서워했는지 조금도 이상해하지 않았다. 그것은 이 방의 어느 벽이나 메슥거릴 것 같은 소리로 몹시 소란스러워져 있었기 때문이다. 즉 굶주린 큰 쥐가 돌아다니고 있었던 것이다. 오로라가 사라졌고 아라스풍의 벽걸이——그 찢어진 부분은 바꾸어 놓았다——는 보이지 않았지만, 나는 별로 놀라지 않았기 때문에 곧 불을 켜 보았다.

방이 밝아졌을 때 나는 벽걸이가 한쪽으로 흔들리는 것을 확인했는데, 뭔가 특별한 목적을 위해 이상한 죽음의 춤을 거행하고 있는 듯이 생각되었다. 벽걸이의 흔들림은 금방 그쳤고 동시에 소리도 들리지 않았다. 나는 침대에서 뛰쳐나가 옆에 있던 긴 탕파로 벽걸이를 들추고 그 아래 무엇이 있는지 살펴보았다. 복구한 석벽 외에는 아무것도 없었는데 고양이조차 뭔가 묘한 것이 있다는 지금까지의 긴장된 현실감을 잃어버린 것처럼 보일 정도였다. 방에 두었던 둥근 쥐덫을 조사해보니 걸렸다가 도망친 흔적은 남아 있지 않았는데 용수철식의 뚜껑은 모두 닫혀 있었다.

도저히 더 이상 잔다는 것은 불가능했기 때문에 나는 초에 불을 밝히고 문을 열고 복도로 나가 서재로 통하는 계단 쪽으로 나갔는데 '네로'도 바로 내 뒤를 쫓아왔다. 그러나 고양이는 그 돌계단까지 가기 전에 나를 앞질러 돌진하더니 오래된 계단을 순식간에 내려가 모습이 보이지 않게 되었다. 나도 그 계단을 내려가면서 갑자기 아래 큰 방에서 나는 소리를 들었는데 그거야말로 틀림없는 그 소리였다.

떡갈나무 널빤지를 붙인 벽에서 우당탕거리며 돌아다니는 쥐가 소란스러운 발소리를 울리자 '네로'는 사냥감을 놓친 사냥꾼처럼 불끈하여 날뛰었다. 나는 제일 아래에 도착하여 불을 켰는데 이번 소동은 불을 켠 정도로는 진정되지 않았다. 쥐들은 엄청나게 힘을 주어 보란

듯이 분명한 발소리로 도망치며 계속 난장판을 벌였으므로 결국에는 나도 쥐들의 움직임에는 어느 일정한 경향이 있다는 것을 알았다. 이 녀석들의 수는 헤아릴 수 없이 많고, 분명히 지금 생각지도 못할 만큼 높은 곳에서 꽤, 혹은 상당히 낮은 곳으로 과감한 이동을 부지런히 하고 있는 모양이었다.

이때 나는 복도로 사람이 다가오는 발소리를 들었는데 이윽고 하인 둘이 무거운 문을 열고 들어왔다. 이 두 사람도 무엇인가 소동이 일어난 기색을 느끼고 그 소동의 원인이 되고 있는 방을 찾고 있던 모양이다. 고양이들이 그 소동으로 인해 모두 굉장한 흥분상태를 보이며 몇 개의 계단을 금세 내려가 지하실로 통하는 닫힌 문 앞에 웅크리고 앉아 앙칼지게 소리를 질러댔다고 했다. 내가 두 사람에게 쥐의 울음소리를 듣지 못했느냐고 묻자 모두 듣지 못했다고 대답했다. 그래서 내가 널빤지 너머에서 들리던 소리 쪽으로 그들의 주의를 기울이게 하려고 보니 그 소리는 이미 그쳐 있었다.

나는 두 남자와 함께 지하실보다 더 아래에 있는 지하실 문 앞까지 내려갔는데 고양이의 모습은 이미 보이지 않았다. 납골소인 지하 움막은 나중에 조사하기로 하고 지금은 쥐덫을 한 번 돌아보기로 했다. 뚜껑은 모두 닫혀 있는데 한 마리도 잡히지 않았다. 아무튼 고양이와 나 이외에는 어느 누구도 쥐의 울음소리를 듣지 못했기 때문에 어쩔 수 없다고 자신을 타일렀다. 아침까지 서재에서 상념에 잠겨 내가 살고 있는 이 건물에 대해 알아낸 이야기를 하나하나 생각해 보았다.

나는 오전 중에 안락의자에 앉아 얼마간 잠을 잤다. 그런데 이 의자만큼은 아무리 방을 중세풍으로 꾸미려 해도 서로 어울리지 않았지만 그대로 놓아둔 것이다. 나는 거기에서 얼마간 얕은 잠을 잔 뒤, 노리스 대위한테 전화를 하자 그 사람은 서둘러 와서 지하의 더 아래 지하실 조사를 도와주었다.

조사해보니 마음에 걸릴 만한 것은 것은 아무것도 보이지 않았다. 그 대신 우리는 이 지하의 지하실을 로마인이 만든 것이라는 것을 알게 되자 감격으로 설레지 않을 수 없었다. 낮은 아치나 듬직한 원기둥은 모두 로마풍으로——손재주 없는 색슨 인이 만든 타락한 로마네스크 양식이 아니라——시저 시대의 간소하고 조화를 이룬 고전풍 양식이었다. 사실 이곳은 전에도 몇 번 조사했던 적이 있는데 이 방 벽에는 옛것을 좋아하는 사람들에게는 아주 익숙한 비문(碑文)이 많이 새겨져 있었다. 예를 들면 "페 게타에프로프…… 테무푸…… 도나……"라든가 "루 프레스…… 우스폰티피…… 아티스……" 따위를 읽을 수 있었다.

이 비문이 아티스와 관련되었다는 것을 알고 나는 몸서리가 쳐졌다. 나는 전에 카툴루스(Catullus, Gaius Valerius. 로마 시인)를 읽은 적이 있어 이 동양신의 꺼림칙한 의식에 대해 다소 지식이 있어 알 수 있었는데, 이 아티스라는 신의 신앙은 시비리 신의 신앙과 완전히 뒤섞여버린 모양이다. 노리스와 나는 제단처럼 보이는 고르지 못한 직사각형 돌덩어리 위에 새겨져 있는, 이제는 거의 사라지기 시작한 기묘한 무늬를 랜턴 빛으로 읽어보려 했지만 전혀 알 수가 없었다.

나는 갖가지 무늬 안에 있는 빛나는 태양 같은 무늬를 기준으로 하여 학자가 판단한 해석을 떠올렸다. 그는 무늬의 발생지는 로마가 아니다, 따라서 아마 같은 규모의 로마 승려들이 같은 곳에 있던 예전의 원시사원에서 이 제단을 그대로 계승한 것일 거라고 했다. 그 돌덩이 하나에는 놀랍게도 갈색 염료가 발라져 있었다. 방 가운데 있는 가장 큰 돌무더기 제단은 표면을 보면 불과 관계가 있다는——아마 산 제물을 구워 바치느라——것을 똑똑히 알 수 있는 특징이 있었다.

아까 고양이들이 문 앞에서 앙칼진 소리로 신음하던 지하실 안은 대충 이런 모습이었는데 노리스와 나는 오늘 하룻밤을 이 지하실에서 보내려고 결심했다. 지하실로 침대를 가져온 하인들한테 밤중에 고양이가 소란스럽게 해도 신경 쓰지 말라고 일러두었는데, 고양이 '네로' 만큼은 조력자로 도움이 될 거라는 의미에서, 그리고 평소의 우정이라는 의미에서도 들어오게 했다. 우리는 큰 떡갈나무 문——이것도 통풍용의 좁고 긴 구멍이 있는 새로운 복제로 대신하고 있었다——을 꽉 닫아두기로 하고 '자, 무엇이든 오너라' 하는 기분이 되어 랜턴 불을 켠 채 마루로 올라갔다.

이 지하실은 수도원 기초공사를 한 곳보다 한층 깊은 바닥에 있다. 물론 그 황량한 골짜기를 바라보는 석회암의 튀어나온 절벽 표면부터는 멀리 떨어진 아래쪽에 닿아 있음에 틀림없었다. 이 지하실이 지난번부터 돌아다니고 있는, 말로 설명하기 어려운 쥐들의 소굴이라는 것은 의심할 여지가 없다. 어떤 이유로 의심할 여지가 없는 것인지 나도 잘 몰랐지만 두 사람 모두 거기에 몸을 눕히고 이제나저제나 쥐들이 나타나기를 기다리고 있었다. 그러다 나는 문득 긴장된 마음이 풀어져 꾸벅꾸벅 졸기 시작하면 그럴 때마다 발치에 있는 고양이가 뭔가 침착성없이 움직였으므로 눈을 번쩍 뜨곤 했다.

그날 밤의 꿈도 어젯밤에 꾼 꿈과 똑같은, 메슥거릴 정도로 기분 나쁜 꿈이었다. 희미한 빛이 비치는 동굴이 또다시 나타나고 말할 수 없이 유연한 짐승과 함께 그 돼지치기가 오물 안을 기어 다니고 있는 모습이 보였다. 보고 있는 동안에 그 녀석들의 모습이 점점 가까이 다가와 모습이 점점 뚜렷해지자——그것이 몹시 뚜렷했기 때문에 나도 그 특징을 알 수 있게 되었다. 그래서 나는 그 짐승 가운데 통통한 얼굴을 한 한 마리를 잘 관찰하였다——무의식중에 굉장히 큰소리를 질렀기 때문에 '네로'가 벌떡 일어나 버렸다. 그때문에 자지 않고 있던 노리스는 나를 보고 크게 웃었다. 내가 왜 큰소리를 질렀는지 이유를 알게 되면 더 웃었을지도 모르고 어쩌면 웃을 일이 아니었는지도 모른다. 그런데 나 자신조차 왜 그것과 마주쳤는가 하는 것은 나중까지도 생각나지 않았다. 공포가 너무 강한 경우에는 그에 맞춰 적당히 기억력이 마비되는 적이 가끔 있는가 보다.

노리스는 그 현상이 시작되자 나를 깨웠다. 내 몸을 살짝 흔들어 늘 똑같은 무서운 꿈에서 깨워 주었는데 내가 눈을 뜨자 그는 '봐, 고양이가 우는 것을 들어봐' 하고 말했다. 과연 엄청나게 소란스러운 소리가 들렸다. 돌계단을 다 올라간 곳에 있는 닫힌 문의 맞은편에서 고양이가 몹시 울면서 발톱을 세우는, 그야말로 악몽과 같은 술렁거림이 들렸다.

한편 '네로'는 방 밖에 있는 고양이들하고는 상관없이 드러난 석벽 주위를 흥분하여 돌아다니고 있었는데, 그 벽 안에는 어젯밤에 나를 괴롭힌 것과 똑같은 쥐가 돌아다니는 소란스러운 발소리가 들렸다.

심한 공포감이 내 온몸을 꿰뚫었는데 다름 아니라 지금 이곳에 보통 상식으로는 설명할 수 없는 이상한 일이 벌어지고 있었기 때문이다. 애초에 나와 고양이만이 일종의 광기 상태에 빠져서 그 광기 때문에 이런 쥐들의 환영을 보고 있는 것이 아니라면, 이 쥐들은 단단한 석회암 덩어리라고 생각되는 로마풍 석벽에 구멍을 뚫고 거기로 드나드는 것임에 틀림없다——천 칠백 년 이상에 걸친 물의 작용으로 자연히 구부러진 터널을 통해 거기에 쥐들이 손을 보아 넓혔다면 이야기는 다르지만——그러나 설령 그렇다 해도 유령이 나온다는 무서움에는 조금도 다를 바가 없었다. 이 쥐들이 실제 살아있는 동물이라면 노리스의 귀에는 왜 이 기분 나쁜 소동이 들리지 않는 것일까?

노리스는 대체 무슨 이유로 나한테 '네로'를 지켜보게 하고 밖에 있는 고양이들의 신음 소리를 들어보라고 한 걸까? 게다가 고양이들이 소란을 피우는 데는 이유가 있다는 것을 막연한 억측이긴 하지만 어떻게 추측할 수 있었는가?

지금 내 귀에만 똑똑히 들리는 소리를 가능한 한 조리에 닿도록 노리스한테 이야기해주려 생각했는데, 여태까지 돌아다니던 쥐의 발소리가 당장에라도 사라질 듯이 작아졌다. 또한 그 발소리는 아래쪽으로 내려가 아래의 벼랑 전부에 문제의 쥐들이 우글우글 무리지어 있는 것이 아닐까 하는 생각이 들 정도로 그 지하의 지하실 가장 안쪽까지 내려가는 발소리가 느껴졌다.

노리스는 내가 생각하고 있는 만큼 미신을 믿지 않는 것이 아니라 오히려 꽤 심각한 인상을 받았던 모양이다. 노리스는 나한테 문 맞은편에 있는 고양이들이 마치 쥐의 모습이 보이지 않아 포기했다는 듯이 소동을 완전히 그쳤다는 것을 몸짓으로 알렸다. 그러는 동안에도 '네로'는 또다시 불안한지 방 중앙에 있는 큰 돌 제단 주위를 정신없이 할퀴고 있었는데 그곳은 내 침대보다 노리스의 침대가 더 가까웠다.

정체모를 나의 공포심은 여기에서 정점에 달했다. 뭔가 놀랄 만한 일이 일어났음에 틀림없다. 증거로는 나보다 젊고 강하고 그리고 생각컨대 타고난 유물론적인 인물인 노리스 대위까지 나한테 뒤지지 않고 완전히 이 자리의 분위기에 압도되어 있다는 것을 한눈에 알 수 있었다――아마 이것은 그 사람이 태어나서 줄곧 이 지방의 전설에 친숙해 있기 때문이라고 생각되었다. 두 사람 모두 당장은 어찌할 바를 모르고 검은 고양이의 동작만 지켜보았다. 고양이는 제단 바닥을 할퀴어대는 열의를 점점 잃어가더니 이쪽을 올려다보고는 이따금 뭔가 바라는 것이 있을 때 흔히 하는 귀여운 버릇으로 '야옹' 하면서 내게 호소했다.

그래서 노리스가 제단에 랜턴을 가까이 대고 아까부터 '네로'가 할퀴던 곳을 조사해보았다. 그는 살짝 무릎을 꿇고 로마시대 이전의 거대한 돌덩어리와 모자이크 무늬 바닥 경계에 꼭 달라붙어 있는 수백 년에 걸친 이끼를 긁어냈다.

그러나 아무것도 보이지 않아 이제 조사하는 것을 그만두려할 때, 나는 문득 매우 하찮은 사실을 알아차리고 나도 모르게 몸을 떨었다. 이미 상상은 하고 있었지만.

내가 노리스한테 그 이야기를 하여 함께 찾아내고는, 새로 알게 된 사실에 둘 다 거의 눈에 띄지 않는 미약한 현상을 가만히 지켜보았다.

그 현상이라는 것은——제단 가까이에 두었던 랜턴 불꽃이, 그때까지는 아무데서도 받지 않았던 틈새바람을 어디선가 받아 약간이긴 하지만 분명히 깜빡깜빡 흔들리는 것이 아닌가. 그런데 그 바람은 아무래도 아까 노리스가 이끼를 긁어낸 그 제단과 바닥 사이에서 들어오는 것임이 분명했다.

그날 밤 두 사람 모두 그 뒤 밝은 전깃불이 켜진 서재에서 다음에는 어떤 손을 써야 하는지에 대한 것을 이러니저러니 아침까지 계속 의논했다. 로마인이 지은 석조건축 가운데 세상에 알려진 가장 깊은 지하실보다 더 깊은 지하실이 저주받은 이 건물 아래에 있고, 300년 동안이나 세상의 호기심 많고 옛것을 좋아하는 사람들의 눈을 속여 지하에 숨어 있었다는 것을 깨달으면 그 배경에 불길한 것이 숨어 있지 않더라도 흥분하기에 충분했을 것이다.

그런 것을 알고 보면 매혹은 더욱 증가하지만 우리는 여기서 탐구를 일단락짓고, 앞으로 이 건물은 일체 포기하고 앞으로는 미신을 보는 듯한 경계의 마음을 담아 지켜보는 것으로 머물 것인가, 아니면 미지의 깊은 동굴 안쪽에 아무리 무서운 것이 기다리고 있다 해도 우리의 모험욕과 용기를 만족시키는 과감한 방법을 써볼 것인가, 어느 것을 택해야 좋을지 결심이 서지 않아 잠시 생각에 잠겼다.

아침까지는 두 사람의 생각도 일치되어 우선 런던으로 나가 이 수수께끼와 맞붙을 수 있는 고고학자와 과학자 조사단을 모으기로 결정했다. 이 지하의 또 다른 지하에 있는 방을 떠나기 전에 둘이서 중앙 제단을 움직여 보려 했지만 소용없었다는 것을 덧붙여두겠다.

이 중앙 제단은 아직 사람들에게 알려지지 않은, 뭐라 말할 수 없는 공포의 입구임에 틀림없다고 인정한 것이다. 대체 어떤 비법으로 이 문을 열 것인가, 이 문제를 푸는 방식은 우리보다 현명한 학자들이 언젠가 찾아줄 것이다.

런던에 며칠 머무는 동안, 노리스 대위와 나는 5명의 유명한 권위자한테 우리가 알고 있는 사실과 추측과 옛날부터 대대로 전해지고 있는 이야기를 들려줬는데 이 5명의 학자들은 설령 이번 연구에서 어떤 사실을 알게 된다 해도 그것을 한집안의 비밀로 지켜 주리라고 믿어도 좋을 사람들이었다.

이야기를 나눠보니 이 사람들이 우리의 이야기를 업신여기는 기색은 조금도 없었다. 아니, 오히려 깊이 흥미를 느끼는데다가 진심으로 동정해 주었다. 앞으로 5명의 이름을 전부 거론하겠지만 그 가운데에 전성기에 트로드 발굴을 시도하여 당시 세상 사람들을 크게 흥분시켰던 윌리엄 브린튼 경도 끼어 있다는 것만 얘기해 두자.

일행이 안체스터행 기차에 탔을 때, 나는 자신이 놀랄 만한 발견의 문턱에 서 있다는 것을 절실히 느꼈다. 그 기분은 세상의 저쪽에서 뜻밖에 대통령이 죽었다는 소식을 들었을 때, 평범한 미국인이라면 틀림없이 느낄 애도의 마음에 가까운 느낌이었다.

8월 7일 저녁, 우리는 집에 도착했다. 맞이해 준 하인들 이야기로는 내가 집을 비운 동안 이상한 일은 전혀 일어나지 않았다고 했다. 아홉 마리의 고양이들은 물론 '네로'조차도 태연자약한 모습이었으며, 건물 안에 있는 쥐덫에는 쥐가 한 마리도 걸리지 않았다. 조사는 다음날부터 시작하기로 하고 나는 우선 손님 모두한테 저마다 설비가 갖추어진 방을 안내하고 내일에 대비했다.

나는 거실로 쓰고 있는 탑으로 와서 '네로'를 발치에 눕게 했다. 잠이 금세 덮쳐왔는데 이때 꾼 꿈은 정말 무서웠다. 나무로 된 뚜껑달린 큰 접시에 오싹할 만한 것이 들어 있는, 트리마르키오의 향연 같은 어느 불결한 로마의 향연 풍경이 나타났다. 그리고 희미한 빛이 비치는 동굴 안 돼지치기 무리의 꺼림칙한 광경이 다시 나타났다.

내가 눈을 떴을 때는 벌써 대낮으로 계단에선 일상적인 소리가 잔잔히 들리고 있었다. 쥐들이 진짜 살아 있는 것이든 또는 생각 탓으로 느껴지는 유령이든 이런 시각에는 더 이상 나를 괴롭히지 않았고 '네로'도 조용히 잠을 자고 있었다.

아래로 내려가 보니 건물 어디에든 차분함이 퍼져 있는 것이 느껴졌다. 모인 학자들 가운데 한 사람으로 영혼 연구를 하는 손튼이라는 사람은 나한테, 방금 꾼 꿈은 어떠한 힘이 당신한테 그것을 꼭 보여주고 싶었기 때문에 꿈이라는 형태로 나타난 것이라고 약간 어이없는 이야기를 해 주었다.

준비를 다 하자 우리 7명의 조사단은 오전 11시에 한 사람도 남김없이 강력한 손전등과 발굴용 도구를 휴대하고 모두 문제의 지하실로 내려가 문을 닫았다. 고양이 '네로'도 일행과 함께 한 것은, 조사단들도 고양이가 흥분하는 것을 경멸할 것까지는 없다고 했고 또 사실 수상한 설치류가 나타났을 경우에 대비하여 고양이가 꼭 있어야 한다는 희망에서였다.

일행은 로마 비문과 제단에 새겨져 있는 미지의 무늬만을 간단히 조사했다. 학자들 중에는 이미 그런 무늬를 본 적이 있는 사람이 세 사람이나 있었고 그 특징을 모두 알고 있기 때문이다. 우리 일행이 가장 주의를 기울인 것은, 중앙에 있는 그 중요한 제단에서 1시간이

나 지났을 때 윌리엄 브린튼 경이 뭔지 잘 모르지만 일종의 무게를 이용하여 균형을 잡으면서 제단의 돌덩어리를 뒤쪽으로 쓰러뜨린 일이었다.

일행이 각오하지 않았다면 완전히 압도당해 버렸을 만큼 무서운 것이 눈앞에 불쑥 나타났다. 모자이크 무늬의 바닥에 거의 정사각형 구멍이 뻥 뚫려 있었는데, 그 구멍으로 내려다 보이는 아래쪽은 너무 밟아서 한가운데가 움푹 들어간 돌계단이 있고 그 위에는 인간과 반인간의 뼈가 흩어져 있었다.

아직까지 해골 모양을 유지하고 누워 있는 것은 보기에도 끔찍한 공포의 형태를 똑똑히 보여주고 있었는데, 뼈 어디에나 쥐가 갉았던 흔적이 있었다. 두개골에는 모두 애초부터 백치인지 기형을 동반하는 치매증인지, 안에까지 원시적인 원숭이와 같은 징후를 나타내고 있었다.

지옥처럼 뼈가 흩어진 계단 위에는 정으로 단단한 바위를 파내어 공기가 통하도록 만든 모양인 비탈진 통로가 있었다. 그 환기장치로 들어오는 공기는 밀폐된 지하실에서 느닷없이 불어오는 유해한 것이 아니라 뭔가 신선함을 느낄 수 있는 미풍이었다.

우리들은 마냥 서 있을 수만은 없어 몸을 떨면서도 그 계단을 헤쳐 내려가기 시작했다. 이때, 통풍 구멍이 뚫려 있는 벽을 조사하던 윌리엄 브린튼 경이 이 통로는 구멍을 뚫은 정의 사용 상태로 보아 아래서부터 파 올라온 것임에 틀림없다는 묘한 의견을 내놓았다.

그렇다면 나도 신중하게 대처해서 쓸데없는 소리는 하지 않겠다고 생각했다.

갉았던 흔적이 있는 뼈 사이를 헤치며 2, 3단 내려가자 일행은 위쪽으로 빛이 비치고 있는 것을 보았다. 그것은 신비한 굴절 현상에 의한 환상 같은 게 아니라 황량한 골짜기를 내려다보는 절벽의, 아직 사람들이 모르는 틈새에서 새어 나온다고밖에 생각할 수 없는 태양빛이었다. 이런 틈새가 밖에서는 눈에 띄지 않았던 것도 놀랄 만한 일은 아니었다.

그것은 다름이 아니라 그 골짜기에는 어느 누구도 살고 있지 않았을 뿐 아니라 절벽이 매우 높은 데다가 밖으로 쑥 나와 있기 때문에 비행술이 능란한 사람 하나가 겨우 표면을 자세히 조사할 수 있을 정도의 상태였기 때문이다. 2, 3단 더 내려가 바로 눈앞의 광경을 보다가 우리는 문득 말 그대로 숨통이 멎어버리는 줄 알았다. 너무도 섬뜩한 광경에 영혼 연구가 손튼이 그대로 기절하여 바로 뒤에서 현기증을 일으키고 있던 남자가 겨우 받아주었을 정도였다.

노리스도 둥글둥글한 얼굴이 완전히 새파랗게 질려버린 채 말이 되지 않는 큰소리를 지르는 게 고작이었다. 나 또한 헐떡이거나 비명을 지르면서 눈을 가리고 그 자리를 보지 않으려 했다.

내 뒤에 있던 사람은 일행 가운데 유일하게 나보다 연상이었는데 '이런! 큰일났군' 하는 판에 박힌 말을 지금까지 들어본 적도 없을 만큼 엄청나게 쉰 목소리로 중얼거렸다. 7명의 교양 있는 남자 가운데 차분한 사람은 윌리엄 브린튼 경뿐이었다. 브린튼이야말로 일행의 선두에 섰기 때문에 이 광경을 가장 확실하게 보았을 것임에 틀림없다는 점을 생각한다면 경의 명예는 한층 더 빛날 것이다.

일행이 그만큼 섬뜩해한 것은 이 계단을 다 내려간 움막 안에는 누구의 눈도 닿기 어려울 만큼 깊숙한 곳에, 더구나 놀랄 만큼 천장이 높은 동굴이 있는데, 거기서 희미한 빛이 비치고 있었기 때문이었다. 이것은 무한한 신비와 가공할 암묵의 의미를 내포한 지하세계임이 분명했다.

온갖 건물들과 무너진 건축물의 잔해가 눈에 들어와 흠칫대면서도 들여다 보았더니 꺼림칙한 양식의 고분들과 돌기둥이 둥그렇게 늘어서 있는 장소와 천장이 낮은 로마의 폐허며 꼴사나운 색슨 인이 만든 건물, 그리고 영국의 초기 목조물들이 있었다. 그러나 이 동굴 자체가 그야말로 묘석을 파헤치고 시체를 먹는 그 악귀의 본거지처럼 보이는 것에 비하면 다른 건물들은 하나같이 하찮게 느껴졌다.

돌계단에서 몇 미터 반경 안에 인간의 뼈라든지 계단에서 본, 적어도 인간에 가까운 뼈들이 이상한 산처럼 쌓아올려진 곳이 있었다. 마치 거품 이는 바다처럼 그 주변에는 뼈들이 흩어져 있었는데 개중에는 따로 떨어진 뼈도 있으나 대개는 본 해골의 형태를 완전히, 또는 일부분 유지하고 있었다. 그렇게 형태를 알 수 있는 뼈들은 한결같이 어떤 끔찍한 것을 떨쳐버리려 하거나 인육을 먹을 생각으로 상대를 덮치려 하는, 마치 악귀가 광란하는 것처럼 갖가지 포즈를 취하고 있는 것뿐이었다.

인류학자인 트라스크 박사가 그 두개골이 어떤 부류에 속하는지 확인하려 허리를 굽히다가 어느 퇴화한 중간 종의 뼈를 찾았는데 대체 그것이 어떤 생물인지 전혀 알지 못했다. 진화 단계에서 보면 필트다운 인(1911~15년, 영국 지질학자 도슨이 발견했다는 화석인)보다 정도가 상당히 낮은 것은 틀림없지만 아무리 봐도 인간에 속하는 것은 분명했다.

고도로 진화한 종족에 속하는 두개골은 극히 얼마 되지 않았다. 어느 뼈나 모두 대개는 쥐가 갉았는데 그 가운데는 반수반인의 짐승이 갉아먹은 것도 있었다. 그런 뼈 중에 작은 쥐의 뼈도 많이 섞여 있었다——이 뼈야말로 오랜 옛날부터 전해지는 이 토지의 서사시에 마지막 일격을 가하고 이 수도원을 황폐하게 한 대군 속에 있다가 마침내 죽음에 이른 쥐의 뼈임에 틀림없었다.

대체 우리들 중에 이런 무서운 것을 발견하고도 살면서 정신에 이상을 초래하지 않는 사람이 있을지 나는 의심스러워졌다. 우리 일행 7명이 아연실색하여 꼼짝 못한 그 희미한 빛이 비치는 동굴 이상으로 혼이 달아날 만큼 메슥메슥한, 고딕풍의 믿을 수 없이 불길하고 기괴한 광경은 호프만도 유이스만스도 상상할 수 없을 것으로 생각된다.

잇달아 나타나는 의외의 사실을 눈앞에 두고 꼼짝 못하게 된 일행은 300년, 1천 년, 혹은 2천 년, 아니, 1만 년 전에 분명히 거기서 일어났을 사건에 대해 당장은 생각하지 않으려 저마다 노력하고 있었다.

가엾은 손튼이 트라스크 박사한테서 이곳은 지옥 1번지로 여기에 있는 해골 가운데 그 사건을 전후한 600년 정도 사이에 네발 달린 짐승의 선조로부터 인간이 된 자가 분명히 있다는 이야기를 듣더니 또 정신을 잃어버렸다.

우리 일행이 건축상의 이 유적 성격을 해명하려 손을 댐에 따라 공포가 심해졌다. 포동포동한 네발 달린 짐승은――두발 달린 돼지치기가 때때로 수를 보충하면서――돌 감옥 안에 있었는데 이 짐승들은 공복 때문인지 혹은 쥐를 무서워한 때문인지 맹렬히 흥분하여 감옥을 부수고 밖으로 도망친 모양이었다.

그런데 밖에는 쥐의 대군이 기다리고 있었다. 이 쥐들은 분명히 변변치 못한 그 채소를 사료로 먹으며 자랐는데 남은 사료가 로마시대보다 더욱 옛 시대의 거대한 돌 상자 바닥에 남아 있어 조사해보니 이 채소가 유해했다.

나는 지금 선조가 무슨 이유로 그렇게 터무니없는 밭을 갖고 있었는지 확실하게 알았다. 아아, 가능하면 깨끗이 잊어버리고 싶은 일이다!

윌리엄 브린튼 경은 로마시대의 폐허 속에서 불빛이 강한 손전등을 갖고 서 있었는데 지금까지 들어본 적이 없는 놀랄 만한 의식에 대해 큰소리로 설명해 주었다. 그리고 시비리의 승려들이 찾아내어 그들의 예배 속에 교묘하게 집어넣은, 대홍수 이전에 인간을 공물로 바친 오래된 의식을 이야기해 주었다.

참호에 익숙할 것 같은 노리스도 이 동굴 안에 있는 영국풍 건물에서 나왔을 때는 똑바로 걸을 수조차 없었다. 노리스가 조사한 건물은 고깃집의 부엌으로——이미 그도 예상하고 있었지만——평소 익숙한 영국의 일상기구를 이런 곳에서 발견하리라고는 생각지도 못했고, 또한 벽면을 긁어 새긴 문자나 그림이 1610년 무렵의 새로운 것이라는 것이 너무 의외였다.

나는 도저히 그 건물 안으로 들어갈 수가 없었다. 그 안에서 저질러진 악마의 행위에 대해 나의 선조인 월터 드 라 포아가 단검으로 비로소 일격을 가했던 그 건물 안으로는.

내가 과감히 간 곳은 색슨풍의 낮은 건물로 우리의 덧문짝이 쓰러져 있었는데, 안에 들어가 보니 격자가 끼어 있는 무서운 돌 독방이 즐비하게 늘어서 있었다. 세 군데의 독방 하나하나마다 인간의 해골이 누워 있었는데, 그 가운데 하나의 해골 검지에 해당하는 뼈에는 나의 문장과 같은 무늬의 반지가 발견되었다.

윌리엄 브린튼 경은 로마풍의 예배당 아래에 이것보다 훨씬 오래된 지하실의 독방을 발견했는데, 그 독방들은 모두 텅 비어 있었다. 그 독방 아래에는 천장이 낮은 납골소가 있었고 거기에는 뼈를 가지런히 정리해 늘어놓은 상자가 있었다. 그 몇 개의 상자 가운데에는 라틴어, 그리스어 및 프리쟈어로 새겨진 장엄한 비문이 있는 것도 있었다.

그 사이에 트라스크 박사는 유사 이전 고분 가운데 하나를 파내어 고릴라보다 약간 인간다운, 뭔가 알 수 없는 표의문자가 조작된 두개골을 조사했다. 이 무서운 조사를 하고 있는 동안에 나의 고양이는 진정이 되어 유유히 걷고 있었다. 고양이가 산더미같이 쌓아올려진 뼈의 꼭대기에 있는 것을 언뜻 보고 나는 그 노란 눈 깊숙이에 있는 비밀의 능력에 감탄했다.

이 희미한 빛이 비치는 동굴의——내가 몇 번이나 꾼 그 꿈이 오싹할 정도로 들어맞는 이 불길한 영역의——벼랑에서 광선은 전혀 들어오지 않는다는 무서운 현실이 이제는 조금 이해되었기에 우리 일행은 아무리 살펴보아도 끝을 알 수 없는 칠흑 같은 동굴 속으로 조금 더 나아갔다. 우리들이 한걸음 나아간 그 너머, 눈에 보이지 않는 그 어둠 속에는 도대체 어떤 것이 기다리고 있을까? 우리는 앞으로도 모를 것이다. 그런 비밀을 안다고 해서 인류를 위하는 것이 아니라는 것을 확실하게 안 이상, 더 이상 들어가지 않았기 때문이다.

그러나 그 자리엔 저절로 서로에게 의지하고 싶어지는 두려운 것이 얼마든지 있었다. 우리는 손전등으로 비칠 수 있는 범위만 들어갔는데, 그 빛에 비치는 곳에서만도 쥐들이 연회를 열었던 저주스러운 무수한 구멍이 확인되었다. 갑자기 먹이 보급이 결핍되었기 때문에 굶주린 쥐의 대군이 홀연 살아나면서 아귀의 무리로 바뀌어 수도원에서 무리를 지어나가 농민들한테는 잊지 못할 역사적인 그 황폐화 소동을 일으킨 것으로 확실하게 판단되었기 때문이다.

아! 이 불결하고 어두운 구덩이 안에 톱으로 잘리고 정으로 구멍이 파인 뼈나 둘로 쩍 갈라진 두개골이 빼곡히 차 있다니! 악몽과 같은 이 동굴에 과거 수천 년에 걸쳐 피테칸트로푸스, 켈트인, 로마인 및 영국인의 해골이 장소가 좁을 만큼 가득 찬 구덩이도 있었는데 그 구덩이의 깊이가 대체 어느 정도나 되는가 하는 것은 아무도 짐작할 수 없었다. 다른 구덩이는 일행의 손전등으로 비쳐보아도 끝을 알 수 없을 정도였고 거기에는 말로 설명하기 어려운 동물의 사육자들이 살고 있었다. 어둠 속에서 먹이를 찾아다니며 이 한없이 무서운 지옥의 덫에 걸린 불행한 쥐들은 대체 어떻게 되었을까?

나는 크게 뚫린 무서운 구덩이 근처에서 발이 미끄러져, 순간적으로 정신이 아득해질 만큼 오싹했다. 그대로 오랫동안 멍하니 있었을 것임에 틀림없었다. 문득 정신을 차리고 보니 일행 가운데 살찐 노리스 대위 외에는 아무도 보이지 않았기 때문이다. 그때, 무한히 먼 저편 어둠 속에서 들은 적이 있는 소리가 들려온 것 같았을 때, 늙은 그 검은 고양이가 마치 날개 있는 이집트 신처럼 미지의 무한한 심연을 향해 날아들어갔다.

나도 꾸물거리지 않았다. 다음 순간 금세 사정이 분명해졌기 때문이다. 방금 들린 소리는 악마와 같은 그 쥐들이 돌아다니는 소리로, 이놈들은 언제나 무서운 사냥감을 새로 찾아내어, 결국 나를 이 땅 속 깊은 곳에 있는 동굴 안으로 끌어들이려 한 것이다. 그리고 이 땅 속에는 밋밋한 얼굴을 한 정신이 이상해진 신 냐루라토호테프가 어둠 속에서 일정한 모습을 갖고 있지 않은 두 백치의 피리 소리에 맞춰 고래고래 엉터리 소리를 지르고 있었다.

내가 갖고 있던 불은 꺼졌지만 나는 달렸다. 사람의 비명과 짐승들의 울부짖음이 메아리쳤지만 혐오스럽고 음험하기 짝이 없는 잘게 내달리는 발소리가 그중 가장 뚜렷해져 왔다. 느릿느릿, 하지만 조금씩 더 분명하게.

나한테 뭔가 '퍽' 하고 부딪치는 것이 있었다——부드럽고 포동포동하게 살찐 것이. 쥐들임에 틀림없었다. 죽었든 살았든 인간의 몸에 달라붙어 끈기 있는 아교질의 주린 배로 걸신들린 듯 먹어치우는 대군임에 틀림없었다……드 라 포아 가문 사람이 금단의 인육을 먹듯이 쥐들도 드 라 포아 가문의 일원인 나를 먹을 수도 있는 것 아닌가?……이번 전쟁에서 나는 분하게도 아들을 희생시켰다…… 그리고 양키들은 불을 붙여 카팍스를 희생시키고 할아버지인 데라포아와 비밀 전설을 태워버리고…… 아니, 나는 희미한 빛이 비치는 동굴 안의 그 악마와 같은 돼지치기가 아닌가! 뚱뚱하고 부드러운 두 발

짐승에서 퇴화한 네 발 짐승의 얼굴은 노리스 대위의 살찐 얼굴이 아니었다. 누구야? 내가 드 라 포아 가문의 사람이라고 할 자가?

노리스는 전쟁에서 살아 돌아왔지만 나의 아들은 죽어버렸다…… 노리스 가문의 사람이 장래 드 라 포아의 토지를 차지하게 되겠지? 그것은 부두교다……얼룩무늬 뱀…… 손튼 이 자식, 네놈한테 내 혈통의 따끔한 맛을 보여서 또 기절시켜 줄 테다! 에잇, 빌어먹을 냄새나는 놈! 인간의 고기맛 보는 법을 전수해 주지…… 우오루데이, 스인케미, 시루케우이스? 마그나 마더! 마그나 마더!…… 아티스…… 디아 아드 아가이드스 아드 아오다운…… 아가스 바스 도나크 오르트! 도너스 도라스 오르트, 아가스리트사! 웅그르…… 웅그르…… 르르르…… 크크크…….

다른 사람이 말하기를 그로부터 3시간 뒤 어둠 속에서 일행이 나를 발견했을 때, 내가 방금 하던 소리를 자꾸만 되뇌고 있었다고 한다. 나는 어둠 속에서 통통하게 살찐 몸 절반을 먹혀버린 노리스 대위 위에 웅크리고 앉은 자세로, 그 검은 고양이가 뛰어들어 목이 물려 있는 것을 발견했다고 한다.

그들은 이그자무 수도원 터를 폭파하고 '네로'를 나한테서 떼어놓더니, 이 한웰의 땅에 있는 광인들을 가두어두는 방에 나를 가두고 우리 가문의 혈통과 소행에 대해 수군덕거리며 무서운 소문을 나누고 있는 모양이었다.

손튼은 옆방에 있지만 그들은 도무지 내가 손튼과 이야기를 못하게 했다. 또한 그들은 수도원에 관한 갖가지 사실을 이대로 비밀리에 묻어버리려 하고 있다. 내가 그 가엾은 노리스 이야기를 하자 네놈은 정말 지독한 놈이라면서 모두 나를 비난했는데 결코 내가 한 짓이 아니라는 걸 그들도 꼭 알아야 한다.

앞으로도 발소리로 나를 편안하게 잠자게 할 것 같지 않은, 잔달음질로 돌아다니는 그 쥐들이 한 짓이다. 이 방의 벽 뒤를 돌아다니며 지금까지 경험한 적이 없는 무서운 기분으로 나를 끌어들이는 마물과 같은 그 쥐들이 한 짓이다. 학자들은 발소리를 듣지 못하는 쥐들의 짓이다. 쥐들이다, 벽 속의 쥐들이 한 짓이다.

어둠 속의 속삭임

1

실제로 눈에 보이는 무서운 것은 결국 내가 하나도 보지 못했다는 것을 꼭 기억해두기 바란다. 내가 머릿속으로 온갖 생각을 한 것은 모두 일종의 정신적인 쇼크 때문에 일어난 일이며, 그것이 견디기 힘들 만큼 마음에 부담을 주어 결국 밤에 자동차를 타고 한적한 시골에 있는 에이크리의 저택에서 버몬트 주(미국 북동부에 있는 뉴욕과 이웃한 주)의 봉긋하게 솟아 있는 황량한 산간을 달리기에 이른 것이라고 말해 버리면, 내가 마침내 경험한 너무나도 명백한 사실을 무시하는 것이 된다.

나는 헨리 에이크리에 관한 정보와 평판에 상당히 분명한 흑백도 가렸을 뿐더러 온갖 소문을 보고 들었으며 또한 의심의 여지가 없는 선명한 인상도 받았지만 어쩐 일인지 나는 지금까지도 내가 세운 꺼림칙한 추리의 진위조차 분명히 가리지 못하고 있다. 결국 에이크리의 행방이 묘연하여 무엇 하나 밝혀지지 않았기 때문이다. 에이크리의 집에서는 집 밖과 실내에서 발견된 탄흔 외에는 의심스러운 것은 아무것도 없었다. 마치 그는 산속으로 훌쩍 산책하러 나가서 아직 돌아오지 않고 있기라도 한 것 같은 상태다. 손님이 찾아왔거나 끔찍한 총포류가 서재에 보관되어 있었던 흔적도 없었다. 마찬가지로 자신이 태어난 고향의 나무가 울창하게 자라는 산과, 끊임없이 졸졸 흐르는 계곡물을 그가 몹시 두려워하고 있었다는 것에서도 특별히 중요한 의미를 찾을 수 없었다. 그런 병적인 공포심의 소유자는 세상에 얼마든지 널려 있다. 더욱이 기이한 버릇이 있는 것을 생각하면 그의 기묘한 행동과 죽음을 두려워하는 경향도 쉽게 설명할 수 있을 것이다.

애초에 이 사건이 일어난 것은, 나에게 관한 한 1927년 11월 3일의 그 역사적이고 전례가 없는 버몬트 주의 홍수에서 비롯되었다. 그때 나는 지금과 마찬가지로 매사추세츠 주 아컴의 미스카트닉 대학에서 문학교수로 재직하는 한편, 뉴잉글랜드 지방의 민속학에 열을 올리던 아마추어 연구가이기도 했다.

그 홍수가 일어난 지 얼마 뒤, 신문 지면을 가득 메운 온갖 고난과 재난과 구조에 대한 기사 가운데, 범람한 어느 강물에 둥둥 떠 있는 모습이 발견된 어떤 물체에 관한 묘한 소문도 실려 있었다.

내 친구들 중에는 그 기묘한 물체에 관한 이야기에 한몫 끼어들어 나에게 의견을 묻는 사람이 많이 있었다. 나는 자신의 민속학 연구가 자못 진지하게 평가된 것에 신이 나서, 옛날부터 시골에서 전해져 내려오는 미신 중에서 아무리 봐도 자연적으로 발생한 것으로 보이는 허무맹랑하고 하찮은 이야기를 선별하는 데 최선을 다했다.

그 중에 교육을 받은 몇몇 사람들이 그 소문은 일종의 모호하고 왜곡된 사실에서 나온 것이라고 끝까지 우기는 것을 보니 무척 재미있었다.

그런 연유로 내 주의를 끌게 된 이야기는 주로 신문에서 오려낸 기사에서였다. 하기야 그 중에는 처음에는 입에서 입으로 전해진 것을, 마지막에는 내 친구 중 한 사람에게 버몬트 주 하드윅에 사는 그의 어머니가 편지를 보내 전해준 것도 있었다. 그 이야기들은 근본적으로는 모두 같지만 내용 면에서 아무래도 세 가지의 차이점이 있는 듯한데, 하나는 몽펠리에에 가까운 윈스키 강과 관련이 있고, 다음 것은 뉴페인 건너편 윈덤에 있는 웨스트 강에 속하며, 또 하나는 런던빌 북쪽에 해당하는 칼레도니아의 파삼프식 강을 중심으로 하는 것이었다.

뿔뿔이 흩어져 있는 자료 가운데는 서로 다른 사실을 얘기하는 것도 많았지만 잘 분석해보면 결국 세 가지 부류 중 어느 한 가지에 속하는 것 같았다. 어느 것이나 다 사람이 거의 왕래하지 않는 산을 발원지로 하는 강물 속에서 그 흐름을 방해하며 수면을 어지럽히는 매우 이상한 모습을 한 물체를 한둘 발견했다는 보고가 있자, 시골 노인네들이 이참에 귀엣말로 전해오던 원시적이고 반쯤 잊혀진 일련의 전설들을 그 목격담과 결부시키게 된 것이다.

마을 사람들이 보았다고 하는 물체의 모습은, 지금까지 그들이 본 어떤 생물과도 전혀 닮지 않았다. 당연한 일이지만, 그런 재해 때에도 강물의 흐름을 이용하여 오가는 사람이 많이 있었다.

그런데 그 기묘한 모습을 목격한 사람들의 설명에는 크기나 윤곽이 비슷한 점도 있었으나, 무엇보다 인간이 아니라는 점에서 모두가 확신을 갖고 있다는 공통점이 있었다. 또 지금까지 버몬트 주 사람들이 알고 있는 어떠한 종류의 동물도 아니라고 목격자들은 말했다. 몸 길이가 1미터 50cm쯤 되는 연분홍색의 생물로, 갑각류 같은 몸통에 몇 쌍의 넓은 등지느러미나 막처럼 생긴 날개, 또 여러 쌍의 다리가 달려 있으며, 머리가 있어야 할 곳에는 소용돌이 모양을 한 타원체가 얹혀 있고, 거기에는 아주 짧은 안테나 같은 것이 여러 개 달려 있었다고도 했다. 여러 곳에서 들어온 보고는 그 점에서 너무나도 흡사하게 일치하고 있었다. 단지 그 산간지방에 옛날부터 전해져오던 오랜 전설이 소름 끼칠 만큼 생생한 괴물의 모습을 전하고 있어서 모든 목격자들의 상상력에 어쩌면 미묘한 영향을 끼칠 수도 있다는 걸 생각해 보면 경이로운 느낌이 다소 엷어지기는 하지만. 그런 목격자들——어느 경우에나 개척이 되지 않은 깊은 산간지방에 사는 소박하고 단순한 사람들이지만——은, 사람이나 농장의 동물이 소용돌이치며 흐르는 강물에 휩쓸려 물에 퉁퉁 불은 모습으로 떠내려가는 것을 힐끗 보고 어렴풋이 기억하고 있는 전설이 그 가련한 생물에 환상적인 색채를 부여하는 것을 그대로 묵인했고, 그것이 괴물에 대한 정보가 되었다는 것이 내 결론이었다.

고래로부터 내려오는 막연하고 종잡을 수 없는 그 전설을 지금의 시골 사람들은 대부분 잊어버렸지만, 거기에는 더할 나위 없이 독자적인 성격이 있어서 아직도 원시 인디언 전설의 영향을 반영하고 있는 것이 분명했다.

나는 버몬트 주에 직접 가본 적은 없지만 엘리 다벤포트의 걸출하고 희귀한 전공논문 덕택에 그 일에 대해 잘 알고 있었다. 그 논문에는 같은 주의 가장 나이 많은 사람들로부터 1839년 이전에 채집한 구전 자료가 실려 있다.

그 자료는 뉴햄프셔의 산간지대에 사는 노인들로부터 내가 직접 들은 이야기와 정확하게 일치하고 있었다. 짧게 요약하면, 아직 사람들에게 알려져 있지 않은 종속의 괴물이 외진 산중의 어딘가, 가장 높은 산꼭대기의 깊은 숲 속이나 몇 개의 강줄기가 미지의 수원에서 흘러나오는 어두운 협곡 속에 숨어 있다는 것을 암시하고 있었다.

이 괴물들이 사람에게 모습을 드러내는 일은 거의 없지만, 그런 것이 존재하고 있다는 증거는 있었다. 즉 보통 사람들로선 상상조차 할 수 없는 깊은 산비탈이라든지 늑대들도 꺼려하는 계곡 같은 곳을 일부러 찾아다니는 모험가들로부터 이따금 그런 보고가 있기 때문이다.

갈고리발톱이 붙어 있는 기묘한 발자국 같은 것이 시냇가의 진흙이나 불모의 밭, 또는 원형으로 늘어선 기묘한 바위 안에도 찍혀 있었는데, 그 마모된 돌이 늘어선 원형 주위에는 잔디가 있고, 그 원형은 저절로 생긴 것도 아니고 그렇다고 그러한 형태로 만들어진 것도 아닌 듯했다. 그리고 산 중턱에는 얼마나 깊은지 짐작도 할 수 없는 동굴도 여러 개 있는데, 그 입구는 우연이라고 할 수 없는 방식으로 쌓아올린 옥석으로 막혀 있으며, 기묘한 발자국이 그 입구에서 나오는 것과 들어가는 것――만약 그 발자국의 방향을 정확하게 읽을 수 있다고 한다면――처럼 두 줄로 찍혀 있고, 다른 장소의 것보다 수가 많았다. 게다가 무엇보다 나쁜 소식은 일반 등산로에서 벗어난 매우 음침하고 깊은 어두컴컴한 숲 그늘이나 아주 깊은 계곡에서 모험가들이 이따금 보았다고 하는 그 괴물이 실제로 존재한다는 것이다.

이 괴물에 관한 각양각색의 기사들이 서로 충분히 일치하지 않는다 해도 그리 이상한 일은 아닐 것이다. 그런데 실제로는 상당히 일치하고 있어 거의 모든 소문에는 몇 가지 공통점이 있었는데, 그 생물은 불그스름한 색깔의 거대한 게의 일종으로 다리가 여러 쌍 있고 등 한복판에 박쥐처럼 커다란 날개가 두 개 달려 있다는 것이었다.

때로는 그 몇 쌍의 다리를 전부 사용하여 걷기도 하고, 또 때로는 맨 뒤의 한 쌍만으로 걸으며 다른 다리는 도대체 무엇으로 되어 있는지 알 수 없는 커다란 몸을 운반하는 데만 사용한다고 한다. 언젠가 그런 생물이 꽤 여럿이 있는 것이 발견된 적이 있는데, 그 가운데 조금 떨어진 곳에 있던 세 마리는 명백하게 훈련받은 듯 횡대로 늘어서서 삼림지대의 얕은 물속을 걸어서 건너갔다고 한다.

또 한 번은 밤에 인적이 없는 민둥산 꼭대기에서 공중을 날아올라

보름달을 배경으로 그 파닥거리는 거대한 날개로 검은 그림자를 보여 준 뒤 하늘로 자취를 감추는 것이 발견된 적도 있다고 한다.

이 생물들은 대개 인간에 대해서는 아무런 관심도 없는 양 내버려 두고 있는 것 같았다. 그래도 이따금 모험을 좋아하는 사람들, 특히 계곡 근처나 깊은 산속에 집을 짓고 사는 사람들이 행방불명이라도 되면 이 생물 탓으로 돌리기도 했다. 많은 토지가 사람이 살기에는 적합하지 않다는 것을 알게 되었고, 세월이 흘러 그 원인이 잊혀져 버린 뒤에도 그런 느낌만은 여전히 남아 있었다. 사람들은 그 엄격한 삼림 감시원들이 있는 낮은 쪽 언덕 위에 서서 지금까지 몇 명의 개척자가 행방불명이 되었고, 또 몇 채의 집이 불타 잿더미가 되었는가 하는 것을 떠올릴 것도 없이 가까운 산의 절벽을 쳐다보기만 해도 몸을 떨었던 것이다.

가장 오래된 전설에 따르면, 그 괴물들은 자신들의 프라이버시를 침해한 자들에 대해서만 해를 입힌 것 같았는데 나중에는 오히려 인간에 대해 호기심을 가지고 인간세계를 탐색하는 전초기지를 세우려고 했다는 얘기도 있었다.

갈고리발톱이 달린 기묘한 발자국이 이른 아침 농가의 창문 근처에서 발견되거나, 분명히 그들이 출몰하는 지역이 아닌 곳에서 이따금 사람이 사라졌다는 얘기도 전해졌다.

더욱이 심심산골의 도로와 짐마차용 길에서 시끌벅적하게 사람들이 이야기하는 것을 흉내 낸 목소리로 말을 걸어 혼자 길을 가던 여행자를 혼비백산하게 만든 일도 있었고, 집 마당 바로 앞까지 원시림이 뻗어 있는 장소에서 아이들이 괴물의 모습과 목소리에 기겁을 하며 놀랐다는 얘기도 있다.

지금보다 한 시절 전――아직 미신이 사라지지 않고, 또 괴물이 출몰하는 장소와의 접촉이 단절되지 않았던 시대――의 전설에는 당시 은둔자나 마을에서 멀리 떨어진 농부들이 충격적인 경험을 했다는 이야기가 있다. 이들은 어느 한순간 정신적으로 사람이 변한 것처럼 인간을 싫어해서, 기묘한 괴물에게 몸을 판 자로 경멸과 비난을 받았다고 전한다.

1800년 무렵 북동부 어떤 곳에서는 상식에서 벗어난 평판 나쁜 은둔자들을 그 혐오스러운 괴물의 동맹자라느니 대표자라고 하며 비난하는 일이 유행했던 것 같다.

그 괴물의 정체에 대해서는 당연히 여러 가지 설이 등장했다. 보통 그들을 '그 놈들'이나 '그것들'이라는 호칭으로 불렀고, 그 지역에서 다른 이름은 거의 사용된 적이 없다고 한다. 아마 개척자인 청교도의 한 단체가 그들을 악마의 사자라고 매정하게 단정하고 거룩한 신학적 사색의 한 소재로 삼은 것이리라.

조상 대대로 켈트계의 전설을 전해온 사람들——주로 뉴햄프셔에 사는 스코틀랜드와 아일랜드 혼혈계와 웬트워스 총독의 양도증서를 근거로 버몬트 주에 정주한 그들의 친척——은 그 생물을 사악한 요괴나 습지와 토담(옛날 아일랜드에서 족장의 집을 둘러싼 원형의 흙담)의 요정과 관계있는 것으로 보고 몇 세대에 걸쳐서 단편적으로 전해져 온 몇 가지의 주문으로 자신의 몸을 보호했다.

그러나 그 중에서 가장 황당하고 종잡을 수 없는 설을 가지고 있었던 것은 인디언이었다. 다양한 종족의 전설에는 저마다 다른 점이 있었지만, 어느 중요한 특징을 믿는다는 점에서는 명백하게 서로 일치하고 있었다. 어디에서나 이의가 없는 그 일치점은, 그 생물들이 원래 이 지구에서 태어난 것이 아니라는 점이었다.

페나쿡(인디언 종족의 이름)의 신화는 가장 체계적이어서 그림처럼 아름다운데, 이 신화가 일러주는 바에 의하면 하늘에 있는 '큰곰자리'에서 '날개가 있는 생물'이 찾아와 우리 지구의 산속에 광산을 파고 다른 세상에서는 구할 수 없는 돌을 채취했다고 한다.

그들은 이 지구에 살지 않고 단지 전초기지만 둘 뿐, 돌을 채운 커다란 짐을 가지고 북쪽 하늘의 자신들의 별로 날아서 돌아갔다는 얘기다. 그들이 지구인에게 해를 가한 것은 인간이 그들에게 너무 가까이 다가갔거나 그들의 모습을 몰래 조사하려 했을 때뿐이었다.

동물들이 그들을 피한 것은 본능적으로 혐오했기 때문이지 그들에게 잡히는 게 두려워서가 아니었다. 그들은 지구상의 것은 동물을 포함하여 아무것도 먹을 수 없기 때문에 식량은 자신들의 별에서 가지고 왔다. 그들이 있는 곳으로 가까이 다가가는 것은 그리 현명한 짓이 아니어서, 이따금 젊은 사냥꾼이 그들이 있는 산속에 들어갔다가 두 번 다시 돌아오지 못하는 일이 있었다. 또 그들이 밤에 숲 속에서 인간의 목소리를 흉내 내기 위해 꿀벌 같은 목소리로 윙윙거리며 속삭이는 얘기를 엿듣는 것도 그리 기분 좋은 일은 아니었다. 그들은 모든 종류의 인디언——페나쿡족, 휴런족, 이러쿼이족, 5족 연합 인디언들의 말을 알고 있었지만, 자신들의 언어는 가지고 있지 않았고 또 그럴 필요도 없었던 것 같다. 그들은 머리로 대화를 했기 때문인데, 머리를 다양한 색깔로 바꿔 여러 가지 의사를 표현했다.

전설이라고 하는 것은——물론 백인의 것이든 인디언의 전설이든——이따금 격세 유전처럼 일어나는 일시적인 인기를 제외하면 19세기에 모두 사장되고 말았다. 버몬트 주 사람들의 생활은 점차 안정되어 갔다. 그리고 그 습관적인 거리와 주거가 일정한 계획에 따라 한 번 정해지고 나자, 그 계획을 정할 때 거기에 어떤 무서운 것과 기피해야할 것이 영향을 주었는가 하는 것, 아니 애초에 무섭고 기피해야 할 것이 있었다는 사실조차 잊혀져 갔다.

대부분의 사람들은 어떤 구릉지대는 건강에 몹시 좋지 않고 벌이도 시원찮아서 대체로 살기에 적합하지 않은 토지이며, 따라서 거기서 멀리 떨어질수록 살기가 낫다는 식으로 알고 있었다.

결국 거주허가가 내려진 지역에는 관례와 경제적 관심이라는 바퀴 자국이 깊게 새겨지게 되었고, 그렇게 되자 구태여 다른 곳으로 갈 이유도 없어져서 괴물이 출몰하는 구릉지대는 의도적이 아니라 저절로 방치된 것이다. 가끔 소문이 퍼져 몇 군데 소동이 일어나곤 하는 것도 괴담을 좋아하는 할머니들이나 과거를 회상하는 노인들끼리 깊은 산에 살고 있는 생물들에 관한 소문을 쑥덕쑥덕 주고받았기 때문이었다.

그러나 이렇게 비밀 이야기를 하는 노인들조차도 그 생물들이 이제는 인간의 집이나 마을에 완전히 익숙해져 있고, 또한 인간들도 그들이 사는 지역에는 주의해서 접근하지 않도록 함으로써 크게 무서워할 필요는 없다고 믿게 되었다.

그런 얘기들을 내가 진작부터 알고 있었던 것은 독서와 뉴햄프셔주에서 채집한 민화 덕분이었다. 홍수 때의 소문이 퍼져가기 시작한 이래, 그 소문의 근원이 되는 자료가 어떤 옛날이야기에서 나온 것인지 나는 어렵지 않게 짐작할 수 있었다. 그것을 친구들에게 설명하는 것은 꽤 힘든 작업이었지만, 토론을 좋아하는 친구들이 신문기사에도 진실이 들어 있을 가능성이 전혀 없다고는 할 수 없다고 끝까지 주장했을 때는 또 그만큼 흥미진진함도 느꼈다.

옛날의 전설에는 일관된 깊은 의미가 있다는 점과 버몬트 주 산간지대의 자연은 사실 아직 완전히 탐험되지 않았으므로 그곳에 사는 생물에 대해 사람들이 멋대로 추리를 하는 것은 현명하지 않다는 것이 친구들의 지적이었고, 그에 대해서 내가 전설이란 모두 잘 알려진 인류의 공통된 양식이 대부분이며 늘 같은 환상을 엮어내는 인류 초기단계의 공상 경험으로 결정된다고 아무리 설명해도 그들의 입을 다물게 할 수는 없었다.

이러한 그들을 향해, 전세계에 널리 퍼져 있는 자연을 의인화한 전설에 따르면 옛날에는 그 일대에 목신(판)과 숲의 선녀와 숲의 신(사티로스)이 많이 있어서 근대 그리스의 킬리칸자라이의 존재도 쉽게 설명이 되고, 아직 완전히 개척되지 않은 웨일스와 아일랜드에서는 흔히 볼 수 없는 작은 체구의 비밀스럽고 무서운 혈거(穴居)인종과 혈거동물이 있다는 것도 쉽사리 이해가 가지만, 그것과 버몬트 주의 신화는 본질적으로 거의 차이가 없다는 것을 설명해도 소용없었다.

게다가 놀라우리만큼 비슷한 것으로, 네팔의 산간에 사는 종족——그 무서운 마이고우라든가——이 히말라야 산맥의 얼음과 바위봉우리 근처에 몰래 숨어사는 '털북숭이 눈사람'의 존재를 믿고 있는 것을 지적해도 역시 허사였다. 내가 그런 증거를 제시하면 상대는 그것을 역으로 이용하여, 그것은 옛날이야기의 사실성을 암시하는 것이 틀림없으며, 인류보다 더욱 오래된 기묘한 종족이 옛날에 정말로 존재하고 있었지만 인류가 출현하여 우위를 차지하게 되자 쫓겨나서 자취를 감추었고, 머릿수는 줄어들었지만 명맥을 유지하여 비교적 최근까지, 아니, 지금 이 순간에도 생존해 있다고 주장했다.

그런 설을 내가 웃어버리면 완고한 그들은 더욱더 강력하게 주장하며 물러서지 않고, 설령 대대로 전해 내려오는 전설이 없어도 요즘의 보도기사는 그 얘기하는 스타일이 충분히 신뢰가 가고 앞뒤가 맞으며, 상세한데다 건전할 정도로 허황된 데가 없기 때문에 완전히 무시할 수는 없다고 덧붙였다.

그중에 극단적인 설을 제시하는 열광적인 논자가 두세 사람 있었는데, 이탈리아에는 그 숨어 사는 생물이 어쩌면 이 지구상에서 태어난 것이 아닐지도 모른다는 옛날이야기가 있다고 넌지시 비치기까지 하면서 찰스 포트의 과장스러운 책을 끌어대어 지금까지 지구 외의 별

세계와 은하계 밖의 우주에서 온 탐험가들이 종종 지구를 방문한 적이 있다고 주장했다.

그러나 나의 토론 상대들은 대부분 단순한 로맨티스트로, 아서 마켄(1867~1968, 영국의 괴기소설가)의 화려한 공포소설로 유명해진, 비경에 사는 '난쟁이'의 환상적인 민화를 실생활에 끌어대려는 시도를 끝까지 포기하지 않는 자들이었다.

2

그때 정황에서는 참으로 당연한 일이었지만, 그 짜릿하고 유쾌한 토론은 결국 〈아컴 어드밴타이저〉지에 대한 투고의 형태로 활자화되었고, 그 중 몇몇은 홍수가 발생한 지역 신문에도 실리게 되었다. 〈라틀란드 헤럴드〉지는 반 페이지를 할애하여 투서에서 발췌한 내용을 양 진영에 공평하게 게재하는 한편, 〈브라틀보로 리포머〉지는 역사와 신화에 관한 나의 두꺼운 저서를 요약하여 내용을 풍부하게 다시 게재한데다 거기에 관한 나의 회의적인 결론을 지지하고 기리어 칭찬한 〈펜드립터스〉지의 사려 깊은 난에 실린 해설문을 첨부해 주었다.

나는 그곳에 한 번도 가본 적이 없음에도 1928년에는 버몬트 주에서 거의 모르는 사람이 없는 인물이 되어 있었다. 바로 그 무렵이었다. 그 도전하는 듯한 헨리 에이크리의 편지가 날아와 나에게 깊은 인상을 준 것은. 그 편지 덕택에 나는 난생 처음이자 마지막으로 절벽 위에 푸른 나무들이 울창하게 자라고 숲 속에 물소리도 높게 강물이 흐르는 그 황홀한 나라로 가게 되었다.

헨리 웬트워스 에이크리에 대해 내가 수집한 정보의 대부분은, 한적한 시골에 있는 그의 집에서 하룻밤을 지낸 뒤에 그 인근의 주민들과 캘리포니아에 있는 그의 외아들과 주고받은 편지에서 얻은 것이다. 내가 받은 느낌으로는, 에이크리는 변호사와 행정관 겸 대지주라는, 이 지방에 오랜 전통을 가진 명문의 혈통을 이은 마지막 대표자였다.

그렇지만 명가의 정신적인 경향도 에이크리의 대에서는 실무가에서 순수한 학자 기질로 변해 있었다. 그리하여 에이크리는 버몬트 대학에 있을 때 수학, 천문학, 생물학, 인류학 및 민속학의 연구가로 이름을 떨쳤다.

그때까지 나는 그의 이름을 들어본 적이 없었고, 또 편지로 자전적인 내용을 상세하게 얘기해준 것도 아니었다. 그러나 첫 대면 때 에이크리는 세속적으로 닮은 데가 거의 없는 은자이기는 했지만 교양과 지능을 겸비한 인격자라는 걸 알았다.

그가 거침없이 주장한 사항은 너무나도 믿기 어려운 성질의 것이기는 했지만, 나는 자신의 설에 도전해 오는 다른 어떤 사람보다 이 에이크리의 설을 당장 진지하게 받아들이지 않을 수 없었다.

그 이유의 하나는, 사실상 그는 실제로 눈에 보이고 손으로 만져지는 그 현상의 바로 옆에 있었기 때문에 나도 모르게 그로테스크한 상상을 해버렸던 것이고, 또 하나는 그가 자신의 결론을 진정한 과학자답게 아직 당분간은 가설로 해두는 것에 놀랄 만큼 열의를 보여주었기 때문이다.

그에게는 사람들 앞에 나서기를 좋아하는 경향은 없었고, 언제나 확실한 증거가 될 수 있다고 판단한 것을 기준으로 자신의 설을 진전시켰다. 물론 처음에는 나도 에이크리가 틀렸다고 생각했다. 하지만 그것도 이지적인 면에서 잘못되었다고 본 것이다. 그래서 나는 그의 친구들처럼 그의 사고방식과 나무가 울창한 산을 두려워하는 그의 심리를 정신이상 탓으로 돌리지는 않았다. 이 남자에게는 그럴 만한 이유가 있다는 것을 나는 알았고, 그가 보고한 사항은 설사 그가 갖다 붙인 이상한 이유와 그 보고 내용의 상관관계가 없다 해도 조사해볼 만한 뭔가 기묘한 사정이 있는 거라고 이해했다. 나중에 나는 그로부터 물적 증거를 몇 가지 받았는데, 그 덕택에 이 문제의 기반이 지금까지와 어딘가 다르게 사람을 당혹하게 만들 만큼 기괴한 것으로 변했다.

지금의 내가 할 수 있는 것은 에이크리가 보낸 자신을 소개하는 긴 편지를 가능한 한 정확하게 옮겨보는 것이 고작인데, 그 편지는 나의 정신사에 더할 나위 없이 중요한 눈금을 새기는 사건이 되었다.

이미 그 편지는 사라지고 없지만 그 불길한 문장은 거의 글자 하나 말 한 마디를 모두 기억하고 있다. 그리고 나는 다시 한 번 거듭 단언하는데 그 편지를 쓴 인물이 온전한 정신이었다는 것을 확신한다. 나에게 도착한 원래의 문장——진지한 학구생활로 세상과는 담을 쌓은 사람들 특유의 비뚤비뚤하면서도 고풍스럽고 졸렬한 글씨로 씌어진——은 다음과 같다.

지방무료 우편배달 버몬트 주 윈덤 타운젠트
1928년 5월 5일

매사추세츠 주 아컴 솔튼스톨 가 118
앨버트 N. 윌머트 귀하

삼가 아룁니다.

1928년 4월 23일자 〈브라틀보로 리포머〉지에 게재되었던 작년 가을의 홍수 때 범람한 강물 위로 떠다니는 것이 발견된 처음 보는 사체에 관한 최근의 이야기와, 그 사체에 잘 부합되는 기묘한 전설에 대해 말씀하신 귀하의 기고문을 읽고 커다란 흥미를 느꼈습니다.

다른 주의 사람들이 왜 귀하의 지금과 같은 입장을 지지하는지, 또 〈펜드립터스〉지가 왜 귀하의 설에 동의하는지에 대해서는 잘 알고 있습니다. 버몬트 주뿐만 아니라 모든 주의 교양 있는 사람들이 널리 취하고 있는 입장이 그것이며, 저 자신도 청년시절(지금은 57세입니다만) 전반적인 학문과 다벤포트의 논문을 연구하기 위해 이 지방의 산속을 처음 탐험하러 들어오기 전까지는 그런 입장을 취하고 있었던 바입니다.

제가 이러한 연구를 하게 된 것은 비교적 무지한 부류인 초로의 농부로부터 자주 들은 기묘한 옛날이야기 탓이며, 지금의 저는 차라리 그 모든 것을 그냥 내버려 뒀으면 좋았을 거라고 생각하고 있습니다. 정당한 겸손을 마음에 품으면서도 인류학과 민속학 문제는 저에게는 조금도 기묘한 것으로 생각되지 않는다고 말할 수 있습니다.

대학에서 민속학을 열심히 공부하여, 이를테면 타일러(1832~1917. 영국의 인류학자·민속학자), 라보크(1834~1913. 영국의 은행가·저술가), 프레이저(1854~1941. 영국의 인류학자·민속학자), 카틀파주(1810~92. 프랑스의 박물학자·인류학자), 마리(1841~1914. 영국의 동물학자·해양학자), 오즈번(1857~1935. 미국의 고생물학자·지질학자), 키스(1866~1955. 영국의 인류학자), 불(1861~1942. 프랑스의 고고학자), G. 엘리엇 스미스(1871~1937. 영국의 해부학자·인류학자) 등과 같은 그 방면의 권위 있는 인물의 이름도 거의 다 알고 있었습니다.

미지의 숨겨진 종족이 있다고 하는 얘기가 인류와 마찬가지로 오랜 옛날부터 있었다는 것은 저에게는 새로운 정보가 아닙니다. 저는 당신이 신문에 기고한 글의 사본과 〈라틀란드 헤럴드〉지에 실린 당신의 설을 지지하는 글을 읽은 결과, 당신의 논의가 현재 무엇을 주제로 하고 있는지 알 것 같은 기분이 들었습니다.

지금 제가 말씀드리고 싶은 것은, 설령 표면상으로는 당신이 유리하게 보여도 유감이지만 당신의 토론 상대가 더 진실에 가까운 것이 아닌가 하는 점입니다. 그들은 스스로도 깨닫지 못하는 가운데 진실에 가까이 다가가 있습니다.

스스로 깨닫지 못한다는 것은 다름 아니라, 그들은 단지 이론적으로 거기에 도달했을 뿐 제가 알고 있는 내용을 알 까닭이 없기 때문입니다. 만약 제가 그들과 마찬가지로 그 일에 대해 잘 몰랐더라면 그들처럼 믿고, 역시 자신이 옳다고 생각하고 있었을 것입니다. 그렇게 되면 저는 당신이 말씀하시는 대로 되었을 것이 틀림없겠지요.

아시다시피 저는 이야기의 요점을 얘기하는 데 어려움을 겪고 있는데 아마도 실은 그것을 얘기하는 것을 제가 두려워하고 있기 때문일지도 모릅니다.

하지만 결국 그 수상쩍은 것들이, 아직 인간이 발을 들여놓은 적이 없는 높은 산의 숲 속에 실제로 살고 있다는 증거를 포착하고 말았습니다. 저는 신문에서 보도된 것 같은 강물에 떠 있는 것은 아직 본 적이 없지만 두 번 다시 말하거나 겪고 싶지 않은 상황에서 그것과 비슷한 것을 본 적이 있습니다.

그것의 발자국도 보았고 지금 편지를 쓰고 있는 이곳은 아니지만 최근에는 제 집(다크 산록 타운젠트 마을 남쪽에 옛날부터 있었던 에이크리 집안의 저택) 근처에서도 그것들을 본 적이 있습니다. 게다가 숲 속의, 도저히 이 종이 위에 밝히고 싶지 않은 어떤 지점에서 그것들의 목소리를 들은 적도 있습니다.

어떤 장소에서는 이미 여러 번 그 목소리를 들었기 때문에 구술 녹음용 축음기와 레코드를 사용하여 녹음해 두었으며, 언젠가 준비가 되면 그 레코드를 들려드릴 생각입니다. 옛날부터 이 지역에 살고 있는 마을 주민들에게 그 레코드를 들려준 적이 있는데 그들은 녹음된 소리를 듣고 깜짝 놀라 몸이 굳어지더군요. 그것이(앞에서 말한 다벤포트 논문에 나오는 숲 속에서 윙윙거리는 목소리) 마을의 나이 많은 할머니들이 자주 화제에 올리며 흉내를 내 들려준 적이 있는 소리와 아주 흡사했기 때문입니다.

소리를 들은 적이 있다는 사람을 세상에서는 수상쩍게 여긴다는 것은 저도 알고 있습니다. 하지만 그렇게 단정하기 전에 이 레코드를 한 번 들은 뒤에 마을의 누군가에게 어떻게 생각하는지 물어보십시오. 이런 건 진지하게 받아들일 수 없다고 생각하신다면 그것도 좋겠지요. 하지만 배후에 뭐가 있는 것이 틀림없습니다. 왜 '아니 땐 굴뚝에 연기 나랴'고 하는 속담도 있지 않습니까?

그런데 당신 앞으로 이렇게 편지를 쓰는 것은 논쟁을 하자는 것이 아니라 당신과 같은 취미를 가진 분이라면 틀림없이 흥미를 느끼실 만한 정보를 드리기 위해서입니다. 이것은 비공개 편지입니다. 표면적으로는 저도 당신에게 찬성하는 편입니다. 그것은 어떤 사정으로 인해, 저는 알고 있지만 이 얘기를 세상 사람들이 너무 아는 것은 아무래도 좋지 않기 때문입니다.

제 연구는 지금은 완전히 저만을 위한 것이며, 사람들의 주의를 끄는 발언을 함으로써 자신이 탐험한 토지에 뭇사람들을 불러들이는 짓은 하고 싶지 않습니다.

그 소문은 사실입니다. 무서운 사실입니다. 인간이 아닌 생물이 끊임없이 우리 인간을 뚫어지게 지켜보고 있다는 것 말입니다. 우리 인간들 속에 스파이를 심어 정보를 모으고 있습니다. 저는 그런 스파이의 한 사람이었던 어느 비열한 남자로부터 이 사건에 관한 대부분의 단서를 얻었습니다. 하기는 그 사람의 정신이 정상이었을 경우의 얘깁니다만. 사실 저는 그가 정상이었다고 믿고 있습니다. 나중에 그 남자는 자살했습니다. 하지만 스파이는 그 말고도 또 있다고 볼만한 증거가 있습니다.

그 생물은 다른 행성에서 왔고, 행성간의 공간에서 살고 있으며, 보기에는 흉칙하게 생겼지만 에테르에 자유자재로 저항할 수 있는, 힘이 강한 날개로 공간을 날 수 있습니다. 그런데 날개를 다루는 방법이 너무 서툴러서 이 지구상에서는 별로 도움이 되지 못하고 있는 듯합니다. 이러한 저를 미친 사람이라고 외면하지 않으신다면, 나중에 이 일에 대해 얘기해 드리지요.

그 생물들은 산 밑으로 깊이 판 광산에서 금속을 캐 가려고 이곳으로 오는 것입니다. 그러므로 저는 그들이 어디서 찾아오는 건지 알 것 같습니다. 그들은 인간이 건드리지 않고 가만히 내버려두면 아무런 해도 끼치지 않습니다.

그러나 인간이 그들을 너무 깊이 파헤치려고 하면 무슨 일이 벌어질지 알 수 없습니다. 물론 사람들이 많이 나서면 그들이 있는 광산 거주지쯤 흔적도 없이 파괴할 수 있겠지요. 그들이 두려워하고 있는 것도 그것입니다. 하지만 만약 그런 일이 일어난다면 다음에는 외계에서 더 많이 찾아올 것입니다. 그때는 마음만 먹으면 지구를 정복하는 것쯤 식은 죽 먹기겠지만, 지금까지 본 바로는 그런 기색이 없는 것은 그럴 필요가 없기 때문이겠지요. 그들도 말썽을 일으키지 않고 지금 상태 그대로 가만히 내버려 두고 싶은 것입니다.

아마 그들은 제가 어떤 것을 발견했기 때문에 저를 쫓아내려고 할 겁니다. 저는 여기서 동쪽에 있는 라운드 힐 산의 숲 속에서 검고 커다란 돌을 하나 발견했는데, 그 돌에는 반쯤 마멸된 미지의 상형문자가 새겨져 있었습니다.

그 돌을 집으로 가지고 온 뒤부터 모든 것이 변하고 말았지요. 제가 그들에 대해 깊이 알고 있는 것처럼 보이면 그들은 저를 죽이거나, 지구에서 데리고 나가 자신들이 원래 있던 곳으로 데리고 갈 것입니다. 그들은 인간 세상에 대해 더욱 깊이 알기 위해 교양 있는 사람들을 가끔 데려가기도 합니다.

그래서 저는 다음 목적을 위해 행동을 옮기게 되었고 지금 이렇게 당신에게 편지를 쓰고 있는 것입니다. 즉, 현재 신문지상에서 일어나고 있는 토론을 세상에 더 이상 퍼뜨리지 말고 조용히 잠재워 달라고 부탁하고 싶습니다.

그 산속에 사람들이 들어가지 않도록 해야 합니다. 그러기 위해서는 사람들의 호기심을 더 이상 부추기지 말아야 합니다. 어쨌든 실제로 위험은 상당히 있습니다.

무엇보다 선동가와 지역 브로커들이 버몬트 주 곳곳에 몰려들고, 수많은 피서객들이 미개척지까지 비집고 들어와서 산속 어디에나 싸구려 방갈로를 짓고 있는 형편이니까요.

앞으로 당신과 더욱 깊은 의사소통을 하고 싶으며, 원하신다면 그 레코드와 검은 돌을 속달로 보내드릴 생각입니다. '생각'이라고 한 것은, 그 생물들에게는 이 일대에 있는 것을 마음대로 할 수 있는 능력이 있다고 믿기 때문입니다. 마을 부근에 있는 농장에 브라운이라는 신경질적이고 어딘지 수상쩍은 자가 있는데, 아무래도 스파이인 것 같습니다. 그들은 저와 인간사회를 서서히 차단하려 하고 있습니다. 제가 그들의 세계를 너무 많이 알고 있기 때문입니다.

그들에게는 제가 하는 일은 뭐든지 알아내는 놀라운 힘이 있습니다. 이 편지가 당신 손에 들어가지 않는 일도 일어날지 모릅니다.

사태가 더욱 악화되면 저는 이곳을 떠나 캘리포니아 주 샌디에고에 가서, 그곳에 있는 아들과 함께 살지 않으면 안 될 것입니다.

그러나 태어난 고향이자 6대째 조상 대대로 살아온 땅을 버리는 건 그리 쉬운 일이 아닙니다. 그리고 또 그 생물들이 이 집을 감시하고 있는 지금, 이 집을 누구한테도 팔 수가 없습니다. 놈들은 그 검은 돌을 되찾고 레코드를 부수려 할 것입니다. 하지만 제 힘이 닿는 한 놈들이 그런 짓을 하도록 내버려 두지 않을 것입니다. 제가 키우고 있는 커다란 경찰견이 늘 놈들을 저지하고 있는데, 그것은 아직 이곳에 놈들이 아주 조금밖에 없고 행동이 몹시 부자유스럽기 때문입니다. 아까 말씀드린 대로 그들의 날개는 지상을 아주 얕게 나는 데는 그리 큰 도움이 되지 못하고 있습니다.

저는 이제 곧 그 돌의 문자를 해독할 것 같습니다——참으로 가공할 방법으로. 거기에 당신의 민속학 지식을 이용하면 미싱링크(missinglink, 인류와 유인원 사이에 있었다는 가상의 동물)의 보완이 가능하여 저에게 큰 도움이 될 것입니다. 그리고 이 지구상에 인간이 나타나기 전의 놀라운 신화——요그 소트호트(요그 소트호트와 사령비법은 '괴기소설 걸작집3'의 '던위치의 괴물'에도 나옴)와 크투르프(크투르프는 이 책 속의 '인스마우스의 그림자'에도 나옴)에 관한 전설들——는 당신도 모두 잘 알고 계시리라 생각하는데, 그 이야기는 둘 다 '사령비법(死靈秘法)'이라는 책에 슬쩍 언급되어 있습니다. 저는 옛날 책의 사본을 직접 본 적이 있는데, 당신의 대학 도서관에도 한 부가 자물쇠에 채워져 엄중하게 보관되고 있다고 하더군요.

윌머트 씨, 결론을 말씀드리자면, 당신의 협조를 얻을 수 있으면 우리는 서로에게 큰 도움을 줄 수 있을 거라고 생각합니다. 당신을 어떠한 위험에도 빠뜨리지 않기 위해 반드시 경고해야 두어야 할 것은, 그 돌과 레코드를 계속 지니고 있으면 언젠가 틀림없이 위험에 처하게 되리라는 사실입니다.

그러나 당신은 학문을 위해서라면 틀림없이 위험도 불사하실 거라고 생각합니다. 저는 당신이 허락만 하신다면 이제부터 당장 자동차를 타고 뉴페인이나 브라틀보로에 가서 어떤 것이라도 보내드리겠습니다. 그 두 도시에는 좀더 신뢰할 수 있는 속달편을 취급하는 우체국이 있습니다.

지금 저는 혼자 생활하고 있습니다. 집에 하녀를 두지 않고 있지요. 그 생물이 밤에 제 집에 접근하려 할 때마다 개가 밤새도록 짖기 때문입니다. 제 아내가 살아 있을 때, 이 사건에 깊숙이 개입한 것처럼 사업에 열중하지 않아서 다행이라고 생각합니다. 아니면 아내는 틀림없이 미치고 말았을 테니까요.

제가 부당하게 방해를 한 것이 아니었으면 좋겠군요. 부디 제 얘기에 관심을 가지시고, 이 편지를 미친 자의 헛소리라 하여 쓰레기통에 던져버리지는 마시기를 바랍니다.

이만 총총.

헨리 W. 에이크리

(추신)

제가 촬영한 사진들을 지금 여분으로 몇 장 인화하고 있는데, 이것이 제가 언급한 수많은 논점을 증명하는 데 도움이 될 거라고 생각합니다. 마을 주민들은 이 사진이 무서우리만큼 진실에 가깝다고 말하고 있습니다. 흥미가 있으시다면 당장 보내드리겠습니다.

H.W. 에이크리

이 기묘한 편지를 처음 읽었을 때의 기분은 정말 뭐라고 표현하기 어렵다. 세상의 일반적인 기준에 따르면, 옛날부터 내가 신문지상에서 보고 감탄하고 기뻐했던 그 온건한 학설을 비웃기보다, 이 절도 없는 문장의 방종을 더 큰소리로 비웃어줬어야 마땅했다.

그런데 이 편지에는 왠지 특유한 분위기가 있어서, 나도 모르게 그만 진지하게 받아들여 볼 마음이 들게 했다. 그렇지만 에이크리의 이야기에 나온 우주에서 온 비밀 종족의 실재를 조금이나마 믿었던 것은 아니었고, 미리부터 완전히 의혹을 느낀 터라 오히려 에이크리의 건전한 정신과 성의를 믿게 되었고, 또 에이크리가 상상력을 부추기는 얘기로밖에는 설명하지 못하고 있는 그 기묘하고 이상하지만 실제의 현상에 그가 진지하게 대결하고 있다는 것을 묘하게 확신하게 되었다.

돌이켜보면 그 이야기는 에이크리가 생각한 만큼 명확하지는 않았지만 생각하기에 따라서는 그렇기 때문에 더더욱 조사해 볼만한 가치가 있었다. 에이크리라는 남자는 무언가에 심하게 흥분하여 당황하고 있는 것 같았다. 하기는 그럴만한 이유가 전혀 없지도 않았다. 여러 가지 점에서 그는 몹시 명확하고 논리정연했고, 그래서 결국 그의 이야기는 옛날부터의 오랜 전설, 그야말로 황당무계한 인디언 전설과도 딱 부합하고 있어서 오히려 내가 당혹스러울 정도였다.

에이크리가 산속에서 그것들이 윙윙거리며 말하는 소리를 실제로 들은 적이 있고, 또 편지에도 썼듯이 검은 돌을 발견했다는 것은, 그가 여러 가지로 황당한 이야기를 했음에도 불구하고 너무나도 있을 법한 일이었다.

그가 말한 황당한 이야기는 아마 스스로 다른 천체의 스파이라고 인정한 그 남자한테서 들은 것이리라. 그 남자는 완전히 미친 사람이 틀림없겠지만, 아마 사고방식에 어딘가 사악한 데가 있어서 순박한 에이크리——민속학을 연구하느라 그럴 소지가 다분하다——에게 자신의 이야기를 믿게 한 것임을 어렵지 않게 짐작할 수 있었다.

최근의 사태의 진전에 대해 말하자면, 하녀를 두지 못하게 된 뒤부터 에이크리의 이웃에 사는 주민들도 드디어 에이크리가 살고 있는 그 집이 밤만 되면 괴이한 생물들에게 포위된다는 것을 인정하게 되었다. 개가 짖는 것도 사실이었다.

그리고 레코드에 대해서는 에이크리의 말대로 녹음한 것이라고 믿는 수밖에 없었다. 또한 레코드에도 뭔가 의미가 있는 게 틀림없었다. 동물이 사람의 말소리를 그럴듯하게 흉내 낸 것인지 아니면 밤에 유령처럼 들려오는 사람의 목소리가 퇴화하여 열등한 미지의 동물처럼 된 것인지 모르겠지만, 어쨌든 여기까지 생각하자 내 머리의 작용은 다시 상형문자가 새겨진 검은 돌과 그것이 무엇을 의미하는가에 대한 사색 쪽으로 기울었다. 에이크리가 보내고자 하는, 마을사람들이 무서울 정도로 많이 닮았다고 한 그 사진은 도대체 어떤 것일까?

읽기 힘든 글씨로 적힌 그 편지를 다시 한 번 읽었을 때, 나는 신문지상의 토론에서 내 상대 역할을 하고 있는 남의 말을 쉽게 믿는 사람들이, 내가 인정하기 힘들 만큼 유리한 아군을 그 진영에 거느리게 될지도 모른다는 것을 전에 없이 확실하게 느꼈다. 결국 마을사람들이 꺼리며 가까이 가지 않는 그 산속에 설령 옛날부터 전설 속에 등장하는 다른 천체에서 태어난 괴물 같은 생물은 없다 해도 뭔가 기묘한, 어쩌면 유전적인 기형으로 태어나 세상에서 버림받은 자들이라도 있을지 모른다.

만약 그게 사실이라면 홍수로 범람한 강물에 기묘한 사체가 떠 있었다는 것도 완전히 터무니없는 얘기는 아닌 셈이다. 옛날의 전설이나 요즘의 보고서에도, 그 배후에 그런 진실성이 다소 들어있다고 생각하는 건 너무 무책임한 일일까? 나는 마음속에 갖가지 의문을 품으면서도, 에이크리의 엉터리 편지 같은 더할 나위 없이 황당무계하고 기괴한 이야기를 읽었기 때문에 그런 의문을 품었다는 사실이 부끄러워졌다.

결국 나는 에이크리에게 답장을 써서 매우 흥미로웠다는 친밀한 인사와 함께 좀더 상세한 것을 알고 싶다고 했다. 거의 반사된 것처럼 곧장 답장이 왔는데, 약속한 대로 그가 말하지 않고는 견딜 수 없다던 다양한 내용을 설명하는 풍경과 물건을 찍은 코닥 사진이 몇 장 동봉되어 있었다. 봉투에서 꺼내면서 그것을 힐끗 본 나는 흠칫하는 묘한 놀라움과, 봐서는 안 될 것을 본 것 같은 기분을 느꼈다.

그것은 사진 대부분이 흐릿함에도, 기분 나쁠 정도로 강한 암시력을 띠고 있었기 때문이며, 더욱이 그야말로 사진——표현하는 대상을 광학적으로 구성하여, 편견이 없는 비인간적인 전달방법으로 생산된 것——에 지나지 않는다는 사실이 그 암시력을 더욱 강조하고 있었다.

사진을 자세히 보면 볼수록 내가 에이크리의 인품과 그의 이야기를 진지하게 받아들인 것도 무리가 아니라고 생각했다. 우리의 흔해빠진 지식과 신앙의 범위에서 멀리 벗어난, 버몬트 주의 산속에 있는 어떤 것의 결정적인 증거를 제공한 사진임에 틀림없었다. 그 중에서도 가장 인상적인 것은 발자국을 찍은 사진이었는데, 사람이 들어간 적이 없는 고대의 진흙밭에 햇빛이 비치는 데서 찍은 것이었다. 싸구려 가짜 사진이 아님은 한눈에 알아볼 수 있었다. 사진의 발자국 주위에 선명하게 찍혀 있는 자갈과 풀잎을 보면 크기의 비율을 확실히 알 수 있어서 조작된 사진일 가능성은 전혀 없었다.

나는 지금 그것을 '발자국'이라고 말했는데 '발톱자국'이라는 말이 더 정확할지도 모르겠다. 지금도 나는 그것에 대해, 게 같은 모양을 하고 있고 어느 쪽으로 가고 있는 건지 알 수 없다는 것밖에 말할 수 없다.

그 발톱자국이 찍힌 모습은 그렇게 깊지도 선명하지도 않으며 보통 사람의 발 크기와 거의 같아 보였다. 발바닥 중앙의 부푼 곳에서 톱니처럼 깔쭉깔쭉한 집게 한 쌍이 서로 반대방향으로 나와 있었는데, 그저 보행하는 것이 목적이라고 하면 그 집게의 기능에 대해서는 전혀 알 수 없었다.

또 한 장의 사진, 아무리 봐도 어둠 속에서 오랜 시간 노출하여 찍은 것 같은 그 사진은 삼림지대의 동굴 입구를 둥근 형태로 선명하게 깎은 커다란 돌이 막고 있는 광경을 찍은 것이었다. 그 돌 앞의 풀이 자라지 않는 지면에 그물눈처럼 빼곡하게 기묘한 발자국이 찍혀 있는 것을 이내 알아보고 확대경으로 살펴보니, 그 발자국들이 다른 사진에 찍혀 있는 발톱자국과 비슷해서 왠지 불안한 마음이 들었다.

또 한 장의 사진은 황량한 산꼭대기에 많은 돌들이 마치 드루이드교처럼 둥글게 늘어서 있는 모습이 찍혀 있었다. 그 둥그렇게 늘어선 신비로운 돌 주위의 풀은 심하게 짓이겨져 있었지만 발자국은 하나도 발견되지 않았다. 단지 그 장소가 극단적으로 인가와 떨어진 비경인 것은, 시야 가득 인기척을 느낄 수 없는 산들이 끝없이 이어지며 안개 낀 수평선까지 뻗어 있는 배경을 봐도 분명했다.

사진에서 가장 놀라운 것이 그 발자국이라고 한다면, 가장 묘하고 뭔가가 있을 것 같은 건 라운드 산이라는 산의 삼림 속에서 발견된 검은 돌의 사진이었다. 에이크리는 그 돌을 아마 그의 서재 책상 위에 놓고 사진을 찍은 것 같았다. 돌의 배경에 책장과 밀턴의 흉상이 보였기 때문이다. 돌은 폭 30센티미터에 길이 60센티미터의 약간 고르지 않은 만곡한 표면을 정면으로 가능한 한 가까운 거리에서 카메라를 들이댄 것이었다.

그러나 표면의 모습이나 커다란 돌의 전체적인 형태에 대해 뭔가 확실한 것을 얘기하려 해도 왠지 말로 표현하기가 힘들었다. 돌을 이런 식으로 절단하는 데는——분명히 인공적으로 절단했음에 틀림없다——도대체 어떤 기이한 기하학적 원리가 작용했는지 나로서는 짐작도 할 수 없었다. 나도 지금까지 놀라운 경험을 여러 번 했지만 이토록 이색적이고 이토록 의심할 여지없이 인간세계에 어울리지 않는 것은 본 적이 없었다.

돌 표면에 보이는 상형문자 속에서 내가 분간할 수 있었던 것은 매우 일부분뿐이었고, 내가 이해할 수 있었던 고작 한두 개의 문자도 오히려 나에게 쇼크를 주었을 정도다. 물론 그 상형문자도 어쩌면 가짜일지도 모른다.

그것은 정신병자 아라비아인 압둘 알하즐렛이 쓴, 터무니없고 혐오스럽기까지 한 '사령비법'을 읽은 사람이 나 말고도 또 있을 것이기 때문이다. 하지만 지금까지 해온 연구 덕택에, 아직 태양계에 지구와 그 밖의 행성이 완성되지 않았을 때 일종의 광기에 싸인 반존재(半存在)였던 생물이 피가 얼어붙는 듯한 느낌으로 신을 모독하는 말을 했던 그 속삭임과 관련이 있는 수상한 표의문자를 그 돌 위에서 보았을 때, 나는 자신도 모르게 몸을 떨었다.

나머지 다섯 장의 사진 가운데 세 장은 늪과 산의 풍경으로, 그곳에는 어딘지 숨어 사는 불건전한 생물이 서식한 흔적이 있는 듯했다. 다른 한 장은, 에이크리의 저택 바로 옆 지면에 남아 있던 기묘한 흔적의 사진으로, 밤중에 개들이 여느 때보다 심하게 짖었던 이튿날 아침에 찍은 것이라 했다. 너무 흐릿해서 그 사진에서 뭔가 확실한 것을 분간할 수는 없는 상태였다.

하지만 인적 없는 언덕에서 찍은 또 하나의 흔적, 즉 그 '발톱자국'과 닮은 데가 있었고 뭔가 마성적인 데가 있는 것처럼 보였다. 마지막 한 장은 에이크리의 저택 사진인데, 지붕 밑 방이 있는 하얗고 깨끗한 집으로 지은 지 백이삼십 년은 되어 보였고, 손질이 잘 된 잔디가 있으며 돌로 가장자리를 두른 오솔길이 조지 왕조풍의 고급스러운 조각으로 장식된 현관까지 이어져 있었다.

잔디 위에는 몸집이 큰 경찰견 몇 마리가, 아마 에이크리로 보이는 희끗한 턱수염을 짧게 자르고 쾌활한 얼굴을 한 남자 주위에 앉아 있었는데, 오른손 안에 있는 구식 셀프타이머로 봐서 자기가 직접 찍은 사진 같았다.

동봉되어 있는 그 사진들에서 이번에는 빼곡하게 적힌 두꺼운 편지를 읽기 시작했는데, 그로부터 세 시간 동안은 필설로는 도저히 표현할 수 없는 공포의 심연에 빠져 버리고 말았다.

에이크리는 지난번 편지에서 아주 개략적으로 얘기했던 것을 이번 편지에서는 상세하게 설명하고, 밤에 숲 속에서 엿들었던 말을 적은 긴 문장과 저녁 산꼭대기 수풀 속에 있었던 엷은 분홍색의 수상한 물체에 관한 긴 설명, 깊이가 있는 다양한 학문을 자살한 미치광이이자 자칭 스파이 남자의 끝없는 옛날이야기에 응용한 어마어마한 우주 이야기, 그런 다양한 것들이 적혀 있었다.

정신을 차리고 보니, 이때 내가 정면으로 마주했던 이름과 말은 어딘가 다른 곳에서 가장 혐오스러운 것과 관련하여 들은 적이 있는 것들뿐이었다. 이를테면 유그고트프, 위대한 크투르프, 차트호가, 요그소트호트, 르 리에, 냐르라트호테프, 아자트호트, 하스툴, 이안, 렝, 하리의 호수, 베트모라, 옐로 사인, 르 무르카트프로스, 브란 및 위대한 무명씨(無名氏). 그리고 더욱 정신을 차리고 보니 어느새 나는 미지의 영겁과 상상을 초월하는 차원을 통과하여 '사령비법'의 광기의 저자가 지극히 애매한 방법으로 추리했을 뿐인 외적구실재(外的舊實在)의 세계로 돌아와 있었다. 거기서 내가 읽은 것은 원시생활의 갖가지 지옥과 그 지옥에서 흘러내리는 강물, 마지막으로 우리 지구의 운명과 관련을 맺게 된 그러한 강에서 흘러내리는 가느다란 한 개울에 대한 이야기였다.

나는 현기증을 느꼈다. 그리고 전에는 사물을 명확하게 밝히려고 노력했는데, 지금은 가장 이상하고 믿기 어려운 온갖 기괴한 존재들을 믿기 시작하고 있었다. 생생한 증거를 죽 늘어놓은 것은 화가 날 정도로 당당하고 압도적이어서, 에이크리의 냉정하고 과학적인 태도——즉 미친 것, 광신적인 것, 히스테릭한 것, 아니 터무니없을 만큼 관념적인 것으로부터도 가능한 한 멀리 떨어져 있는 태도——가 내 생각과 판단에 중대한 영향을 미친 것이다.

그 무서운 편지를 다 읽었을 때 나는 에이크리의 마음에 깃든 공포를 이해할 수 있었으므로, 괴물이 나오는 그 황폐한 숲에 사람들이 접근하지 못하게 하기 위해서라면 내가 할 수 있는 일은 어떤 것도 기꺼이 할 각오가 되어 있었다. 시간이 흘러 충격이 어느 정도 가셔 자신의 경험과 무서운 의혹도 반쯤 의심하는 기분이 되어 있는 지금도, 그 에이크리의 편지 속에는 인용하고 싶지 않은, 아니 그저 종이 위에 써 볼 마음조차 들지 않는 무언가가 아직 남아 있다.

그 편지와 레코드, 그리고 사진도 지금은 완전히 사라져 버린 것을 일단은 다행이라고 생각한다. 게다가 그 이유는 나중에 얘기할 생각이지만, 그 새로운 행성이 이왕이면 해왕성(태양계 속에서 가장 먼 곳에 있는 별의 하나) 너머에서 발견되지 않았으면 더 좋았을 거라는 생각도.

그 편지를 읽음으로써 버몬트 주의 괴사건을 둘러싼 나의 공개토론은 중단되었다. 상대방의 논의에 대답하지 않고 내버려두거나, 곧 대답하겠다는 약속으로 답변을 연기했기 때문에 결국 그 논쟁은 점점 수그러들어 결국 잊혀져 버린 것이다. 5월에서 6월까지 나는 에이크리와 계속 편지를 주고받았다. 그러나 이따금 편지가 중간에 사라지는 일도 생겨 전에 왔던 코스를 추적해보거나, 상당히 많은 분량을 새로 쓰지 않으면 안 되었다. 우리 두 사람이 하고자 했던 것은 전체적으로 애매한 신화학(神話學)에 대해 의견을 나누고, 버몬트 주의 괴사건과 원시 전설의 총체 간의 상호관계를 더욱 밝히는 일이었다.

이를테면 실제로 우리 두 사람이 일치를 본 공통된 생각은, 이 지방의 기이한 현상과 그 혐오스러운 히말라야의 마이고우의 이야기는 끔찍한 악몽이 실제 인간으로 둔갑한 거나 매한가지라고 보았다. 이 점에 대해서는 참으로 흥미진진한 억설도 있어서, 만약 에이크리한테서 우리 두 사람 외에 누구에게도 얘기해서는 안 된다는 지상명령이 없었더라면 나는 대학동료인 덱스터 교수에게 그 얘기를 했을 것이 틀림없다.

현재의 내가 그 지상명령을 지키고 있지 않은 것처럼 보이는 것은 단지 그 먼 버몬트 주의 산에 대해, 또 용감한 탐험가들이 점점 등정의 결의를 굳히고 있는 히말라야 산들에 대해, 지금의 단계에서 경고를 해두는 것이 아무것도 하지 않고 있는 것보다 공공의 안전에 도움이 될 거라고 생각하기 때문이다.

두 사람이 이제부터 착수하려 하는 전문적인 작업은 그 꺼림칙한 검은 돌에 새겨진 상형문자의 해독이며, 그것을 해독하면 지금까지 인간이 알아낸 어떤 비밀보다 심원하고 신비로운 비밀을 밝힐 수 있을지도 모른다.

3

거의 6월말이 다 되어 그 레코드가 도착했다. 브라틀보로에서 발송한 것으로, 에이크리가 거기서부터 북쪽 지선의 운송상태를 신용하지 않았기 때문이다. 에이크리는 자신이 감시당하고 있다는 느낌이 점차 심해졌는데, 우리의 편지가 중간에서 몇 통 분실되자 그 느낌은 더욱 더 강해졌다. 그는 또 자신이 숨어사는 생물들의 앞잡이라고 점찍은 자들의 비열한 행위에 대해 많은 얘기를 했다.

그 중에서도 특히 무뚝뚝한 농부 월터 브라운을 가장 의심하고 있었는데, 이 남자는 깊은 숲 근처의 황폐한 산중턱에 있는 집에 혼자 살면서, 이상하게도 언뜻 보아 아무런 동기도 없는 것처럼 보이는데도 브라틀보로, 벨로스, 폴스, 뉴페인, 사우스 런던델리 같은 곳을 배회하는 모습이 자주 눈에 띈다는 것이었다.

브라운의 목소리는, 우연히 엿들었던 그 무서운 생물들의 대화 속에 섞여 있던 목소리가 틀림없다고 에이크리는 확신했다. 또 그는 브라운의 집 부근에서 참으로 불길한 발자국, 즉 발톱자국을 하나 발견한 적도 있었다. 그 발톱자국은, 브라운의 발자국이 자기 집을 향해 찍혀 있는 것과 묘하게 가까운 곳에 찍혀 있었다.

그리하여 그 레코드는 브라틀보로에서 발송되었는데, 그는 브라틀보로까지 버몬트 주의 한적한 뒷길로 자동차를 타고 갔다. 사진과 함께 동봉된 편지에, 그는 그 길이 점점 무서워져서 일용품을 사러갈 때도 대낮이 아니면 타운젠트 마을로 갈 마음이 내키지 않는다고 했다.

또한 그 한적한 문제의 산에서 그리 멀지 않은 곳에 살면서 너무 많은 걸 아는 것은 신상에 이롭지 않다고 몇 번이나 되풀이했다. 얼마 안 있어 그는 캘리포니아로 가서 아들과 함께 살 예정이지만, 그래도 자신의 추억과 조상들의 넋이 깃든 고향을 떠나는 것은 괴로운 일이 아닐 수 없을 것이다.

대학의 자료실에서 빌려온 레코드 회사의 선전용 축음기에 그가 보낸 레코드를 걸기 전에, 나는 지금까지 에이크리가 보내 온 다양한 편지에 적혀 있는 내용들을 다시 한 번 꼼꼼하게 읽어보았다.

그에 따르면 이 레코드는 1915년 5월 1일 오전 1시 무렵, 숲이 울창한 다크 산 서쪽 리의 습지에 우뚝 솟아 있는 산자락의 동굴 근처에서 녹음한 것이다. 둥근 돌이 입구를 막고 있는 그 동굴이다. 그곳에서 항상 웡웡거리며 시끄럽게 얘기하는 귀에 익지 않은 이상한 소리가 들리자, 그는 큰 기대를 가지고 녹음기를 가져갔다. 그때까지의 경험에서 5월제 전야——유럽의 비밀 전설에 나오는 으스스한 안식일 밤——에 틀림없이 다른 날보다 더 큰 수확이 있을 거라고 예상했는데, 아니나 다를까 그 기대는 어긋나지 않았다. 다만 그 장소에서는 이후 두 번 다시 그 목소리가 들리지 않게 되었다는 점은 주목할 만하다.

그때까지 숲 속에서 우연히 엿들었던 수많은 목소리와는 달리 그 레코드에 수록되어 있는 목소리는 무슨 의식이라도 올리고 있는 것처럼 들렸고, 그 중에 아무리 들어도 인간의 것으로밖에 생각할 수 없는 목소리가 하나 섞여 있었는데, 그게 누구인지는 에이크리도 알 수 없었다. 브라운의 목소리는 아니고, 훨씬 더 교양 있는 사람의 목소리로 들렸다. 하지만 두 번째 목소리는 완전히 수수께끼였다. 그 목소리는 그저 웡웡거리기만 할 뿐, 문법에 맞고 정확한 악센트가 있는 영어였지만 인간다움이라곤 조금도 없었기 때문이다.

녹음 상태가 순조롭지 못한데다 꽤 멀리 떨어진 곳에서 녹음했기 때문에 소리가 이상하고 분명하게 들리지 않는 것도 무리가 아니었다. 그래서 실제로 들을 수 있었던 말은 지극히 단편적인 것이었다. 에이크리는 그때 이렇게 들렸다고 그가 믿고 기록한 것의 사본도 한 장 보내 왔는데, 레코드를 걸 준비를 하면서 그 사본을 대충 훑어보았다. 그 내용은 단순히 무섭다기보다는 뭔가 은밀하고 신비한 그림자를 드리우고 있었다.

본문의 성립과정과 채집방법을 알고 있는 나였기에 그 안의 한 글자 한 단어에 충분히 담겨 있는 불길함이 모두 한꺼번에 합쳐진 것 같은 공포를 느꼈다. 그 본문을 이제부터 기억하고 있는 대로 얘기해 보기로 하자. 나는 그 사본을 읽었을 뿐만 아니라 레코드도 들었기 때문에 정확하게 암기하고 있다고 자신한다. 더욱이 사람이 쉽게 잊을 수 있는 성질의 것이 아니었다!

(알아듣기 힘든 목소리)

(교양 있는 남자의 목소리)

……는 숲의 신이며……렝의 남자들의 재능에 대해서조차……그래서 밤의 샘에서 공간의 심연까지, 언제나 위대한 크투르프를, 차트호가를, 그리고 변하지 않는 그들의 상찬과 불려질 리 없는 존재자를 상찬, 그리고 숲의 검은 산양에 풍요로운 제물을. 이아! 슈브 니그그라토프! 그 산양에게 천 명의 젊은이를 제물로!

(인간의 말을 흉내 내는 윙윙거리는 목소리)

이아! 슈브 니그그라토프! 숲의 검은 산양에게 천 명의 젊은이를 제물로!

(인간의 목소리)

그리고 다음과 같이 되었도다. 곧, 숲의 신은……7과 9, 줄무늬 마노의 계단을 내려가……심연 속의 존재자인 아자트호트에게, (공)물을, 그대가 우리에게 그 자의 경(이)를 가르친 적이 있는 존재자……밤의 날개를 타고, 공간을 넘고……한층 더 뛰어넘은 저편의……유그고트프가 막내가 되는 곳에서 그에게……의 끝인 검은 하늘을 홀로 헤매다니며……

(윙윙거리는 목소리)

……사람들 사이에서 빠져 나와 거기서, 심연 속의 존재자도 모를 길을 찾아낸다. 더할 나위 없이 강한 사자(使者)인 냐르라트호테프에게 모든 것을 말하지 않으면 안 된다. 그러나 존재자에게는 본체를 숨기는 밀랍 가면과 옷으로 인간의 모습을 하게 하여, 7태양의 세계에서 조롱하러 오게 하리라……

(인간의 목소리)

……(냐르)라트호테프, 즉 위대한 사자로 하여금 허공을 지나 요그 소트호트에게 신비한 기쁨을 가져다주는 자, 옛날에는 백만의 사랑받는 구지배자들의 아버지이자……속의 숨은 사람……

(레코드가 끝나고 말은 사라진다)

레코드에서 들려온 말은 이상과 같았다. 명백한 두려움과 꺼림칙한 기분을 약간 느끼면서 나는 가까스로 레코드를 걸었다. 우선 칙칙 하는 바늘 소리가 나면서 희미하고 단편적인 인간의 소리로 말이——악센트는 어쩐지 보스턴 말씨같고, 아무리 들어도 버몬트 주 산간 사람은 아닌——부드럽고 아름다운 교양있는 목소리 같아서 마음이 조금 가라앉았다. 그 답답하고 희미한 얘깃소리에 지긋이 귀를 기울이고 있는 동안, 아무래도 그 말이 에이크리가 용의주도하게 준비해준 사본의 글과 같은 것임을 느꼈다. 레코드의 말은 부드럽고 아름다운 보스턴식 억양으로 이렇게 읊조렸다——"이아! 슈브 니그그라토프! 그 산양에게 천 명의 젊은이를 제물로!"

이윽고 나는 또 다른 목소리를 들었다. 그때까지 에이크리의 설명을 읽고 각오는 하고 있었지만 그 목소리를 듣고 얼마나 놀랐는지, 그때를 돌이켜보면 지금도 저절로 몸이 떨린다. 그 뒤 나한테서 이 레코드에 대한 얘기를 들은 사람들은, 거기에 녹음된 것은 사기거나 광기일 뿐이라고 공언했다.

하지만 만약 그 저주받은 의식 자체를 직접 듣거나, 아니면 에이크리가 보낸 편지들(특히 그 무서운 백과전서적인 두 번째 편지)을 읽는다면 그들도 그렇게 생각하지는 않을 것이다.

결국 에이크리가 시키는 대로 그 레코드를 다른 사람들에게 들려주지 않은 것은 두고두고 유감스러운 일이고, 또 에이크리의 편지가 전부 사라져버린 것도 참으로 애석한 일이다. 실제의 소리를 직접 들은 인상이 있는데다 그 배경과 주위상황도 알고 있었던 나에게는 그 목소리는 참으로 무서운 것이었다. 또 다른 그 목소리는 의식 속에서 응답의 형태로 인간의 목소리 바로 뒤에 이어서 들렸는데, 내가 상상도 할 수 없는 다른 지옥에서, 상상도 할 수 없는 심연을 뛰어넘어 들려오는 병적인 메아리 같았다. 그 납관식 레코드(축음기 초기의 형태)를 마지막으로 들은 지 벌써 2년이 넘게 흘렀지만 나에게는 지금도, 아니 언제나 그 희미하게 윙윙거리는 악마 같은 목소리가 처음 들었을 때와 같이 똑똑히 들려온다.

"이아! 슈브 니그그라토프! 숲의 검은 산양에게 천 명의 젊은이를 제물로!" 라고 하는 그 소리가.

그 목소리는 끊임없이 내 귀에 속삭이고 있지만, 나는 아직 그것을 그래프로 그릴 수 있을 정도로 분석하지는 못하고 있다. 그것은 무언가 굉장히 기분 나쁜 거대한 곤충의 나직나직하고 고요한 음성으로 지금까지 알려지지 않은 문절적(文節的)인 형태의 언어를 어설프게 흉내 낸 듯한 느낌이 들었다. 인간의 발성기관에서 나오는 소리는 절대 아닐 뿐더러 어떤 포유류와도 닮지 않았다는 것만큼은 분명히 확신할 수 있었다.

그 목소리에는 음질과 음역, 배음(倍音)적인 면에서 인간이나 이 지구상에 사는 생물과는 전혀 다른 특징이 있었다. 갑자기 그 목소리가 들려와서 처음에는 나도 약간 놀랐지만, 이윽고 레코드의 뒷부분이 점차 흐릿해지면서 무슨 소린지 알 수 없게 되었다. 그러다가 윙윙 하는 소리가 길어지면서 내가 처음 듣고 놀란 그 짧은 소리처럼, 신을 모독하는 듯한 예의 그 '무한한 것'의 느낌이 더욱 강해졌다.

마지막으로 보스턴 억양을 쓰는 사람이 무척 명료한 목소리로 말하다가 레코드는 갑작스럽게 끝났다. 나는 축음기가 저절로 멎은 뒤에도 오랫동안 눈을 크게 뜬 채 꼼짝 않고 있었다.

새삼 말할 것도 없이 나는 그 레코드를 다른 때에도 몇 번이나 들었고, 에이크리와 서로 의견을 교환하면서 그 소리를 철저하게 분석하고 해석해 보기도 했다. 여기서 두 사람이 함께 도달한 결론을 전부 끄집어내도 소용 없는 일이고 또 번거롭기도 하다. 다만 인류가 먼 옛날에 가지고 있던 신비로운 종교 가운데 가장 혐오스럽고 원시적인 관습의 몇몇 기원에 대해, 하나의 단서를 포착했다고 믿고 있다는 점에서는 두 사람의 의견이 일치했다고 할 수 있을 것이다.

옛날에는 다른 차원의 세계에 있는 비밀스러운 생물과 어떤 종류의 인간들 사이에 긴밀한 협력관계가 있었던 것도, 우리 두 사람에게는 명백한 사실로 생각되었다. 그 협력관계가 어느 정도였는지, 또 오늘날에는 옛날에 비해 도대체 어떻게 돌아가고 있는지 하는 점에 대해서는 뭐라고 추측할 방법이 없고, 기껏해야 이것도 저것도 아닌 막연하고 온몸에 털이 곤두서는 듯한 추측을 할 여지만 남아 있을 뿐이었다.

인간과 신을 모독하는 미지의 무한한 것 사이에 존재하는 몇 가지의 결정적인 단계에는, 기억을 초월하는 어떤 믿지 못할 관계가 있는 것 같았다. 아무래도 지구상에 나타난 신을 모독하는 행위는 태양계의 변두리에 있는 어두운 행성인 유고고트프에서 온 것인 듯했다. 하지만 그 행성 자체는 무서운 우주공간 종족의 인구가 조밀한 전초기지에 지나지 않으며, 그 종족의 궁극적인 근거지는 아인슈타인적인 시공의 연속체, 즉 4차원의 이 대우주에서도 까마득히 떨어진 바깥에 있는 것이 틀림없었다.

우리 두 사람은 또한 그 검은 돌을 아컴까지 가지고 오는 최선의 방법에 대해 계속 의견을 나누었다. 왜냐하면 에이크리가 나를 악몽 같은 그의 연구 현장으로 불러들이는 것은 현명한 일이 못 된다고 생각했기 때문이다. 어떤 이유에선지는 모르겠지만 에이크리는 일반적인, 말하자면 아무나 생각할 수 있는 수송로로 그 돌을 운반하는 것은 위험하다고 판단했다.

그가 마지막으로 떠올린 것은 킨, 윈첸든, 피츠버그를 경유하는 보스턴 메인 철도로 화물을 부치는 방법으로, 이를 위해 브라틀보로까지 가는 데도 간선도로가 아닌 깊은 산속의 인적이 드문 길을 택해야 했는데 그것도 어쩔 수 없는 일이었다. 에이크리의 말에 따르면 그가 레코드를 부칠 때 운송회사 근처에서 눈에 띈 한 남자가 있었는데, 거동과 표정이 어쩐지 심하게 불안해 보였기 때문이라고 한다.

거의 이 무렵——7월의 두 번째 주——이미 내 편지 한 통이 행방불명되었다는 것을 에이크리가 보낸 불안으로 가득 찬 편지를 통해 알았다. 그는 다음부터 내가 보내는 편지의 주소를 타운젠트로 하지 말고 브라틀보로 우체국의 사서함으로 보내달라고 요청했다.

에이크리는 자신의 자동차나 장거리 버스로 그 우체국에 자주 갔는데, 그 버스편은 최근에 속도가 느린 철도지선의 업무를 대신하여 바뀐 것이었다. 그는 점차 불안을 느끼기 시작하였다. 달빛이 없는 밤에 개가 점점 더 심하게 짖어대는 것과, 아침에 농장 뒤편의 도로와 늪지 속에서 이따금 발견되는 발톱자국에 대해 그가 더욱 철저하게 조사하는 것이 그 증거였다.

에이크리는 또, 깊고 선명하게 찍힌 개의 발자국이 죽 이어져 있는 바로 맞은편에 그 발톱자국이 뚜렷하게 많이 찍혀 있는 것을 봤다는 얘기도 한 적이 있다.

7월 18일 수요일 아침 나는 벨로스 폴스 전보국 발신의 전보를 받았는데, 그 검은 돌을 표준시각 12시 15분 벨로스 폴스 발, 4시 12

분 보스턴 북역 도착 예정인 보스턴 메인 철도 5508호 열차의 급행편으로 보냈다는 에이크리의 전보였다. 늦어도 이튿날 낮까지는 아컴에 도착할 것이라고 계산한 나는 그 화물을 받기 위해 목요일 오전 내내 아컴에 있었다.

그러나 점심시간이 지나도 화물이 도착하지 않아 운송회사에 전화해보니, 내 앞으로 온 화물은 없다는 대답이었다. 점차 심해지는 불안을 달래면서 이번에는 보스턴 북쪽 역에 있는 운송회사에 장거리 전화를 걸어보았다. 그리고 또다시 내 앞으로 위탁화물이 와 있지 않다는 대답을 들었고, 그때는 이미 나도 그리 놀라지 않았다. 5508호 열차는 불과 35분 늦었을 뿐 전날에 벌써 도착해 있었는데도 내 앞으로 오는 화물은 없었다는 것이다. 그러나 운송회사가 조사해 보겠다고 약속했기 때문에 그 날은 밤에 에이크리 앞으로 편지를 써서 대충 사정을 알리는 것에 그쳤다.

참으로 감탄한 것은, 이튿날 오후 그 운송회사의 보스턴 지점에서 이쪽의 문의를 받자마자 곧바로 전화로 보고해 온 일이었다. 거기에 따르면, 5508호 열차의 담당자가 어쩌면 내 화물의 분실과 관련이 있을지도 모르는 한 사건을 떠올린 것 같았다. 내용인즉, 그 열차가 표준시간인 1시 조금 지나 뉴햄프셔의 킨 역에서 발차를 기다리고 있을 때, 기묘한 목소리에 몸이 깡마르고 엷은 갈색 머리를 한, 한눈에 시골사람임을 알 수 있는 얼굴의 남자와 잠시 얘기를 주고받았다는 것이다.

그 남자는 상자에 든 화물이 자기 앞으로 도착할 텐데, 그 열차에도 실려 있지 않고 운송회사의 장부에도 등록되어 있지 않다며 몹시 흥분해 있었다고 한다. 스스로 스탠리 애덤스라고 이름을 밝혔는데 기묘하리만큼 무척 굵고 나른한 목소리여서, 거기에 귀를 기울이는 사이 담당자도 이상하게 현기증을 느껴 그만 깜박 졸고 말았다고 한다.

주고받은 대화가 어떤 식으로 끝났는지 전혀 기억이 없고 열차가 움직이기 시작한 순간 퍼뜩 제 정신으로 돌아왔다는 것이다. 보스턴 지점의 사무원이 덧붙이기로는, 그 열차의 담당자가 정직하고 신뢰할 수 있는 청년이라는 점에 대해서는 의문의 여지가 없으며 출신도 분명한데다 입사한 지도 오래 되었다는 것이다.

그날 밤 나는 보스턴에 가서 그 사무원과 직접 만났다. 그의 이름과 주소를 사무소에서 미리 알아두었던 것이다. 그는 거드름 피우는 데가 없고 인상이 좋은 사람이었지만, 낮에 들은 얘기 이상으로 더 알아낼 수 있는 사실은 아무것도 없었다.

이상하게도 그 사무원은 묘한 문의를 한 그 남자를 다시 만나면 알아볼 수 있을지 어떨지 그리 자신이 없다고 했다. 그 사람한테서 더 이상 알아낼 것이 없다는 걸 알자 나는 아컴으로 돌아와 밤새도록 에이크리와 운송회사, 킨 경찰서와 역장 앞으로 편지를 썼다.

열차 담당자에게 참으로 기묘한 능력을 발휘한, 그 귀에 익숙지 않은 목소리의 남자가 이 불쾌한 사건의 주역임이 틀림없다고 느꼈기 때문에 킨 역의 담당자와 전보국의 기록에서 그 남자의 모습과 그가 언제 어디서 어떤 식으로 그 문의를 했는지에 대해 뭔가 알아낼 수 있기를 나는 기대하고 있었다.

그러나 결국 나의 조사는 모두 허사로 끝났음을 인정하지 않을 수 없다. 이상한 목소리의 그 남자가 7월 18일 점심때가 지나서 킨 역 근처에 나타난 것은 틀림없는 사실인 듯, 수소문해 보니 뭔지 모를 커다란 상자를 어렴풋이 기억하고 있는 목격자가 한 사람 있었다.

그러나 누군지는 전혀 모르고, 그 모습을 본 것도 그게 처음이자 마지막이었다. 지금까지 알아낸 바로는, 그 남자는 전보국에 온 흔적도 없고 또 어떤 통지도 받은 적이 없었다. 아니, 원래 그 검은 돌이 5508호 열차에 실려 있다는 것을 예고하는 통지가 전보국에서 누군가에게 전달된 흔적도 전혀 없었다. 당연히 에이크리도 나를 도와 조사를 해 주었고, 일부러 킨까지 혼자 가서 역 부근에 있던 사람들에게 물어보기도 했다. 사실 이 사건에 대한 그의 태도는 나보다 훨씬 숙명적이었다.

그는 화물이 분실된 사건을 당연히 일어나야 할 일이 불길하고 기분 나쁜 사고라는 형태로 찾아온 것이라고 단정한 듯, 그 화물은 절대로 찾지 못할 거라고 단념했다. 그는 산에 살고 있는 생물과 그 앞잡이들이 텔레파시나 최면 능력을 가지고 있는 것이 틀림없다고 말하고, 어떤 편지 속에서는 그 검은 돌은 이제 지구 밖으로 반출되었다고 믿는다고 털어놓았다.

나는 당연히 화를 내고 있었다. 그도 그럴 것이, 그 옛날의 마멸해가는 상형문자에서 적어도 심원하고 경탄할 만한 무언가를 배울 수 있는 가능성이 있을 것으로 생각했기 때문이다. 만약 에이크리의 바로 다음 편지가 어떤 무서운 사건에 새로운 국면을 초래하여 내 주의를 그쪽으로 돌리지 않았더라면 필시 내 마음은 오랫동안 그 일로 괴로웠을 것이다.

4

미지의 존재가 전에 없이 노골적으로 자신에게 접근하기 시작했다고, 에이크리는 민망하리만치 떨리는 글씨로 적어보냈다. 어스름 달밤이나 캄캄한 밤이면 어김없이 울부짖는 개들의 소리는 이제 소름이 끼치도록 무섭게 느껴져서, 에이크리가 낮에 볼일이 있어 한적한 길을 가고 있으면 무엇인가 개 짖는 소리를 흉내 내며 그를 조롱하기도 한다는 것이었다.

8월 2일에 자동차를 타고 마을로 가고 있는데, 고속도로가 깊은 숲으로 진입하는 부근의 길 위에 나무가 한 그루 쓰러져 있는 것이 보였다. 차에 함께 타고 있던 두 마리의 개가 맹렬하게 짖어대는 것을 보니 근처에 그 수상한 생물이 숨어 있다는 것이 생생하게 느껴졌다.

개가 없었으면 어떻게 되었을지, 그도 차마 거기까지는 생각해 볼 용기가 없었다. 지금은 외출할 때면 충실하고 믿음직한 개를 적어도 두 마리는 반드시 데리고 간다. 그 밖에 길에서 경험한 묘한 사건은 8월 5일과 6일에 일어났다. 한 번은 총알이 차를 스치고 지나갔고, 또 한 번은 개 짖는 소리로 숲 속에 사악한 것이 있다는 것을 안 사건이다.

8월 15일에는 거의 미친 상태에서 쓴 듯한 편지를 받았는데, 나는 그것 때문에 몹시 마음이 불안해져서 결국 에이크리가 혼자 가슴 속에 비밀을 숨겨두는 것은 그만 포기하고 당국에 도움을 청하는 것이 좋을 거라고 생각하게 되었다.

12일 밤부터 13일 사이에 무서운 사건이 일어났는데, 에이크리의 집 밖에서 총알이 날아다니고 아침에 열두 마리의 개 가운데 세 마리가 총에 맞아 죽어 있는 것이 발견되었다고 한다. 도로에는 수많은 발톱자국이 찍혀 있고, 그 중에 월터 브라운의 발자국도 섞여 있었다. 에이크리는 개를 더 구해야겠다고 생각하고 당장 브라틀보로에 전화를 걸었는데, 얘기가 채 끝나기도 전에 전화가 끊겨 버렸다고 한다. 나중에 그는 차를 타고 브라틀보로에 가서, 전화선이 뉴페인 북쪽의 사람이 다니지 않는 산을 통과하는 지점에서 교묘하게 끊어져 있는 것을 전화가설공이 발견했다는 얘기를 들었다. 그는 새로 구한 훌륭한 네 마리의 개와, 큰 엽총으로 쏘는 연발용 탄약 몇 상자를 차에 싣고 이제부터 집으로 돌아갈 예정이라고 했다. 그 편지는 브라틀보로 우체국에서 써서 곧장 나에게 배달되었다.

이 문제에 대한 나의 태도는 이미 과학적인 관심에서 극히 개인적인 것으로 하락돼 있었다. 나는 에이크리가 한적한 벽촌의 외딴집에 있는 것이 염려되고, 또 이제는 나도 그 문제에 깊숙이 개입하여 결정적인 관계가 성립되어 있었기 때문에 자신의 신변도 어느 정도 걱정되었다. 사태는 거기까지 확대되어 있었던 것이다. 이 상황이 이대로 나까지 끌어들여 집어삼켜버릴 것인가? 그의 편지에 대한 답장에서 나는 당국에 원조를 요청하라고 권하고, 만약 그가 하지 않으면 내가 직접 수단을 강구할지도 모른다고 말했다. 나는 그의 희망을 거스르고 이제부터 직접 버몬트 주에 가서 그가 당국에 상황을 설명할 때 협조해줄 작정이라고 했다. 이에 대한 그의 대답은 벨로스 폴스국 발신의 다음과 같은 전보였다.

귀하의 조언에 감사. 그러나 귀하가 직접 나서서는 안 됨. 그러면 둘 다 위험. 자세한 건 편지로.

헨리

하지만 상황은 점점 더 심각해지고 있었다. 그 전보에 답장을 보내자 여전히 떨리는 글씨로 쓴 에이크리의 편지가 도착했는데, 거기에는 놀라운 사실이 적혀 있었다. 에이크리는 그런 전보를 친 적도 없고, 또 아예 내가 보낸 편지도 받지 못했다는 것이었다. 그가 당장 벨로스 폴스 전보국에 알아보니, 그 전문을 맡긴 것은 지금까지 한 번도 본 적이 없는 엷은 갈색 머리의 남자로 이상하게 굵고 몹시 나른한 목소리였으며 그 이상은 알 수 없다고 했다. 국원은 발신인이 펜으로 휘갈겨 쓴 원문을 에이크리에게 보여주었는데 그 필체는 난생처음 보는 것이었다. 서명이 '에크리'라고 되어 있어서 두 번째 글자 '이'가 빠진 잘못된 표기인 점이 주의를 끌었다. 갖가지 억측이 일어났지만 너무나도 위험한 입장에 처해 있었기 때문에 그는 냉정하게 검토해볼 여유가 없었다.

에이크리는 또다시 개가 여러 마리 죽었고 다른 개를 더 샀다는 것과 깜깜한 밤이 되면 어김없이 총격전이 벌어진다고 했다. 브라운의 발자국과 그 밖에 적어도 한둘, 신발을 신은 인간의 것인 듯한 발자국이 길과 뒤뜰의 발톱자국과 함께 어김없이 찍혀 있는 것이 발견된다는 것이다. 그런 일이 있으면 집과 땅을 팔 때 불리해진다는 걸 에이크리도 알고 있었다. 그는 아마 정든 땅이 팔리든 팔리지 않든, 곧 캘리포니아에 있는 아들에게 가서 살지 않을 수 없게 될 것이다.

하지만 평생을 살아온 고향땅을 떠나는 것은 그리 쉬운 일이 아니다. 아마 가능한 한 오래 버티려 할 것이 틀림없다. 그러므로 그곳을 침입하려는 자가 있다면 위협하여 쫓아버리려 할 것이다. 특히 이제부터 침입자들의 비밀을 캐내겠다는 의도가 없다는 것을 공개적으로 밝혔을 경우에는 말할 것도 없다.

나는 당장 에이크리에게 편지를 써서 어서 도움을 요청해야 하며, 내가 가서 그의 신변에 위험이 닥쳐오고 있다는 것을 당국에 이해시키는 데 협조할 생각이라고 다시 한 번 말했다. 거기에 대한 그의 답장은 내 제안에 지금까지의 태도에서 예상되는 것보다 심하게 반대는 하지 않았지만 잠시 동안, 그러니까 신변을 정리하고 거의 병적일 만큼 애착을 가지고 있는 고향을 포기하고 떠날 마음의 준비가 될 때까지 시간을 좀 달라고 했다. 세상 사람들로부터는 자신의 연구와 사상이 경멸당하고 있기 때문에 이 시골에 소동을 불러일으켜 세상이 자신의 정신을 의심하게 하는 짓은 하지 않고 조용히 사라지는 것이 좋겠다는 것이었다. 이미 고통은 겪을 만큼 겪었다는 것을 그도 잘 알고 있었지만 가능하면 당당하게 떠나고 싶은 모양이었다.

이 편지는 8월 28일에 나에게 배달되었으며 나는 가능한 한 그를 격려하는 답장을 써 보냈다. 그 격려가 효과가 있었던 모양이다. 그 증거로 에이크리는 내 편지를 읽었을 때 그전처럼 편지에 써야 할 만큼 무서움은 느끼지 않았던 것 같다. 그렇다고 특별히 낙천적인 편도 아니어서 그 생물이 접근하지 않는 것은 보름달이 떴을 때뿐이라고 말하며 구름 낀 밤이 많지 않았으면 좋겠고, 보름달이 지나 달이 이지러지기 시작하면 브라틀보로에 가서 하숙이라도 할 생각이라고 막연하게 말해왔다.

나는 다시 격려하는 편지를 보냈고, 9월 5일에 분명히 내 편지와 길이 엇갈린 것으로 보이는 편지가 새로 도착했다. 거기에 대해 나는 그리 희망적인 답장을 보낼 수가 없었다. 그 편지는 중요하다고 판단되므로, 그 떨리는 필체에서 기억해 낼 수 있는 한 최선을 다해 다음과 같은 전문을 소개한다.

월요일

삼가 아룁니다.

며칠 전에 내가 보낸 편지에 대한 당신의 추신을 보고 나는 오히려 실망했소. 비는 오지 않았지만 간밤에는 구름이 짙게 끼었고 달빛도 전혀 비치지 않았소. 상황이 더욱 나빠져서, 지금까지 여러모로 희망을 걸어보기는 했지만 점차 종말이 다가오고 있음을 나는 느끼고 있소.

자정이 지났을 때 집 옥상으로 무언가 올라가는 소리가 들리고 개들이 일제히 짖으면서 날뛰기 시작했소. 개들이 그것을 쫓아가려고 벽에 달려들어 할퀴는 소리가 들렸는데, 그중 한 마리가 낮은 L자형 발판에서 뛰어올라 가까스로 옥상에 올라갔던 모양이오. 거기서 무시무시한 격투가 벌어졌고 곧 도저히 잊을 수 없는 그 끔찍한 윙윙거리는 소리가 들려왔소. 그런 다음 지독한 냄새가 나더군. 거의 동시에 창문을 깨고 총알이 몇 발 아슬아슬하게 내 몸을 스쳐 지나갔소. 내 생각에는 산속에 있는 괴물의 주력이, 옥상의 격투로 개들의 세력이 분산된 틈을 이용해 집 안으로 침입해 온 것 같았소. 그때 옥상에 무엇이 있었는지는 아직도 모르겠지만, 괴물들이 그 우주 날개로 능숙하게 날아다닐 수 있게 된 것이 아닌가 하고 짐작할 뿐이오.

나는 불을 끄고 창문으로 개가 맞지 않을 만한 높이를 겨냥하고 집 주위에 라이플을 쏘며 탐색해 보았소. 소동은 그 정도로 일단 끝났지만, 이튿날 아침에 보니 안마당에 초록색의 끈적끈적한 액체가 고여 있고, 거기서 지금까지 한 번도 맡은 적이 없는 심한 악취가 뿜어져 나오고 있었으며, 그 한쪽에는 피가 흥건하게 고여 있었소. 옥상에 올라가보니 거기서도 끈적끈적한 것이 발견되었고 개가 다섯 마리나 죽어 있었소.

한 마리는 등에 총알을 맞은 것으로 보아 내가 낮게 쏜 총에 맞은 모양이오. 지금 나는 깨진 유리창을 다시 끼우고 있는 중인데 이제 곧 브라틀보로에 가서 개를 더 사올 생각이오. 개장수는 아마 나를 틀림없이 정신병자로 생각할 거요. 나중에 다시 쓰리다. 아마 앞으로 1, 2주 안에 이사할 준비도 끝날 것 같소. 그 생각만 하면 가슴이 아프지만 우선 급한 대로 소식 전하오.

그러나 내 편지와 길이 어긋난 것은 이것 한 통만이 아니었다. 이튿날 아침――9월 6일――에도 또 한 통의 편지가 왔다. 이번에는 거의 미친 것처럼 휘갈겨 쓴 편지로, 그 글씨만 보고도 나까지 기운이 빠져나가 이제 어떻게 말해야 할지 또 어떻게 하면 좋을지 도무지 알 수가 없었다. 이것 역시 기억할 수 있고 원문을 정확히 인용하는 게 가장 좋은 방법일 것 같다.

화요일

구름이 걷히지 않고 따라서 달도 뜨지 않고 있소. 어쨌든 달은 하루하루 기울어 가고 있소. 송전선을 고치는 족족 놈들이 다시 절단해버리는 것을 몰랐더라면, 난 아예 집안에 전선을 끌어와서 탐조등이라도 설치하고픈 심정이라오.

난 점점 정신이 이상해지는 것 같소. 지금까지 당신한테 편지에 쓴 것은 모두 꿈이었거나 헛소리였을지도 모르겠소. 지금까지도 무척 견디기 힘들었지만, 이젠 어떻게 해야 좋을지 더욱 알 수가 없소.

놈들은 어젯밤 나에게 말을 걸더군, 그 기분 나쁘게 윙윙거리는 목소리로. 도저히 당신한테 옮기고 싶지 않은 말을 나에게 했다오. 개가 짖고 있었지만 나에게는 놈들의 목소리가 똑똑히 들려왔고, 잠시 그 목소리가 끊기기는 했지만 그때 한 인간의 목소리가 놈들을 도와주고 있었소.

알겠소, 윌머트? 이 사건에서 손을 떼시오. 이 사건은, 당신이나 나는 도저히 상상도 할 수 없을 만큼 사악해요. 놈들은 이제 나를 얌전하게 캘리포니아로 보내 주지 않을 거요. 놈들은 나를 '산 채로', 즉 이론적으로나 정신적으로도 살아 있는 상태로 유그고트프 행성뿐만 아니라 그보다 더 먼, 은하계에서 멀리 떨어진 아마도 우주의 제일 바깥을 감싸는 둥그스런 테두리마저도 뛰어넘는 머나먼 곳으로 데려가려 한다오.

나는 놈들에게 말해 주었지. 놈들이 원하는 곳에, 또 그들이 원하는 방법으로 갈 생각이 없다고. 하지만 그런 말은 아무 소용이 없을 거요. 내 집이 인가에서 멀리 떨어져 있기 때문에 놈들은 밤뿐만 아니라 낮에도 찾아올지 몰라요. 개는 6마리가 더 죽었고, 오늘 브라틀보로로 가는 길에 나무가 무성하게 자라고 있는 곳이라면 어디나 놈들이 숨어서 감시하고 있는 기색이 느껴졌소.

당신에게 그 레코드와 검은 돌을 보낸 것은 나의 어처구니없는 실수였소. 늦기 전에 그 레코드는 부숴버리는 것이 좋을 거요. 내 일도 이곳에 있으면 다시 편지를 쓰겠소. 책과 물건을 브라틀보로에 가지고 가서 거기서 하숙을 할 수 있으면 좋겠지만. 아니, 가능하면 차라리 아무것도 지니지 않고 달아나고 싶지만 마음속에 있는 무언가가 나를 붙잡고 놓아주지 않는구료. 브라틀보로에는 몰래 갈 수 있으니 그곳은 안전할 텐데도, 나는 그곳에서조차 이 집에 있는 것과 마찬가지로 갇혀 있는 기분이 들 것 같군요. 이제 무슨 노력을 해도 더 이상 얻을 것이 없다는 것을 나는 알고 있소. 그건 무서운 일이라오. 부디 이 사건에 휘말리지 않도록 하시길.

이만 총총.

이 무서운 편지를 받은 날 밤, 나는 한숨도 자지 못하고 앞으로 에이크리가 얼마나 제정신으로 있을 수 있을지, 그 점에 대해 몹시 걱정하고 고민했다. 이 편지의 내용은 도저히 정상으로 보이지 않았다. 하지만 그 표현 방법에는, 이제까지 일어난 모든 일을 생각해 보면 너무나도 엄연한 설득력이 있었다. 이 편지에 내가 답장을 쓰지 않았던 것은, 에이크리가 내가 마지막으로 보낸 편지에 대해 답장을 쓸 여유가 생길 때까지 기다리는 것이 좋겠다고 생각했기 때문이다. 그 답장은 바로 이튿날 도착했는데, 그 속의 새로운 자료는 답장의 형태를 갖추고 있는 어느 부분보다도 중요한 것이었다. 너무나 광기에 차 있고 또 급하게 마구 휘갈겨 쓴 원문에서, 내가 기억하고 있는 것은 다음과 같은 문장이다.

수요일

머리말 글이옵고,

당신 편지 도착. 그러나 이제 무슨 말을 해도 소용없소. 나는 완전히 포기했소. 놈들과 싸워 가까이 접근하지 못하게 하려는 의지가 아직 나에게 남아 있다는 것이 이상할 정도요. 이젠 모든 것을 버리고 달아나고 싶어도 그럴 수가 없소. 놈들에게 반드시 붙잡히게 될 테니까.

어제 놈들한테서 편지 한 통을 받았소. 내가 브라틀보로에 나간 사이에 무료배달 우체부가 놓고 간 것이오. 타이프로 친 것으로 벨로스 폴스 우편국 소인이 찍혀 있었소. 놈들이 나를 어떻게 할 생각인지, 그 점을 애기했더군. 그것을 다시 되풀이해 말할 마음은 없소. 당신도 조심하시오! 다시 말하지만 그 레코드는 부숴버리는 것이 좋을 거요.

구름 낀 밤이 계속되고, 달은 이제부터 이지러져 갈 것이오. 누군가의 용감한 도움을 얻을 수 있으면 좋겠지만, 그렇게 되면 기운이 날 것 같지만, 그럴 수 있는 사람이라도 뭔가 증거가 될 만한 것이 없는 한 나를 미쳤다고 할 것이오.

그들을 설득할 수 있는 것이 아무것도 없기 때문에, 누구에게 와서 도와달라고 할 수도 없소. 지금은 아무도 교제하고 있는 사람이 없고, 지난 몇 년 동안 죽 그래왔소.

그러나 윌머트, 나는 당신한테 아직 하지 않은 애기가 있소. 마음을 단단히 먹고 이 편지를 읽어주시오. 틀림없이 이것이 당신에게 충격을 줄 것이기 때문이오. 그렇지만 나는 진실을 말하고 있어요.

애기는 이렇소——나는 놈들 중 하나, 아니면 놈들 중 하나의 일부분을 보고 만지기도 했소. 아! 하나님, 제발! 그건 너무나도 무서운 일이라오! 물론 그놈은 죽어 있었소. 경찰견 가운데 한 마리가 놈을 해치운 것인데, 난 오늘 아침 개집 근처에서 그놈을 발견했소. 세상 사람들에게 증거로 보여주기 위해 장작더미를 쌓아놓은 헛간 안에서 그놈을 어떻게든 되살려보려고 했소.

하지만 놈은 2, 3시간 뒤에 완전히 증발해 버렸소. 흔적조차 남아 있지 않소! 기억해 보시오. 그 홍수 뒤에 강물 속에서 그 수상한 사체가 발견된 것은 첫날 아침뿐이잖소?

그 괴물의 사체가 이곳에 있었던 것이오. 당신을 위해 사진으로 촬영했는데, 현상해 보니 그 장작더미 말고는 아무것도 찍혀 있지 않았소. 그 괴물은 도대체 무엇으로 되어 있는 것일까? 나는 눈으로도 보고 손으로도 만졌고, 놈들은 모두 발자국을 남겼소. 몸이 물질로 되어 있는데, 도대체 어떤 종류의 물질일까?

그 모습은 말로는 다 표현할 수 없을 것 같소. 이를테면 큰 게 모양을 하고 있고, 사람의 머리에 해당하는 곳에 끝이 뾰족한 육질의 고리라고 할까, 아니면 끈적끈적한 물질로 되어 있는 촉각으로 덮인 매듭이라고나 할까, 그런 것이 많이 달려 있었소. 그 초록색의 끈적끈적한 것은 그놈의 피나 분비물일 것이오. 그리고 그놈들은 당장에라도 이 지구상에 우글우글 몰려올 것이오.

월터 브라운이 사라졌소. 이 지역의 마을에서 그가 자주 갔던 어떤 곳에서도 그가 어슬렁거리는 모습을 발견할 수가 없다오. 내가 총으로 그를 쏜 것이 틀림없소. 그러고 보니 그놈들은 동료의 사체와 부상자를 항상 데리고 돌아가는 것 같기는 한데.

오늘 오후 별 다른 말썽 없이 브라틀보로에 들어갔는데, 마을 사람들이 나를 잘 알고 있기 때문에 가까이 오려하지 않더군요. 이 편지는 지금 브라틀보로의 우체국에서 쓰고 있는 중이오.

이것이 마지막 작별인사가 될지도 모르겠소. 그렇게 되면, 편지는 내 아들 조지 굿이나프 에이크리에게 보내요. 캘리포니아 샌디에고 프레즌트 거리 176번지. 하지만 절대로 이곳에는 찾아오지 마시오.

1주일이 지나도 나한테서 아무 연락이 없으면 아들에게 편지를 보내시오. 그리고 신문에 소식이 실리는 것을 기다려 주시오.

이제부터 나에게 남은 마지막 두 장의 카드를 사용할 생각이오. 나에게 의지의 힘이 아직 남아 있다면 말이지만. 우선 먼저 그놈들에게 독가스를 사용할 예정이오(그 화학약품을 구입했고, 나와 개가 사용할 방독마스크도 준비해 두었소). 만약 독가스가 효과가 없으면 보안관에게 얘기할 작정이오. 보안관은 마음만 먹으면 나를 정신병원에 집어넣을 수 있을 것이고, 그편이 놈들에게 당하는 것보다는 차라리 나을 것이오.

어쩌면 보안관이 이 집 주위에 나 있는 발톱자국에 관심을 가져 줄지도 모르지. 그 발톱자국은 흐릿하지만 매일 아침 발견되고 있으니까. 그러나 만약 경찰이 그 발톱자국을 내가 조작한 것으로 보면 어떻게 될지……? 하기는 그들은 나를 이상한 사람이라고 생각하고 있으니까.

경찰관 한 사람을 이 집에 밤새도록 잠복시켜서, 제 눈으로 직접 실상을 보도록 하지 않으면 안 돼요. 어쩌면 실상을 알면 다른 사람들처럼 밤에 가까이 오지도 않게 되겠지만. 놈들은 내가 밤에 전화를 걸려고 하면 반드시 전화선을 끊어요. 전화선이 통하지 않으면 보선 작업원들은 이상하게 생각하고 나를 위해 증언해줄지도 모르고, 내가 스스로 전화선을 끊었다고 생각할지도 모르오. 전화선을 고치지 않고 방치한 지 벌써 1주일이 넘었소.

나도 몇몇 무지한 사람들에게 나를 위해 이 무서운 사건의 진실을 증언하게 하려면 할 수도 있지만 누구나 일소에 부칠 것이고, 무엇보다 내 집에 가까이 오지 않은 지 오래 되었기 때문에 새로운 사건에 대해서는 아무것도 모르고 있소. 그런 피곤한 농부들의 인정에 호소하거나 돈의 힘을 빌린다 해도, 내 집에서 1마일 이내로 데리고 오는 것은 불가능한 일이오. 우편배달부는 그런 자들이 말하는 얘기를 듣고 나를 비웃고 있소. 젠장! 그러나 그것은 완전한 사실이오. 우편배달부에게 모든 걸 말해줄 수만 있다면! 우편배달부에게 그 발톱자국을 보여줄 생각이오.

하지만 그가 오는 것은 오후가 되어서이고, 그 무렵에는 발톱자국은 언제나 사라지고 만다오. 발톱자국을 상자나 접시로 덮어서 보호해 둔다 해도 우체부는 틀림없이 조작한 거라고 생각하겠지.

이런 은둔자 같은 생활을 하지 않았으면 좋겠소. 그렇게 되면 사람들도 옛날처럼 한 사람 한 사람 떨어져나가지는 않을 텐데. 지금까지 나는 무지한 사람들 말고는 그 검은 돌의 사진을 보여준 적이 없고, 레코드도 들려준 적이 없소. 그것 말고는 모두 내가 지어낸 것이라 하며 상대도 해주지 않을 거요. 하지만 이제부터는 그 사진을 보여줄지도 모르겠소. 사진을 보면 그 발톱자국을 똑똑히 볼 수 있을 것이오. 그 발톱자국을 낸 괴물은 촬영되지 않았지만. 오늘 아침 그 괴물이 사라지기 전에 그것을 본 자가 나 말고는 아무도 없다는 것이 유감천만이오!

그러나 내가 알고 있는 정도라면 걱정거리가 될 만한 일은 아니오. 지금까지 경험한 것을 생각해보면 정신병원보다 좋은 곳은 없소. 의사는 내가 이 집에서 달아날 결심을 하도록 도와줄 수 있고, 그것이 나를 구하는 유일한 길이오.

나중에 나한테서 연락이 오지 않게 되면, 아들 조지 앞으로 편지를 보내시오. 안녕. 그 레코드는 부수고 부디 이 사건에 휘말리지 않도록 하시오. 이만 총총.

이 편지는 솔직하게 말해 생각만 해도 소름이 끼치는 공포 속으로 나를 밀어 넣었다. 나는 충고와 격려의 말을 두서없이 몇 마디 휘갈겨 쓰고는 그것을 우체국 사서함으로 보냈다. 그 편지 내용 중에 기억하고 있는 것은, 에이크리에게 곧 브라틀보로로 이사하여 당국에 신변보호를 요청하라고 권고한 것이다. 나도 그 사진들을 가지고 그리로 가서 재판에서 그의 정신이 온전하다는 것을 이해시키는 데 노력할 생각이라는 말도 덧붙였다. 또, 그 괴물이 모르는 사이에 잠입해 있을지도 모른다고 일반시민들에게 경고해도 좋은 시기라는 말도 쓴 것 같다.

이렇게 긴박한 때, 내가 에이크리가 말하고 주장한 것을 믿는 마음이 더할 수 없이 두터웠던 것을 곧 이해하게 될 것이다. 하기는, 그가 괴물의 사체를 찍는 데 실패한 것은, 자연의 장난도 무엇도 아니라 그 자신이 흥분해 있었기 때문이라고 나는 생각하고 있지만.

5

그런데 9월 8일 토요일 오후, 아무래도 두서없는 내 편지와 엇갈려서 배달된 것으로 보이는 그의 편지는 내 마음을 진정시켜 주었는데, 새 타이프라이터로 깔끔하게 친, 지금까지와는 묘하게 느낌이 다른 것이었다. 자신감으로 가득한 그 기묘한 초대장이야말로, 한적한 그 산에 관한 악몽 같은 극 전체에 하나의 커다란 전환점을 찍은 것이 틀림없어 보였다. 다시 한 번 내 기억 속에서, 특히 원문의 맛을 가능한 한 살리도록 노력하면서 그 편지를 인용하고자 한다.

그것은 벨로스 폴스 우체국 소인이 찍힌 편지로, 그의 이름도 편지 본문과 마찬가지로 타이프라이터로 찍혀 있었다——타이프라이터의 초심자에게 흔히 있는 일이기는 하지만. 편지 본문은 초심자 치고는 감탄스러울 만큼 정확했기 때문에, 아마도 에이크리가 틀림없이 대학 시절에 타이프라이터를 사용해본 적이 있는 거라고 나는 단정했다.

그 편지를 보고 안도한 건 사실이었다. 하지만 그 안도감 뒤에는 여전히 불안한 마음이 잠재해 있었다. 에이크리의 공포가 제정신에서 나온 것이라면, 지금 이런 말을 하고 있는 것도 제정신에서일까? 글 속의 '개량영매통신(改良靈媒通信)'이라는 건……어떤 것인가? 전체적인 인상으로 보아 에이크리가 지금까지의 태도에서 완전히 바뀌어진 건 틀림없는 것 같은데! 내가 얼마간 자랑으로 여기고 있는 기억력을 바탕으로 꼼꼼하게 적어본 원문의 요지는 다음과 같다.

버몬트 주, 타운젠트
1928년 9월 6일 목요일

삼가 아룁니다.

이제까지 내가 편지로 얘기해 온 바보 같은 일에 관해 당신을 안심시킬 수 있게 되어 참으로 기쁘군요. '바보 같다'고 했는데, 이것은 어리석게 겁을 먹었던 자신의 태도를 말하는 것이지 어떤 현상에 대해 말하는 것은 아니오. 그런 현상은 정말로 있고 또 분명히 중요한 것이오. 내가 저지른 실수는, 그런 현상에 대해 지금까지 잘못된 생각을 해왔던 것에 있어요.

그 기묘한 방문자들이 나와 의사소통을 시도하기 시작했다는 것은 이미 얘기한 적이 있을 거요. 그리고 어젯밤 실제로 대화가 있었소. 일종의 신호에 응답하여 나는 외부세계에서 온 그 사자, 간단하게 말해 '동포 인간'을 집 안에 들였소. 그자는 나나 당신이나 그들에 대해 정확한 추리의 단서조차 포착하지 못했다고 말하고, 지구 밖에 있는 '외계인'이 이 지구라는 행성에 비밀의 식민지를 두고 있는 목적에 대해 우리 인간이 얼마나 잘못 판단하고 오해하고 있는지를 역설했소.

그들이 우리 인간에게 어떤 제안을 해왔는지, 또 그들이 지구에서 무엇을 구하고 있는지에 관한 나쁜 전설은 모두 우리가 우화를 어리석게도 오해한 결과에서 나온 것이며, 그 우화는 물론 우리 인간이 몽상하는 어떤 것과도 다른 문화적 배경과 사고습관에 의해 형성된 이야기요, 나 자신의 추측도 교육을 받지 못한 무지한 자들과 야만적인 주민들의 억측 못지않게 핵심에서 몹시 벗어난 것이었다는 걸 솔직하게 인정해 두겠소. 지금까지 내가 병적이고 한심하며 또 비열하다고 생각했던 것이 실은 장엄하고 관대하며 위대한 것이었고, 지금까지 내 판단은 인간에게는 자기와 이질적인 것을 늘 거부하고 두려워하며 또한 외면하고자 하는 경향이 있다는 것을 보여준 데 지나지 않았소.

지금의 나는 이 다른 세상에서 온 이상한 생물들에게 밤마다 작은 충돌로 손상을 준 것을 후회하고 있소. 무엇보다 먼저, 온화한 이성으로 그들과 대화를 나눌 마음만 되었더라면 좋았을 것을!

그렇지만 그들은 나를 조금도 원망하지 않았고, 그들의 감정구조는 우리 인간과는 무척 다른 것 같았소. 그들이 버몬트 주를 담당하는 스파이로서, 이를테면 죽은 월터 브라운 같은 형편없는 자들을 선택한 것은 그들의 불운이었소. 내가 그들에게 심한 편견을 가지게 된 것은 브라운 때문이니까.

실제로 지금까지 그들이 인간에게 이유도 없이 피해를 준 적도 없었소. 오히려 인간 쪽이 그들을 종종 괴롭히고 몰래 엿보거나 했어요. 실은 악인을 예찬하는 완전히 비밀에 싸인 일파가 있고(당신처럼 비밀의 의식을 행하는 밀교에 정통한 사람이면, 내가 악인들을 하스툴이나 옐로 사인과 관련짓는 것을 이해해 줄 것이오), 그 악인들은 다른 차원에서 오는 거대한 권력자들을 위해 인간의 동료인 외계인을 핍박하고 상처를 주었던 것이오.

인간과 같은 동료인 '외계인'들이 철저하게 경계하고 있는 상대는, 그런 다른 차원에서 온 침략자이지 우리 인간이 아니오. 우연히, 나는 우리가 잃어버린 편지의 대부분은 실은 도난당한 것이며, 그 범인은 우리 인간의 동료인 '외계인'이 아니라 이 사악한 예찬자 일파의 스파이라는 것을 알았소.

그 '외계인'이 인간에게 바라는 것은, 평화와 불간섭과 이지적인 영감(靈感)통신의 증대요. 이 영감통신이 반드시 필요해진 것은 인간이 발명하고 연구한 온갖 문명의 이기가 인간의 지식과 다양한 활동을 엄청나게 확대시켰고, 덕택에 '외계인'이 필요로 하는 전초기지가 이 지구상에 은밀하게 존재하는 것이 점차 어려워졌기 때문이오. 이 외계인들은 인간에 대해 더욱 깊이 알고 싶어 하고, 또 철학과 과학에 관한 소수의 인간 지도자가 그들을 더욱 이해해주기를 바라고 있소. 서로 상대를 잘 알면 위험은 완전히 사라지고, 더 바랄 것이 없는 잠정 협정이 확립될 것이오. 인류를 노예로 만들거나 타락시키려는 계획이라는 것이야말로 정말 웃기는 얘기지요.

이 개선된 영감통신의 시작으로, 외계인은 당연히 나를——외계인에 관한 내 지식은 이미 상당한 수준이므로——지구상의 그들의 수석 통역관으로 선택했소. 어젯밤 내가 들은 이야기는 많이 있지만 그것은 참으로 엄청난, 그리고 시야가 활짝 열리는 듯한 성질의 실화였소. 앞으로 더욱 많은 것을 구두로든 문서로든 나에게 알려줄 것이오. 아직 당분간은 지구 밖으로 여행하라는 요구는 받지 않을 것이오.

하지만 머잖아 내쪽에서 원하게 될 터이고 그때는 특별한 편지를 이용하여, 또 지금까지 인간의 경험으로 간주해온 모든 것을 초월해 버릴 것이오. 내 집은 이제 포위되는 일이 없을 것이고 모든 일이 다 정상으로 돌아가 개들도 더 이상 할 일이 없어질 거요. 공포 대신 나는 지식과 지적 모험이라는 큰 은혜를 입고 있으며, 나 말고 이런 은혜를 받은 사람은 거의 없소.

그 외계인은 모든 시간과 공간의 안팎을 통틀어 가장 놀라운 생물이며 우주적인 규모를 가진 종족의 일원으로, 그 종족 가운데 다른 생명체는 모두 퇴화한 변종에 지나지 않소. 그들의 몸을 구성하는 물질에 이런 말을 적용할 수 있다면, 그들의 실체는 동물이라기보다는 차라리 식물이라고 할 수 있으며, 그 구조는 말하자면 버섯과 유사한 것이오. 단지 엽록소 같은 물질로 되어있는데다가 더할 나위 없이 희귀한 영양계통을 갖추고 있기 때문에, 진짜 경엽식물(莖葉植物)인 진균류(眞菌類)와는 다르지만. 사실 이 식물은, 우리가 있는 우주와는 완전히 질이 다른 종류의 물질로 되어 있소. 전자(電子)의 진동률이 완전히 달라요. 그래서 우리의 눈에 보이기는 하지만 지구상의 보통 필름이나 감광판에는 찍히지 않는 거요. 하지만 적당한 지식만 있으면 약제사도 그들의 모습을 찍을 수 있는 감광 유제를 만들 수 있을 것이오.

이 생물의 독특한 점은 열도 공기도 없는 행성 사이의 우주공간을 그 몸을 유지한 채 완벽하게 건너갈 수 있다는 것이며, 이들의 변종이 우주공간을 건너가려면 기계의 도움을 빌리거나 기묘한 외과수술로 기관을 전이시키지 않으면 안 되오.

버몬트 종속에 특유한 '에테르에 저항하는 날개'를 가진 것은 겨우 2, 3종류밖에 없소. '구세계'의 먼 산속에 살고 있는 종류는 다른 방법으로 이동해온 것이오. 겉으로 보기에 그들이 살아 있는 동물과 비슷한데다 몸을 구성하고 있는 재질도 비슷하다고 양자가 근친관계에 있는 것은 아니며, 오히려 별개로 비슷한 발달을 해왔다고 보아야 할 것이오.

그 뇌수의 크기는 현존하는 다른 어떤 생물보다 크지요. 그렇지만 그 버몬트 산속에 있는 날개가 달린 종속이 결코 가장 발달한 종류는 아니오. 텔레파시는 그들이 대화를 할 때 늘 사용하는 수단이지만, 그들에게도 미발달된 발성기관이 있기 때문에 가벼운 수술만 받으면(그들 사이에 수술은 믿기 어려울 만큼 발달해 있어 일상다반사가 되어 있소) 말을 사용하고 있는 형태의 생물의 언어도 거의 똑같이 흉내 내어 발음할 수 있소.

그들이 주로 모여 사는 지금의 주거는, 아직 인간에게 발견되지 않은 거의 빛이 없는 행성으로 그야말로 태양계의 가장 끝에 있소. 해왕성보다 멀고 거리로 치면 태양에서 아홉 번째에 해당하는데, 이 행성은 이미 추측하고 있는 대로 아득히 먼 옛날, 금단의 문서 속에 '유그고트프'라는 비밀스런 종교처럼 암시되어 있는 곳이오. 그곳에서는 정신의 영감통신을 성공시키기 위해 노력하고 있으며, 머지않아 사고의 염파(念波)를 이 지구를 향해 집중적으로 보내는 그 현장이 될 것이오. 그 염파의 도도한 흐름을 천문학자들이 한발 앞서 눈치 채고, 그 결과 유그고트프를 발견하게 된다 해도 나는 놀라지 않을 것이오. 그렇게 된다면 그때는 이미 외계인들이 의도적으로 노출한 것일 테니까.

하지만 유그고트프는 물론 하나의 징검돌에 지나지 않아요. 외계인들의 본대는 특수한 준비가 갖춰진 바닥을 알 수 없는 깊은 곳에 살고 있는데, 그곳은 어떠한 인간의 상상력도 미치지 않는 곳이오. 우리가 실재하는 우주의 전부라고 알고 있는 지구라는 이 작은 구체는 진정한 무한 속에 있는 한 개의 원자에 지나지 않으며, 그 무한한 시공은 그들의 것이오.

그 무한에서 현대의 어떠한 인간도 받아들일 수 없는 중요한 것이 마침내 나에게 해명될 것이오. 그것을 경험한 사람은 인간이 이 세상에 등장한 뒤 지금까지 불과 50명밖에 되지 않소.

당신은 이 편지를 읽고 아마 처음에는 헛소리라고 말할 테지요, 윌머트. 그러나 당신도 곧 내가 우연히 얻은 이 엄청난 행운의 의미를 알게 될 것이오. 그것을 경험해 주기 바라며, 그러기 위해서는 편지로는 도저히 쓸 수 없는 많은 것을 얘기해 주지 않으면 안 되오. 지금까지 나는 당신에게 나를 만나러 오지 말라고 경고했소. 그러나 이젠 모든 위험이 사라졌으니 기꺼이 그 경고를 취소하고 당신을 초대하겠소.

대학 신학기가 시작되기 전에 이곳에 올 수 없겠소? 그래 주면 무척 기쁠 것이오. 그 레코드와 당신 앞으로 보낸 내 편지를 참고 자료로 가지고 와주시오. 이 무서운 이야기를 체계적으로 정리하는 데 그 두 가지가 필요할 것이오. 사진도 가지고 오면 좋겠소. 나는 요즘 약간 흥분한 상태여서 내 필름과 서류를 어디에 두었는지 찾을 수가 없어요.

그러나 비록 장님 코끼리 만지기 식이지만 나에게는 이러한 시험적 자료가 있는데다 풍부한 사실들을 알고 있어서 얼마나 다행인지 모르오! 그런 첨부자료를 보충하느라 열심히 연구한 것도 헛된 일은 아닐 것이오!

망설이지 마시오. 지금 나는 누구의 감시도 받고 있지 않으니까, 당신도 부자연스러운 일이나 난처한 일을 당하지는 않을 것이오. 당장 오시오. 브라틀보로 역에서 자동차로 기다리고 있겠소. 가능한 한 오래 머물 수 있도록 일정을 넉넉하게 잡기 바라오. 인간의 능력으로는 추측할 수 없는 많은 일에 대해 몇 날 밤을 지새며 얘기를 나눌 것을 각오해야 할 거요. 물론 이 일은 누구한테도 말해선 안 돼요. 세상의 모든 사람에게 들려줄 만한 얘기는 아니니까.

브라틀보로까지 오는 기차편은 그리 나쁘지 않소. 보스턴에서 시간표를 구할 수 있을 거요. 보스턴-메이누 철도로 그린필드까지 가서 거기서 나머지 짧은 구간을 위해 기차를 갈아타면 되오. 표준시간으로 보스턴에서 4시 10분발 기차를 타는 것은 어떨지. 그러면 7시 35분에 그린필드에 도착하고, 9시 19분에 기차를 갈아타면 10시 1분에는 브라틀보로에 도착할 것이오. 이것은 주중의 시간이며, 일시를 알려주면 차를 가지고 역으로 마중 가겠소.

이 편지를 타이프로 친 점 용서하기 바라오. 아시다시피 요즘엔 손으로 쓰면 손이 떨리고 몸이 좋지 않아 길게 쓸 수가 없구려. 이 타이프라이터는 어제 브라틀보로에서 새로 산 건데 제법 쓸 만한 것 같소.

답장 기다리겠소. 그 레코드와 내 편지, 그리고 코닥사진을 가지고 올 당신을 어서 만나고 싶소.

헨리 W. 에이크리

앨버트 N. 윌머트 귀하
매사추세츠 주 아컴 미스카트닉 대학

놀랍도록 돌변한 뜻밖의 편지를 읽고 또 읽으면서 머릿속으로 온갖 생각을 다하던 내 복잡한 심정은 정말이지 적당히 표현할 말이 없다. 나는 안도하는 동시에 불안한 마음이 들기도 했다고 아까 말했는데, 그것은 안도와 불안이라는 주로 의식적으로 잠재하는 서로 다른 두 감정에 수반되는 의미를 있는 그대로 표현한 것에 지나지 않는다.

첫째로, 이 외계인은 자신들보다 먼저 지구상에 있었던 모든 괴물들과는 반대편에 서서 그것들과 싸우고 있었던 것이다. 그 사실을 알고 에이크리의 마음은 얼어붙는 듯한 공포에서 냉정하고 편안한 만족감으로 바뀌었다. 번개처럼 느닷없기는 했지만 사실 더 이상 바랄 것이 없는 일이다! 설사 진상을 알고 아무리 안심했다 해도 지난번의 그 미친 듯한 편지를 쓴 인물이 단 하루만에 이렇게 자기 생각을 바꿔버릴 수 있다는 것은, 나로서는 좀처럼 믿기 힘든 일이었다.

그러다가 편지 내용이 비현실적인 존재 사이의 싸움에 대해 언급하고 있었음을 떠올리고, 완곡하게 표현하고 있는 공상적인 두 세력 간의 드라마도 모두 내 머릿속에서 만들어낸 환각과도 비슷한 꿈이 아닐까 고개를 갸우뚱했다. 이윽고 레코드를 떠올리자 나는 전보다 더욱 당혹스러운 기분이었다.

정말이지 이런 편지는 꿈에도 예상치 못했다! 편지를 읽고 난 내 소감을 분석해 보니, 크게 두 가지로 말할 수 있었다. 먼저, 가령 에이크리가 전에도 온전한 정신이었고 지금도 온전한 정신이라 쳐도 상황 자체가 너무 빨리 변화해서 그런 일은 도저히 있을 수 없을 것 같다는 것. 또 하나는, 에이크리의 상태와 태도, 언어의 변화가 너무 이상해서 도저히 상상이 안 간다는 점이다.

이 에이크리라는 남자는 자신도 모르는 사이에 증상이 진행되는 돌연변이를 몸으로 직접 체험한 것 같았다. 사실 그에게는 두 가지 면이 있다는 것은 알고 있지만, 너무나도 심각한 변이여서, 그렇다고 그 두 가지가 다 정상이라는 추측이 반드시 성립한다고는 할 수 없었다. 단어를 선택하거나 문장을 꾸며 나가는 방법에서도 모두 미묘한 차이가 있었다. 그리고 산문의 문체를 분석할 수 있는 학자로서 내 감각을 동원해 보면, 에이크리의 더할 나위 없이 평범한 반응과 리듬감에 커다란 변화가 생긴 흔적이 뚜렷했다. 이처럼 에이크리에게 근본적으로 변혁을 불러일으킨 감정적인 큰 변화 또는 계시는 분명 상상하기 어려운 엄청난 사실임에 틀림없으리라!

그러나 한편으로는 지극히 에이크리다운 편지이기도 했다. 무한한 것에 대한 여전한 정열과 옛날부터 변함없는 학자다운 왕성한 탐구심 같은 것들은. 그저 그럴싸하게 보이려는 의도나 무슨 나쁜 뜻이 있어서 누가 조작했다는 생각 따위는 한순간도, 아니 정말 눈곱만큼도 할 수 없었다. 나를 초대하여 자기 스스로 그 편지의 진실을 내 눈으로 확인할 수 있게 해주려는 것 자체가 그의 순수성을 증명하고 있는 것이 아닐까?

토요일은 밤새도록 잠을 이루지 못한 채 그 편지의 배후에 있는 온갖 조짐과 기이한 일에 대해 생각했다. 최근 4개월 동안 어지러우리만큼 숨가쁘게 일어났던 놀랄 만한 충격들을 늘 정면으로 맞서야만 했던 생활 속에서 나도 은근히 몸이 근질근질하던 터라 엄청난 이 새 자료를 보자 망설임없이 받아들이기는 했지만, 주기적으로 의심과 긍정을 되풀이하기는 지금까지 기묘한 사실과 직면해오면서 경험해온 단계와 조금도 다름이 없었다.

그리하여 마침내 새벽 무렵이 되자, 처음의 충격과 불안은 타는 듯한 흥미와 호기심으로 바뀌어 있었다. 완전히 미쳐버린 건지 아직도 온전한 정신인지, 사람이 변한 것인지 아니면 그저 마음이 안정된 것뿐인지, 그 어느 쪽이든 에이크리가 자신의 위험한 연구와 관련된 뭔가 깜짝 놀랄 만한 변화를 실제로 경험했을 가능성은 있었다.

그 어떤 변화가 당장 그의 위험——현실의 것이든 가공의 것이든——을 감소시키고 우주와 초인에 관한 지식에 대해 눈부신 새로운 전망을 그에게 열어줄 것이다. 미지에 대한 나의 열정이 그의 열정과 경쟁적으로 불타올라, 나는 어느새 시공의 장벽 파괴라는 그 병적인 전염력에 감염되고 만 것을 느꼈다. 시간과 공간과 자연법에 관한 사람의 정신을 어지럽히고 지치게 만드는 한계를 초월하는 것, 지구 밖의 광대한 우주와 손을 잡는 것, 무한하고 궁극적인 것의 바닥을 모르는 암흑 같은 비밀에 다가가는 것, 바로 이러한 것이야말로 인간이 생명과 영혼과 정신을 걸기에 충분한 가치가 있는 일이다! 에이크리는 이제 위험은 사라졌다고 하면서 전처럼 나에게 오지 말라고 경고하는 대신 만나러 와 달라고 나를 초대했다.

이젠 그가 나에게 사죄의 말을 하지 않으면 안 된다는 생각을 하니 안됐다는 생각이 들었다. 조금 전까지 이상한 생물들에게 괴롭힘을 당했던 그 외로운 집에서 우주에서 온 진정한 사자와 대화를 나눈 인물과 함께 앉아 있을 것을 생각하니 온몸이 거의 마비되는 듯한 황홀감을 느꼈다.

그래, 그 무서운 레코드와, 에이크리가 전에 그의 결론을 요약하여 적은 한 다발의 편지를 가지고 나도 함께 자리에 앉기로 하자!

일요일 오전 점심때가 다되어 나는 에이크리에게 전보를 쳤다. 다음 목요일, 즉 9월 12일에 그의 형편만 괜찮으면 브라틀보로에서 만나자고 했다. 단 한 가지, 그의 제안에 따르지 않았던 것은 어느 기차를 타는가 하는 것이었다. 솔직하게 말하면 나는 괴물이 출몰하는 그 버몬트에 밤늦은 시간에 도착하는 것이 내키지 않았다. 그래서 에이크리가 권유한 기차를 타지 않고, 역에 전화를 걸어 다른 기차로 바꾸기로 결심한 것이다.

아침 일찍 일어나 보스턴에서 표준시간 8시 7분에 출발하는 열차를 타면 그린필드행 9시 25분 열차를 탈 수 있고 12시 22분에는 그 역에 도착한다. 거기서 1시 8분에 브라틀보로에 도착하는 열차에 정확하게 연결할 수 있으면 에이크리를 만나 그와 함께 괴물들이 숨어서 몰래 지켜보고 있는 산속을 달리는 데는 10시 1분 열차보다 훨씬 나을 것이다.

나는 전보로 이 스케줄을 알렸고, 저녁 무렵에 받은 답장에서 그도 좋다고 해서 기뻤다. 그의 전문은 이랬다.

좋은 계획. 목요일 108열차 기다리겠음. 레코드와 편지와 사진 잊지 말기를. 행선지는 비밀로 할 것. 놀라운 새 사실을 기대하시오.

에이크리

내가 에이크리에게 보낸 전보는 당연히 타운젠트 역에서 우편배달이나 수리한 전화선을 통하여 그에게 도착했을 것이고, 그는 곧장 답장을 썼을 것이다. 그가 보낸 이 전보를 받고서야 나는 비로소 사람을 당황시키는 그 편지의 주인에 대하여 어쩌면 내가 무의식적으로 안고 있던 꺼림칙한 의혹들을 말끔히 날려 보낼 수 있었다.

나의 안도감은 너무도 확신에 차 있어서 사실 어째서 그토록 마음이 놓였는지 그때는 설명할 수 없었다. 그 의혹이 너무나 깊이 잠재해 있었기 때문인지도 모른다. 그날 밤 나는 아침까지 편안하게 푹 자고 나머지 이틀 동안은 여행준비로 바쁘게 보냈다.

6

약속대로 목요일에 나는 약간의 일용품과 과학적 자료를 가지고 출발했는데, 그 자료 중에는 에이크리가 나에게 보낸 그 혐오스러운 레코드와 사진, 그리고 편지다발이 들어 있었다. 그가 원한 대로 행선지는 아무한테도 말하지 않았다. 상황이 매우 유리하게 변했다 해도 최대한 은밀하게 운반할 필요가 있다는 걸 알고 있었기 때문이다. 지구 밖의 다른 세계의 생물과 이제부터 정신적인 접촉을 하게 될 것을 생각하니, 나처럼 거기에 대한 지식이 있고 얼마간 각오가 된 사람도 정말이지 머리가 아득해지는 느낌이 들었다. 내가 이 정도인데 전혀 문외한인 일반인에게는 도대체 얼마나 충격적인 일이 될지! 보스턴에서 열차를 갈아타고 익숙한 지역에서 전혀 낯선 서쪽 지방으로의 긴 여행을 시작했을 때, 내 마음에 두려움과 모험에 대한 기대감이 맨 먼저 떠올랐는지는 잘 모르겠다. 월섬(이하 모두 매사추세츠 주의 도시이름으로 도중에 통과한 역), 콩코드, 에어, 피츠버그, 가드너, 아솔…….

내가 탄 열차는 그린필드에 7분 늦게 도착했지만, 다행히 급행에 접속하게 되어 있는 북행 열차가 환승객이 도착할 때까지 기다려 주었다. 서둘러 열차를 갈아타고 이른 오후의 햇살을 받으면서 덜컹거리는 소음을 내며 편지에서 항상 읽었으면서도 아직 가본 적이 없는 곳으로 나아가자, 나는 묘하게 마른 침을 삼키는 기분이 되었다.

내가 지금 들어가고 있는 곳은 같은 뉴잉글랜드에서도 지금까지 살아온 해안 지방의 기계화되고 도시화된 남쪽 지역보다 훨씬 고풍스럽고 더 원시적인 곳임이 느껴졌다. 무구한 세월 동안 조상 대대로 전해 내려온 뉴잉글랜드였고, 현대풍으로 물든 지방에서 볼 수 있는 외국인과 공장의 연기, 광고용 간판, 콘크리트 도로는 눈 씻고도 찾아볼 수 없었다.

거기에는 그 땅 본래의 생명이 신기하리만큼 연면히 살아남아 있어, 이 생명의 깊은 뿌리는 무구한 뉴잉글랜드에서 유일하게 자연적으로 태어난 진정한 산물로 만들었고, 그 땅 본래의 연면한 생명은 신비로운 옛 기억을 오래도록 간직하면서 그곳을 비밀스러운 데가 있는, 여간해서 사람의 입에 오르내리지 않는 훌륭한 신앙에 걸맞도록 살찌운 것이었다.

열차는 노스필드를 빠져나가 이따금 보이던 햇빛에 반짝이고 있는 푸른 코네티컷 강을 건넜다. 앞쪽에 신비로운 푸른색 산맥이 아련하게 불길한 모습을 드러냈을 때 차장이 와서, 열차가 이제 버몬트 주로 들어섰음을 알렸다. 이 북쪽의 산간지방에서는 아직 새로운 서머타임제를 채용하고 있지 않으니 시계를 한 시간 늦추라고 차장이 말했다. 시키는 대로 시계를 늦추면서, 나는 문득 자신이 마치 달력을 1세기나 거꾸로 넘기고 있는 듯한 착각을 했다.

열차가 코네티컷 강을 계속 따라 달리다가 뉴햄프셔 주 경계를 넘었을 때, 옛날의 이색적인 전설의 중심지인 험준한 원터스티케트 산의 경사면이 점차 다가오는 모습이 보였다. 얼마 뒤 왼쪽에 도로가 몇 개 나타나고, 오른쪽에는 코네티컷 강 속의 푸른 나무가 무성한 섬이 보이기 시작했다. 차안의 사람들이 자리에서 일어나 입구에 늘어서는 것을 보고 나도 따라 나갔다. 열차가 멎자, 나는 브라틀보로 역의 기나긴 플랫폼에 내려섰다.

사람을 기다리는 차들이 늘어선 긴 행렬을 보면서 에이크리의 포드 자동차를 발견하는 건 쉬운 일이 아닐 것 같아 잠시 낭패한 느낌이 들었지만, 내 쪽에서 먼저 찾기 전에 상대방이 먼저 나를 알아보았다.

그러나 가까이 다가와 한 손을 내밀며 아컴의 앨버트 N. 윌머트가 틀림없는지 온화한 말투로 물어온 것은, 분명히 에이크리 본인은 아니었다. 그 남자는 사진에서 본 턱수염을 기르고 백발이 희끗희끗한 에이크리의 얼굴과는 닮은 데가 없었다. 더 젊고 도회적인 인물로 유행하는 옷을 입고 수염은 검은 콧수염만 짧게 기르고 있었다. 그 세련된 목소리는 어디선가 들은 적이 있는 듯하면서도 어디서 들었는지 분명한 기억이 없어서 묘하고 답답한 기분이었다.

나는 그 사람을 대충 훑어보면서, 그가 자기는 에이크리의 친구이며 그를 대신해 타운젠트에서 왔다고 설명하는 것을 들었다. 에이크리는 지금 천식성 발작이 일어나 몸이 좋지 않아서 바깥바람을 쐬며 여행할 수 없는 상태라고 했다. 그러나 증상이 심각하지는 않으므로 내 방문에 대해서는 예정을 변경할 필요는 없다는 것이었다. 이 노이즈 씨——스스로 그렇게 밝혔다——가 에이크리의 연구와 발견에 대해 어느 정도까지 이해하고 있는지, 그 점은 짐작이 가지 않았다.

더할 나위 없이 자연스러운 그의 태도를 보면 이 사건과는 전혀 관계가 없는 사람처럼 보이기도 했지만. 에이크리가 평범하지 않은 은둔생활을 하고 있었던 것을 떠올리자, 이런 친구를 급히 보낼 수 있었다는 점도 약간 의외라는 생각이 들었다. 그렇다고 노이즈가 차에 타라는 몸짓을 했을 때 내가 주저하는 마음이 들었던 건 아니었다. 그 차는 에이크리의 편지에서 상상했던 작고 고풍스러운 것이 아니라 흠잡을 데 없는 최신식 대형차로, 아무리 봐도 노이즈의 것인 듯 매사추세츠 번호판을 달고 있었다. 그 번호판에는 그 해에 창안된 재미있는 '신성한 대구(물고기)' 마크가 들어 있었다. 안내자인 노이즈는 여름에 타운젠트 지방으로 오는 단기 체류객이 틀림없다고 나는 생각했다.

내 옆자리에 올라탄 노이즈는 이내 차를 몰기 시작했다. 노이즈가 그리 말이 많지 않은 것이 나에게는 다행이었다. 분위기가 어딘지 특별히 긴장감을 느끼게 하는 데가 있어서 나는 별로 말을 하고 싶지 않았던 것이다. 빠른 속력으로 언덕을 하나 올라가 오른쪽으로 돌아서 큰 거리로 나가자, 오후의 햇살 속에 무척 매력적으로 보이는 도시가 나타났다.

그 도시가 꾸벅꾸벅 졸고 있는 것처럼 보이는 점은 어릴 때부터 본 기억이 있는 뉴잉글랜드의 가장 오래된 몇몇 도시와 닮았고, 지붕과 첨탑, 굴뚝, 벽돌담이 곳곳에 배치되어 있는 것이 조상 전래의 정서, 이를테면 깊은 소리가 나는 비올라를 합주하고 있는 모습을 연상시켰다. 나는 지금 차곡차곡 누적되는 시간 속에서 어느 정도 마법에 걸려버린 어떤 마을 어귀에 서 있음을 깨달았다. 그들이 있다는 소문이 나돈 적이 없었기 때문에 옛날의 기이한 괴물들에게도 쫓겨나지 않고 생장할 수 있는 기회를 주었던 곳이었다.

브라틀보로를 뒤로 했을 때 압박감과 함께 왠지 모를 예감이 느껴지기 시작했다. 그것은 하늘 높이 우뚝 솟아 사람을 위협하듯이 내려다보고 있는 화강암 경사면에서 푸른 나무가 무성한 이 산간지방의 불가해한 특징을 보자, 인간에게 적의를 가지고 있는지 호의를 가지고 있는지 분명하지 않은 그 어둡고 신비로운 생물과 아득히 먼 옛날에 살아남은 생물들이 어쩐지 실재하는 것처럼 느껴졌기 때문이다. 한동안 우리는 넓고 얕은 강을 따라 길을 나아갔는데, 그 강의 수원이 북쪽에 있는 미지의 산맥에서 시작되는 웨스트 강이라는 것을 동행인 노이즈한테서 들었을 때 나는 몸이 떨리는 걸 느꼈다.

그래, 이 강이었단 말이지! 나는 그 신문기사를 떠올렸다. 게처럼 생긴 병적인 생물이 홍수로 범람한 강물에 떠 있던 그 기사.

우리 두 사람을 에워싼 일대의 풍경은 점차 야성적이고 황폐한 느낌으로 변해갔다. 산골짜기에 있는 고풍스러운 다리는 옛모습 그대로 견고하게 남아 있고, 강과 평행하게 달리고 있는 반쯤 버려진 철로는 희미하게 황폐한 공기를 뿜어내고 있는 것처럼 보였다.

높은 절벽이 깎아지른 듯이 서 있는 곳에 골짜기를 지나가는 구불구불한 길이 있고, 오염을 모르는 뉴잉글랜드의 화강암이 산비탈을 기어오르는 나무들 사이로 파리하고 견고한 모습을 드러내 놓고 있었다.

절벽 사이사이 협곡이 있고, 그 협곡에는 거친 물줄기가 물보라를 일으키며 인간이 들어간 적 없는 산속에 숨어 있는 상상도 할 수 없는 자연계의 비밀을 따라 그 웨스트 강 쪽을 향해 좇아가고 있었다.

군데군데 갈라지는 샛길은 점점 좁아지면서 나무에 가려 반쯤 모습을 숨긴 채 울창한 숲을 관통하고 있었는데, 그 숲의 주인이었던 나무들 사이에는 어쩌면 자연의 힘을 지배하는 지수화풍(地水火風)의 정령들이 고스란히 숨어 있을지도 몰랐다. 그런 거목을 보면서 나는 에이크리가 바로 이 길을 달리고 있었을 때 보이지 않는 정령의 힘에 시달렸을지도 모른다고 생각하고, 정말 그런 일이 있었다 해도 그리 이상할 것이 없다고 생각했다.

1시간이 못 되어 도착한 뉴페인이라는 고풍스럽고 정취가 있으며 아름다운 마을은, 인간이 완전히 점령하고 있는 덕택에 자기 세상이라고 확실히 말할 수 있는 세계이자 우리 두 사람을 이어주는 마지막 끈이 되는 땅이었다. 그 마을을 벗어나자 우리는, 직접 만질 수도 있고 시간이 흐를수록 낡아가는 세상에 대한 의리 같은 건 싹 벗어던지고, 스스로 느낄 수 있는 것을 과시라도 하듯이 인적없는 검푸른 산과 버려지다시피한 골짜기를 변덕스레 오르내리다 다시 옆으로 구부러지는 리본 같은 길을 따라 고요하디 고요한 비현실적인 환상의 세계로 접어들었다. 자동차 엔진소리와 뜨문뜨문 나타나는 외진 농원에서 들려오는 어렴풋한 소음 말고는, 어두운 숲 속에 숨어 있는 무수한 샘에서 똑 똑 떨어지는 은밀하고 낯선 물소리뿐이었다.

그 울창하고 둥그스름한 산들이 사뭇 친밀한 듯이 불쑥 눈앞에 다가왔을 때는 한순간 말문이 막혔다. 그런 산들이 험준하게 우뚝 솟아 있는 모습은 내가 소문을 통해 상상했던 것보다 엄청났으며, 우리가 알고 있는 무미건조하고 객관적인 세계와는 통하는 것이 아무것도 없다는 것을 넌지시 암시하고 있었다.

다가가기 어려운 비탈에 울창하게 우거진 전인미답의 숲이라면 외계에서 온 믿기 어려운 생물도 정말 숨어 있을 것 같았고, 산의 형태 자체가 흡사 드물게 꾸는 깊은 꿈속에서만 그 영광이 나타난다는 전설상의 거인족이 남긴 상형문자라도 되는 것처럼 윤곽 자체에 뭔가 신비하고 잊어버린 영겁의 의미가 담겨 있는 것 같은 느낌이었다.

과거의 모든 전설과, 헨리 에이크리의 편지와 자료에 얽힌 정신이 아찔해지는 온갖 더러운 이름들이 내 기억 속에 솟아올라 나도 모르게 긴장하는 동시에, 드디어 위험이 깊어지는 분위기가 고조되었다. 나의 방문 목적과, 방문하는 것이 당연하다고 처음부터 결정하고 있었던 무서운 이상성(異常性)을 생각하자, 내 몸에 '휙' 하고 찬바람이 지나가면서 나의 기이한 탐구심은 중심의 균형을 잃고 아슬아슬하게 무너져 내릴 것만 같았다.

안내자인 노이즈가 내 마음이 흔들리고 있는 것을 눈치 챈 것 같았다. 길이 점점 험해지고 고르지 않게 되자 두 사람의 몸도 둔해지면서 더욱 흔들리는 바람에, 이따금 말을 걸어오는 노이즈의 재미있는 얘기도 어느새 좀더 평범한 얘기로 바뀌어 있었다. 노이즈의 화제는 이곳의 아름다움과 무서움에 대한 것으로, 내가 이제부터 방문할 에이크리의 민속학에 관한 연구에 대해 노이즈도 다소의 지식이 있다는 걸 은근히 내비쳤다. 그 정중한 말투로 보아 분명히 내가 과학적인 목적으로 찾아왔다는 것, 또 꽤 중요한 자료를 가지고 왔다는 걸 알고 있는 것 같았다. 그러나 에이크리가 마지막으로 도달한 지식의 깊이와 공포를 이해하고 있는지 어떤지, 그 점은 전혀 짐작할 수 없었다.

그의 태도는 무척이나 쾌활한데다 이상한 버릇도 없고 무척 세련됐기 때문에, 그의 이야기를 들으면서 나도 기분이 진정되고 안심이 되었어야 마땅했다. 그런데 정말 기묘하게도 두 사람이 탄 차가 급정거를 한 뒤 방향을 바꿔 울창한 숲이 끝없이 이어져 있는 산속으로 그대로 돌진해가는 동안, 나는 점점 불안한 느낌이 더해갈 뿐이었다.

노이즈라는 이 남자는 이곳의 어마어마한 비밀에 대해 내가 어디까지 알고 있는가, 하는 점을 알아내려 하고 있다는 생각이 가끔 고개를 쳐들었고, 말을 할 때마다 그 목소리에서 풍기는 뭔가 정체를 알 수 없어 답답하고 모호하며 친근한 억양이 갈수록 강하게 느껴졌다. 억양이 참으로 온화하고 교양이 있었지만 그 친근한 느낌은 세상에서 흔히 느낄 수 있는 건전한 친근감과는 달랐다.

웬일인지 그 억양을 들었을 때 나는 잊고 있던 악마를 연상하며 혹시 그 목소리의 주인이 누구인지 알면 미쳐버릴지도 모른다는 느낌이 들었다. 뭔가 그럴듯한 구실만 있었다면 아마 나는 거기서 돌아가 버렸을 것이다. 그렇지만 그럴듯한 구실을 찾지 못해 그럴 수도 없었지만, 문득 머리 속에서 만약 에이크리의 집에 도착하여 에이크리 본인과 냉정하게 과학적인 이야기를 주고받으면 기운을 되찾게 될지도 모른다는 생각이 떠올랐다.

게다가 자동차가 지나치게 올라갔다 내려갔다 하고 있는 길가 경치에는 졸음을 재촉하는 듯한, 묘하게 사람의 마음을 진정시키는 질서 있는 아름다움이 있었다. 시간은 배후의 미궁에서 길을 잃고, 두 사람 주위에 펼쳐져 있는 것은 물결처럼 꽃이 피어 있는 요정의 나라와 사라진 수세기의 매력을 되살린 아름다움뿐——즉 오래된 숲과 주위에 가을꽃들이 만발한 오염되지 않은 목장이 있고, 먼 간격을 두고 갈색의 작은 오두막 몇 채가 향기로운 들장미와 목초가 자라고 있는 수직으로 깎아지른 절벽 아래 거목의 숲 사이로 숨바꼭질하고 있었다.

햇빛까지 흡사 무슨 특별한 대기나 수증기가 일대를 완전히 감싸고 있는 것처럼 천상의 매력을 띠고 있었다. 나는 지금까지 이것과 비슷한 광경조차 본 적이 없었다. 다만 르네상스 이전 이탈리아 화가들이 그린 그림의 배경을 구성하는 그 마법 같은 풍경만은 별개인데, 소도마(1477~1549, 레오나르도 다빈치의 영향을 받은 이탈리아 화가)와 레오나르도 다빈치도 이러한 광경을 구상한 적은 있지만 그것은 원경이었고 더구나 르네상스식 아케이드의 둥근 천장 너머로 본 경우에 한정되어 있었다.

두 사람은 지금 그 그림 같은 풍경 한가운데를 직접 뚫고 온 것이며, 나는 태어나면서부터 알고 있거나 물려받았거나 하여 늘 찾아 헤매면서도 헛되이 찾을 수 없었던 어떤 것을, 그 마법 속에서 발견한 것 같은 느낌이 들었다.

비탈진 언덕 위에서 둔각으로 돈 뒤에 느닷없이 차는 멎었다. 왼쪽에 잔디가 도로 쪽으로 펼쳐져 있고 회반죽을 칠한 돌 경계가 보란 듯이 서 있는 저편에, 이 지방 치고는 드물게 크고 품격 높은 하얀 2층 주택이 한 채 서 있었다. 거기에 인접하여 아케이드로 연결되어 있는 헛간, 차고, 그리고 풍차가 뒤쪽과 오른쪽으로 모여 있었다. 전에 사진에서 보았기 때문에 그것이 무엇인지 곧 알았으므로 도로 가까이 있는 함석 편지함에서 헨리 에이크리라는 이름을 보고도 놀라지 않았다. 건물 뒤편에는 습지가 많은 땅이 평탄하고 널찍하게 펼쳐져 있는 가운데 드문드문 숲이 눈에 들어오고 그 너머로는 울창하고 험준한 산이 우뚝 솟아 있는데, 가장 꼭대기에 있는 나무들은 마치 톱니처럼 보였다. 그것이 다크 산 정상이며, 아마도 그 중턱을 조금 전에 자동차로 지나온 모양이라고 나는 생각했다.

노이즈는 차에서 내려 내 가방을 들더니, 안에 들어가 에이크리에게 내가 온 것을 알릴 테니 그동안 차에서 기다려달라고 말했다. 또 자기는 다른 중요한 볼일이 있어서 금방 돌아가야 한다고 덧붙였다.

노이즈가 집 쪽으로 난 길을 기운차게 올라가자 나도 차에서 내렸다. 자리를 잡고 천천히 에이크리와 얘기를 나누기 전에 몸을 좀 풀고 싶기도 했다. 에이크리의 편지에서 읽은 사람의 마음에 생생하게 떠오르도록 그려진 그 병적으로 둘러싸인 현장에 지금 내가 서 있고, 게다가 금지되어 있는 이질적인 세계에 개입될 것이 뻔한 대화가 썩 마음이 내키지 않았던만큼 나의 긴장감은 또다시 극도로 높아져 갔다.

기이하기 짝이 없는 것을 이렇게 실제로 대하고 보면, 뭔가 영감을 얻을 수 있기는커녕 오히려 두려움을 느끼는 경우가 많은 법이다. 저기 보이는 먼지로 뒤덮인 도로가 바로 그 공포와 죽음의 어두운 밤 뒤에 그 무서운 발자국과 악취를 뿜는 초록색의 피 같은 체액이 발견된 곳이다.

나는 에이크리의 개가 주변에 한 마리도 보이지 않는 것을 문득 깨달았다. 외계인과 화해하자마자 바로 개를 모두 팔아버린 것일까? 그때까지 온 것과 어딘가 달랐던 에이크리의 마지막 편지에서 볼 수 있었던 화해의 깊이와 성의를, 나는 아무리 노력해도 그가 믿는 것만큼 믿을 수는 없었다.

무엇보다도 에이크리는 다소 순진한 데가 있는 사람으로 세상 경험이 거의 없었다. 겉으로는 화해라 하지만 어쩌면 그 아래에는 깊고 불길한 다른 뜻이 숨어있는 건 아닐까?

그런 것을 이것저것 생각하고 있었기 때문인지 나는 저절로 시선을 내려 그 혐오스러운 증거가 남아 있었던 먼지 쌓인 도로의 표면을 보았다.

지난 2, 3일 동안에 마르긴 했지만 바퀴자국이 찍힌 울퉁불퉁한 그 도로는, 사람이 별로 다니지 않는 한적한 곳임에도 온갖 발자국이 가득 남아 있었다. 왠지 호기심에 사로잡힌 나는 온갖 종류의 잡다한 발자국의 윤곽을 더듬기 시작했고, 그러는 동안 장소와 거기에 관한 기억이 떠올라 나도 모르게 불길한 상상으로 비약하려는 것을 애써 억제하고 있었다.

주위의 음산한 정적과 멀리 떨어진 희미한 계곡물의 속삭임에는, 또 좁은 지평선을 가로막고 있는 첩첩이 겹쳐진 초록색 봉우리들과 울창한 절벽에는, 뭔가 사람을 위협하는 듯한 불안한 무엇이 있었다.

그때 문득 내 의식에 어떤 이미지가 떠오르면서, 사람을 위협하는 듯한 느낌이나 상상을 비약시키는 것 따위는 대단한 의미가 없는 하찮은 것이라고 생각하게 되었다. 방금 전에 나는, 도로에 찍혀 있는 여러 종류의 발자국을 단순한 호기심에 사로잡혀 살펴보았다고 했다. 하지만 그 호기심도 내가 진정한 공포에 무의식적으로 잠시 사로잡혀

맥이 빠지자 언제 그랬냐는 듯이 사라지고 말았다.

그 먼지를 뒤집어쓴 발자국은 지면 전체에 흩어져 있고 겹쳐진 것도 있어서 무심코 봐서는 잘 알 수 없지만, 쉬지 않고 계속 더듬어 가다보니 집으로 가는 오솔길이 큰 도로와 만나는 지점에서 발자국의 세세한 어떤 부분이 확실하게 보였다. 그리고 의혹과 희망을 넘어서서 그 세세한 부분의 무서운 의미를 인식했다. 전에 에이크리가 보내온 외계인의 발톱자국이 찍힌 사진을 몇 시간이나 자세히 봐 둔 것이 역시 헛수고는 아니었던 것이다.

속이 울렁거릴 만큼 혐오스러운 그 커다란 집게의 흔적도, 그 집게가 어느 방향을 향하고 있는 건지 알 수 없다는 것도 나는 잘 알고 있었는데, 그런 만큼 이 지구상의 어떤 생물에게서도 느낀 적이 없는 공포가 그 흔적에 각인되어 있었다. 내가 단순하고 가벼운 착각을 하고 있는 것일 가능성은 전혀 없었다. 지금 내 눈앞에 객관적인 형태로, 또 자국이 찍힌 지 아직 몇 시간 지나지 않은 그 흔적이 적어도 셋, 에이크리의 집으로 드나들고 있는 무서우리만큼 많은 희미한 발자국들 사이에 신을 모욕이라도 하듯이 눈에 띄게 버젓이 찍혀 있었던 것이다. 그 흔적은 유그고트프 행성에서 온, 살아 있는 버섯이 지나간 끔찍한 자국이었다.

나는 간신히 기운을 되찾아 나도 모르게 내지를 뻔했던 비명을 도로 밀어 넣는 데 성공했다. 만약 내가 에이크리의 편지를 진정으로 믿고 있었다면 이 정도의 일은 처음부터 각오했어야 하는 것이 아닌가? 에이크리는 그 생물들과 화해했다고 했다. 그렇다면 그 생물들이 에이크리의 집을 방문하는 것은 조금도 이상한 일이 아닐 것이다.

그런데 나는 안심하기보다 무서워하는 기분이 더 강해졌다. 우주의 먼 외계에서 온 생물의 발톱자국을 처음으로 보면서 아무렇지 않을 수 있는 인간이 어디 있을까? 내가 그렇게 생각했을 때 노이즈가 문에서 나와 단호한 걸음으로 이쪽으로 다가오는 모습이 보였다. 마음을 진정하지 않으면 안 돼, 하고 나는 다짐했다. 그 인상 좋은 남자가 금지된 학문에 관해 에이크리가 얼마나 깊이 파고들었는지 조금도 눈치 채지 못하고 있는 것이 그나마 희망이었으므로.

에이크리는 언제라도 당신을 기꺼이 만나겠다고 합니다, 사실 뜻밖의 천식 발작 때문에 하루 이틀은 만족스러운 주인역할을 할 수 없겠지만, 하고 노이즈는 서둘러 그렇게 알렸었다. 그런 발작이 일어나면 에이크리의 몸은 몹시 타격을 받아 그 뒤에는 언제나 고열이 나면서 몸 전체가 쇠약해진다는 것이다.

발작이 계속되는 동안은 몸 상태가 너무 좋지 않아서 말도 작은 소리로 속삭이지 않으면 안 되고, 걸을 수 있다 해도 걸음걸이가 몹시 어색하고 위태롭다. 다리와 발뒤꿈치도 심하게 부어올라 통풍에 걸린 옛 런던탑의 수위처럼 붕대를 감지 않으면 안 된다. 오늘도 컨디션이 좋지 않고, 그래서 듣고 싶은 얘기는 주로 내 쪽에서 주의하여 물어야 할 것이다. 그래도 그는 대화를 원하고 있다. 대충 그런 애기였으며, 그와 만나는 장소는 현관 왼쪽에 있는 서재였는데 블라인드가 쳐진 방이었다. 병중일 때는 눈이 과민해져서 햇빛에 닿지 않도록 해야 한다는 것이다.

노이즈가 나에게 작별인사를 한 뒤 차를 타고 북쪽으로 달려가 버리자, 나는 천천히 집으로 걸음을 옮겼다. 문은 나를 위해 조금 열어둔 상태로 있었다. 거기에 다가가서 안으로 들어가기 전에 주위로 힐끗 눈길을 주며 기색을 살피면서, 나에게는 어째서 이 집이 이토록 이해할 수 없을 만큼 수상쩍게 느껴지는지 확인해 보려고 했다.

헛간과 차고는 깔끔하게 정돈되어 있어서 조금도 이상한 데가 없었고, 널찍한 지붕만 있는 차고에 에이크리가 늘 타고 다니는 것으로 보이는 포드가 있었다. 그때 문득 그 묘한 느낌이 마음속에서 아!

하고 이해되는 기분이었다. 그 일대 전체가 쥐 죽은 듯이 고요했던 것이다. 보통 농장이라 하면 여러 종류의 가축이 있기 때문에 적어도 어느 정도는 시끄러운 소리가 나게 마련이다. 그런데 이곳에는 생물이 있는 징후가 전혀 보이지 않았다. 닭과 돼지는 도대체 어디에 있는 걸까? 에이크리는 소를 몇 마리 키우고 있다고 전에 말한 적이 있는데 아마 밖의 목장에 나가 있을 것이고, 개는 어쩌면 팔아 버렸을지도 모른다. 하지만 닭이 울지 않고 돼지가 꿀꿀거리지 않는 것은 정말 이상했다.

나는 현관 앞에 그리 오래 서 있지는 않고 단호한 걸음걸이로 열려 있는 문으로 들어간 뒤 문을 닫았다. 내가 그렇게 한 것은 분명히 심리적인 노력이 필요했기 때문이었는데, 안에 갇힌 순간에는 극히 짧은 동안이나마 한시라도 빨리 이곳에서 달아나고 싶다는 생각이 들었다. 그 집이 겉보기에 조금 불길한 것을 느끼게 했기 때문이 아니었다. 오히려 우아한 후기 식민지 시대풍의 현관이 무척 품위 있고 건전하다고 생각했고, 그렇게 장식한 인물의 높은 안목에 감탄했을 정도였다. 내가 달아나고 싶은 기분이 된 것은 뭔가 몹시 희미해서 뭐라고 확실하게 표현하기 힘든 어떤 것 때문이었다. 아마 그것은 아까 스스로 깨달은 것처럼 생각했던 어떤 묘한 냄새였을 것이다. 하기야 오랜 농가라면 아무리 기품 있는 집이라도 곰팡이 냄새가 나는 게 당연하다는 것쯤은 나도 알고 있지만.

7

그런 어둡고 불안한 느낌에 그대로 압도되어 버릴 수는 없다는 생각이 들자 나는 노이즈가 한 말을 떠올리며, 왼쪽에 있는 거울이 여섯 조각 끼워져 있고 놋쇠 걸쇠가 달려 있는 하얀 문을 밀었다. 그

안의 방이 어둡다는 것은 들어가기 전부터 이미 알고 있었다. 안에 들어가자 조금 전의 그 묘한 냄새가 그 방에서 더욱 강해진 것을 느꼈다. 더욱이 뭔가 상상 속에서 들려오는 듯한 희미한 선율이나 진동 같은 것이 그 공기 속에 있는 것 같았다.

블라인드가 쳐져 있어서 아주 잠깐 동안 아무것도 보이지 않았지만 곧 일종의 변명을 대신하는 듯한 헛기침소리와 함께 소곤소곤 속삭이는 것 같기도 한 목소리가 들려서, 방 안의 더욱 어두운 구석에 있는 커다란 안락의자 쪽으로 시선을 모았다. 그 깊은 어둠 속에서 한 인간의 얼굴과 두 손이 희뿌옇게 떠오르는 것이 보였다. 나는 곧장 그 쪽으로 가서 아까부터 입을 열려고 하고 있는 그 인물에게 인사를 건넸다.

불빛은 어두컴컴했지만 그 인물이 바로 이 집 주인이 틀림없다고 생각한 것이다. 나는 그의 사진을 몇 번이나 자세히 보았기 때문에 흰털이 섞인 턱수염을 짧게 깎고, 풍설에 잘 단련된 그 강한 얼굴을 알아보지 못할 리가 없었다.

그러나 다시 한번 바라보며 그가 에이크리라는 것은 인정했지만, 그렇게 인정하는 마음속에는 연민과 불안이 섞여 있었다. 아무리 봐도 중병에 걸린 사람의 얼굴이었던 것이다. 엄격하며 움직임이 없는 긴장된 그 표정과, 깜박이지도 않는 흐릿한 시선 너머에는 천식 이상의 무언가가 있는 것이 틀림없는 것 같았고, 그 무서운 경험에 의한 과로가 그의 몸에 얼마나 큰 타격을 주었는지 생생하게 느껴졌다. 그러한 과로에는 어떤 사람도, 그야말로 두려움을 모르는 이 비밀스러운 탐구자보다 젊은 사람이라 해도 당해낼 수 없지 않을까?

전격적으로 화해가 이루어져 안도한 그 기묘한 일도, 성립 자체가 너무 늦었기 때문에 몸 전체가 이미 쇠약해진 징후로부터 에이크리를 구출하기에는 이미 때가 늦지 않았나 하는 생각이 들었다. 그의 앙상한 두 손이 무릎 위에 놓여 있는 연약하고 생기 없는 모습에는 약간의 연민마저 느끼게 하는 데가 있었다.

그는 헐렁한 실내복을 입고, 선명한 노란색의 스카프 같기도 하고 두건 같기도 한 것으로 목이 가려질 만큼 머리를 폭 감싸고 있었다.

이윽고 에이크리가 조금 전에 나에게 인사한 것처럼 기침을 하면서 속삭이는 목소리로 얘기하려는 모습을 보였다. 흰털이 섞인 콧수염이 입의 움직임을 완전히 감추고 있는데다가, 그 목소리에는 뭔가 내 마음에 걸리는 것이 있어서 처음에는 그 속삭임을 알아듣기가 힘들었다. 하지만 정신을 집중하여 주의 깊게 들으니 이내 그 속삭임의 의미가 놀라울 만큼 명료하게 이해되었다. 악센트에는 조금도 사투리가 없었고, 그 언어사용은 편지에서 상상했던 것보다 훨씬 세련되기까지 했다.

"당신이 윌머트 씨로군요. 의자에 앉은 채 결례를 하는 걸 용서해 주시기 바랍니다. 건강이 몹시 좋지 않다는 건 노이즈 군한테서 들으셨을 줄 압니다만, 그래도 당신이 꼭 와 주시기를 바랐어요.

내가 마지막 편지에서 말씀드린 것은 물론 아시겠지만, 내일 기분이 좀 나아지면 얘기하고 싶은 것이 많습니다. 서로 편지를 여러 번 주고받은 뒤에 이렇게 당신을 만나게 되다니 정말이지 말로 표현할 수 없을 만큼 기쁘군요. 물론 그 편지는 전부 가지고 오셨겠지요? 그리고 사진과 레코드도? 당신의 가방은 노이즈가 현관 안에 옮겨 두었을 겁니다. 알고 계셨겠지요. 죄송하지만 오늘밤에는 당신의 일은 거의 전부 스스로 해 주셔야겠습니다.

방은 이층의 바로 이 윗방이고, 욕실은 계단을 올라간 곳에 있습니다. 식당에 식사가 마련되어 있습니다. 이 문을 지나 오른쪽인데 언제라도 생각이 있을 때 드시면 됩니다. 내일은 좀더 잘 대접할 수 있을 겁니다. 지금은 몹시 피곤해서 아무것도 해드릴 수가 없군요.

내 집처럼 편안하게 지내시기 바랍니다. 그리고 가방을 가지고 이층으로 올라가시기 전에 그 편지와 사진, 그리고 레코드를 이 테이블 위에 꺼내 두시는 게 어떨까요? 이 방이 언젠가 둘이서 자료에 대한 얘기를 나누고 싶다고 했던 바로 그 방입니다. 내 사진은 저 구석의 선반 위에 있지요.

아니, 괜찮습니다! 당신한테 해주기를 바라는 건 아무것도 없습니다. 옛날부터 이런 발작에는 익숙해져 있으니까요. 해가 저물기 전에 이 방으로 돌아오셔서 얘기를 좀더 나눈 뒤에 언제라도 쉬고 싶으실 때 이층에 가서 주무시면 됩니다. 나는 이 방에서 쉬다가 ——자주 있는 일이지만——아마 여기서 그냥 잘 겁니다.

아침이 되면 틀림없이 몸이 훨씬 좋아져서 조사할 필요가 있는 것을 대충 조사하는 정도는 할 수 있을 겁니다. 우리의 눈앞에 있는 사건은 정말 놀라운 것으로, 아! 물론, 당신도 그건 아시겠지요? 우리 두 사람을 포함하여 이 지구상의 극히 적은 사람만이 시간과 공간과 지식의 깊은 균열을 곧 이해하게 될 것인데, 그것은 인간의 과학과 철학의 구상 범위 안에 있는 어떠한 것으로도 이해할 수 없는 것입니다.

당신은 아실 겁니다, 아인슈타인은 잘못 알고 있었다는 것을. 그리고 또, 어떤 물체와 힘은 빛보다 빠른 속도로 움직일 수 있다는 것을. 나는 적당한 보조장치만 있으면 시간 속을 오가며 움직일 수 있고, 먼 과거와 미래의 지구를 이 눈으로 보고 이 손으로 만질 수 있다고 생각합니다. 그 생물들이 과학을 얼마나 깊이 발전시켰는지 당신은 아마 상상도 못할 것입니다. 살아 있는 심신을 사용하여 그들이 이룩하지 못할 것은 아무것도 없습니다.

나는 다른 행성에도, 아니 다른 항성과 은하에도 가 볼 생각입니다. 최초의 방문지는 그들이 수없이 모여 살고 있는 가장 가까운 세계, 유그고트프 행성입니다. 우리 태양계의 가장 끝에 있는 묘한 암흑의 공 모양으로 된 물체인데 지구 천문학자에게는 아직 미지의 행성이지요. 이 사실은 이미 편지로 알려드렸습니다만.

적당한 때 그 행성의 생물은 도도한 염력의 흐름을 우리를 향해 발신하여 그 존재를 알리고, 또 인간 동맹자의 한 사람을 이용하여 과학자에게 조언을 하기도 하지요.

유그고트프에는 장려한 도시가 있는데, 그 도시는 이른바 여러 단의 대를 쌓아올린 커다란 탑의 형태를 하고 있으며 그 건축재료는 당신에게 보내려 한 적이 있는 그 검은 돌입니다. 그것은 유그고트프에서 온 것입니다.

그 행성에서는 태양 빛도 보통의 별과 마찬가지로 조금도 밝지 않은데, 그곳의 생물은 빛을 필요로 하지 않습니다. 그들에게는 더욱 예민한 다른 감각이 있어서 집과 사원에는 창문이 없지요. 빛은 그들을 상처주거나 방해하고 혼란시키기도 하는데, 그들이 처음 발생한 시공 밖의 검은 우주에는 빛이 전혀 존재하지 않기 때문입니다.

유그고트프에 가는 것은 정신이 허약한 사람이면 미쳐버릴 수도 있는 일입니다. 하지만 나는 갈 생각입니다. 코르타의 검은 강물 위에는 신비로운 사이클롭스식(모르타르를 사용하지 않고 거대한 돌을 쌓아올리는 태고의 유적에서 볼 수 있는 방식) 다리가 놓여 있는데, 이것은 그곳의 생물들이 궁극의 허공에서 그곳으로 날아오기 전에, 그들보다 먼저 그곳에서 살았지만 결국 아주 멸망하여 잊혀져버린 유그고트프의 먼저 와서 살던 종족이 지은 것으로, 그 풍경을 보면 아마 누구라도 단테나 포 같은 위대한 시인이 될 겁니다. 다만 자신이 본 것을 애기하는 동안만이라도 제정신으로 있을 수 있다면 말입니다.

하지만 명심해 주세요. 그 균류정원(菌類庭園)과 창문 없는 도시의 암흑세계는 실은 무서운 곳이 아닙니다. 그걸 무섭게 생각하는 건 우리 인간들뿐이지요. 아마 원시시대에 그들이 처음 이곳을 탐험했을 때는 그들 역시 이 지구를 무섭게 생각했을 것입니다.

당신도 아시다시피 그들은 신화적인 크투르프의 시대가 끝나기 훨씬 전에 이미 지구에 와 있었고, 아르 레 암초가 아직 수면 위에 있었던 때의 일은 뭐든지 다 기억하고 있습니다. 그들은 지구의 안쪽에도 있었던 적이 있습니다.

그곳으로 통하는 구멍이 있는데 인간은 아직 모르고 있지요. 그 구멍 중 몇 개가 바로 이 버몬트 산속에 있습니다. 그리고 그 땅속에 미지의 생물이 사는 위대한 세계가 몇 개 있습니다. 이를테면 푸른 빛이 나는 크 누 얀, 붉은 빛이 나는 요토프, 그리고 빛이 없는 암초인 누 카이 같은 세계지요.

그 무서운 차트호가가 찾아온 것은 바로 그 누 카이에서입니다. 아시죠? 그 일정한 형태가 없는 두꺼비 같은 생물. 이것에 대해서는 프나토닉 사본, '사령비법(死靈秘法)', 그리고 코모리암 신화들 속에 언급되어 있으며, 그들의 서류를 보관하고 있었던 건 아틀란티스 섬의 고승 크라카쉬 톤이었습니다.

뭐, 거기에 대해서는 나중에 다시 얘기하기로 합시다. 지금쯤 벌써 4시나 5시가 되었을 겁니다. 가방에서 짐을 꺼내시고 식사를 조금 하신 뒤, 다시 이리로 오셔서 흥미로운 애기를 나누시는 것이 어떨까요?"

아주 느릿하게 몸을 돌린 나는 주인이 시키는 대로 하기 시작했다. 먼저 가방을 가져와서 필요한 것을 꺼내 놓고, 내가 쓸 이층방으로 올라갔다. 조금 전 길가에서 본 갈고리발톱 자국이 아직도 기억에 생생한데다 에이크리가 균류생물이 사는 미지의 세계——금제(禁制)

된 유그고트프 행성――를 잘 아는 투로 얘기했기 때문에 내가 받은 충격은 기묘한 효과를 더하면서 나도 모르게 오싹 소름이 끼쳤다.

에이크리의 건강이 나쁜 것은 역시 동정했지만, 그 소곤소곤 하고 속삭이는 목소리를 들으니 연민과 동시에 견딜 수 없이 혐오스러운 느낌이 들었다. 하다못해 유그고트프와 그 어두운 비밀들을 그토록 기뻐하지만 않았어도 나았을 것을!

내 방은 무척 쾌적하고 세심하게 장식된 방으로, 곰팡이 냄새나 기분 나쁜 진동도 느껴지지 않았다. 방에 가방을 내려놓고 나는 다시 아래로 내려가 에이크리에게 인사를 한 뒤 나를 위해 마련된 점심 식사를 하러 갔다.

식당은 서재 바로 옆방에 있었고 다시 그 옆에 L자형 부엌이 보였다. 식탁에는 큰 접시에 담긴 샌드위치와 케이크, 치즈가 차려져 있고, 컵 옆에 보온병이 놓여 있는 것을 보니 뜨거운 커피도 잊지 않고 준비한 모양이었다. 맛있는 음식을 먹은 뒤 커피를 한 잔 듬뿍 따랐는데, 이 집의 손님접대 예법에서 이 한 가지만은 옥의 티라고 생각하지 않을 수 없었다. 무심코 한 모금 마셔보니 쏘는 듯한 어쩐지 불쾌한 맛이 나서 더 이상 마시지 못 하고 커피잔을 내려놓았다.

나는 식사를 하면서도 내내 어두운 옆방의 커다란 안락의자에 말없이 앉아 있을 에이크리를 생각하고 있었다. 한번은 그에게 가서 함께 식사를 하지 않겠느냐고 권유했는데, 그는 지금은 아무것도 먹을 수 없고 나중에 잠자기 전에 맥아 우유를 마실 생각이라고 속삭였다.

식사 뒤에 나는 식탁을 치우고 부엌의 개수대에서 설거지를 하겠다고 우겨서, 그때를 이용해 도저히 마시고 싶지 않은 커피를 쏟아버렸다.

어두운 서재로 다시 돌아온 나는, 주인이 있는 구석 쪽으로 의자를 당겨놓고 그의 이야기를 들을 준비를 했다. 편지와 사진, 레코드는 여전히 커다란 중앙 테이블 위에 있었지만, 지금 당장은 그런 자료를 참고로 할 필요가 없었다. 잠시 뒤 나는 그 이상한 냄새와 거기서 연상되는 묘한 진동조차 까맣게 잊고 있었다.

나는 전에 에이크리의 편지, 특히 두 번째 온 것과 가장 긴 편지 속에 일부러 인용하고 싶지 않은, 아니 종이에 쓸 마음조차 들지 않는 것이 있다고 말한 적이 있다.

하지만 그날 밤 수상한 생물이 출몰하는 깊고 외딴 산속의 어두운 방에서 에이크리가 내게 속삭여준 이야기야말로 참으로 내키지 않는 달갑잖은 소리였다.

에이크리는 메마른 음성으로 이야기를 시작했는데, 그가 안고 있는 우주에 대한 두려움이 얼마나 큰 것인지 내 재주로는 도저히 전해줄 길이 없다. 사실 에이크리가 전부터 여러 가지 꺼림칙한 사실들을 잘 알고는 있었지만, 외계인과 극적으로 화해가 성립된 뒤 새롭게 알게 된 것은 맨 정신으로는 감당하기 힘들 만큼 황당한 얘기였다.

이를테면 궁극적인 무한의 구조, 다양한 차원의 병렬, 그리고 우리가 잘 알고 있는 공간과 시간으로 구성된 이 우주가 끝없이 이어진 우주원자에 속해 있다는 놀라운 설명과 함께, 그 우주원자가 곡선, 각도, 그리고 물질 및 반물질적인 전자공학적 조직을 구성하고 있다는 것이다. 나는 지금도 마찬가지지만 에이크리가 암시한 이 모든 이야기를 절대 믿을 수 없다.

또 정상적인 인간으로서 에이크리만큼 기본적 실재의 비밀에 이렇게까지 위험하리만큼 다가간 사람은 없었으며, 지혜를 가진 인간으로서 형태와 에너지와 질서를 초월하는 혼돈계의 철저한 괴멸에 이만큼 가까이 다가간 사람도 없었다. 그 세계에서 크투르프가 맨 처음 이곳에 왔다는 것과, 역사상 위대한 별똥별이 왜 반밖에 꽃피울 수 없었던가 하는 것을 나는 알게 되었다. 에이크리 같은 똑똑한 인물조차 두려워 입을 다물게 되는 분위기에서 마음속으로 내가 추리한 것은, 마젤란은하(남극에서 약 20도 점에 보이는 두 개의 밝은 성단. 은하계외 우주로 추정되고 있다)와 공갈이 둥근 모양의 은하의 배후에 있는 비밀과, 먼 옛날의 도교의 우화에 숨겨진 암흑의 진리였다. 도울루즈의 성질은 이해하기 쉽게 해명되고, 틴달로스의 사냥개 자리의 본질도(기원은 아니지만) 설명되었다.

악마의 아버지인 이그의 전설은 더 이상 비유적인 이야기가 아니었으며, '사령비법'이 아자트호트라는 명칭으로 자비롭게도 숨긴, 그 각진 공간 저편의 어마어마한 원자핵의 혼돈세계에 대한 얘기가 나왔을 때는 더 이상 견딜 수 없을 만큼 혐오스러워서 나도 모르게 몸이 움찔했다. 가장 추악한 악몽의 비밀 신화가, 완전히 병적인 혐오감이라는 점에서는 태고와 중세의 신비론자의 가장 노골적인 암시보다 한 단계 더 충격적인 말로 구체적으로 설명되는 것은 정말 참을 수가 없었다.

아무리 피하려고 발버둥쳐도 그런 저주받은 얘기를 맨 처음 속삭인 자들이 에이크리가 말하는 이른바 '외계인'들과 대화를 하고, 또 에이크리가 지금 그들이 있는 곳으로 가려는 계획을 세우고 있는 것처럼 은하계 밖의 우주에 실제로 갔던 것이 틀림없다고 나는 어느새 믿고 있었다.

또 그 '검은 돌'과 그 돌에 어떤 의미가 있는지에 대해 듣고, 나는 그 돌이 내 손에 들어오지 않은 걸 다행이라고 생각했다. 상형문자에 대해 내가 추리한 것이 이렇게 완벽하게 들어맞았다니! 에이크리는 우연히 만난 그 마성(魔性)의 무리와 모두 화해한 것 같았다. 뿐만 아니라 그 기괴한 심연을 더욱 깊이 탐구하고 싶어 했다. 나에게 마지막 편지를 보낸 뒤에 그가 도대체 어떤 생물과 대화를 했는지, 또 그들 중에 그가 말한 최초의 사자처럼 인간이 과연 많이 있었는지, 나는 궁금해졌다.

내 머릿속의 긴장감은 갈수록 감당하기 힘들 정도로 높아갔다. 나는 갇혀 있는 어두운 방에서 느껴지는 묘하고도 끈질긴 냄새와, 뭔가 진동하고 있는 듯한 느낌에 대해 마음속으로 이리저리 추측해 보았다.

밤이 점점 다가오고 있었다. 해가 진 뒤 얼마 안 되어 사건을 적어 보낸 에이크리의 편지를 떠올리며 오늘밤은 틀림없이 달이 뜨지 않을 거라는 생각을 하니 저절로 몸이 떨렸다. 이 집이 아무도 들어간 적이 없는 다크 산 꼭대기로 통하는 울창한 나무들이 자라고 있는 언덕의 아래 쪽에서 바람막이 역할을 하고 있다는 조건도 나는 마음에 들지 않았다.

에이크리의 양해를 구해 램프의 불빛을 약하게 한 뒤, 뒤쪽에 있는 책장 위의 유령 같은 밀턴의 흉상 옆에 그것을 두었다. 그러나 나중에는 그렇게 한 것을 후회했다. 왜냐하면 에이크리의 긴장하여 딱딱하게 굳어 있는 얼굴과 나른한 손이 이상하게도 죽은 사람처럼 보인 것은 램프를 그곳에 둔 탓이었기 때문이다. 에이크리는 몸을 거의 움직이지 못하는 것처럼 보였다. 이따금 뻣뻣하게 고개를 끄덕이는 것은 보았지만.

오늘밤 그 무시무시한 얘기를 다 들으면 내일을 위해 남겨 둘 만한 더욱 깊은 비밀 같은 건 거의 있을 수가 없을 것 같았다. 하지만 여러 모로 상황을 종합해 보니, 유그고트프와 그 너머로 떠나려는 그의 여행에 나도 동행할 가능성 등이 내일의 화제가 될 거라고 예측했다. 아까 에이크리는 나에게 그 우주여행을 해보지 않겠느냐고 제안했는데, 그 말을 들었을 때 내가 흠칫 놀라는 반응을 보이자 몹시 재미있어하는 것 같았다. 왜냐하면 내가 무서워하는 모습을 본 그의 목이 이리저리 흔들렸기 때문이다.

나중에 그는 겉으로 불가능하게 생각되는 행성 간 우주여행을 지금까지 인간이 어떻게 해냈는지, 그것도 얼마나 많이 해냈는지 하는 것을 지극히 온화하게 얘기해 주었다. 설령 인간의 육체가 아무리 완전하다 해도 그것만으로는 그런 여행이 가능할 리가 없다.

그러나 외계인들의 경이적인 외과학적, 생물학적, 화학적 및 기계학적인 기술에 의해 인간의 뇌를 육체적인 조직이 없이 따로 운반하는 방법을 발견한 듯하다.

뇌를 적출하는 무해한 방법도 있고, 또 그것이 빠져 나간 사이에 몸의 다른 부분을 살려 두는 방법도 있었다. 밖으로 노출된 섬세하고 밀도 있는 뇌세포는 유그고트프에서 채굴된 금속으로 만든 에테르를 통과시키지 않는 원통 속의 액체에 담가 두는데, 그 액체는 이따금 보충하도록 되어 있고, 원통은 전극과 연결되어 있어 보고 듣고 말하는 3대 능력을 대신할 수 있는 정교한 기계와 마음대로 접속할 수 있었다.

날개가 달린 균류생물이 뇌가 담긴 원통을 손상 없이 우주공간을 통해 운반하는 것은 식은 죽 먹기다. 그들의 문명이 퍼져 있는 모든 행성에는 원통에 들어 있는 뇌수와 접속할 수 있는 조작 가능한 기계가 많이 있다. 따라서 여행용 지능기계만 장착하면 시공의 연속체인 제4차원을 통해 더욱 멀리 가더라도 여행의 각 단계에서 충분히 감각적이며 언어기능이 갖춰진 생활——육체가 없는 기계적인 것이지만——을 할 수 있다.

이런 일이 얼마나 쉬운지는, 구조가 비슷한 축음기만 있으면 어디든 레코드를 가지고 가서 들을 수 있는 것과 같다. 가능하다는 것은 의문의 여지가 없었고, 에이크리는 조금도 걱정하지 않았다. 지금까지 몇 번이나 훌륭하게 해내지 않았는가 하고.

처음으로 그는, 지금까지 미동도 하지 않던 앙상하고 쇠약한 한 손을 쳐들어 방 저쪽에 있는 높은 책장을 어색한 동작으로 가리켰다.

거기에는 한 번도 본 적이 없는 금속제 원통이 한 다스 이상 한 줄로 정연하게 진열되어 있었는데 높이는 약 30센티미터, 지름은 그보다 조금 작으며 둥그렇게 부푼 원통의 정면에 기묘하게 생긴 소켓이 저마다 세 개씩 이등변 삼각형 모양으로 달려 있었다.

그 중 하나의 원통은 뒤에 서 있는 기묘한 모양을 한 한 쌍의 장치와 두 개의 소켓으로 접속되어 있었다. 그것이 어떤 역할을 하는지는 새삼 설명을 들을 필요도 없이 알 수 있었기 때문에 나는 마치 말라리아 발작이라도 일으킨 것처럼 몸을 후들후들 떨었다.

다시 에이크리의 손이 좀더 가까운 구석을 가리키자, 거기에는 상당히 복잡한 기계들이 부속 코드와 플러그를 매단 채 한곳에 모여 있었고, 그 중 몇 개는 원통 뒤 책장에 있는 한 쌍의 기계와 아주 흡사했다.

"여기에는 4종류의 기계가 있습니다, 윌머트 씨" 하고 그 목소리가 속삭였다. "4종류에 저마다 세 가지 능력이면 모두 12가지의 능력이지요.

보세요, 저기에 있는 원통에는 4종류의 다른 생물이 표현되어 있습니다. 인간이라는 종류가 3명, 균류생물이라 하여 살아 있는 몸 그대로는 우주를 항행할 수 없는 종류가 6명, 해왕성에서 온 종류가 2명(맙소사! 당신에게 그 몸이 보인다 해도, 이 종류는 해왕성에 가지 않으면 육체를 가지지 않는다는 말이군!), 그리고 나머지 한 종류는 은하계 바깥의 성운, 특히 흥미로운 암흑의 별 중앙에 있는 동굴에서 온 것입니다.

라운드 산 내부에 있는 주요 전초기지 속에서 앞으로 당신은 원통과 이 장치들을 더 많이 보게 될 겁니다. 그리고 그 원통은 우리가 알고 있는 어떠한 것과도 다른 감각이 갖춰져 있는 초우주적 뇌가 담겨진 것으로, 은하계 밖의 가장 먼 우주에서 오는 동맹자나 탐험자의 것인데, 몇 가지 방법으로 이들에게 이해력과 표현력을 부여하는 특별한 장치가 있어서, 서로에게도 적합하면서 다른 종류의 것도 듣고 이해할 수 있도록 되어 있습니다.

다양한 우주 속에 있는 그 생물의 주요 전초기지가 다 그렇듯이 라운드 산은 무척 국제적인 장소지요! 물론 내가 실험용으로 빌린 것은 매우 흔한 장치뿐입니다.

그럼 이제부터 내가 가리키는 세 가지 장치를 꺼내 와서 이 테이블 위에 올려주십시오. 그 정면에 렌즈가 2개 달린 키가 큰 것, 그리고 진공관과 음반이 장치된 상자, 다음에는 위에 금속제 원반이 붙은 상자입니다. 다음에는 'B67'이라는 라벨이 붙은 원통을 찾아야 하는데, 그 윈저체어 위에 올라서 주시겠습니까? 선반에 손이 닿도록. 네? 무겁다고요? 염려 마십시오! 번호를 확인할 수 있겠죠? 'B67'호. 그 실험용 기구와 접속되어 있는 반짝이는 새 원통은 그냥 두세요, 맞아요, 내 이름이 붙어 있는 것. 됐습니까? 'B67'호를 아까 책상 위에 올려놓은 상자형 장치 옆에 놓은 다음, 그 3개의 상자형 장치에 있는 다이얼이 모두 왼쪽 끝까지 돌려져 있는지 확인해 보세요.

그럼 이번에는 렌즈가 달린 장치의 코드를 원통의 소켓에 접속하는 겁니다. 됐어요, 잘 하셨습니다! 진공관이 달린 장치를 아래의 왼쪽 소켓에, 그리고 원반이 달린 장치를 또 하나의 소켓에 접속하십시오. 그리고 그 장치에 있는 다이얼을 모두 오른쪽 끝까지 돌리세요. 처음에는 렌즈의 것을, 다음에는 원반을, 그리고 진공관을. 좋아요. 나는 차라리 이렇게 말하고 싶을 정돕니다. 이 장치 쪽이 더욱 인간적이다, 우리들 중 누구와도 전혀 다를 것이 없다고. 내일은 또 다른 것을 보여드리지요."

어째서 내가 고분고분하게 이 속삭임이 지시하는 대로 따랐는지, 또 내가 에이크리를 미치광이라고 생각하는지 제정신이라고 생각하는지는 지금도 잘 알 수가 없다. 일이 그렇게 돌아간 이상 설령 어떤 사태가 발생하더라도 놀라지 않을 각오를 해뒀어야 했다.

하지만 이 기계장치를 주인공으로 한 무언극은 그야말로 미쳐버린 발명가와 과학자들의 전형적인 기행으로밖에 생각되지 않았기 때문에, 기계장치를 보기 전에 에이크리가 한 이야기들도 사실은 실재하는 것이 아닐지도 모른다는 의혹이 마음속에 강하게 고개를 쳐들었을 정도였다.

에이크리가 이 기계장치에 대해 얘기한 것은 누구라도 믿기 어렵지만, 그것을 보기 전에 들은 이야기 역시 수상쩍은 것이고 손에 잡히는 구체적인 증거가 없다는 점에서는 마찬가지가 아닌가?

이 혼돈스러운 세계의 한복판에서 마음이 갈팡질팡하면서도, 나는 아까 그 원통에 접속한 3개의 상자형 장치에서 '끼익끼익' 하는 소리와 '웅웅' 하는 회전음이 한데 뒤섞인 것 같은 소리를 들었다. 그 소음은 이내 가라앉았고, 쥐 죽은 듯한 조용함이 다시 찾아왔다. 도대체 이게 어쨌단 말인가! 여기서 목소리가 들려온다고? 만약 그렇다 치더라도 그것이 상당히 기묘하게 장치된 라디오 트릭이며, 어딘가에 숨어 있는 화자(話者)가 엄중한 감시 속에서 나에게 말을 걸고 있는 그런 연극이 아니라는 증거가 어디에 있단 말인가? 지금도 나는 내가 무엇을 들었고, 어떠한 현상이 실제로 내 눈앞에 일어났는가 하는 것에 대해 확실하게 말하고 싶지 않다. 하지만 뭔가가 일어난 건 분명했다.

간단하고 정확하게 말하자면 진공관과 사운드 박스가 달린 장치가 말을 하기 시작했는데, 그 말투는 조리가 정연한데다 지성이 작용하고 있어서 말하는 자가 실제로 눈앞에서 우리를 지켜보고 있다는 것에 의문의 여지가 없었다. 그 목소리는 크고 금속적이며 생기가 없고, 세세한 부분에서는 분명히 기계로 만들어진 느낌을 감출 수가 없었다. 억양이나 감정은 담을 순 없지만 참을 수 없을 만큼 정확하고 신중한 그 목소리는 마찰음을 내면서 술술 말을 계속했다.

"윌머트 씨" 하고 그 목소리가 말했다. "당신을 너무 놀라게 하지 않았으면 좋겠군요. 나도 당신과 마찬가지로 인간입니다. 사실 내 몸은 지금 이곳에서 1마일 반쯤 동쪽에 있는 라운드 산 밑에서 생명을 불어넣는 적당한 처치를 받고 안전하게 쉬고 있지만, 나는 지금 이렇게 당신과 함께 있습니다.

나의 뇌는 이 원통 속에 있으며, 원자진동기를 통해 보고 듣고 말하고 있는 겁니다. 일주일 뒤에, 전에 몇 년 동안 살았던 적이 있는 우주를 넘어, 그쪽에서 에이크리 씨와 만날 것을 기대하고 있습니다. 당신도 만날 수 있었으면 좋겠군요.

이렇게 말하는 건 내가 당신의 모습과 평판에 대해 알고 있고, 당신과 에이크리 씨가 주고받은 편지에 대한 정보를 계속 파악하고 있었기 때문입니다. 물론 나는 우리 행성을 찾아오는 외부 생물과 동맹을 맺고 있는 한 인간입니다. 외부생물을 처음으로 만난 것은 히말라야 산속에 있을 때인데 여러 모로 그들에게 힘이 되어주었지요. 그 보답으로 그들은 나에게 해 본 사람이 거의 없는 이런 경험을 하게 해준 것입니다.

나는 지금까지 37개의 다른 천체——행성과 캄캄한 항성 및 그다지 확실하지 않은 혹성들을 다녀왔습니다. 여기에는 우리 은하계 바깥의 여덟 개의 천체와 시공이 둥글게 휘어진 우주 밖의 두 천체가 포함되는데, 그런 많은 천체에 갈 수 있었다는 것이 무엇을 의미하는지 아십니까?

그러한 천체들은 나에게 아무런 해도 끼치지 않았습니다. 내 뇌를 몸에서 꺼내는 분리수술은 더할 나위 없이 오묘하여, 그 수술을 외과의술이라 부르는 것은 차라리 폭력이라고 할 수 있습니다. 다른 천체에서 지구에 온 외계인들은 다양한 방법을 알고 있기 때문에 이런 수술은 마치 일상적인 일처럼 되어있습니다. 그리고 뇌수를 꺼내두면 인간의 육체는 나이를 먹지 않습니다. 뇌수는 기계적인 능력을 갖추고 있어 약간의 양양분만 있으면 실제로 언제까지고 살 수 있으며, 그 영양은 보존액을 이따금 교환함으로써 보급된다고 할 수 있습니다.

진심으로 당신이 에이크리 씨와 저와 함께 가기로 결심해 주시기를 희망합니다. 외계인들은 당신과 같은 지식인과 교류하여, 우리들 대부분이 어리석은 공상에 사로잡혀 제멋대로 상상하고 있는 그 커다란 심연을 우리에게 보여주고 싶어합니다.

그들을 만난다는 것이 처음에는 이상하게 생각될지도 모르지만 당신은 훌륭한 분이니까 그런 건 염려하지 않으실 줄 압니다. 노이즈 군도 틀림없이 같이 갈 겁니다. 당신을 이곳까지 자동차로 모시고 온 사람 말입니다. 그 사람이 우리의 동료가 된 지도 몇 년이 지났습니다. 그의 목소리가 에이크리 씨가 당신에게 보낸 레코드에 녹음된 목소리의 하나라는 걸 당신도 눈치 채셨을 줄 압니다만."

내가 비명이라도 지를 듯이 놀랐기 때문에 말하는 자는 한순간 입을 다물었다가 잠시 뒤 다음과 같은 말로 얘기를 끝냈다.

"그래서 윌머트 씨, 결정은 모두 당신한테 맡기겠습니다. 다만 꼭 덧붙이고 싶은 것은, 당신처럼 신비로운 현상과 민속학을 사랑하는 사람은 이런 기회를 절대로 놓쳐서는 안 된다는 것입니다. 걱정하실 것은 하나도 없습니다. 우주 도항은 고통을 전혀 수반하지 않으며, 완전하게 기계화된 감각에는 경험해 볼만한 일도 많이 있습니다. 전극과 접속이 끊어지면 이내 잠들게 되는데, 그 잠은 참으로 생생하고 환상적인 꿈이지요.

당신만 좋으시다면 우리는 이번 회기를 내일까지 연기해도 괜찮습니다. 그럼 안녕히 주무십시오. 스위치는 모두 왼쪽으로 다시 돌려주십시오. 돌리는 순서는 따로 없지만 렌즈 장치만은 맨 마지막에 하는 것이 좋습니다. 그럼, 편히 주무십시오. 에이크리 씨, 아무쪼록 손님을 잘 보살펴 주시기를! 그럼 스위치를 부탁합니다."

그뿐이었다. 나는 상대방의 지시를 기계처럼 따르며 3개의 스위치를 모두 껐지만, 방금 일어난 모든 일에 의혹을 느끼며 정신이 아득해지는 기분이었다. 그래서 테이블 위의 기계와 장치는 그대로 두어도 된다고 하는 에이크리의 속삭이는 목소리를 들었을 때도 여전히 머리가 빙글빙글 도는 듯한 느낌이었다.

그는 그때까지 일어난 일에 대해서는 아무 말도 하지 않았고, 또 사실 어떤 의견을 들어도 피곤한 내 머리에는 그리 대단한 참고는 되지 않았을 것이다. 필요하다면 램프를 가지고 가서 방에서 사용해도 좋다고 하는 에이크리의 말을 듣고, 나는 그가 어두운 곳에서 혼자 자고 싶어하는 거라고 짐작했다.

사실 그는 이제 그만 잘 때도 되었을 것이다. 낮부터 밤까지 그가 한 얘기는 엄청난 양이어서 건강한 사람도 피곤을 느낄 정도였기 때문이다. 뭔가 여전히 멍한 기분인 채 에이크리에게 잘 자라는 인사를 하고, 주머니 속에 훌륭한 손전등이 하나 들어 있지만 권하는 대로 램프를 들고 이층으로 올라갔다.

기묘한 냄새가 코를 찌르고, 뭔가 진동하는 것이 있는 듯한 느낌이 드는 그 일층 서재를 벗어날 수 있다는 것은 무엇보다 기뻤지만, 내가 지금 있는 장소와 마주하고 있는 상대방의 에너지를 생각하면 그래도 역시 두려움과 위험과 우주의 기괴함이 느껴지는 꺼림칙한 기분을 좀처럼 떨쳐버릴 수가 없었다. 이 황량하고 한적한 지방, 이 집 바로 뒤에 버티고 있는 이상하리만큼 나무가 울창한 검은 산비탈, 어둠 속에서 꼼짝도 하지 않고 속삭이는 병자, 그 꺼림칙한 원통과 기계들, 특히 기이한 외과수술과 더욱 기이한 우주 도항에 대한 권유…
…이렇게 갑자기 한꺼번에 연속적으로 일어난 모든 이미지가 누적된 압박감과 함께 뇌리에 떠오르자 온몸의 기운이 쑥 빠져나가버려 거의 탈진상태에 이르렀다.

여기까지 안내해준 노이즈가 사실은 레코드에 녹음된, 그 말도 안 되는 과거 안식일 의식의 집행자였다는 것을 알고 보니 뭐라 표현할 수 없는 충격을 받았지만, 사실 처음부터 다정하고 친근한 그의 목소리에서 어쩐지 불쾌함을 느끼고는 있었다. 에이크리에 대한 자신의 태도를 분석하려 할 때마다 나는 또 다른 충격을 느꼈다.

나는 그때까지 편지에서 똑똑히 느낄 수 있었던 에이크리의 인품에 본능적으로 무척 호감을 느끼고 있었지만, 지금은 그에게서 명백하게 불쾌한 데가 있음을 알았기 때문이다. 그가 병자라는 사실은 당연히 내 동정심을 불러일으키기에 충분했다.

그런데 실제로는 그 반대로, 그의 병은 왠지 진저리쳐지는 혐오감을 나에게 주었다. 에이크리의 몸은 몹시 굳어 있어서 움직임이 없는 거의 죽은 사람 같았으며, 끊임없이 소곤소곤 새나오는 그 속삭임은 정말이지 꺼림칙하여 심지어 인간의 목소리라는 느낌이 들지 않았던 것이다!

그 속삭임은 지금까지 내가 들어본 어떤 종류의 속삭임과도 달랐고, 또 콧수염 밑에 가려진 입술이 이상하게도 전혀 움직이지 않는 것 같았다. 나는 문득 그 속삭임에 천식환자 특유의 색색거리는 목소리처럼 잠재된 체력과, 언제까지나 계속될 것 같은 끈기가 있었던가 하는 생각이 머리에 떠올랐다. 서재 안쪽까지 깊숙이 들어갔을 때 나는 에이크리가 하는 말을 똑똑히 알아들을 수 있었고, 한두 번 희미하기는 했지만 목소리는 잘 들렸는데 마치 연약하다기보다는 오히려 신중하게 억제하고 있는 듯한 느낌의 목소리였다.

이유는 모르겠지만 처음부터 그 목소리의 울림에는 듣는 사람을 초초하게 만드는 데가 있었다. 이제 와서 생각해보면, 어쩐지 듣는 사람을 초조하게 만드는 그 느낌을 따라가다 보면 일종의 잠재의식적인 익숙한 느낌에 도달하는데 그것이 바로 노이즈의 목소리가 아주 어렴풋이 암시하고 있던 친밀함과 동류의 것임을 알 수 있었다.

그러나 그것이 암시하고 있는 것과, 내가 언제 어디서 만났는가 하는 점에 대해서는 나는 도저히 대답할 길이 없다.

단 한 가지 분명한 것이 있었다. 내가 이곳에 머무는 것은 오늘 밤뿐이라는 사실이다. 나의 학문적인 열정은 공포와 혐오감 뒤로 사라져버렸고, 오로지 병적인 상태와 부자연스러운 계시가 그물눈처럼 뻗어 있는 이 집에서 달아나고 싶을 뿐이었다. 지금은 모든 사정을 잘 이해할 수 있다. 우주의 신비한 연결이라는 것이 존재한다는 것은 역시 진실임이 틀림없다. 하지만 그런 것은 우리 정상적인 인간이 함부로 간섭해서는 안 되는 것이다.

신을 두려워하지 않는 자들의 눈에 보이지 않는 힘이 나를 에워싸고, 나의 오감을 머리가 어지러울 정도로 압박해오는 것처럼 느껴졌다. 잠을 잔다는 건 도저히 꿈도 못 꿀 일이라고 나는 아예 포기했다. 그래서 불을 끄고 옷을 입은 채 그대로 침대에 몸을 눕혔다. 물론 그런다고 해서 무엇이 보장되는 것은 아니다.

하지만 언제 어느 때 생각지도 않은 일이 일어나더라도 대처할 수 있는 태세를 갖춰두자는 셈이었다. 늘 가지고 다니는 권총은 오른손에 쥐고, 왼손에는 손전등을 붙잡았다. 아래층에서는 소리 하나 들려오지 않았다. 하지만 나에게는 에이크리가 어둠 속에서 시체처럼 경직된 채 앉아 있는 모습이 생생하게 떠올랐다.

어디선가 시계가 째깍거리며 가고 있는 소리가 들렸고, 그 소리가 정상인 것이 왠지 모르게 고맙게 생각되었다. 그 소리로 문득 생각난 것은, 이곳에서 한 가지 더 마음에 걸렸던 것, 즉 살아 있는 동물이 전혀 보이지 않는다는 사실이었다. 분명히 이 주위에는 농업용 가축이 한 마리도 보이지 않았고, 그 흔한 야생 동물의 울음소리조차 들리지 않았다. 어딘가 멀리서 눈에 보이지 않는 물이 똑똑 떨어지는 음산한 소리를 제외하면, 이 쥐 죽은 듯한 고요함은 행성 간 우주처럼 비정상적이며 이 일대에 드리워져 있는 생물에 유해한 안개가 형체도 없이 끼어 있는 대기는 어느 별에서 온 것일까 하는 의문이 들었다. 개와 그 밖의 짐승들은 본능적으로 외계인을 싫어한다는 것을 옛 전설에서 떠올리며 나는 그 도로에 찍혀 있던 발자국이 무엇을 의미하는지 생각해 보았다.

8

나도 모르는 사이에 깜박 졸고 말았는데 그 시간이 얼마나 되는지, 또 그 뒤에 일어난 일이 어디까지가 진짜 꿈이었는지, 그 점에 대해서는 제발 묻지 말아주기 바란다. 만약 내가 이러이러한 때는 나도 깨어 있었고 이러이러한 것을 보고 들었다고 말한다 하더라도 독자 여러분은 아마 이렇게 대답할 것이다.

아니, 당신은 그때 깨어 있었던 게 아니야. 그 집에서 서둘러 빠져나가 낡은 포드 자동차가 들어 있는 차고까지 비틀비틀 걸어가서 그 낡은 차에 올라탄 뒤, 괴물이 출몰한다는 산속을 돌파하는 미친 짓이나 다름없는 불확실한 레이스를 하기 위해 언제 미로에 빠질지 모르는 숲 속을 덜컹거리면서 좌우로 구불구불 나아간 끝에 가까스로 어느 마을에 도착하여 차에서 내리고 보니, 그곳은 타운젠트였다! 그때까지 보고 들은 것은 모두 꿈이었다고.

독자 여러분은 물론 나의 이 보고서의 다른 부분도 모두 에누리해서 읽고 사진, 레코드, 원통, 발성장치, 그리고 그것과 유사한 모든 증거품은 현재 행방불명 중인 헨리 에이크리가 나를 사기극에 끌어들이기 위해 조작한 완전한 가짜 자료라고 말할 것이다.

그리고 다음과 같이 덧붙일지도 모른다. 에이크리는 머리가 이상한 다른 몇 명과 공모하여 말도 안 되는, 그러나 용의주도한 사기극을 연출한 것이다. 즉, 그 급행편 화물은 에이크리가 킨에 전송해둔 것이며, 그 무서운 레코드는 그가 노이즈에게 시켜서 만든 것이라고.

사실 이상한 것은 노이즈가 어디 사는 누구인지 아직도 모르고, 그가 그 일대에 몇 번이고 간 적이 있을 텐데도 에이크리의 집과 가까운 어느 마을에서도 노이즈를 알고 있는 사람이 한 사람도 없었다는 점이다. 그때 차분하게 정신을 가다듬고 차번호를 기억해 두었더라면 좋았을 것을. 아니, 번호 같은 건 기억하고 있지 않는 편이 차라리 다행이었는지도 모른다. 왜냐하면 여러분들에게도 여러 가지로 견해가 있을 것이고, 나 역시 때로는 문득 생각하는 것이지만 그 혐오스러운 외부세계의 보이지 않는 힘이 그 미지의 산속에 숨어 있는 것이 틀림없으며, 또 보이지 않는 힘에 조종되는 스파이들이 인간 세상에 심어져 있다는 것을 알고 있기 때문이다. 이러한 눈에 보이지 않는 힘으로부터 가능한 한 멀리 떨어져 있는 것만이 미래의 생활에서 내가 바라는 점이다.

나의 정신병자 같은 헛소리를 듣고 셀리프의 경찰대가 에이크리의 집에 출동했을 때는, 그는 흔적도 없이 자취를 감추어버린 뒤였다. 그의 헐렁한 실내복과 노란색 스카프, 그리고 다리에 감았던 붕대가 서재 안에 있는 그의 안락의자 옆 바닥에 놓여 있었지만 행방을 감출 때 그가 어떤 옷을 입고 있었는지는 알 수 없었다. 개와 가축의 모습은 보이지 않았고, 집 밖과 건물 안쪽의 벽에 기묘한 탄흔이 몇 개 있는 것 말고는 수상한 점은 아무것도 발견되지 않았다. 원통도 장치도 찾지 못했고, 내가 가방에 넣어가지고 간 증거품도 없었으며, 기묘한 냄새와 진동하는 듯한 느낌도 사라졌고, 도로의 발자국도, 또 마지막에 내가 엿보았던 분명치 않은 여러 가지 것도 전혀 눈에 띄지 않았다.

그 집에서 빠져 나온 뒤 나는 일주일 동안 브라틀보로에 머물며 에이크리를 알았던 사람들을 찾아 이리저리 수소문하고 다녔다. 그 결과 나는 이 일은 꿈이나 환상에서 비롯된 것이 아니라는 확신을 가질 수 있었다. 에이크리가 개와 탄약, 화학약품 같은 묘한 물건들을 사들인 일, 전화선이 끊긴 일, 이러한 것들이 모두 기록으로 남아 있었던 것이다.

한편, 에이크리를 아는 사람들은 모두——캘리포니아의 아들까지——기묘한 연구에 대해 이따금 그가 말한 내용은 늘 일관성이 있었다고 인정했다. 견실한 시민들은 그를 정신병자라고 믿었다. 증거라고 주장되고 있는 것은 모두 광기에서 나온 간교한 속임수이고, 상궤를 벗어난 자들이 그를 선동하여 꾸민 못된 사기극에 지나지 않는다고 주저 없이 단언했다.

하지만 신분이 낮은 시골사람들은 에이크리가 말한 것을 세세한 부분까지 모두 인정하고 있었다. 에이크리는 그 시골사람들 중 몇몇에게 발자국 사진과 검은 돌은 물론 혐오스러운 레코드도 들려준 적이 있는데, 그들은 모두 그 발자국과 윙윙거리는 목소리가 조상대대로 전해내려 오는 전설 속에 나오는 것과 매우 비슷했다고 말했다.

그들은 또 에이크리가 검은 돌을 발견한 뒤로는, 집 주위에서 끊임없이 일어나는 수상한 광경과 소리가 있었다고 말했고, 그래서 우편배달부와 우연히 지나가는 대담한 사람 외에는 아무도 그 집에 가까이 가는 자가 없었다고 했다. 다크 산과 라운드 산은 모두 괴물이 출몰하는 것으로 악명 높은 장소였고, 지금까지 그곳을 상세하게 탐험한 사람은 한 사람도 없었다. 그 지방의 역사를 더듬어보면 이따금 마을사람이 행방불명이 된 것을 분명히 알 수 있는데, 그 중에는 에이크리의 편지에도 이름이 올라 있는 얼뜨기 건달인 월터 브라운도 끼어 있었다. 내가 만난 농부 중에는 웨스트 강이 범람했을 때 기묘한 사체를 자신의 눈으로 똑똑히 봤다고 믿는 자도 있었지만, 그 사람의 얘기는 너무도 지리멸렬하여 실제적인 가치는 인정하기 어려웠다.

나는 브라틀보로를 떠날 때 두 번 다시 버몬트 땅을 밟는 일은 사양하겠다고 굳게 결심했고, 영원히 그 결심을 지킬 수 있을 거라고 확신했다. 그 원시림의 구릉지대는 무서운 외계인의 전초기지가 틀림없었다. 외계인이 예언한 대로 아홉 번째 행성이 해왕성 저편에서 발견되었다는 기사를 읽은 뒤부터 의심하는 마음은 점차 엷어져 갔다. 천문학자들은 스스로도 전혀 깨닫지 못하면서 소름끼칠 만큼 정확하게 이 행성을 '명왕성'이라고 명명했다.

그야말로 암흑의 유그고트프 행성이라는 걸 나는 확신했다. 그래서 그 행성의 주민들이 이렇게 특별한 때에, 이런 방법으로 자신의 별의 존재를 알리고 싶어하는 것은 무엇 때문인지 그 진정한 이유를 찾아야겠다고 생각하면 나도 모르게 몸이 떨린다. 그 악마적인 생물이 지구와 우리 원주민들에게 해를 끼치는 뭔가 새로운 시도를 하고 있지는 않다는 것을 확인해보려 하지만 결국은 헛수고일 것이다.

하지만 나는 다시 한번 그 집에서는 이제 무서운 밤은 종지부를 찍었다는 것을 얘기하지 않으면 안 된다. 이미 말한 대로 그날 밤 나는 불안한 가운데에서도 결국은 그만 꼬박꼬박 졸다가 잠이 들고 말았다. 그건 바로 그 지방의 무시무시한 풍경이 언뜻언뜻 지나가는 짤막한 꿈으로 가득 채워진 선잠이었다. 어째서 눈이 떠졌는지 그것만은 지금도 알 수 없다. 하지만 분명히 방금 얘기한 그때 눈이 떠진 것만은 틀림없었다. 어지러운 내 마음이 맨 처음 받은 인상은 내가 있는 방 바깥쪽 홀의 바닥판이 소리를 죽이려고 조심하는 것처럼 삐걱거리는 소리를 낸 것과, 서투른 손길로 빗장을 더듬고 있는 자가 있는 것 같은 기색이었다. 그러나 그 기색은 이내 사라졌다. 그러므로 내가 정말로 느낀 분명한 인상은 일층 서재에서 들리는 목소리가 처음이었다. 얘기하고 있는 사람이 여러 명인 듯했고, 그 자들은 뭔가 의논을 하고 있는 거라고 나는 판단했다.

2, 3초 귀를 기울이고 있는 동안 나는 완전히 잠에서 깨어났다. 그 목소리들이 더할 나위 없이 흥미를 끌었기 때문에 잠이 확 달아난 것이었다. 그 목소리는 흔치 않게 변화가 풍부해서, 혐오스러운 그 레코드를 들은 적이 있는 사람이라면 적어도 그 두 목소리에 대해서는 잘 안다는 듯이 고개를 끄덕였을 것이다. 생각해보면 견딜 수 없는 일이지만, 내가 지금 바닥을 알 수 없는 아득한 공간에서 온 이름 모르는 자들과 한 지붕 아래 있는 것은 틀림없는 사실이었다.

그것은 그 두 목소리가 의심의 여지없이 외계인들이 인간과 의사를 소통할 때 사용하는 그 저주받은 윙윙거리는 목소리였기 때문이다. 그 둘은 분명히 달랐다. 소리의 높이와 악센트, 그리고 빠르기에서 달랐다. 하지만 둘 다 그 지긋지긋한 종족과 같은 종류였다.

또 하나의 목소리는 기계로 합성된 목소리로, 원통 속의 두뇌와 접속되어 있는 발성장치에서 들려오는 것이었다. 그 윙윙거리는 목소리와 마찬가지로 이 목소리에도 의문의 여지가 거의 없었다. 그것은 간밤에 들었던 그 새되고 금속적이며 생명이 들어 있지 않은 목소리가 억양과 감정이 없이 찌걱거리면서도 매끄러워, 인간이 흉내 낼 수 없는 정확성과 신중성이라는 점에서 도저히 잊을 수 없는 것이었기 때문이다.

그 찌걱거리는 목소리의 배후에 도사리고 있는 뇌가 간밤에 나에게 얘기했던 바로 그 인물인지 확인하기 위해 잠시나마 이리저리 머리를 굴려보는 어리석은 짓을 하지 않고도 이내 나는, 어떤 뇌수라도 같은 발성장치에 접속되어 있으면 같은 성질의 음성을 발하는 게 틀림없으며, 만약 어딘가 다른 데가 있다고 한다면 용어와 리듬, 빠르기, 그리고 발음의 차이뿐이라는 결론을 내렸다. 그 꺼림칙한 회담을 성립시키기 위해 두 사람의 진짜 인간의 목소리가 거기에 가담하고 있었다. 하나는 처음 듣는, 분명히 시골사람의 것인 듯한 거친 말, 또 하나는 나의 안내자인 노이즈의 알아듣기 쉬운 보스턴식 억양이었다.

튼튼하게 만들어진 바닥 때문에 알아듣기가 몹시 힘든 아래층의 대화를 어떻게든 들어보려고 노력하면서 나는 아래층의 방 안에서 뭔가 활발하게 몸을 움직이며 주위를 긁거나, 발을 질질 끄는 듯한 소리가 들리는 것에도 주의를 기울였다. 그래서 나는 그 방 안에 생물이 가득 있다는 인상을 받지 않을 수 없었다.

내가 구별할 수 있는 말을 하는 자가 적어도 두세 명 이상은 되었다. 무언가가 몸을 움직이고 있는 느낌을 정확히 표현하는 건 힘든 일이다. 거기에 비유할 만한 마땅한 것이 없기 때문이다. 그 자들은 흡사 의식이 있는 실재인 것 같았고, 이따금 방 안을 왔다 갔다 하고 있는 모양이었다. 그 발자국 소리는 흔들거리면서도 겉은 단단한 듯 딱딱거리는 소리, 뿔이나 경질 고무 같은 표면이 같은 물질이 아닌 것에 부딪치는 듯한 소리와 어딘가 닮은 데가 있었다.

좀더 구체적이기는 하지만 부정확한 비유를 사용한다면, 마치 부서지기 쉬운 나무로 만든 헐렁한 구두를 신은 사람들이 잘 윤낸 바닥 위를 비틀비틀 덜그럭덜그럭 돌아다니고 있는 것 같았다. 그 소리를 내고 있는 존재의 성질과 모습에 대해 이리저리 추측하는 건 아무래도 내키지 않았다.

이윽고 나는 그 시끄러운 얘기 속에서 뭔가 정리된 것을 선별하는 건 불가능한 일이라고 판단했다. 혼자 고립된 말——에이크리나 내 이름을 포함한——이 이따금, 특히 그 발성장치가 발음했을 때 불쑥 들려오기는 했다. 하지만 그것이 의미하는 것은 연속된 전후관계를 듣지 않으면 알 수 없는 것이었다. 그런 말에서 뭔가 확실한 추론을 끌어 내라면 나야말로 단호히 거절할 것이며 그것이 나에게 준 무서운 효과도 계시적인 것이라기보다는 차라리 암시적인 것이었다.

무섭고 이상한 비밀회의가 지금 이 아래층에 소집되어 있다는 것을 나는 확신했다. 하지만 어떤 무서운 심의를 하기 위한 회의인지 그 점은 알 수 없었다. 아무리 에이크리가 그 은하계 밖 외계인의 우정을 보증한다고는 하나, 이 불길하고 신을 두려워하지 않는 자들이 입 밖으로 낸 적도 없는 질문의 참된 의미가 어째서 내 뇌를 스쳤는지 생각할수록 이상한 일이었다.

참을성 있게 귀를 기울이고 있는 동안 나는 여러 목소리 가운데 명료하게 구별되는 것을 알아들을 수 있게 되었다. 하기는 그 목소리 가운데 누가 뭐라고 했는가 하는 것까지 파악할 수는 없었다. 얘기하는 자들 중 몇몇이 어떤 동기로 얘기하고 있는지, 그 전형적인 감정을 약간 짐작할 수 있을 것 같았다. 예를 들면 웡웡거리는 목소리 중 하나는 의심할 여지없이 권위를 과시하는 말투를 일관되게 유지하고 있는 반면, 발성장치에서 나오는 목소리는 그 기계음의 새되고 억양 없는 어조에도 지위가 낮고 상대방에게 사정하는 입장에 있는 것 같았다.

노이즈의 말투에서는 일종의 중간 역할 같은 분위기가 느껴졌다. 그 밖의 목소리는 도저히 분석하고 싶은 마음도 들지 않았다. 귀에 익숙한 에이크리의 속삭임 소리는 들을 수 없었는데, 그 목소리가 이 방의 튼튼한 바닥을 통해 들려올 리가 없다는 것은 잘 알고 있었다.

나는 단편적으로 알아들은 말과 목소리에 대한 느낌을 몇 가지 적어 넣고, 그런 말을 할 만한 가장 어울리는 인물을 추정해 보기로 했다. 내가 처음으로 그럭저럭 알아들을 수 있었던 문장은 그 발성장치에서 나오는 것이었다.

(발성장치의 목소리)
"……그것을 자기가 가지고 왔다……편지와 레코드를 되돌려보내고……그것으로 끝……이해받고……보거나 들으면서……제기랄……결국 비인간적인 힘이다……신선하게 반짝이는 원통……맙소사……"
(윙윙거리는 목소리 1)
"……우리가 멈춰놓은 시간……작고 인간다운……에이크리……뇌……얘기하고 있다……"
(윙윙거리는 목소리 2)
"냐르라트호테프……윌머트……레코드와 편지……싸구려 속임수……"
(노이즈)
"……(발음하기 어려운 말 또는 이름, 아마 누가 크토픈일 것이다)……무해한……평화……이 주 정도……극적인……말할 필요 없다……"
(윙윙거리는 목소리 1)
"……이유가 없다……최초의 계획……효과……노이즈가 감시할 수 있다……라운드 산……신선한 원통……노이즈의 차……"
(노이즈)
"……글쎄……모두 당신의……이곳에……휴식……장소……"
(몇 사람이 동시에 말하기 시작하여 구별이 안 되는 소리들)
(몇 명의 발소리와 덜그럭거리는 움직임 소리 포함)

(기묘하게 딱딱거리는 소리)
(자동차가 출발하여 점점 멀어지는 소리)
(정적)

내가 마의 산속에 있는 괴상한 저택의 이층에서 침대에 긴장한 몸을 눕히고 있었을 때 그렇다, 침대에 옷을 그대로 입은 채 오른 손에는 권총, 왼손에는 손전등을 쥐고 누워 있었을 때 내 귀가 포착한 실체는 이상과 같은 소리였다. 이미 말했듯이 나는 완전히 잠에서 깨어 있었다. 하지만 애매하면서도 뭔가 마비된 듯한 감각 때문에 그 소리의 마지막 메아리가 사라져버린 뒤에도 오랫동안 무기력해져서 움직이지 못하고 있었다.

어딘가 아래층의 먼 곳에서 코네티컷식 기둥시계가 나무를 두드리며 시각을 알리는 둔중한 소리가 들린 다음, 마침내 누군가가 불규칙하게 코를 고는 소리를 가까스로 들을 수 있었다. 에이크리가 기묘한 일이 잇따라 일어난 뒤여서 피곤하여 잠이 든 것이 틀림없으며, 그것도 무리가 아니라고 나는 생각했다.

이제 어떻게 생각하면 좋을지, 또 어떻게 행동하면 좋을지 결정하는 것은 불가능했다. 결국 나는 지금까지 얻은 정보에서 마땅히 각오해 두었어야 하는 사항 이상으로 뭔가 생각지도 못한 말을 들은 것인가? 또, 이름도 모르는 외계인이 이 집에 마음대로 출입하고 있다는 사실을 지금까지 모르고 있기라도 했단 말인가? 물론 에이크리는 그들이 갑작스럽게 찾아온 것에 놀랐을 것이다.

그러나 단편적으로 들을 수 있었던 이야기 속의 어떤 것 때문에 나는 측량할 수 없을 만큼 오싹하고 불길한 상상을 하며, 더할 나위 없이 기이하고 무서운 의혹을 느끼기 시작했고, 끝까지 자지 않고 모든 것이 꿈이라는 사실을 증명해보고 싶은 열망으로 가득 찼다. 나의 잠재의식이, 표면의식이 아직 깨닫지 못한 무언가를 포착해줄 것이 틀림없다고 생각했다.

하지만 에이크리는 대체 어떻게 된 것일까? 그 남자는 내 친구가 아닌가! 혹시 나에게 위해를 가하려는 시도가 있다면 그가 항의하지 않을 리가 있을까? 일층에서 들려오는 평화로운 코고는 소리는 급격하게 높아진 내 공포를 조롱하고 있는 것 같았다.

어쩌면 에이크리도 그들에게 속아서 그 편지와 사진, 레코드와 함께 나를 이 산속으로 유인하는 미끼로 이용된 것은 아닐까? 그들은 우리 두 사람이 너무 많은 것을 알고 있다는 것을 이유로 함께 파멸시키려는 속셈이 아닐까? 에이크리의 마지막 편지와 그 바로 앞에 온 편지의 차이가 너무나도 갑작스럽고 부자연스러운 것은, 그 두 편지 사이에 뭔가 정황의 변화가 있었기 때문이 틀림없다고 나는 또다시 생각했다. 뭔가 무섭고 끔찍한 일이 있었다고 내 본능이 가르쳐주었다. 모든 것이 겉으로 보이는 그대로는 아니다.

내가 마시지 못하고 버린 그 쏘는 듯한 맛이 나던 커피, 그것은 나를 독살하려는 저 비밀스러운 미지의 무리가 꾸민 음모가 아니었을까? 당장 에이크리에게 얘기해서 그의 균형감각을 되찾아주지 않으면 안 된다. 그들은 우주의 비밀을 보여주겠다는 약속으로 에이크리에게 최면술을 걸고 있었던 것이며, 그도 이젠 이성이 명령하는 말에 귀를 기울일 때가 되었다.

늦기 전에 이 집에서 탈출하지 않으면 안 된다. 만약 그에게 자유를 향해 탈출할 의지가 없다면, 내가 그것을 주기로 하자. 만약 함께 달아나도록 그를 설득할 수 없다면 적어도 나만이라도 달아나기로 하자. 분명히 그는 나에게 자신의 포드를 쓰게 할 것이고, 나는 브라틀보로의 차고에 그것을 넣어 두면 될 것이다. 그 차가 이 집 차고에 있는 것을 아까 나는 똑똑히 봐 두었다. 문이 잠겨 있지 않았기 때문에 들킬 위험이 없을 때 열어 두었다. 나는 언제라도 즉시 그것을 사용할 수 있을 거라고 믿었다.

밤에 대화를 나누는 동안에도 또 그 뒤에도 계속 느끼고 있었던 에이크리에 대한 일시적인 혐오감은 이젠 완전히 사라지고 없었다. 그 역시 나와 매우 비슷한 처지에 있는 거니까 서로 돕지 않으면 안 된다. 그의 몸 상태를 알기에 깨우고 싶지는 않았지만, 어쩔 수 없는 위기라는 걸 알고 있었다. 상황이 그렇게 되었으니 아침이 될 때까지 이런 곳에 가만히 앉아 있을 수는 없는 일이었다.

결국 나는 어떻게든 해낼 수 있을 것 같은 기분이 들어 근육을 자유롭게 움직일 수 있도록 몸을 힘차게 뻗어 기지개를 켰다. 신중하다기보다 오히려 충동적으로 조심하면서 일어나자 모자를 찾아 쓰고 가방을 든 뒤 손전등에 의지하여 아래층으로 내려가기로 했다.

긴장하면서 오른손에는 권총을 쥔 채, 왼손 하나로 가방과 손전등 양쪽을 다룰 수 있도록 주의를 기울였다. 그 집에 나 말고 단 한 사람 있는 에이크리를 깨우러 가는 것이었는데 그때 어째서 그렇게 조심했는지 나도 잘 모르겠다.

아래층 홀로 가는 계단을 살금살금 내려가는 중에 조금 전의 숨소리가 점점 똑똑히 들려왔다. 자고 있는 자가 왼쪽 방——저녁에 들어갔던 그 거실——에 있는 게 틀림없었다. 오른쪽은 조금 전의 회의 때 얘기소리가 들린 서재인데 지금은 빼끔하게 암흑이 입을 벌리고 있었다. 문고리가 걸려 있지 않은 거실문을 밀어 연 뒤, 나는 코 고는 소리가 나는 쪽으로 손전등이 밝게 그리는 원을 따라 더듬어 가서 잠자고 있는 자의 얼굴로 불빛을 돌렸다.

하지만 다음 순간 나는 황급히 그 불을 치우고 고양이처럼 잽싸게 소리를 내지 않고 다시 홀 쪽으로 돌아갔는데, 이번의 조심은 본능적인 것이기도 하고 이성적인 것이기도 했다. 놀랍게도 자고 있던 사람은 에이크리가 아니라 처음에 나를 안내했던 노이즈였던 것이다!

도대체 사정이 어떻게 돌아가고 있는 건지 전혀 알 수가 없었다. 하지만 상식적인 감각의 작용으로 누군가가 깨기 전에 가능한 한 안전하게 달아나는 게 상책이라는 걸 깨달았다. 다시 한번 홀로 돌아가 거실 안으로 들어가서 문을 닫고 문고리를 걸어 일단 노이즈를 깨울 수 있는 위험부터 줄였다. 그런 다음 나는 조심조심 어두운 서재로 들어갔다. 에이크리가 자든 깨어 있든 그는 그 방 한구석의, 분명히 그가 애용하고 있는 것으로 보이는 커다란 안락의자에 있을 것이라고 짐작했기 때문이다.

안쪽으로 들어감에 따라 손전등이 큰 테이블 위의 도구를 비추었고, 시청각 장치에 접속된 징그러운 원통과 바로 그 옆에 언제라도 접속할 수 있도록 준비가 되어 있는 발성장치가 있는 것이 보였다. 이쪽 원통에 들어 있는 것이 그 불길한 회의 내내 말하는 소리가 들렸던 그 뇌가 틀림없다고 나는 생각했다. 그러자 한순간 그 발성장치를 접속하여 어떤 말을 할지 들어보고 싶다는 짓궂은 충동을 느꼈다.

그 원통은 아마 내가 그 자리에 있다는 걸 틀림없이 알고 있을 것이다. 시청각 부속장치가 내 손전등의 광선과 바닥을 밟는 희미한 소리를 감지하지 못할 리가 없기 때문이다.

하지만 결국 나는 그 원통에는 손을 대지 않기로 했다. 무심코 쳐다본 그 번쩍번쩍 빛나는 새 원통은 에이크리의 이름이 붙여진 것으로 밤이 그리 깊기 전에는 선반 위에 놓여 있었고, 에이크리가 나에게 손을 대지 말라고 했던 물건이었다.

이제와 그때를 돌이켜보면 그저 자신의 나약함이 후회스럽고, 용기를 내어 그 장치가 말을 하게 해봤더라면 좋았을 걸 하고 생각할 뿐이다. 말을 하게 했더라면 그 정체의 어떤 비밀과 의혹, 문제점이 폭로되었을지 신만은 아실 것이다! 하지만 그때 내가 손대지 않고 그냥 두었던 것이 어쩌면 잘한 건지도 모르겠다.

손전등을 테이블에서 에이크리가 있을 거라고 생각한 구석으로 향했지만 그 커다란 안락의자는 텅 비어 있고, 잠자고 있는 것이든 깨어 있는 것이든, 아무튼 인간이라고 할 수 있는 것은 그림자도 보이지 않았다. 의자에서 바닥으로 아무렇게나 걸쳐져 있는 것은 그가 입고 있던 낡은 실내복이었고, 그 옆 바닥에 노란색 스카프와 내가 묘하다고 생각했던 다리에 감겨 있던 커다란 붕대가 놓여 있었다.

어쩐지 꺼림칙한 기분을 느끼면서 도대체 에이크리는 어디에 있는 것일까? 이 환자용 의류와 붕대를 왜 급하게 벗어버린 것일까? 그 점을 애써 이래저래 생각하고 있는 사이에, 그 묘한 냄새와 무언가가 진동하고 있는 듯한 느낌이 방에서 사라진 것을 알았다.

그 냄새와 진동의 원인은 무엇이었을까? 묘한 일이지만 그 두 가지가 에이크리의 주변에서만 느껴졌다는 것이 문득 머리에 스치고 지나갔다. 그 두 가지는 에이크리가 앉아 있는 곳에서 가장 강렬했고, 그가 있는 방 밖에서는 바로 문 바깥쪽에서조차 전혀 느껴지지 않았던 것이다. 나는 잠시 한숨을 돌린 뒤 손전등의 불빛을 그 어두운 서재 이곳저곳으로 돌리면서, 어떻게든 머리를 짜내어 사태가 일변한 이유를 생각해 보려고 애썼다.

사람이 앉아 있지 않은 텅 빈 그 의자에 다시 한번 손전등을 비춰 보기 전에 나는 그 자리를 떠났어야만 했다. 그런데 진실을 안 뒤에는 아무 소리도 내지 않고 그 자리를 떠날 수가 없었다. 나는 하마터면 비명을 지를 뻔한 것을 가까스로 억제했는데, 그래도 소리는 상당히 컸던 것이 틀림없다.

목소리를 죽인 그 비명소리 때문에 홀 너머에서 자고 있는 노이즈라는 감시자가 눈을 뜬 기척은 없었지만, 그 억눌린 비명소리와 아까부터 계속되고 있는 노이즈의 코고는 소리가, 괴물이 출몰하는 산속의 숲이 우거진 절벽 아래 병적으로 숨이 막힐 것 같은 집 안에서, 그리고 유령이 나오는 한적한 시골, 인가에서 떨어진 숲의 언덕과 주문소리가 들리는 듯한 습곡 한가운데의 초우주적인 괴사건의 한복판에서 내가 들은 마지막 소리였다.

돌이켜 보면 손에 들고 있던 손전등과 가방, 그리고 권총을 그 엄청난 순간에도 용케 떨어뜨리지 않았다는 것이 이상했지만, 어쨌든 그것들을 한 가지도 놓치지 않았다. 사실 그 방과 그 집에서 소리 없이 어떻게든 빠져 나온 나는, 소지품과 내 몸을 차고에 있는 낡은 포드 안에 무사히 싣고 달빛이 없는 깜깜한 밤에 미지의 안전지점을 향해 그 고풍스러운 차에 시동을 걸었다.

그 뒤의 드라이브는 포와 랭보의 환상적인 작품의 한 구절이나, 도레(1832~83, 프랑스의 화가)의 데생 속에 있는 것 같은 느낌이 들었는데, 결국 내가 지금까지 온전한 정신으로 있을 수 있었다는 건 정말 행운이라는 생각이 든다. 나는 세월이 가져다 주는 것을 두려워할 때가 있다. 특히 새로운 행성인 명왕성이 참으로 불가사의하게 발견된 뒤로는 더욱더 그렇다.

방금 말한 것처럼 나는 손전등을 방 전체에 한 바퀴 빙글 돌린 뒤 비어 있는 그 안락의자를 비춰보았다. 그때 처음으로 좌석 안에 뭔가가 있다는 걸 알았는데, 옆에 벗어둔 실내복이 둥그렇게 개켜져 있었기 때문에 이제까지 눈에 띄지 않았던 것이다. 의자에 놓인 물체는 수로 말하면 세 가지였는데, 조사관이 왔을 때는 이미 어디에도 보이지 않았다고 한다. 이 이야기의 처음에 경고한 대로, 그 세 가지의 물체에는 눈으로 보아 실제로 무섭다고 생각되는 점은 하나도 없었다.

그 세 가지 물체는 그런 종류의 것으로서는 속이 메스꺼우리만큼 절묘하게 고안된 것으로, 교묘한 금속제 죔쇠로 서로 유기적인 연계가 유지되는 장치로 되어 있었지만, 나는 그 장치의 구조를 감히 이리저리 추측해볼 마음은 없다.

나는 이렇게 생각한다. 아니, 반드시 그렇기를 바란다. 그 장치는 명인의 손에 의한 밀랍 세공품이라고. 하기는 내 마음 속 깊은 곳에 숨어 있는 공포는 밀랍세공이 아니라고 끝까지 주장하지만.

맙소사! 병적인 냄새를 발산하고 기묘한 진동을 계속하면서 어둠 속에서 속삭이던 그 괴물! 마술사, 밀사, 홀연한 행방불명 뒤의 바꿔치기(납치당한 아이 대신 요정들이 남기고 가는 못생긴 아이처럼), 국외자……그 혐오스럽고 억제된 듯한 윙윙거리는 목소리……그리고 선반 위의 새 원통 속에 담겨 있던……그 가련한 악마……경탄할 만한 외과의학적, 생물학적, 화학적 및 기계학적 기술!

그 안락의자 위의 세 가지——세밀한 부분까지 완벽하기 그지없으며, 차마 입이 떨어지지 않던 그 현미경적인 유사 또는 현미경적 일치란, 다름 아닌 헨리 웬트워스 에이크리의 얼굴과 두 개의 손이었던 것이다.

크투르프가 부르는 소리

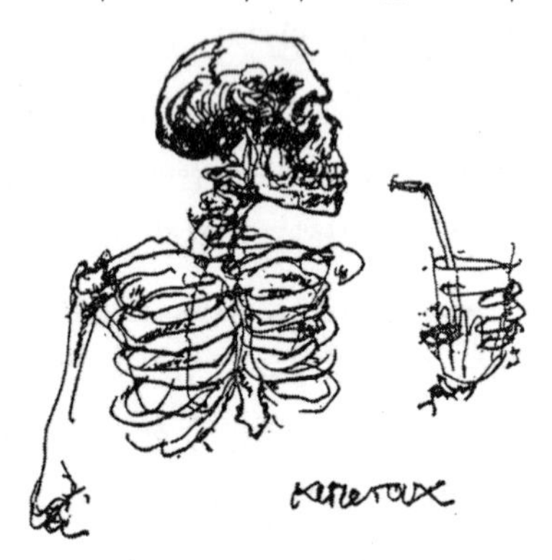

1. 점토판의 비밀

신이 우리에게 부여한 가장 커다란 은총은 사물의 연관성을 생각하는 능력을 우리들 인류에게서 거두신 것이라 할 수 있다. 인류는 끝없이 펼쳐지는 암흑의 바다에 떠다니는 '무지(無知)'의 외딴섬에 살고 있다. 말하자면 어둠의 바다를 영원히 저어 가도 맞은편 기슭에 도달할 길은 막혀 있는 것이다.

모든 과학은 저마다의 목적에 따라 노력하여 왔고 적어도 지금까지는 그 성과가 인류에게 상처를 입히는 경우는 그리 많지 않았다. 하지만 언젠가 분야가 다른 이들 지식이 종합되어 가공할 진실의 양상이 명료해지는 때가 올 것이다. 그때야말로 우리 인류는 자신이 처한 전율할 위치를 깨닫고 광기에 빠지지 않으면, 죽음이 깃들어 있는 빛의 세계로부터 새로이 시작되는 어둠의 시대로 도피하여 일시적인 평안을 바라지 않을 수 없게 될 것이다.

견신(見神 : 신의 존재를 감지하는 일)론자들이 상정하는 것처럼 우주는 장대하고 끝없는 주기로 순환을 반복하고 있다. 현재의 인류의 눈에 비치는 것은 찰나에 일어나는 것에 지나지 않으며, 반드시 이 세상의 어딘가에 전시대의 생존자가 숨어 있다. 견신론자도 그것을 시사하고 있지만 너무 낙관적으로 얘기해서 마치 도무지 해가 없어 보인다. 그렇지 않으면 우리들이 피도 얼어붙을 공포에 휩싸이리라는 것을 알고 있기 때문이다.

나는 그들이 시사한 내용은 무시하고 금단의 비밀을 파헤쳤다. 생각만 해도 전율이 일고 상상만 해도 미칠 것 같은 공포의 실상을 말이다. 나는 개별적인 사건처럼 생각되는 우주의 비밀을 몇몇 우연과 연관시켜 보았더니 마치 섬광처럼——진실을 인식한다는 건 늘 그렇지만——깨달음이 왔다. 내가 관련지었던 것은 옛날 신문에 실렸던 기사와 죽은 노교수가 남긴 조사자료였다.

그러나 나는 지금 이런 비슷한 작업은 그 누구에게도 시키고 싶지 않을 뿐 더러, 만약 앞으로도 계속 살 수 있다면 이런 혐오스런 연쇄고리는 세상 사람들의 눈에 띄지 않도록 처치해 버릴 생각이다. 노교수 또한 그가 알고 있던 내용에 대해 침묵을 지킬 생각이었을 테고, 갑자기 죽음에 휩싸이지 않았다면 조사자료를 모조리 태워버렸을 것이다

내가 이 사건과 처음으로 관계를 맺은 것은 1926년의 겨울이었다. 그해 겨울 큰아버지인 조지 감멜 에인젤이 사망했다. 큰아버지는 로드아일랜드주 프로비던스의 브라운 대학에서 셈어 강좌를 맡은 명예교수였으며, 고대 비석문자의 권위자로 이름이 세상에 널리 알려져 있었다. 세계 여러 나라의 박물관장을 비롯해 유명한 학자들도 자주 방문했는데 그해 겨울, 아흔 두 살의 고령으로 세상을 떠난 것은 많은 사람들의 기억에 선하다. 그리고 특히 그 지역에서는 사인이 애매했기 때문에 호기심의 대상이 되기도 했다.

노교수의 죽음은 뉴포트에서 배를 내려 집으로 향하던 도중에 일어

났다. 그곳은 해안에서 고인이 살고 있던 윌리엄 거리로 가는 지름길로 경사가 가파른 고갯길인데, 목격자의 말에 따르면 눈에 띄게 어두운 골목에서 튀어나온 선원인 듯한 흑인과 부딪쳐 그 자리에서 졸도했다고 한다. 외상이 전혀 없는데다 의사들조차 사인을 분명히 밝힐 수 없었기 때문에, 고령의 몸으로 급경사를 서둘러 오르다가 다른 사람과 부딪침으로써 심장장애를 일으켰다는 진단으로 마무리되었다. 나도 그 무렵에는 의사들의 의견에 반대할 이유를 찾지 못했다. 그러나 나중에 생각지도 않은 사건이 일어나면서 의혹을, 아니 의혹 이상의 것을 품지 않을 수 없었다.

큰아버지는 가족 없이 혼자 살다가 돌아가셨기 때문에 나는 유일한 후계자인 동시에 유언 집행자이기도 했다. 그래서 큰아버지가 써 놓았던 서류를 볼 필요가 생겨 파일이나 서류상자들을 모두 보스턴에 있는 내집으로 옮겨왔다.

연구자료의 대부분은 내가 정리해 두었기 때문에 언젠가는 미국 고고학회에 의해 출판될 예정이다. 하지만 딱 하나 내가 의아하게 생각하고 다른 사람이 볼까 두려워하는 것이 있다. 그것은 단단하게 봉인된 상자로 처음에는 도무지 열쇠를 찾을 수가 없었다.

그런데 생각지도 않게 노교수가 언제나 호주머니에 넣고 다니던 개인용 열쇠꾸러미가 집에서 발견되었다. 그것으로 상자를 여는 데는 성공했지만 한층 어려운 장벽에 맞닥뜨리게 되었다. 상자에서 발견된 것은 희미하게 돋을새김된 기묘한 점토와, 두서없는 말들을 급혀 갈겨쓴 종이라든지 오려낸 신문기사 따위였다.

이런 잡동사니에 무슨 의미가 있을 것인가. 나의 큰아버지도 만년에는 고령으로 아이들을 꾀는 미신에 빠지기라도 했단 말인가. 이와 같은 과정을 거쳐 나는, 선량한 노인의 마음의 평화를 깨뜨린 괴이한 점토판을 만든 사람을 찾아내 이의를 제기하기로 마음먹었다.

희미한 그 돋을새김은 두께가 3센티가 안 되었고, 세로 13센티에 가로 15센티의 크기로 거의 장방형을 이루고 있었는데, 분명히 현대인의 손으로 만들어진 것이었다. 그러면서도 겉모양이 주는 분위기는 너무나도 현대와 동떨어져 있었다. 입체파나 미래파 같은 현대 회화는 정신분열이라고도 여겨지는 분방한 구조를 보여주지만, 역사 이전의 문자에 감춰진 수수께끼 같은 균일한 정돈성까지는 재현하고자 시도하지는 않는다. 이 무늬의 대부분은 분명히 고대문자의 하나였다. 그리고 큰아버지가 수집한 고대문자의 기록에 오랫동안 익숙해진 나지만, 이것과 비슷한 종류거나 하다못해 상관관계라도 있는 것은 도무지 떠올릴 수가 없었다.

상형문자인 듯한 선의 나열 외에, 분명히 그림처럼 보이는 것도 있었지만 인상주의적인 수법이 너무 강렬해서 무엇을 묘사하려 한 것인지를 상상조차 불가능했다. 아마도 어떤 종류의 괴물이거나 상징인 것 같았지만 어쨌든, 꽤나 병적인 공상력의 소유자가 아니라면 생각할 수 없는 추하고 괴상한 형상이었다. 나도 나름대로 최대한 상상력을 동원한 결과, 문어와 용과 인간의 캐리커처를 한꺼번에 표현하고자 한 것이 저마다의 의도라고 생각되었다.

아무튼 내가 이것의 본질을 꿰뚫어보았다고 스스로 자신했다. 비늘로 뒤덮인 그로테스크한 몸체 위에 촉수를 갖춘 통통한 얼굴이 올려져 있다. 게다가 퇴화한 날개의 흔적이 몸체에 남아 있는 기괴한 모습이었지만, 무엇보다도 쇼킹한 공포감을 주는 것은 전체적인 윤곽의 흉악함이었다. 그리고 그 배경에는 태고의 외눈박이 거인족 나라의 장대한 건축물인 듯한 것이 희미하게 묘사되어 있었다.

이상한 이 물건과 함께 상자에 보관되어 있던 것은 오려낸 신문기사를 제외하면 에인젤 교수가 극히 최근에 쓴듯한 초고(草稿)뿐이었는데, 문체를 정돈할 시간조차 없었는지 모두 성급한 필치로 쓰여 있었다. 그 가운데 중심 되는 것으로 여겨지는 것은 표지에 '크투르프교'라 적힌 꽤 두꺼운 노트로, 귀에 익숙지 않은 그 이름을 잘못 읽을 것을 피하기 위해서인지 똑바른 활자체로 적혀 있었다.

내용은 2부로 나뉘어 있었는데, 제1부의 첫 장에는 〈1925년——롱아일랜드주 프로비던스, 토마스가 7번지에 사는 H.A. 윌콕스의 꿈과, 그 꿈에 의거한 작품〉이라고 쓰여 있었고, 제2부는 〈1908년——미국 고고학회 모임에서 있었던, 루이지애나주 뉴올리언스, 피엔빌가 121번지에 사는 존 R. 루글러스 경관의 이야기. 아울러 위의 이야기에 관한 주석과 웹 교수의 설명〉이라고 되어 있었다. 그 외 초고들은 간단한 메모를 한 것인데 어떤 것은 몇몇 사람들의 기이한 꿈, 혹은 견신론자의 저서나 비망록 등에서 인용한 글귀(주로 W. 스코트 엘리엇의 〈아틀란티스 대륙과 잃어버린 레믈리아 대륙〉), 그리고 나머지는 현 시대를 살면서 얻은 비밀사회와 숨겨진 종교에 관한 자료, 프레이저의 〈황금가지〉나 미스 마레의 〈서구의 마녀 숭배〉와 같은 신화학 또는 인류학을 다룬 문헌에 관한 코멘트였으며, 신문기사는 대부분 1925년 봄에 발생한 심한 정신이상과 집단적 퇴행 내지 광기의 발발을 보도한 것이었다.

중요해 보이는 두꺼운 노트의 전반부에는 매우 이상한 사건이 기록되어 있었다. 사건은 1925년 3월 1일에 일어났다. 그날 나의 큰아버지 에인젤 교수의 집에 약간 검고 앙상하며 보기에도 신경질적이며 격정가인 듯한 청년이 갑자기 찾아왔다. 윤곽이 희미한 기이한 돋을무늬 점토판을 갖고 있었는데 금방 만들었는지 채 마르지도 않은 상태였다. 명함에는 헨리 앤소니 윌콕스라고 되어 있다.

큰아버지는 이 청년을 알고 있었다. 교제는 없었지만 이 지방에서는 알려진 명문가의 막내이고 로드아일랜드 미술연구소에서 조각을 배우는 중이라고 들었다. 사는 곳은 부모의 집이 아니라 연구소에서 가까운 프렐 드 리스 아파트에 방을 얻어 혼자서 생활하고 있었다.

신동이라 불릴 만큼 조숙했으며, 재능을 인정받기는 했지만 어릴 적부터 불가사의한 이야기나 기이한 꿈에 흥미를 가졌고, 스스로도 "심령을 감지하는 초능력자"라 칭했을 정도였기 때문에 이곳 오랜 상업도시의 근엄한 사람들에게는 '색다른 젊은이'로 비쳤다. 그런 사정이 있었기 때문인지 그는 친구들과 교제를 끊고 사교적인 모임에도 얼굴을 내밀지 않았으며, 다른 곳에서 건너온 작은 탐미주의 그룹과 교류하는 게 고작이었다. 프로비던스 미술가 클럽도 보수주의의 유지가 유일한 신조였기 때문에 완전히 그를 제쳐두고 있었다.

큰아버지의 노트에 기록된 바에 따르면, 윌콕스 청년은 만나자마자 노교수의 해박한 고고학적 지식으로 얇은 돋을새김의 상형문자를 해독해 달라고 요청했다고 한다. 그러나 그 말투가 꿈을 꾸는 것처럼 허황되고 허세를 부리는 듯한 느낌마저 들었기 때문에 큰아버지는 쉽사리 받아들일 수 없었고, 이 점토판은 최근에 만들어진 것이 분명해서 고고학의 대상이 될 수 없다고 날카로운 어조로 지적했다.

하지만 그에 대한 청년의 대답이 큰아버지에게 강한 인상을 남겼다. 청년이 말한 것이 대부분 글자 하나하나를 충실히 맞춰 가는 것처럼 노트에 기록되어 있는 것도 이유는 거기에 있다고 생각하지만, 청년은 환상적이리만큼 시적인 어조로 대답했다. 실제로 그것이 그가 하는 모든 말에서 흘러 넘치는 두드러진 특징이었다. 나 또한 나중이긴 하지만 직접 들을 기회가 있었다. 여하튼 그는 큰아버지의 말에 다음과 같이 대답했다.

"분명 이것은 새것입니다. 어젯밤 제가 꿈속에서 신비한 도시를 보면서 만들어낸 것이니까요. 하지만 꿈에 나타난 그 도시는 안개에 휩싸인 고대 페니키아 항구 튜로스보다도, 아니면 명상하는 스핑크스보다도, 혹은 정원을 꾸몄던 바빌론보다도 훨씬 옛날이라고 할 수 있습니다."

윌콕스 청년이 이 괴이한 이야기를 꺼낸 것은 그때부터였다. 그렇게 잠들어 있던 큰아버지의 기억을 깨워 일으켰고, 강한 관심을 품게 만든 것이다. 그런데 마침 전날 밤 그 지방에서는 지진이 있었다. 약하긴 했지만 지진이 드문 뉴잉글랜드에서는 몇 년 만에 생긴 일이었기 때문에, 그것이 윌콕스 청년의 상상력에 예민하게 작용했다고 충분히 생각할 수 있다. 그리고 그것이 원인이 되어 청년이 다시 잠을 청했을 때는 한 번도 꾼 적 없는 기괴한 꿈을 꾸게 된 것이다. 외눈박이 거인족의 도시 꿈이다. 커다란 돌을 쌓아올린 거대한 건축물이라든지 하늘 높이 솟아오른 돌기둥들이 초록색 점액을 떨어뜨리면서 숨겨진 괴이함을 암시하는 기미가 흘러 넘치게 하고 있다.

벽과 기둥의 한 면에 기괴한 상형문자가 조각되어 있고, 땅속 어디인지 모를 곳에서 목소리 비슷하지만 목소리가 아닌 소리가 울려퍼진다. 이러한 뒤섞이고 어지러운 감각을 소리로 환원하는 것은 환상말고는 있을 수 없지만 스스로 환상가임을 자처하는 청년은 자진해서 그 힘든 작업에 나섰고, 그 결과 문자로 기록한 것이 발음이 거의 불가능에 가까운 〈크투르프 프타군〉이라는 단어였다.

뜻을 알 수 없는 이 단어가 에인젤 노교수의 오랜 기억을 불러일으키는 열쇠가 되었다. 노교수는 몹시 흥분하여 심장의 두근거림을 감추려고도 하지 않고 학자다운 면밀함으로 젊은 조각가에게 질문을 퍼붓고, 제시된 조형물을 광기로 가득 찬 열의로 조사하기 시작했다.

그것은 청년이 기괴한 꿈에서 깨어나자 잠옷 차림으로 추위에 떨면서도 꿈에서 보았던 어슴프레한 돋을새김을 서둘러 재현한 것이라고 했다. 큰아버지는 한동안 그 상형문자의 해독과 그림의 정체를 파헤치는데 푹 빠져 있었다. 그러나 결국은——나중에 윌콕스 청년이 말해 주었는데——노인은 시력이 약한 것을 한탄하면서 포기하지 않을 수 없었다.

노교수는 쉴 새 없이 청년에게 질문을 쏟아부었지만 대부분 방문객을 당혹시키기만 했다. 질문의 목적은 다분히 청년과 특수한 종교단체 사이의 관련성을 구명하는 데 있는 것 같았으며, 그처럼 입을 다물고 침묵을 지키는 것은 전세계로 확대되는 수수께끼의 신앙단체에 가맹이 허용된 대상에게 침묵을 약속했기 때문이 아니냐고 몰아세웠다.

그러나 윌콕스 청년은 이해할 수 없었다. 그러다 간신히 에인젤 교수도 젊은 조각가가 비밀 교의(敎義)나 수수께끼 종교단체에 대해 전혀 모른다는 것을 확신한 것 같았으며, 앞으로 또다시 그런 꿈을 꾸었을 때는 내용을 자세하게 보고하라고 당부하면서 그날 회견을 마쳤다.

그 뒤로는 이 청년이 날마다 찾아와서 어젯밤 꿈에서 보았던 기괴한 이미지를 보고했고, 큰아버지는 그것을 자세하게 기록하게 되었다. 모두가 단편적인 내용이었지만 그것이 쌓이면서 방대한 양이 되었다. 점액을 뚝뚝 떨구는 거대한 돌로 이루어진 거인족 도시의 광경. 그 지하에서 단조로운 울림으로 들려오는 잠꼬대로밖에 들리지 않는 수수께끼 같은 목소리. 그 가운데는 자주 반복되는 두 소리가 있는데, 그것을 문자로 옮기면 '크투르프'와 '르 리에'라는 두 마디였다.

큰아버지의 기록은 계속되었는데, 3월 23일 이후 윌콕스 청년의 방문이 멎었다고 적혀 있었다. 큰아버지가 서둘러 그의 주소를 알아보니, 갑자기 원인 모를 높은 열이 나서 밤중에 소리를 지르다가 아파트의 자는 사람을 다 깨웠으며, 비명을 지르다 기절을 하다 해서 워터맨 거리의 양친 집으로 옮겨졌다고 한다. 큰아버지는 곧장 가족에게 전화를 해서 그 뒤의 상태를 물었고, 병상에 변화가 있으면 알려 달라고 부탁하는 한편, 주치의인 토비 의사가 사는 세이어가의 진료소까지 직접 가서 증상을 자세하게 지켜보았다.

고열의 원인은, 잠꼬대로 판단했을 때 꿈속에서 이상한 것들에게 괴롭힘을 당했기 때문인 듯했다. 청년이 한 말을 전해주면서 토비 의사는 내내 진저리를 쳤다. 그러나 구체적으로 무엇이 있는지는 혼수상태에서 깨어난 청년도 좀처럼 설명하기 힘들어 하는 눈치였다. 그렇지만 이따금 중얼거리는 말로 추측하건대 전에 나타난 꿈속의 광경에 이번에는 키가 1,600여 미터에 달하는 거대한 괴물이 나타나 성큼성큼 걸어다니는 모양이었다.

에인젤 교수는 그 괴물이야말로 청년이 만든 점토판에 묘사되어 있는 정체 모를 그림의 원형에 틀림없다고 생각했다. 의사 토비는 청년이 그 꿈을 꾸고 나면 반드시 혼수상태가 이어지며, 고열이라 하더라도 보통의 체온과는 큰 차이가 없는데도, 증상 전체가 주는 인상은 정신기능의 질환이라기보다도 열병의 일종으로 보이는 것이 이상하다고 말했다.

4월 2일 오후 3시쯤, 윌콕스 청년의 증상이 갑자기 정상으로 회복되었다. 그는 침대 위에 일어나 앉아서 양친의 집에서 자고 있는 것이 의외라는 표정이었다. 사실 3월 22일 밤 이후의 꿈과 그의 몸에 일어난 사건을 연결해서 기억하지 못했다. 그리고 의사에게 회복되었다는 말을 듣고 사흘 뒤에는 아파트로 돌아왔지만, 에인젤 교수에게는 전혀 쓸모 없는 인간으로 바뀌어 있었다.

열이 내리면서 기괴한 꿈의 징후는 모두 사라졌으며, 그 뒤 1주일가량은 아주 흔하고 의미 없는 꿈이 계속될 뿐이어서 밤의 환상을 뒤쫓는 에인젤 노교수의 노력은 끝나고 말았다.

이상이 큰아버지가 기록한 노트의 전반부인데, 이것말고도 뒷받침이 될 자료가 수도 없이 존재했기 때문에 내가 이 문제의 검토에 나설 수밖에 없었다. 사실 그즈음 내 사상의 뿌리가 회의주의가 아니었기 때문에 나마저도 그만 젊은 조각가의 황당무계한 꿈 이야기에 휘둘려 판단능력을 상실했었다고 생각된다.

큰아버지는 윌콕스 청년의 기이한 보고를 듣자, 곧장 문의할 사람들의 명단을 작성한 모양이다. 그것은 여러 방면의 지인들 가운데 스스럼없이 질문을 할 수 있는 대상을 골라, 최근 또는 전에 꾸었던 꿈의 내용을 날짜와 함께 자세하게 알려달라고 부탁했다. 물론 이런 색다른 요구는 다양한 반응을 불러일으켰지만, 그러면서도 대개 비서의 손을 빌리지 않으면 처리할 수 없을 만큼 많은 분량의 답장을 받은 것도 사실이었다.

답장의 원본은 보존되어 있지 않았지만, 큰아버지의 노트는 무척 자세해서 거의 완전한 요약이라 해도 좋을 정도였다. 뉴잉글랜드의 전통적인 사회인과 실업가에게서는 대부분의 경우 부정적인 대답이 돌아왔지만, 그럼에도 뭔가 확연한 모양을 띤 것은 아니라 하더라도 불안을 바닥에 감춘 밤의 감촉을 여러 군데서 발견되었으며, 그것이 모두 3월 23일에서 4월 2일 사이, 즉 윌콕스 청년이 고열로 의식이 혼미하던 기간 중으로 한정되어 있었다.

한편, 학자급 사람들은 이렇다 할 영향을 받은 것 같지 않았다. 그러나 그 가운데 네 통만은 막연하긴 하지만 기이한 광경을 본 듯한 묘사를 전했으며, 그 가운데 하나에는 기괴한 것의 공포스런 모습이 서술되어 있었다.

결국 큰아버지의 조사의 취지에 적절한 대답을 보내온 것은 화가, 조각가, 시인 등의 예술가들로 만약 그 무렵 그들이 서로를 살펴볼 기회가 있었다면 그들 스스로 경악했을 것으로 생각되었다. 실제로 답장의 원본이 없기 때문에 판단 내리기는 어렵지만, 이 기록을 읽은 내게는 큰아버지의 질문이 다분히 유도적인 면을 띠지 않았는가, 혹은 내심 바라는 것만을 채집하지 않았을까 하는 의혹이 남는다.

의혹이라 하면 또 한 가지, 이것은 당초부터 느꼈던 것이지만 윌콕스 청년은 어떤 기회에 큰아버지가 보관하고 있는 오랜 자료(이것이 두꺼운 노트의 후반부였다)에 대해 듣고는 꿈 이야기를 들고나와 고고학계의 권위자를 교묘하게 속였다는 추측도 성립될 수 있었다.

여하튼 이들 예술 지상주의자들로부터 온 답장에는 남의 마음을 동요시킬 수밖에 없는 것이 들어 있었다. 그들도 또한 2월 28일부터 4월 2일에 걸쳐서 괴이한 꿈을 계속 꾸었으며, 더구나 젊은 조각가 윌콕스가 혼수상태에 있었던 시점에서 가장 격렬했던 것이다. 답장 가운데 1/4 가량은 상당히 구체적으로 서술되어 있었는데, 초록색의 점액이 떨어지는 돌로 만들어진 도시의 광경과, 목소리와 비슷한데 목소리가 아닌 땅속에서의 울림, 그리고 마지막 부분에 거대한 괴물이 나타나는 것까지 거의 비슷했다.

그 외에 큰아버지의 노트가 특히 중요시하고 있는 비극적인 사실이 있었다. 그것은 견신론과 오컬티즘(신비학. 초자연의 신비를 믿고 이를 연구함. 심령술·점성술·연금술 등)에 관심이 많았던 어느 건축가의 비참한 운명으로, 이 저명한 인물이 윌콕스 청년의 발병과 때를 같이하여 갑자기 정신착란의 상태에 빠졌다. 그리고 그 뒤 몇 달 동안 지옥에서 도망쳐나온 악마에게 붙들렸다며 계속 살려달라고 외치더니 결국은 숨이 끊어졌다는 것이다. 유감스럽게도 큰아버지는 이런 사실을 수록할 때 번호를 붙이기만 했을 뿐, 꿈을 꾸었던 본인의 이름을 기재하지 않았다. 그래서 막상 조사를 해 보아도 2, 3명을 제외하고는 도무지 피해자를 찾아낼 길이 없었다. 하지만 면접에 성공했던 몇몇 사람들의 증언만으로도 큰아버지의 기록을 충분히 뒷받침하는 것들이 있었다. 그것을 살펴보면서 그들이 큰아버지의 질문을 받고 얼마나 당황했을지 나는 짐작이 갔다. 그리고 왜 그런 질문을 했던가 하는 것은 영원히 덮어둘 수밖에 없다는 것도.

남은 것은 오려둔 신문 기사뿐인데, 이미 암시했던 대로 이 특별한 기간 동안에 일어났던 공포와 광기, 이상현상과 관련된 것들뿐이었다. 더구나 전세계 곳곳에서 모은 것이어서 양이 무척 방대했다. 에인젤 노교수의 완벽에 가까운 이 수집은, 의뢰를 받은 정보 서비스 업자의 공적이라고 해야 할 것이다.

런던에서는 심야에 자살사건이 일어났다. 잠을 자던 독신자가 갑자기 놀라서 비명을 지른 뒤에 창으로 뛰어내려 자살을 했던 것이다. 남미에서는 어떤 미치광이 사내가 지리멸렬한 문장으로 자기가 본 환각을 바탕으로 전율할 만한 지구의 미래를 조목조목 적어서 신문사에 투고한 일도 있었다.

캘리포니아주에서는 견신론자 그룹이 모여서 흰옷을 입고, 실현될 리 없는 '광채의 날'을 맞이하기 위해 집단적인 기도를 올렸다고 하며, 인도에서는 2월에서 3월 말에 걸쳐 주민들 사이에 원인 모를 불안이 높아지고 있다며 조심스럽게 다루고 있었다. 하이치에서는 부두교도(서인도제도 등의 흑인들 사이에서 믿어지는 다신교)의 비밀 예배가 빈번하게 열렸으며, 아프리카의 탐험가들은 계속해서 기분 나쁜 속삭임을 들었다는 것이다.

필리핀 주재 미군 장교는 원주민 가운데 한 종족이 곧 이상한 사건이 일어날 것이라면서 공황상태에 빠졌다는 보고를 했다. 뉴욕 경찰은 3월 22일 밤부터 새벽에 걸쳐 레반트인 폭도들의 습격을 받아 다수의 부상자를 냈으며, 서아일랜드에서는 불온한 움직임을 암시하는 유언비어나 뒤숭숭한 소문이 퍼졌다고 했다. 그리고 프랑스에서는 아르드와 보느라는 환상파 화가가 모독적인 〈꿈의 풍경〉이라는 그림을 1926년 봄 파리의 살롱에 출품했다. 또한 전국의 정신병원에서는 광폭성 환자들의 상태가 일제히 악화되었다고 한다.

그 예는 일일이 열거할 수 없을 만큼 많은데도 의사회가 그 증상의 관련성을 찾아내어 원인이 같다는 것을 밝혀내지 못한 것은, 차라리 이상할 지경이었다.

지금 와서 생각하면 이들 기괴한 보도기사가 진상 모두를 말해주고 있었던 것이다. 나는 그 무렵 완고한 합리주의 사상의 포로가 되어 있었기 때문에 이 중대한 사실을 무시하고 다시 생각하려 하지도 않았다. 지금은 그때의 우둔함이 부끄러울 따름이다. 다만 한 가지 변명을 한다면, 내게는 윌콕스 청년이 이미 노교수의 기록에 있는 옛날의 사건들을 알고 있었다는 선입관이 있었는데, 바로 이것이 실패의 원인이었다고 보는 것이 지당할 것이다.

2. 루글러스 경감의 이야기

큰아버지가 젊은 조각가의 꿈과 희미한 돋을새김에서 중대한 의미를 느낀 것은 그보다 앞선 오래된 사건을 기억하고 있었기 때문인데, 장문의 노트 후반에 사건의 경과가 기록되어 있었다. 에인젤 노교수가 뭐라고 표현할 수 없는 그 이상한 물건을 보고 지옥에서 내려온 뭔가와 마주친 기분에 휩싸였던 것은 처음 겪는 일이 아니었던 것이다. 그때 역시 미지의 상형문자로 골머리를 썩였고 '크투르프'라고만 들리는 기분 나쁜 음절을 들었었다. 그리고 두 경험이 이어지면서 두려우리만큼 마음을 뒤흔들어놓았기 때문에 노교수가 명확한 자료를 찾기 위해 윌콕스 청년에게 집요하게 질문을 퍼부었던 것은 어쩌면 당연한 일이었다.

첫 번째 경험은, 노교수가 윌콕스의 방문을 받은 날로부터 17년 전의 일로, 미국 고고학회의 학술대회가 세인트루이스에서 개최되었을 때 일어났다. 대회에서 에인젤 노교수는 그의 학식과 권위에 걸맞게 모든 토론에 지도자 역할을 맡고 있었다. 따라서 이 기회에 전문 학자들에게 평소 지녔던 의문을 풀어보려는 외부인들로부터 그가 질의의 목표가 된 것은 물론이었다.

그 질문을 했던 사람은 풍채가 그리 변변치 않은 중년 남자였는데, 평범한 겉모습과는 달리 이야기의 내용은 매우 기괴한 것이어서 금세 대회 출석자 전원의 관심의 대상이 되었다.

그는 뉴올리언스에 사는 사람으로, 그곳에서는 만족할 만한 해답을 얻지 못했기 때문에 멀리 세인트루이스까지 나왔다고 했으며, 이름은 존 레이먼드 루글러스라는 경감이었다. 그리고 얼핏 보기만 해도 구토가 일어나리만큼 그로테스크한, 분명히 태고의 작품이라고 여겨지는 작은 석상을 가지고 있었다. 물론 출처는 그로서도 알 수 없었다.

루글러스 경감이 조금이나마 고고학에 흥미를 가졌다고는 여겨지지 않으며, 그가 이곳에 온 취지는 어디까지나 경찰관으로서 직업의식을 바탕으로 한 것이었다. 가지고 온 석상이 사교(邪敎)의 예배물임은 명백했는데, 그는 그것을 손에 넣은 경로를 다음과 같이 설명했다.

대회가 있기 몇 달 전에 루글러스 경감은 대규모의 검거를 지휘했다. 장소는 뉴올리언스 남쪽, 숲으로 둘러싸인 늪지대에 부두교도의 불법집회가 비밀리에 열리고 있다는 제보가 있었기 때문에 주 당국은 관계자를 검거하기 위해 다수의 경찰관을 출동시켰다. 추악한 석상을 둘러싼 어두운 예배는 잠입해 들어간 경찰부대도 움찔할 만큼 매우 처절했으며, 가장 광폭한 아프리카 오지의 부두교 집단보다 훨씬 더 악마적인 것이었다. 더구나 이 기괴한 종교의 유래에 관해서는, 체포한 신도들에게서 알아낸 비상식적인 이야기 외에는 아무것도 구체적으로 드러나지 않았다. 그리하여 경찰 당국은 고고학자의 도움을 빌어 공포를 상징하는 이 물건의 의미를 찾아내고, 기괴한 제례의식의 원천을 밝혀내겠다는 결론에 이르렀다.

루글러스 경감은 그가 내놓은 석상이 학자들에게 그 정도의 충격을 주리라고는 예상도 못했다. 학자들은 단 한 번 보았을 뿐인데도 금세 격렬한 흥분상태에 빠졌고, 모두가 뚫어지게 바라보았다. 유구한 세월을 지나온 것임이 분명했으며 막혀 있던 태고의 세계를 강력하게 보여주고 있었다. 조각 역사상 그 어떤 유파도 이와 같은 공포의 대상을 만들어낸 적은 없을 터인데, 종류를 알 수 없는 이 암녹색의 돌 표면에는 몇 세기, 아니 수십세기의 연대가 묻어 있음이 역력했다.

석상은 학자들의 손에서 손으로 옮겨가면서 주도면밀한 검토를 거쳤다. 높이는 대강 7, 8센티, 작지만 뛰어난 기술로 조각된 예술품이라고도 불릴 만한 것이었다. 어딘가 인간적인 냄새가 감돌기는 했지만, 머리는 문어와 똑같고, 몇 개인가 촉수가 얼굴에 뻗어 있고 비늘로 뒤덮인 몸체에 손톱이 긴 앞발과 뒷발, 그리고 등에는 가늘고 긴 날개가 있었다.

흉악한 기운이 철철 넘쳐흐르는 퉁퉁한 몸을 정사각형 받침대 위에 웅크리고 있었는데, 그 받침대에는 판독이 불가능한 이상한 모양의 문자가 새겨져 있었다. 괴물은 받침 한 가운데서 무릎을 세우고 앉아 있는데 날개끝이 받침 가장자리에 살짝 걸려 있고, 앞 모서리를 꽉 움켜잡고 있는 뒷발의 길다란 발톱은 1/4 정도 받침보다 더 밑으로 늘어뜨려져 있었다.

또한 두족류를 연상케 하는 머리는 약간 앞으로 숙이고 있어서 세운 무릎 위에 올려놓은 앞발 등에 더듬이 끝이 닿았다. 전체적인 인상이 이상하리만큼 생생한데다 출처마저 불분명해서 소름끼치게 기분 나쁜 우상이었다. 요컨대 그것은 도저히 추측 불가능한 아주 옛날에 만들어졌다는 것과, 우리가 아는 문명사회의 미술양식과는 전혀 종류를 달리하는 것임을 알았을 뿐이었다.

재질 또한 커다란 수수께끼였다. 암녹색의 표면 여기저기에 반점과 주름이 금색으로 빛났으나 지질학자도 광물학자도 처음 보는 돌이었고, 받침대에 조각된 상형문자 역시 수수께끼여서 이 대회에는 고고학의 권위자로 인정받는 사람들의 대부분이 참석했지만 단 한 사람도 이것과 연관된 말이나 지적을 하지 못했다.

분명히 이 문자 역시 석상의 형상이나 재질과 마찬가지로 아주 오랜 옛날을 떠올리게 했으며, 우리가 인식하는 인류나 세계의 개념과는 전혀 동떨어진 우주의 주기가 존재한다는 사실을 시사하는 뭔가가 있었다.

그곳에 모여 있던 학자들은 모두가 고개를 저으며 경감의 질문에 대답할 능력도 없음을 인정했다. 그러자 그 가운데 한 사람이 망설이면서 입을 열더니, 이 괴물 같은 석상과 받침대에 새겨진 해독이 불가능한 문자를 보고 생각난 것이 있다면서 잊고 있었던 오랜 과거의 기억에 관해 이야기하기 시작했다.

그는 윌리엄 챠닝 웹이라는 교수로, 지금은 고인이 되었으나 당시에는 프린스턴 대학에서 강의를 하면서 고대유적의 발굴에 지대한 공적을 남긴 학자였다.

지금부터 48년 전 일이다. 웹 교수는 그린란드와 아이슬란드의 룬문자비를 탐사하는 원정대에 참가하여 애초의 목적인 발굴작업은 실패로 끝났지만 다음과 같은 드문 경험을 했다. 그린란드의 서부 해안에 가까운 구릉지대에서 이상한 종족을 발견했던 것이다.

인종으로는 에스키모족에 속하지만, 문명은 상당히 낙후되어 있어 지금도 기괴한 악마숭배가 계속되고 있는데, 잔인하고 비정한 제례의식은 혐오감과 전율을 일으키기에 충분한 것이었다. 그들의 신앙에 관해서는 다른 에스키모족들도 잘 모르는 듯, 설명을 요구해도 몸만 떨거나 지구보다 더 오래된 옛날부터 전해지던 종교인 것 같다고만 말할 뿐이었다. 그러나 옛날부터 사람의 몸을 바치는 것을 수반한 제례의식으로 '토루나스크'라 불리는 악마를 예배하는 비밀종교가 그곳에 존재했으며, 그것이 후세로 이어져 왔다는 것은 오래 전부터 알려져 있었다. 그래서 웹 교수는 나이든 주술사 안게코크에게서 들었던 주문을 소리나는 대로, 가능한 한 정확하게 로마 문자로 옮겼다. 그러나 지금 여기서 가장 중요한 것은 이 종족이 숭배하고 제사하는 우상인데, 높은 빙벽 위에 오로라가 비칠 때 그들은 이 우상을 둘러싸고 미친 듯이 춤을 춘다고 한다.

교수의 설명에 따르면, 그 우상은 원초적인 수법으로 돌덩이에 조각한 부조물인데 기괴한 화상과 수수께끼 같은 문자가 새겨진 것으로 보아 여기 있는 짐승 형상의 겉모양이나 문자와 본질적인 연관성이 있으리란 것이었다.

웹 교수의 이 같은 보고는 대회 출석자 전원에게 경악과 긴장감을 안겨줬다. 루글러스 경감을 한층 흥분시켰음은 말할 것도 없다. 경감은 곧장 보고자인 교수에게 질문을 퍼붓기 시작했다. 그는 수첩에 자기가 체포한 늪지대 광신자들의 주문이 적혀 있으니 어디 한 번 에스키모의 악마 숭배자가 읊던 문구를 그대로 옮겨보라고 졸라댔다.

양쪽을 세세한 부분에 걸쳐 철저하게 비교 검토한 결과, 멀리 떨어진 두 나라의 지옥의 제사에 같은 계통의 언어적 주문이 쓰였음이 틀림없다고 학자들과 경찰관의 의견은 완전한 일치를 보였다.

그 순간 공포스러울 정도의 침묵이 좌중을 짓눌렀다. 에스키모의 주술사와 루이지애나주 늪지대의 광신자가 같은 종류의 석상을 예배하고, 같은 맹세를 바치고 있었다는 사실에 그저 놀랄 뿐이었다. 그들의 소리 높여 부르짖던 구절을 전통적인 분절로 나눠보면 다음과 같이 나타낼 수 있다.

흔구르이 무굴우나프 크투르프 르 리에 우가 나굴 프타군 루글러스 경감에게는 웹 교수보다 앞선 지식이 하나 있었다. 그것은 이 주문의 의미의 이해인데, 그가 체포한 혼혈 광신도 가운데 몇 사람인가가 나이든 사제에게서 배웠다면서 그것을 반복해서 설명했기 때문이었다. 이 주문의 해석은 다음과 같았다.

죽음을 당한 크투르프가 르 리에의 집에서 꿈을 꾸면서 기다리고 있다.

루글러스 경감은 학술회원들의 열띤 질문을 받고 늪지대의 광신도에 관한 경험을 자세하게 말했다. 나는 큰아버지가 이 이야기에서 중대한 의의를 감지한 것은 쉽게 수긍이 갔다. 왜냐하면 경감의 이야기는 신화작가나 견신론자의 분방한 꿈을 떠올리게 하며, 비천한 하층민에게 이 정도의 환상력이 있는지 놀라우리만큼 장대한 이미지를 보여 주었기 때문이었다.

1907년 11월 1일의 일이다. 뉴올리언스의 경찰본부에 남쪽의 늪지대 주민들이 상식을 벗어난 출동의뢰를 해왔다. 그 지역에는 지난 세기 초쯤에 이 근처 해역을 휩쓸고 다녔던 프랑스 포경선의 선장 장 라피트(1780~1826으로 추정. 멕시코 만을 근거지로 했던 프랑스의 해적. 영국군을 지원하고 스페인의 식민지를 습격했으며, 1815년의 뉴올리언스 영미 전쟁에서는 미국군의 편을 들었다. 남부의 전설적 영웅임)의 부하들이 정착했으며, 지금은 선량하고 소박한 그의 자손들이 조용히 살고 있었다.

최근들어 그곳 주민들은 밤만 되면 알 수 없는 공포를 느끼게 되어 분명 부두교도들의 짓일거라고 생각했지만, 소문으로 듣기보다는 꽤 난폭한 무리들 같았다. 그 증거로 악마가 날뛴다는 소문 때문에 가까이 가는 사람도 없는 어두컴컴한 숲 속에서 기분 나쁜 북소리가 들림과 동시에, 마을 아녀자들의 행방이 묘연해지는 사건이 자주 일어나기 시작했다. 또한 깊은 밤중에 바람을 타고 흘러드는 이 세상의 것이 아닌 절규와 비명, 영혼까지 얼어붙게 만드는 노랫소리와 미친 듯 춤추는 악마의 불꽃 같은 것들로 주민들은 무서워 더 이상 견딜 수가 없다면서 경찰의 출동을 요청하러 온 사람은 부들부들 떨면서 말하는 것이었다.

그날 오후 늦게 두 대의 마차와 한 대의 자동차에 가득 탄 20명의 경찰대가 공포로 덜덜 떠는 개척민을 안내인으로 앞세우고 뉴올리언스를 출발했다. 길이 좁아져 더 이상 갈 수 없게 되자 경찰대는 차에서 내려 햇볕이 닿지 않는 빽빽한 밀림 속을, 질척한 진흙탕을 밟아가며 몇 마일이나 행진해 갔다.

얽히고설킨 나무뿌리에 채이기도 하고 악착스레 휘감고 있는 나무덩굴의 방해도 받았다. 때로는 밤이슬에 젖은 돌더미와 허물어진 돌담을 발견하고는 옛날에는 이런 곳에도 사람이 살았다는 사실에 새삼 놀라면서 추악한 모습을 한 거목과 독버섯이 만들어내는 암담한 기분 속으로 차츰 빨려들어갔다. 그러다 겨우 앞이 트이면서 개척자의 부락이 나타났다.

얼마 안 되는 움집이 드문드문 흩어져 있었는데, 손전등을 들고 몰려드는 경찰관들을 보고는 오두막에서 남녀의 무리가 히스테릭한 환성을 올리며 뛰쳐나왔다. 여기까지 오니까 아직 꽤 먼 곳이긴 하지만 매우 두렵게 느껴지는 큰북 소리가 낮게 울리고, 바람의 방향이 바뀔 때마다 온몸의 털을 곤추세울 기괴한 사람의 소리가 들려왔으며, 캄캄한 절벽까지 이어진 갈라진 땅 사이로 빨간 불꽃이 타오르는 것이 보였다. 경찰대의 도착으로 개척부락의 주민들은 일단 안심한 듯한 표정이었지만, 사신(邪神)을 예배하는 곳으로 안내하라고 했더니 완강하게 고개를 저으며 한 걸음도 떼어놓으려 하지 않았다. 루글러스 경감과 19명의 부하들은 어쩔 수 없이 길 안내원도 없이 지금까지 아무도 발 디딘 적 없는 공포의 장소로 돌진해야만 했다.

경찰대가 목표로 한 곳은 옛날부터 악령이 사는 집으로 두려워했던 곳이어서 백인들에게는 전혀 알려지지 않은 세계였다. 전설에 따르면 그곳에는 인간의 눈으로는 볼 수 없는 호수가 있으며, 그곳엔 너무나 거대해서 형상조차 구별되지 않는 광채를 내뿜는 눈이 하얀 히드라가 살고 있다고 한다. 깊은 밤에는 지하의 동굴에서 박쥐의 날개를 지닌 악령이 날아와 이 물의 괴물에게 기도를 한다는 것이다. 그리고 이것도 개척부락의 주민이 조심스레 말한 것인데, 괴물이 이 호수 바닥에 살기 시작한 것은 디베르빌(1661~1706. 피에르 르 모완 디베르빌. 캐나다 출신의 프랑스 해군장교. 루이지애나에 최초의 프랑스 식민지를 개척했다.)보다도, 라 사르(1643~87. 르네 로베르 카뷔리에 라 사르. 프랑스의 북미탐험가)보다도, 인디언보다도, 나아가서는 삼림 속의 그 어떤 새나 짐승보다도 훨씬 오랜 옛날의 일이며, 악마를 닮은 그 모습을 본 사람은 그 자리에서 당장 목숨을 잃게 된다는 것이었다. 그러나 괴물이 손수 인간의 꿈에 나타나서 그 무서움을 가르쳐 주었기에 사람들은 함부로 다가가서는 안 된다는 사실을 알고 있다고 한다.

그날 밤 부두교도들이 향연을 벌였던 곳은 이 저주받은 금단의 장소에서 좀 떨어져 있는 변두리이긴 했지만, 그래도 위험하긴 마찬가지였다. 개척민들이 길 안내를 거부한 것은 기분 나쁜 소리에 겁이 나서 뿐만 아니라, 장소 그 자체에 더 두려움을 느꼈기 때문이었다.

반짝이는 붉은 불빛과 낮게 울려 퍼지는 북소리를 목표로 루글러스 경감 일행은 습지의 검은 진흙탕을 밟아가며 앞으로 나아갔다. 그 사이에 이상한 사람 소리가 차츰 크게 들려왔는데, 그 소리를 충실하게 옮겨보면 뭔가에 홀린 시인이나 미친 사람의 잠꼬대로밖에는 여겨지지 않았으며, 음질로 보면 인간의 목소리 같기도 하고 짐승의 울부짖음처럼 들리기도 해서 두 가지 특징을 두루 갖추고 있다는 점이 한층 공포감을 불러 일으켰다.

미친듯이 화를 내는 야수의 울부짖음과 방탕한 밤 향연의 환성이 악마처럼 드높아지더니 울부짖고 성내면서, 지옥의 심연에서 불어오는 듯한 흉폭한 폭풍처럼 어두운 숲을 가르며 울려퍼졌다. 그리고 가끔 포효가 중간에 멈추면 상당한 연습을 쌓았으리라 여겨지는 쉰 목소리가 낮게 노래하는 듯한 리듬으로 늘 하던 그 기묘한 기도문구를 웅얼거리는 것이었다.

흔구르이 무굴우나프 크투르프 르 리에 우가 나굴 프타군

경찰대는 한층 전진하여 나무가 드문 곳으로 다가가자 갑자기 더 이상 기괴할 수 없는 광경이 전개되었다. 그 공포로 인해 부하 둘은 현기증이 나서 비틀거렸으며, 한 명은 정신을 잃고 쓰러졌다. 그리고 두 사람이 제정신을 잃고 비명을 질렀다. 때마침 미친 듯이 들뜬 연회가 시작된 참이어서 한층 높은 비명이 뒤섞여 분간할 수 없었다. 루글러스 경감은 정신을 잃은 부하의 얼굴에 물을 퍼부어 의식을 회복시켰다. 그러나 모두는 그 자리에 못 박혀 덜덜 떨기만 할 뿐이었다.

늪지대 한 귀퉁이에 1에이커쯤 되는 천연의 공터가 있었는데, 나무가 없어서 흙이 말라 있었다. 그곳에는 백인과 흑인의 혼혈인인 듯한 좀 유별난 인간들이 둥글게 줄서서 커다란 모닥불을 둘러싸고 이루 표현할 수 없게 미친 듯이 춤을 추고 있었다. 한 사람도 남김없이 옷을 벗어 던진 완전한 나체였으며, 모두가 큰소리로 고함을 치면서 몸을 뒤틀어가며 뛰어오르고 있었다.

때때로 모닥불의 불꽃 커튼에 갈라진 틈새가 생겨나 그곳 한가운데에 추악한 형상의 작은 우상을 올려놓은 높이 2미터쯤의 돌기둥이 보였다. 모닥불의 바깥쪽에는 마찬가지로 원형으로 열 개의 처형 기둥이 일정한 간격으로 늘어서 있었으며, 하나하나의 돌기둥에 무참하게

상처 입은 주검이 머리를 아래로 늘어뜨리고 있었다. 개척자 부락에서 모습을 감춘 희생자임에 틀림없었다. 이상과 같은 무대장치, 즉 처형 기둥과 모닥불의 형태를 이룬 두 개의 원으로 된 진영 사이에서 알몸의 사교도 무리가 인간의 말이라고는 여겨지지 않는 주문을 큰소리로 외쳐가며 튀어 오르는 것처럼 왼쪽으로 도는 원형무는 도저히 끝날 것 같지 않게 거듭되고 있었다.

이것도 어쩌면 경찰들이 한밤중의 비경에서 본 환상이었는지도 모르지만, 어쨌든 일행 가운데서 특별히 흥분을 잘하는 성격의 스페인계 경찰관이 공터를 둘러싼 삼림 속의 아주 깊은 곳에서, 태고의 전설과 공포를 감춘 어둠의 세계로부터 사교도들의 울부짖음에 응답하는 이상한 목소리가 메아리치는 것을 분명히 들었다고 했다.

나는 뒤에 조셉 D. 갈베스라는 그 경관을 만나 그 무렵의 광경을 들어보았는데, 그는 이상한 공상 습관을 지닌 사람임은 분명했으며, 다음과 같은 것까지 덧붙였다. 그 무렵 힘차게 날개짓하는 소리가 멀리서 희미하게 들렸고 산처럼 거대한 흰 물체가 숲 속에서 눈을 번쩍번쩍 빛내고 있는 것은 보았다는 것이었다. 아마 그는 개척부락민의 미신 같은 이야기를 너무나 많이 들었던 탓에 있지도 않은 망상의 포로가 되어 있었던 것 같다.

그러나 경찰대가 공포에 휩싸여 꼼짝못하고 있었던 것도 잠시였다. 그들의 머릿속에는 무엇보다 먼저 직무에 대한 책임이 있었다. 그래서 결연히 행동을 개시해 총기를 손에 들고 백 명 가까운 혼혈의 신도들 사이로 돌진해 갔다.

순식간에 제사 장소는 아수라장이 되었고, 그 뒤 5분 동안은 필설로 다하기 어려운 사투가 벌어졌다. 그리고 상대를 가리지 않는 난사와 난투 끝에 사교도 무리는 마침내 사방으로 흩어졌다. 체포된 사람은 검고 탁한 피부를 한 47명이었다. 루글러스 경감은 그들에게 옷을 입도록 명령하고 이열 종대로 경찰관 사이에 줄을 세우고는 뉴올리언스로 연행해 갔다.

사망한 신도 수는 다섯 명. 중상자도 두 명이었는데, 이들은 급조한 들것에 실려 체포한 사람들과 함께 옮겨졌다. 루글러스 경감이 돌기둥 위 작은 우상을 조심스럽게 내려서 갖고 돌아왔음은 물론 말할 것도 없다.

경찰대는 극도의 긴장감으로 지친 나머지 간신히 뉴올리언스로 돌아왔다. 곧 체포한 사람들의 조사가 시작됐다. 그들은 흑인이 아닌 백인과 흑인의 혼혈로 대부분 서인도 제도나 케이프 베르데 군도의 바르바 섬에서 모여든 하급 선원들로 모두가 지능이 낮았고 더구나 머리가 돈 상태였다. 이러한 저주받은 예배에 부두교의 색채가 짙은 것은 그들의 출신지에 의한 것으로 생각했던 것은 착오는 아니었지만, 심문을 계속하는 동안 그곳에 흑인사회 특유의 주물 숭배 이상의 어떤 바닥을 알 수 없는 태고의 신비가 흘러 넘치고 있음을 느끼게 되었다. 즉 그들은 무지몽매한 퇴화인종이면서도 이러한 저주받은 사교의 핵심인 교의에 놀랄 만큼의 일관성을 지니고 신앙을 바치고 있었던 것이다.

잡혀온 사람들은 경감의 심문에 다음과 같이 말했다. 그들의 신들은 유구한 옛날, 인류 탄생에 앞서 대우주에서 젊은 지구로 내려왔으며, 그 이름을 '위대한 오랜 신들'이라고 했다. 그리고 마침내 신들은 죽어서 대지의 아주 깊은 곳, 혹은 바다 속에 몸을 감추었는데, 최초의 인류가 태어나자 그 남자의 꿈에 모습을 나타내어 신들의 비밀을 이야기해 주었다는 것이다.

그 가르침이 지금까지 전해져 내려왔으며, 또한 앞으로도 영원히 멸망해 사라지지 않겠지만, 지금 같은 말세에는 인적이 드문 황무지나 암흑의 장소에 은둔하면서 별자리가 똑바른 위치로 돌아오는 때를 기다려야만 한다. 그 눈부신 날이 찾아오면 바다밑의 넓은 도시 르 리에의 감춰진 집에 잠들어 있는 크투르프가 일어나서 신들의 말씀으로 신도들을 불러모아 다시금 지구의 지배자가 된다는 것이었다.

죄수들은 거기까지 말하자 입을 다물더니 더 이상의 비밀은 비록 고문을 받을지라도 누설하지 않겠다는 것이었다. 이 땅에서 지성을 지닌 생물은 인류만이 아니다. 신앙심 깊은 몇몇 사람들에게는 지금도 때때로 어둠 속 깊은 곳에서 정령이 찾아온다. 다만 그것은 정령이지 그들이 숭배하는 '위대한 오랜 신들'과는 다르다. 인간은 지금까지 진정한 신들의 모습을 보지 못했다. 돌을 조각한 성상(聖像)도 대제사장인 크투르프를 옮겨놓은 것이며, 그것이 신들의 모습과 닮았는지 여부는 알 도리가 없다. 그리고 또한 지금 세상에는 태고의 문자를 읽을 수 있는 사람이 전혀 없기 때문에 신들의 비밀은 입으로만 전해 내려오고 있다. 그것을 큰소리로 읊는 것은 금지되어 있으므로 단지 속삭일 수 밖에 없다. 따라서 어젯밤 의식을 행하면서 소리높여 읊은 말들은 르 리에의 감춰진 집에서 크투르프가 잠을 자면서 때가 올 것을 기다린다는 것을 알리는데 지나지 않는다는 것이었다.

체포된 47명 가운데 교수형의 의미를 알 만큼 제정신을 가진 자는 겨우 두 명이었으며, 나머지는 모두 제정신이 아니었다. 그들은 저마다 수용시설로 옮겨졌으나, 모두가 살인행위를 부인하고 처형기둥 위의 희생자는 검은 날개의 신들에게 죽임을 당한 것이라고 주장했다.

태고 이래, 신비의 숲 속 깊은 곳에 신들이 모이는 장소가 있다고 한다. 어쨌든 진술자들은 모두 미친 사람들뿐이어서 일관된 설명을 듣는 것은 무리였다. 그런데 마침 카스트로라는 늙은 어부가 나타나, 그의 증언에 의해 경찰도 이들 사교의 개요를 파악할 수가 있었다.

카스트로는 스페인 사람과 인디언의 혼혈로 젊은 시절부터 세계 곳곳의 이름도 모르는 항구를 두루 돌아다녔다. 그러던 어느 날, 중국

대륙의 산속에서 늙지도 죽지도 않는 고승들을 만나 그들의 가르침을 듣게 되었다.

카스트로 노인의 기억은 단편적인 것에 지나지 않았지만 그가 전해 들은 이야기의 기괴함은 견신론자의 고찰을 움찔하게 했으며, 인류와 이 세상을 아직 뿌리가 얕고 잠정적인 것에 지나지 않는다고 생각게 하는 뭔가가 있었다.

인류 탄생 이전의 이 지구는 별에서 건너온 '어떤 자'가 지배했으며, 그들은 곳곳에 호화롭고 거대한 도시를 건설했다. 중국인 승려의 말에 따르면 그것은 지금 태평양의 섬들에 거석문화의 유적으로 남아 있다고 한다. 그들은 인류가 태어나기 이전에 죽어 없어졌으나, 우주는 영원히 주기를 반복하기 때문에 언젠가는 별자리가 다시 제자리를 찾는 날이 돌아온다. 그날, 그들은 지구로 내려올 때 가지고 온 성상의 힘으로 되살아난다.

카스트로 노인은 이야기를 계속했다. 위대한 옛 신들은 피와 살로 만들어져 있지 않다. 물론 모양은 갖추고 있다. 그것은 하늘의 별자리를 보면 알 수 있다.

그러나 그 모양은 물질로 만들어진 것이 아니다. 별들이 올바른 위치였을 때는 신들도 우주공간을 별에서 별로 뛰어 돌아다닐 수가 있었지만, 한 번 별자리의 위치가 엉망이 되자 더 이상 살아 있을 수 없게 되었다. 살아 있을 수 없다 하더라도 그렇다고 죽은 것은 아니다. 신들은 영원히 죽지 않는다. 이 시점에서도 대제사장 크투르프의 주문의 보호를 받아 바다 속 거대한 도시 르 리에의 돌로 된 집에 누워서 별과 지구가 올바른 위치로 돌아오는 부활의 날을 기다린다.

그러나 그 빛나는 날이 찾아오더라도, 신들의 사체를 해방시키려면 외부로부터의 작용이 필요하다. 신들의 사체를 상처가 없는 채로 보존하는 주문은, 부활의 날의 최초의 움직임을 방해하는 것이기도 하기 때문이다. 신들은 깨어 있는 채로 어둠 속에 누워서 계속 생각한다. 그렇게 몇백만 년의 세월이 흘렀지만 그 사이에 생겨난 모든 우주현상을 신들은 알고 있으며, 또한 신들이 주고받는 대화의 재료가 된다.

지금도 무덤 안에서 신들은 서로 이야기를 나눈다. 말로 하는 대화가 아니라 생각과 생각이 그대로 교환되는 것이다. 그러나 오랜 옛날 지구상에 인류가 탄생했을 때에는 감수성이 가장 예민한 남자를 골라서 신들은 꿈에 모습을 나타내고는 이야기를 했다. 피와 살로 이루어진 인간의 마음 속에 신들의 생각을 전하려면 그것이 유일한 방법이었던 것이다.

그리하여 이 최초의 인류가——여기서 카스트로 노인은 목소리를 낮추었다——위대한 옛 신들로부터 계시를 받은 몇몇 작은 성상을 중심으로 그들의 교의를 만들어냈다. 그 성상은 영겁의 시간을 거쳐 어두운 별들로부터 운반되어 온 것이다. 이 종교는 별의 위치가 올바르게 될 때까지 사멸되지 않는다. 대제사장 크투르프가 무덤에서 일어나 사도들을 다시 태어나게 하고 지구의 지배력을 다시금 되돌릴 때, 고승들도 힘을 보탤 것이다.

그날은 반드시 온다. 그리고 '위대한 오랜 신들'과 같은 경지에 도달한 인류는, 선과 악을 초월한 자유의 세계에서 법과 도덕을 벗어 팽개치고, 살육의 환락을 만끽한다. 이어서 다시 태어난 옛 신들이 새로운 살육 방법을 가르쳐 이 땅은 대학살의 화염에 둘러싸이게 되고, 자유의 희열을 맛본 신도들이 미친 듯이 기뻐 날뛰게 된다. 그날이 올 때까지 신들의 부활의 예언에 적합한 제사를 계속하고, 옛날의 기억을 이어나가야만 한다.

옛날에는 선택된 사람들이 꿈속에서 묘소에 틀어박힌 신들과 교신할 수 있도록 허용되었는데, 그 뒤 어떤 일이 생겼다. 돌의 도시 르

리에가 거대한 돌기둥과 묘소가 다 함께 깊은 바다 밑으로 가라앉아, 사고(思考)가 투명하지 않은 원초의 수수께끼로 가득 찬 파도에 휩쓸렸기 때문에 꿈속의 교감이 단절되었다.

그러나 기억은 절멸되지 않으며, 언젠가 반드시 별자리가 제위치로 돌아오고, 르 리에가 또다시 지상으로 떠오르는 날이 온다는 고승들의 예언이 있었다. 그리고 가끔 곰팡이가 가득 핀 그림자로 둘러싸인 검은 대지의 정령이 찾아와서는 깊은 바다 속 동굴로부터 소식을 전한다. 하지만 이 정령에 관해서는 카스트로 노인도 자세하게 말하고 싶지는 않은지 허둥지둥 끝맺음을 하고는 더이상 입을 열려고 하지 않았다. 기묘한 것은 '위대한 오랜 신들'에 대해서도 구체적인 점은 언급을 피하는 것이었다. 다만 교단에 관해서는 덧붙여 설명을 계속했다. 길다운 길도 없는 아라비아 사막의 한가운데에 돌기둥이 늘어서 있는 일렘이라는 도시가 옛모습 그대로 잠든 근처에 그 본부가 있다는 것, 서구의 마녀숭배와는 전혀 관계가 없으며, 신도 이외에는 사실상 알려져 있지 않으며, 이 교의를 언급한 기록물은 단 한 권도 남아 있지 않다는 것 등을 분명히 했다. 그리고 앞서 말했던 불사(不死)의 중국인이 이 교단에 가입을 허락받은 자라면 반드시 읽어야한다고 말한 광기의 아랍인 압둘 알하자드의 〈사령비법(死靈秘法)〉에 두 가지의 해석이 가능한 시구가 있다면서 다음의 두 줄을 인용했다.

> 평온하게 잠든 영원한 휴식을 일러, 죽은 자라 부르지 말지어다
> 끝 모를 시간 뒤에는 '죽음' 또한 죽어 없어질 운명일지니

루글러스 경감은 이 증언을 듣고 강한 감동과 함께 적지 않은 당혹감을 느꼈다. 그것은 그의 이해 밖의 내용이었기 때문이며, 이 사교의 역사적 기원부터 파헤쳐 보기는 했지만 그 또한 헛수고로 끝났다.

비밀은 완전히 감춰져 있다고 말한 카스트로 노인의 말에 거짓은 없었다. 투레인 대학의 교수진에게 했던 질의도 결과는 같았으며, 교의는 물론이며 작은 석상에 대해서도 아무런 지식도 안겨주지 않았다. 그래서 요 다음 고고학회의 모임에는 전세계의 최고 권위자가 모인다는 소리를 듣고 서둘러 달려왔지만 여기서도 역시 웹 교수의 그린란드 경험담 이상의 것은 들을 수가 없었다.

그러나 증거의 석상을 동반한 루글러스 경감의 이야기는 대회 출석자 전원의 비상한 관심을 자극하여 학자들은 대회가 끝난 뒤에도 서로 편지를 통하여 의견을 주고받았다. 그것이 세상 일반에 알려지지 않은 것은, 무엇보다 꾸민 이야기일 가능성이 많기 때문에 학자들이 학회의 공식 출판물로 발표하길 꺼렸기 때문이었다. 작은 석상은 한동안 웹 교수가 가지고 있었으나, 교수의 사망으로 지금은 루글러스 경감이 다시 보관하고 있다. 전에 나도 한 번 보았는데, 분명히 공포감으로 가득 찬 석상으로 윌콕스 청년이 꿈의 기억에 따라 제작했다는 작품과 놀랄 만큼 닮은 데가 있었다.

나의 큰아버지인 에인젤 교수가 젊은 조각가의 꿈 이야기로 흥분상태에 빠진 것은 당연한 일이었다. 감수성이 예민한 이 청년은 루글러스 경감이 늪지대에서 입수했던 작은 석상과 상형문자, 나아가서는 그린란드의 퇴화한 종족이 제사하던 악마상과 완전히 똑같은 것을 꿈에서 보았다.

아니, 그뿐만 아니라 에스키모족 악마 예배자와 루이지애나의 혼혈 광신자들이 읊었던 세 마디의 주문 또한 꿈속에서 들은 뒤로는 나의 큰아버지가 격렬한 경악에 휩싸여 완전을 기한 조사를 시작했던 것도 이상할 것이 없다. 다만 나 자신은 윌콕스 청년에게 의혹을 가지고 있었다. 그는 어디선가 이 사교의 이야기를 듣고는 일련의 꿈 이야기를 만들어냄으로써 괴기성을 더했으며, 큰아버지의 돈을 우려낼 계획을 세웠던 것이 아닐까. 말할 것도 없이 그 뒤에 교수가 수집했던 꿈의 보고와 신문기사를 발췌한 것은 윌콕스 청년이 한 말의 진실성을 뒷받침하는 유력한 증거였다.

그러나 나의 몸에 밴 합리주의와 더불어 이 이야기 전반에 가득 찬 황당무계한 부분이 나를 가장 상식적인 결론으로 이끌었다. 나는 청년의 수기를 다시 읽어보고 견신론적, 인류학적인 루글러스 경감의 이야기를 재검토한 뒤, 로드아일랜드 주의 프로비던스까지 가보기로 결심했다. 젊은 조각가를 만나보고 노련한 학자를 속인 대담무쌍한 소행을 문책하는 것이 나의 의무라고 여겼기 때문이다.

윌콕스 청년은 토마스 거리에 있는 프렐 드 리스관이라는 아파트에서 아직껏 고독한 생활을 하고 있었다. 그곳은 오래된 마을의 조용한 언덕 위에 우아한 집들이 식민지 시대 그 무렵의 모습대로 줄지어 있었으며, 조지왕조풍의 첨탑이 섬세하고 아름다운 분위기를 자아내는 실로 정취가 있는 지역이었지만 단 한 채 빅토리아 왕조시기에 유행했던 양식을 흉내낸 17세기 프랑스식으로 정면을 석회 반죽으로 칠한 추악한 건물이 있었다. 바로 청년이 사는 하숙집이었다. 나는 그의 거실을 지나 방 안 가득 흩어져 있는 제작중인 작품을 보자마자 그의 재능이 사실이며, 천재라 불러도 될 만큼 높은 수준임을 깨달았다. 언젠가는 퇴폐파의 조각가로 이름을 날리고, 세상의 인기를 한 몸에 받는 것도 시간문제이리라. 아서 매케인이 산문으로 묘사해 내고, 클라크 애쉬튼 스미스가 시와 화필로 표현한 꿈속의 악마와 환상들이 저마다 훌륭하게 점토로 바뀌어 있었으며, 앞으로는 대리석으로 구체화될 것으로 여겨졌다.

당사자인 청년은 어쩐지 어둡고 유약한 인상에 머리 빗을 시간도 없는 모양이었다. 나의 노크에 내키지 않는다는 듯 뒤돌아보더니 일어나지도 않고 무슨 볼일이냐고 물었다. 그러나 내가 어떤 사람인가를 알자 갑자기 강한 관심을 나타내기 시작했다. 큰아버지가 집요하게 물었던 이유를 여전히 몰랐기 때문에 그의 호기심을 자극했던 것일까. 그래서 나는 이 신경질적인 청년에게는 되도록 사실을 덮어두어야겠다고 생각하고, 듣고 싶은 이야기만 넌지시 끄집어내기로 마음먹었다.

그러나 얼마 이야기를 나누기도 전에 말투로 보아 그가 성실한 사람이며, 꿈 이야기도 거짓이 아님을 확인할 수 있었다. 꿈과 꿈이 잠재의식으로 남아 있는 것이 그의 예술에 강한 영향을 주고 있음은 너무나도 분명했다. 그는 이야기 중간에 병적인 느낌의 점토로 만든 상을 하나 들고 나왔는데 전체적인 윤곽에서 무시무시한 어두운 힘이 스며 나오고 있어서 나도 모르게 몸을 떨었다. 지금의 그에게는 희미한 돋을새김 부조물이 남겨져 있을 뿐, 꿈 자체는 떠올리지 못했다. 그러면서도 무의식 가운데 그 점토상을 만들어냈다. 이것이 그가 정신착란에 빠져 있을 동안 무심코 말했던 거대한 것의 모습을 옮겨놓은 것임은 의심할 바가 없다. 또한 큰아버지가 그에게 집요하게 질문하다 불쑥 나와버린 비밀의 사교 외에는 전혀 아는 것이 없음도 명료해졌다. 그럼에도 괴기한 환상이 그를 덮친 것은 무엇이 원인이었단 말인가.

윌콕스는 꿈 이야기를 할 때 더할 나위 없이 시적인 표현을 썼기 때문에 녹색의 돌기둥이 끈적끈적한 액체로 젖어 있는 거인족의 도시를 눈앞에서 보는 것 같은 선명함으로 감지해 낼 수가 있었다. 청년은 덧붙여서 모든 선과 형태가 왜곡되어 있었다, 완전히 미친 상태였다고 이상하다는 듯 말했다. 그리고 그 지하에서 '크투르프 프타군', '크투르프 프타군'이라는 공포와 기대로 뒤섞인 목소리가 끊임없이 울려왔음을 반의식 상태에서 들었다는 것이었다.

그 외침소리야말로 무서운 예배의 중심인 주문이며, 죽어서 르 리에의 석굴에 누워 있는 크투르프를 수호하기 위한 것임에 틀림없었다. 합리주의자임을 자처하는 나도 동요하지 않을 수 없어서 나는 이렇게도 생각했다. '아마도 윌콕스 청년은 어떤 기회에 이 사교에 대해 들었던 것이 아닐까.' 하지만 너무나도 많은 괴기문학을 탐독하고, 언제나 환상에 빠져 있었기 때문에 남에게서 들었다는 사실조차 잊어버렸는지도 모른다.

그러나 그 강렬한 인상이 의식의 바닥에 남았고, 마침내 꿈속에 나타나서 큰아버지에게 보였던 부조물과, 지금 내 눈앞에 있는 점토상으로 나타나게 된 것이리라. 요컨대 이 청년에게는 고의로 나의 큰아버지를 속일 의도는 없었다. 나는 원래가 이런 타입, 즉 약간 아니꼽고 조금은 무례한 사람을 좋아하지는 않았지만 그의 예술적 재능과 성실함은 인정할 수밖에 없었다. 그날 나는 그가 타고난 재능에 걸맞은 성공을 거둘 것을 기대한다면서 우호적으로 이별을 고했다.

그 뒤에도 이 사교가 나의 관심을 불러일으켜서 때로는 그 기원과 전파를 연구해서 학자로서 지위를 얻어볼까 생각했을 정도였다. 뉴올리언스를 찾아가 루글러스 경감과 부하 경찰관들을 만나서 그들이 보여준 괴기한 작은 석상을 보았으며, 살아남은 혼혈 죄수들에게 질문을 시도하기도 했다. 유감스럽게도 카스트로 노인은 몇 년 전에 죽고 없었다. 이렇게 해서 사건의 내용을 직접 보고들은 것은 결국 나의 큰아버지가 글로 남긴 것을 확인하는 데 지나지 않았지만, 흥분을 다시 새롭게 하는데는 충분했다. 나는 틀림없이 지금 세상에 살아 있으면서 태고의 알려지지 않은 종교를 추적했던 것이다. 이것을 철저하게 조사해 낸다면 인류학의 권위자라는 명예가 나의 머리 위에서 빛날 터였다.

무엇보다 유물론자로서의 태도를 허물 필요도 없다. 이것이 나의 변함 없는 신조이기 때문에 큰아버지인 에인젤 교수가 수집한 꿈의 기록과 신문기사에 관해서는 나 스스로도 불가사의하게 여겨질 만큼 완강하게, 전면적인 신뢰를 계속 거부했었다.

그리고 그와 동시에 내가 한층 깊은 의심을 지닌 것이 있었다. 아니, 정확히는 한층 두려워했던 것인지도 모른다. 어쨌든 나는 큰아버지의 사인에 의혹을 품기 시작했다. 그것은 도무지 자연사라고 생각할 수가 없는 것이었다. 큰아버지는 언덕 위 좁은 길에서 흑인 어부와 부딪쳐 굴러 떨어져 사망했다. 언덕길은 부두로 통하기 때문에 그 주변은 말할 것도 없이 외국인 선원들이 모여드는 곳이었다.

루이지애나주의 사교 신자 가운데 혼혈 선원이 많았던 것은 기억에도 새로웠고, 독침에 의한 잔인한 살인 방법이 고대 종교와 함께 전해 내려왔음도 나는 알고 있었다. 루글러스 경감과 부하 경관들이 그 뒤 별일 없이 지내고 있는 것은 틀림없지만 노르웨이에서는 악마에게 예배드리는 장면을 목격한 선원들은 죽고 말았다. 큰아버지인 에인젤 교수는 젊은 조각가의 꿈에 관한 자료를 입수하자 그 조사에 몰두했는데, 그 소문이 사교 신자들의 귀에 들어갔던 것이 아닐까. 이 추측은 틀리지 않다고 생각한다. 큰아버지는 너무나도 많이 알고 있었거나, 아니면 그들의 눈에 그렇게 비쳤기 때문에 그런 비운에 휩쓸렸음에 틀림없다. 그리고 나 또한 큰아버지와 마찬가지로 너무 많은 것을 알고 말았다. 앞으로 같은 운명이 기다리고 있을지 아닐지는 신만이 알고 있을 터였다.

3. 바다로부터 온 광기

지금 나는 이 꺼림칙한 모든 지식을 신의 은총에 의해 모조리 잊기를 바라고 있다. 우연이라 하기에는 너무나도 두렵다. 휴지 조각이나 마찬가지인 오래 전의 신문을 보았을 뿐인데, 이토록 기괴한 지식으로 고민하는 결과를 초래했다.

그것은 1925년 4월 18일자 〈시드니 블루틴〉지였다. 오스트레일리아의 신문이 눈에 띈 것이 나의 일상생활에 있어서 드문 일은 아니었다. 그러나 거기에는 윌콕스 사건의 수수께끼에 얽힌 기사가 크게 실려 있었다. 발행 무렵, 나의 큰아버지로부터 기사를 오려서 수집할 것을 의뢰받은 전문업자조차 못 본 척했던 것이다.

그 무렵의 나는 에인젤 노교수가 명명한 '크투르프교'의 구명에 나섰기 때문에 뉴저지주의 패터슨 시를 방문할 일이 많았다. 나의 오랜 친구인 저명한 광물학자가 이 도시의 박물관장이었기 때문이다.

그러던 어느 날, 박물관의 깊숙한 곳에 있는 보관실에서 선반 위의 표본류를 조사하고 있던 차에 가끔 돌 표본 아래에 깔려 있는 낡은 신문의 사진이 내 눈을 꼼짝 못하게 붙들었다. 그것이 앞서 말했던 〈시드니 블루틴〉지였다. 친구인 관장은 교제 범위가 넓어서 해외에도 아는 사람이 적지 않았기 때문에 오스트레일리아 신문을 입수했다 하더라도 이상할 것이 없었지만, 이 오래 전 신문의 망판(網版)사진에 추악한 형태의 석상이 찍혀 있었는데 그것이 루글러스 경감이 늪지에서 발견했던 사교의 우상과 똑같았던 것이다.

나는 귀중한 내용을 포함한 그 기사를 통해 자세한 것을 알 수 있었다. 완벽한 뉴스라 할 수 없는 것이 유감이긴 했지만, 그래도 정체되기 쉬운 나의 연구에 무서울 만큼의 중요성을 지녔음은 분명했다. 나는 소중하게 그 기사를 오려냈다. 내용은 다음과 같은 것이었다.

수수께끼의 난파선 발견

비질란트호가 뉴질랜드 선적(船籍)의 무장 쾌속선을 예인해 귀항. 배 안에는 생존자 한 명과 사망자 한 명. 생존자는 해상의 사투에 관해서는 전혀 말이 없음. 그의 소지품 가운데 기괴한 우상을 발견. 심문을 계속할 예정.

칠레의 발파라이소를 향하던 모리슨 상선회사의 화물선 비질란트호가 오늘 아침, 표류선을 예인해 다링 항의 부두로 귀항했다. 이 배는 뉴질랜드의 다니딘 항에 선적을 둔 중장비 증기선 아라트호로 생존자 한 명과 사망자 한 명을 싣고 항행력을 잃고 남위 35도21분, 서경 152도17분의 해상을 표류중에 4월 12일, 비질란트호에 의해 발견되었다.

3월 25일, 비질란트호는 발파라이소를 출항했으나 4월 2일에 폭풍과 큰 파도에 휩쓸려 꽤 떨어진 남쪽까지 밀려갔던 차에 4월 12일에 표류중이던 난파선을 만났다. 당초에는 무인선으로 생각되었으나 배에 올라가 보니 반미치광이 상태인 생존자 한 명과 죽은 지 분명히 일주일은 지났을 듯한 시체 1구를 발견했다.

생존자는 정체불명의 작은 석상을 손에 움켜쥐고 있었다. 높이 30센티쯤의 추악한 형상을 한 것으로 시드니 대학, 왕립 고고학회, 대학박물관 권위자들도 어떤 종교에 속하는지를 설명하지 못했다. 생존자는 이것을 쾌속선의 선실에서 같은 양식의 성골함 속에서 발견했다고 진술하고 있다.

생존자는 정신을 되찾자 해적선의 습격을 받아 선원 모두가 학살을 당했다며 매우 이상한 이야기를 하기 시작했다. 이름이 구스타프 요한슨이라는 노르웨이 사람으로 어느 정도 교양을 갖추고 있었는데 뉴질랜드, 노스 아일랜드의 오클랜드에서 돛이 둘 달린 범선 엠마호에 이등 항해사로 취직했으며, 이 배는 2월 20일에 승무원 열 한 명을 싣고 페루의 카야오 항을 향해 출항했다.

요한슨에 따르면 범선 엠마호는 3월 1일에 큰 폭풍을 만나 나아갈 길을 잃고, 일정이 크게 지연되면서 남쪽 먼바다를 항해하고 있었다. 그리하여 3월 22일에 남위 59도51분, 서경 128도35분 해상에서 추악한 용모의 카나카족과 유럽아시아 혼혈의 어부들이 타고 있던 무장 쾌속선 아라트호와 만났다. 아라트호는 곧장 배를 돌리라고 강제 명령을 내렸다. 콜린즈 선장이 거절하자 기괴한 어부들은 경고도 없이 포격을 시작했다. 무장 쾌속선에는 강력한 놋쇠 포가 한 대 장착되어 있었다.

엠마호는 곧장 반격했다. 생존자의 말에 따르면 이미 범선은 흘수선 밑으로 몇 발인가의 포탄을 맞아 침몰 직전의 상태였지만 용감한 선원들은 기세가 꺾이지 않고 범선을 적선의 옆으로 바짝 대자마자 곧장 아라트호의 갑판 위에서 사나운 카나카족 어부들과 격투가 벌어졌다. 그리하여 사람 수는 적지만 다분히 위협적인 상대방을 모두 죽이는데 성공했다. 적의 전투 방식은 졸렬했지만 용모가 너무나 추악한데다가 죽음을 각오하고 미치광이처럼 맞선 것이 도리어 이쪽의 공포감을 불러일으켰기 때문이라고 한다.

엠마호의 전사자는 콜린즈 선장과 일등 항해사 그린 외에 또 한 명이었다. 나머지 여덟 명은 이등 항해사 요한슨의 지휘 아래 포획한 무장 쾌속선을 조종해서 엠마호의 항로 그대로 전진했다. 어부들이 배를 돌리라고 명령했던 이유가 어디에 있는지를 찾아내고 싶었기 때문이기도 했다.

그 뒤로는 생존자의 기억도 확실하지 않았지만, 어쨌든 그들은 그 다음 날, 해도에 없는 작은 외딴 섬을 발견해 상륙했다는 것이다. 그리고 그 섬 어딘가에서 선원 가운데 여섯 명이 사망한 듯 하지만, 이야기가 거기까지 진전되면 요한슨의 말수가 이상하리만큼 적어졌으며, 여섯 명은 바위의 벌어진 틈에 떨어져 사망했다고 말할 뿐이었다.

그 뒤 요한슨은 또 한 사람의 생존자인 선원과 함께 쾌속선으로 돌아가 키를 조종해 항해를 계속했지만 또다시 4월 2일의 폭풍에 휩싸였다.

그로부터 4월 12일에 구조될 때까지의 경과는 요한슨 스스로도 거의 기억하지 못했으며, 살아남은 동료인 윌리엄 브라이든의 사망한 날조차 명료하지 않았다. 사인 또한 확인 불가능했는데 아마도 과도한 흥분상태의 지속, 혹은 일사병에 의한 것이리라.

다니딘 항에서 보낸 전문에 따르면 아라트호는 그 지역에서 잘 알려진 섬 지방을 돌아다니는 무역선이었지만 부두 주변의 평판은 나빴다. 소유자가 유럽아시아 혼혈의 괴이한 사람인데다, 그들이 종종 모여서 깊은 밤중에 숲으로 가는 것이 항구 사람들의 의혹을 불러일으켰다. 3월 1일의 폭풍과 지진 직후에 이 배가 갑자기 출항했던 것도 미심쩍었다.

한편 오클랜드 주재 본지 기자의 보고에 따르면 엠마호와 그 승무원의 평판은 좋으며, 특히 이등 항해사인 요한슨은 매우 온순한 성격의 인격자라고 한다.

다음날 아침부터 해사심판소의 심리가 시작되는데, 사건 전체의 진상을 명백히 하려면 지금까지 이상으로 요한슨의 증언을 끌어낼 필요가 있으며, 해사심판소도 그 노력을 아끼지 않을 것으로 생각된다.

신문기사는 이상과 같은 내용에 기괴한 석상의 사진을 싣고 있었지만, 그것 때문에 나는 얼마나 많은 생각의 실꾸러미를 잣기 시작했던가! 그것은 〈크투르프교〉의 새로운 자료의 보고(寶庫)였으며, 연구영역은 육지뿐만 아니라 바다 또한 결코 소홀히 할 수 없다는 증거이기도 했다.

혼혈의 어부들이 엠마호의 항로에 목숨을 걸고 방해했던 것은 무엇 때문인가? 그들이 항해 중에 추악한 석상을 가지고 있던 것도 기괴하다. 엠마호의 여섯 명의 승무원은 사망했으며, 이등항해사인 요한슨이 그 이야기를 하려하지 않는 외딴 섬은 어디에 있는 것일까? 해사심판소의 심리에 의해 어떤 사실이 밝혀질 것인가? 뉴질랜드의 다니딘 항 주변의 사교에 관해서는 어디까지 규명된 것일까? 그리고 특히 나를 놀라게 한 것은 오스트레일리아의 신문기사에 나타난 사건의 날짜와 나의 큰아버지가 용의주도하게 써 놓은 사건의 그것이 정확히 일치해 이제는 부정할 수 없는 중요한 의미를 지니게 되었다.

3월 1일에——이 날은 국제날짜변경선의 규칙상 미국에서는 2월 28일이 된다——지진과 폭풍이 남반구를 휩쓸었다. 그러자 뉴질랜드의 다니딘 항에서 질이 좋지 않은 어부들을 태운 아라트호가 긴급출동명령이라도 받은 듯 서둘러 출항했다.

그와 때를 같이하여 지구의 이쪽 편에서는 시인과 미술가들이 기괴한 꿈을 꾸게 되었다. 거인족이 만들어낸 젖은 돌의 도시 꿈이다. 그리고 그들 가운데 한 사람인 젊은 조각가 윌콕스가 꿈속에서 본 것을 되살려 크투르프 상을 만들었다.

3월 23일에는 엠마호의 승무원이 이름도 모르는 남해의 작은 섬에 상륙해서 여섯 명이 사망했다. 같은 날 미국에서는 감수성이 예민한 예술가들의 꿈이 선명하고 강렬하기가 극에 달했는데, 거대한 괴물에 쫓기는 공포스런 꿈으로 건축가 한 사람이 미치고 젊은 조각가는 착란상태에 빠졌다. 그리고 다음으로 4월 2일에 폭풍이 있었다. 이날이 도래함과 동시에 젖은 돌 도시의 꿈은 모조리 멈추었으며 윌콕스 청년의 원인 모를 고열도 거짓말처럼 가라앉았다.

이러한 일치에 어떤 이유가 잠재되어 있는 것은 아닐까. 카스트로 노인이 넌지시 말했던, 별에서 건너와 지구를 지배한 뒤 바다 속으로 가라앉았으나 언젠가 또다시 지배권을 되찾을 것이라는 신들이란 대체 무엇인가? 게다가 충실하게 신앙을 바치고, 꿈의 힘에 의한 지배권 부활의 날을 기다리는 사교도는? 그리고 그때는 인간의 항거가 도저히 불가능한 대우주의 힘으로 공포의 심연으로 전락할 운명에 빠지는 것은 아닐까? 그러나 그렇다 하더라도 그 공포의 심연은 우리의 마음속에 있을 터였다. 괴물이 인간의 영혼에 미친 모든 위협이 4월 2일을 기해 일제히 정지했기 때문이다.

전보를 치고, 여행 준비를 하는 등 분주한 하루를 보내고는, 친구인 박물관장에게 이별을 고하는 둥 마는 둥 하고 그날 밤으로 샌프란시스코로 가는 야간열차에 올라탔다. 그리고 한 달 뒤에는 뉴질랜드의 다니딘 항에 있었다.

그러나 이제는 이 항구에도 선착장 근처의 싸구려 술집에서 식사를 하던 사교도 무리를 기억하는 사람은 거의 없었다. 항구에 혼혈 불량배가 모이는 것은 드문 일이 아니기 때문이었다. 다만 그들이 밤중에 내륙의 삼림지대로 들어가 아득히 먼 언덕 위에 빨간 불꽃이 어른거리고 북소리가 났다는 소문만이 막연하게나마 남아 있었다.

북아일랜드의 오클랜드에서는 구스타프 요한슨에 대하여 조사를 했다. 이 조사에서 내가 알아낸 것은 그가 시드니에서 있었던 형식적인 심문을 마치고 돌아왔을 때 노란색이었던 머리칼이 완전히 백발로 바뀌었으며, 그 뒤 웨스트 거리의 집을 팔고 아내와 함께 고향인 오슬로로 떠나버렸다는 것, 그리고 바다에서 겪었던 이상한 사건에 대해서는 법정에서 말했던 것 이상은 친구들에게조차 말하려하지 않았다는 것 등을 들었을 뿐이며, 의미가 있는 뉴스는 그의 오슬로 현주소를 알아낸 것이 전부였다.

그 뒤로 나는 시드니로 옮겨 선원들과 해사심판소의 관리들과 이야기를 해 보았으나, 도움이 될 만한 정보는 단 한 가지도 얻지 못했다. 그러나 다행스럽게도 아라트호를 볼 기회가 있었다.

지금은 선주가 바뀌어 평범한 무역 일에 쓰이고 있어서 시드니만의 서큘러 부두에 정박되어 있는데, 선체만 보면 아무런 색다를 것이 없는 상선에 지나지 않았다. 그 기괴한 오징어 머리에 용의 몸체, 비늘이 있는 날개를 지녔으며, 상형문자를 새긴 받침대에 웅크린 모습의 우상은 하이드파크의 박물관에 보관되어 있었다.

나는 오랫동안 관찰했다. 드물게 보는 예술가적 재능으로 만들어졌으며 제작 연대를 가늠할 수 없이 오래되었고, 소재인 돌이 지상의 것과는 완전히 다른 것이었지만 루글러스 경감이 지닌 약간 작은 석상과 완전히 똑같았다.

박물관장에 따르면 조사에 나섰던 지질학자 모두가 지구상에는 이것과 비슷한 돌은 있을 수 없다, 세기의 수수께끼라며 두 손을 들었다고 한다. 그 말을 들은 나는 떨리기 시작했고 카스트로 노인이 루글러스 경감에게 말했던 원초의 위대한 신들에 관한 이야기를 떠올려 보았다.

"그들은 별에서 내려왔는데, 그때 자신들의 모습을 옮긴 석상을 가지고 왔다."

나는 전에 없던 심리적 동요를 느끼고는 반드시 요한슨 항해사를 찾아 오슬로로 가기로 결심했다. 그래서 부랴부랴 런던으로 건너가 허둥지둥 배를 갈아타면서 어느 가을날, 노르웨이의 수도를 향해 에게베르크의 산 그림자 아래에 있는 작지만 잘 정돈된 선착장에 상륙했다.

요한슨의 주소는 힘들이지 않고 찾을 수 있었다. 그곳은 해럴드 헬다라다 왕이 11세기에 건설한 시가지 안에 있었는데, 이 도시가 크리스챠니아라는 가명으로 불리던 몇 세기 동안에도 오슬로라는 명칭으로 바꾸려하지 않았던 곳이다. 택시는 얼마 달리지 않았는데 건축 연대가 상당히 오랜, 정면을 흰 석회로 칠한 작고 아름다운 집 앞에 도착했다. 두근대는 가슴을 억누르고 문을 두드리니 검은 옷을 두른 부인이 슬픈 표정으로 나와서는 나를 무척 실망시켰다. 구스타프 요한슨은 이미 이 세상 사람이 아니라는 것이었다.

부인의 말에 따르면 요한슨은 노르웨이로 귀국한 뒤 그리 얼마 살지 못했던 것 같다. 1925년에 바다에서 겪은 일이 그의 육체와 정신을 예상 밖으로 격렬하게 상처를 주었기 때문이었다. 그는 생전에 시드니 해사심판소의 심문에 대답했던 것 이외의 일들은 부인에게조차 말하지 않았지만, 그가 사망한 뒤 장문의 수기가 발견되었다.

글을 살펴보니 항해의 '기술적 사항'에 관한 것일 뿐, 내용이 분명하지도 않았고, 부인이 읽을까 두려워했음인지 전체가 영어로 쓰여 있었다고 했다. 그가 사망할 무렵의 상황을 물으니, 고튼부르크 항구 근처의 좁은 길을 가고 있었는데 어떤 집 다락방 창문에서 떨어진 대량의 종이묶음에 머리를 맞고 기절했다고 한다. 인도인 어부 두 명이 달려와 부축해 일으키기는 했지만 구급차가 도착했을 때는 이미 숨이 끊어진 상태였다. 특별한 사인도 발견되지 않았으므로 쇠약한데다 갑자기 충격을 받아 심장마비를 일으켰다는 진단이 내려졌다.

나는 또다시 음습한 공포에 휩싸이고 말았다. 요한슨이라는 노르웨이 선원뿐만 아니라, 나 자신마저도 마지막 휴식으로 들어가는 날이 올 때까지 괴상하고 우연한 사고와 마주치는 것은 아닐까. 요한슨 미망인에게 내가 남편과 업무상 관계가 있으니 수기를 검토하기에 적합한 사람이라고 설명하자 그녀는 수기를 빌려주었다. 나는 런던으로 가는 배 안에서 서둘러 읽기 시작했음은 물론이다.

장문의 수기에는 선원다운 질박함과 더듬거리는 듯한 필치로 그의 마지막 항해 과정이 세밀하게 기록되어 있었다. 자신의 일기를 바탕으로 매일같이 일어난 모든 사실을 기록하고자 의도했던 듯 이야기가 샛길로 자주 빠졌으며, 뜻을 알 수 없는 곳과 중복된 부분이 많아서 도저히 쉽게 읽혀지지가 않았다. 대강 훑어보기만 해도 그 무렵의 공포감과 몰아치는 파도 소리에 온몸이 떨렸으며, 귀를 막아야만 할 정도였음을 이해할 수 있었다.

수기만으로는 요한슨이 돌 도시와 괴기한 '물건'을 자기 눈으로 보기는 했지만, 그것이 지닌 가공할 의미는 전혀 몰랐던 것 같았다. 그리고 한편 그에게는 다행스러운 일이었다. 나는 수기만 읽고도 두 번 다시 편안하게 잠들 수 없게 되었다. 우리가 일상생활을 보내는 시간과 공간의 배후에는 신을 모독하는 공포스런 '어떤 것'이 잠재되어 있다. 그것은 아주 먼 옛날, 머나먼 별에서 와서 지금은 바다 속 깊은 곳에 잠들어 있기는 하지만 언젠가 지진이 일어나 그들의 돌 도시가 태양 빛과 대기 속으로 떠오르게 되면 그것을 기회로 또다시 자유를 되찾아 꿈속에 나타나는 악마와 같은 광신도들이 모두 지구의 지배자의 지위를 회복한다는 것이다.

요한슨의 항해는 그가 해사심판소에서 말했던 대로였다. 엠마호가 뱃바닥에 싣는 짐만으로 오클랜드를 떠난 것은 2월 20일로 당연히 해상에서 지진을 만나게 되었다. 지진이 가져온 폭풍을 정면으로 받아 해저가 솟아오르는 공포감에 선원들은 벌벌 떨었다. 그러나 조정 능력을 되찾은 엠마호는 또다시 순조로운 항해를 계속했지만, 3월 22일에 아라트호로부터 배를 정지시키라는 명령을 받았다.

포격을 받아 침몰해 가는 엠마호의 비운을 항해사는 애석한 마음으로 기록하고 있었다. 아라트호에 타고 있는 혼혈의 사교도들에 관해서는 공포에 떠는 필치로 이 세상 사람이라고는 생각되지 않는 그런 흉악성을 본 것만으로도, 모두 죽이는 것을 인간의 의무로 생각하는 것이 당연한 일이라고 썼으며, 해사심판소에서 잔학 행위를 문책당했을 때 도리어 솔직하게 놀라움을 나타내고 있었다.

그 뒤로 엠마호의 승조원은 포획한 쾌속선에 옮겨타고 이등항해사

요한슨의 지휘 아래 호기심 속에서 전진을 계속했다. 그리고 남위 57도9분, 서경 126도53분의 해상에서 거대한 돌기둥이 우뚝 솟아 있는 것을 발견하게 되었다. 가까이 다가가 보니 진흙과 침전물이 뒤섞인 해안선이 이어진 곳에 거대한 석조물이 해초에 뒤덮여 서 있었다. 이것이야말로 지구의 내부에 감춰진 공포가 한데 모아져 실체가 되어 나타난 것이 틀림없다고 생각되었다. 분명 그것은 역사 이전의 오랜 옛날에 암흑의 별에서 떨어진 사악한 '어떤 것'이 세운 것이며, 지금 또다시 예술가들이 꿈속에서 본 죽음의 도시 르 리에였던 것이다.

녹색 진흙으로 뒤덮인 석굴에는 크투르프와 그의 무리들이 누워 있었다. 그리고 잴 수 없는 우주의 주기가 경과한 지금, 그들은 강력한 사고파(思考波)를 발사하기 시작했다. 그것이 감수성이 예민한 사람의 꿈에 파고들어가 공포감을 주며, 광신도 무리에게는 해방과 복권(復權)을 바라는 순례에 나서라고 강압적으로 부추겼다. 이러한 사실을 요한슨은 물론 알지 못했지만, 그 또한 그 직후에 이런 공포를 목격하게 되었던 것이다.

이것은 나의 추측이긴 하지만, 그들이 실제로 수면에서 솟아오르는 것을 본 것은 위대한 크투르프가 매장되어 있는 돌기둥을 이고 있는 성채의 가장 윗부분이 아니었을까. 그 아래에 펼쳐져 있을 장대한 도시의 규모를 상상하기만 해도, 나는 이대로 죽는 것이 낫겠다고 생각했을 정도였다.

요한슨과 부하 선원들이 물방울을 떨어뜨리고 있는 태고의 악령들이 사는 성을 바라보고 우주적인 장관에 경탄을 금치 못하고 어떤 앞선 지식을 동원해도 이것은 도저히 지구의 것이 아니며, 도무지 현실적으로 존재하는 혹성의 것일 리 없다고 생각했던 것도 당연하리라.

녹색을 띤 석조물의 믿을 수 없을 정도의 거대함과 조각을 가한 돌기둥의 눈이 휘둥그레질 정도의 높이에 두려움과 공포를 느끼고, 그와 동시에 그곳에 나타난 거인상의 얼굴 표정이 아라트호의 성골함에서 보았던 기괴한 우상과 너무나도 비슷하다는 데 놀라는 모습이 요한슨 항해사가 공포에 떨며 기록한 구절마다 나타나 있었다.

요한슨에게 미래파 그림에 관한 지식이 있었다고는 생각되지 않지만, 그가 이 돌의 도시에 관해 말한 곳은 그 유파의 화가들이 의도했던 것과 매우 유사했다. 사실 수기의 내용은 개별적인 석조물을 구체적으로 묘사하는 대신, 처음부터 끝까지 각도와 면의 월등한 광대함에 경탄하는 모습으로 일관되어 있었다. 지구인의 관념과는 너무나도 동떨어진 우상과 상형문자의 기이한 인상과 더불어 이 세상의 것으로 믿어지지가 않았다고 했다.

내가 각도와 면에 관한 기술을 문제삼은 것은 그 부분을 읽으면서 윌콕스 청년의 꿈이 떠올랐기 때문이다. 젊은 조각가는 무서운 꿈을 설명할 때 그곳에 나타나 있는 선과 형태가 모두 뒤틀려 있었으며, 우리가 사는 세상의 것과는 별개의, 전혀 유클리드 기하학적이지 않은 구체(球體)와 차원을 연상시켰다고 말했다. 사전에 그런 지식을 갖고 있지 않은 선원들도 이 기괴한 현실 앞에서는 완전히 똑같은 인상을 받았던 것이다.

요한슨과 부하 선원들은 거대 도시의 제방에 상륙했다. 제방으로 보았던 것은 거석을 쌓아올린 성벽이며, 경사가 급한데다가 미끄러지기 쉬워서 이곳을 오르는 것은 인간의 능력을 웃도는 것이었다. 바다 속에서 떠오른 비정상적인 섬임을 나타내는 독기를 내뿜고 있었으며, 그것이 편광성을 지녔는지 하늘에 떠 있는 태양의 모양조차 왜곡되게 보였다. 발판으로 삼은 축대도 윤곽이 애매해서 요(凹)자 모양으로 보였던 곳이 다음 순간에는 철(凸)자 모양으로 바뀌었으며 뒤틀린 악의가 그곳에 감춰져 있어서 굴러 떨어질 위험으로 유혹하는 것으로밖에는 여겨지지 않았다.

그런 이유로 거석과 진흙과 해초를 보기 전부터 공포와 비슷한 무언가가 탐험자 모두의 마음을 붙들고 있었다. 그러면서도 도망치는 사람이 없었던 것은 동료에게 겁쟁이라고 비웃음당할 것을 두려워했기 때문이리라. 다만 마음속으로는 기념으로 가져갈 값어치가 있는 물건을 동료들보다 먼저 발견하려는 속셈이 있었던 것은 사실이지만, 그것도 결국은 헛된 바람이었음을 깨닫는 것으로 끝나고 말았다.

가장 먼저 돌기둥의 받침대에 도착한 것은 포르투갈 사람인 루즈리기쉬였는데, 무엇을 발견했는지 갑자기 큰소리로 외쳤다. 모두가 그 뒤를 따라 가니, 그곳에 커다란 문짝이 있는데 오징어 머리에 용의 몸체를 한 괴물상이 부조되어 있었다. 모두가 눈이 휘둥그래져서 이상한 듯 바라보고 있었으나, 요한슨의 설명에 따르면 헛간 입구를 거대하게 한 느낌이 드는 것으로 장식이 달린 이맛돌, 문지방, 기둥 따위를 갖추고 있었다.

그것은 문짝임에는 틀림없었으나 들어올리는 뚜껑처럼 평평했는지, 지하 저장소 입구처럼 경사지게 한 것인지 판단이 서질 않았다. 윌콕스 청년도 말한 바가 있지만, 여기서는 기하학이 완전히 무시되어 있었다. 실제로 해면을 바라보아도 그것이 지표와 수평인지 여부를 확인할 수 없었으며, 사물과 사물의 상대적 위치가 환영처럼 변화를 보였다고 한다.

브라이든이 그곳을 눌러 보았지만, 아무런 변화가 없었다. 이어서 도노번이 신중한 손놀림으로 이곳저곳을 꼼꼼히 탐색하면서 기괴하게 깎아낸 모서리를 돌아 맞은편까지 걸어갔다. 이곳이 평면이 아니라면 올라가는 비탈길로 이어져 있어야 하는데, 아무리 가도 문짝이 계속되어 있었다. 이렇게 커다란 문짝이 있을 수 있단 말인가. 그러자 조용히 그리고 완만하게 문짝 위쪽의 1에이커는 될 듯한 부분이 안쪽으로 움직여 그대로 평형을 유지하면서 멈춰 섰다.

도노번은 당황하여 굴러 떨어졌다. 아니, 자기 의지로 미끄러져 내려왔는지도 모르지만 어쨌든 기둥을 따라 동료들과 합류해 모두 모여서 거대한 입구가 뒤로 밀려가는 기이한 움직임을 지켜보았다. 그것은 프리즘을 투과한 광선처럼 경사지게 굴절되는 변칙적인 움직임으로 물리법칙과 원근법을 완전히 무시한 것이었다.

입구가 열리면서 틈이 생겼지만 내부의 암흑은 질량적인 것이어서 검은 물질로 가득 차 있는 것으로밖에는 생각되지 않았다. 햇빛이 비쳐 들었기 때문에 성벽이라도 보여야 할 터인데 사실은 그 반대로 영겁의 시간을 밀폐되어 지나온 뭔가가 마침내 해방되어 연기처럼 피어오르면서 태양 빛을 잘라내, 태양 자체도 막 같은 날개에 부딪쳐서는 수축된 하늘 깊은 곳으로 도망치는 것처럼 보였다.

그리고 또한 새로이 열려진 깊은 곳에서 일어나는 냄새가 견딜 수 없을 정도였지만, 조금 지나자 귀가 밝은 호킨즈가 물이 튕기는 듯한 기분 나쁜 소리를 듣고는 모두가 귀를 기울였다. 모두가 움직이지도 못한 채 듣고만 있었다. 뭔가가 걷고 있다. 무척이나 거대한 것이 땅울림을 일으키면서 가까이 다가오고 있다. 그렇게 생각하는 순간 갑자기 칠흑 같은 어둠을 가르듯 끈끈하고 녹색인 무지하게 거대한 것이 광기의 독으로 뒤덮인 도시의 오염된 공기 속에서 나타났다.

이 부분을 쓸 때 가련한 요한슨의 펜은 힘이 다한 것처럼 보였다. 여섯 명의 선원들은 배로 돌아갈 수 없게 되었다. 그 가운데 두 명은 괴물이 나타난 저주받은 순간에 공포의 충격만으로도 죽고 말았다. 괴물의 모습의 참혹함은 요한슨의 묘사력을 훨씬 뛰어넘는 것이었고, 그 정도로까지 두려운 지옥의 비명소리와 영원의 광기를 묘사할 단어를 인간은 알지 못했다. 선원들이 그것을 본 순간, 모든 물질의 힘이 서로 부딪치고 우주의 질서가 붕괴되었다.

하느님 맙소사! 산이 흔들리고 비틀거렸다. 그리고 이런 기적이 나타난 것이 전세계에 텔레파시 현상을 일으켜 이름 높은 건축가가 미쳐 사망하고, 가련한 윌콕스 청년이 고열로 들뜨게 되었다. 우상이 묘사해낸 옛 신, 암흑의 별이 낳은 녹색의 괴물, 이제 그것들이 눈을 뜨고 일어나 자신의 권리를 주장하고 있다. 별자리가 또다시 제자리로 돌아왔던 것일까. 태고 이래로 그들 신도가 몇 번이나 시도했으나 실패로 끝났던 비원(悲願)이 아무것도 모르는 선원들의 손으로 이루어졌던 것이다. 사교도들의 위대한 신 크투르프가 몇 천조(兆) 년 뒤에 해방되어 지금 먹을 것을 찾기 시작한 것이다…….

달아나려 했을 때는 이미 늦었다. 선원 셋은 물컹하고 거대한 손톱에 이끌려 궤멸되고 말았다. 신이여, 그들에게 안식을 주소서. 이 우주에도 평안이 있는 것일까요. 그들 셋은 도노번과 게레라, 그리고 앙구스트롬이었는데, 나중에 셋은 미친 듯이 끝없이 이어지는 듯한 바위산을 계속 오르고 넘어 보트를 목표로 달리고 또 달렸지만 도중에 셋 모두 모습이 사라지고 말았다.

요한슨이 목격했던 것은 파커의 최후의 모습뿐이었는데, 그가 어떻게 죽었는지 하는 묘사는 절대 잘못 본 게 아니라는 보충설명이 따로 적혀 있었다. 파커는 석조물의 모서리를 돌 때, 다리가 미끄러져 넘어졌다. 날카로운 각으로 보였던 곳이 갑자기 둔각으로 바뀌었기 때문이며, 그 순간 그의 몸은 돌 속으로 삼켜버리고 말았다. 결국 요한슨과 브라이든 두 사람만이 간신히 보트로 돌아와 필사의 노력으로 배를 저어 아라트호로 돌아왔다. 그 사이에 산처럼 보이던 거대한 괴물은 미끌미끌한 바위를 밟고 바닷가까지 이르렀지만, 거기서 약간 주춤하고 있었다.

모두가 상륙하여 배는 비어 있었음에도 아라트호의 증기는 식지 않은 상태였다. 두 사람이 무아지경속에서 조타실과 기관실 사이를 달려 돌아가자 엔진이 움직이기 시작했으며, 배는 언어가 단절된 공포

속에 놓여 있으면서도 서서히 죽음의 바다를 지나 앞으로 나아가기 시작했다. 기슭에는 죽은 사람을 삼킨 기괴한 석조물 위에서 암흑의 별에서 도래한 사교의 신이 달아나는 오디세우스의 배에 저주의 목소리를 토해내는 폴리페모스처럼 입에서 거품을 토하면서 무엇인가 외치고 있었다.

더구나 크투르프는 끈적끈적한 거대한 몸을 전설에 남아 있는 외눈박이 거인 큐클로프스족 이상으로 강인하게, 곧장 바다 속으로 미끄러져 들어가더니 우주적인 힘으로 파도를 찢으면서 지독한 기세로 뒤쫓아 왔다. 고개를 돌려 그것을 본 브라이든은 그 순간 미치고 말았다. 그리고 그 뒤로는 다시 생각나기라도 한 것처럼 커다란 웃음소리를 내는 상태가 계속되었으며, 그러던 어느 날 밤, 그와 마찬가지로 반미치광이 상태인 요한슨이 갑판 위를 왔다갔다하는 사이에 죽어 갔다.

그러나 요한슨은 굴복하지 않았다. 아라트호의 엔진이 가진 능력을 채 발휘하기도 전에 괴물에게 쫓겨 붙잡힐 것이 분명하다고 생각했기 때문에 모든 것을 하늘에 맡기는 모험에 운명을 걸기로 결심했다. 엔진을 전속력으로 하고 불빛과도 같은 빠른 속도로 갑판 위를 달려 빠져나가자 방향타를 갑자기 역회전시켰다. 악취를 풍기는 수면에 소용돌이가 일어나고 불결한 물거품이 말려 들어갔다. 그리고 그곳을 악령의 가리온선을 떠올리고는 끈적끈적한 물질의 괴물이 뒤쫓아오고 있었다.

엔진을 움직이는 증기력이 최고의 단계에 이르렀을 때 우리의 용감한 노르웨이인은 아라트호의 뱃머리를 젤리 상태의 괴물의 거대한 몸체로 향했다. 순식간에 둘은 접근하여 무장 쾌속선의 튀어나온 가장 큰 경사진 돛대가 오징어와 비슷한 괴물의 머리에서 튀어나온 촉수와 거의 닿을락 말락 하게 되었다. 그러나 요한슨은 기죽지 않고 돌진을 계속했다.

공기막을 찢는 파열음, 끓어져 쪼개진 것들이 흐르는 질척한 오물들, 파헤쳐진 옛 무덤에서 분출하는 악취, 그런 것들 모두가 천 배나 확대되어 그곳에 있었으며, 그 어떤 기록자라 하더라도 이런 무시무시한 광경을 종이 위에 도저히 표현해내지 못할 것이다.

아라트호는 순간 눈을 자극하는 녹색 구름에 둘러싸여 배 꼬리만이 밖으로 나와 있는 데 지나지 않았으나 그것 또한 독액이 끓어 소용돌이치고 있었다. 그리고 더구나——오! 신이시여! ——일단은 부서져 성운 상태로 바뀐 이름도 모를 암흑의 사생아가 되어 또다시 원래 상태로 되돌아오는 것이었다. 그러나 아라트호는 증기력을 최고로 높이고 최고 속도로 도망쳤으며, 1초가 지날 때마다 그 거리는 점점 넓어졌다.

요한슨의 수기는 거기서 끝났다. 추측컨대 그는 그 뒤에 선실에 틀어 박힌 채로 우상이 앞에 있었던 때의 생각에 빠져, 때로는 자신과 곁에서 웃음소리를 내던 사내와의 식량을 걱정할 뿐 키를 쥘 기분도 생기지 않았으리라. 과감한 행동 뒤의 반작용으로 그의 마음 속에 뭔가 커다란 것을 잃은 것도 무리는 아니다. 마침내 4월 2일의 폭풍이 습격해 간신히 남아 있던 의식마저 짙고 촘촘한 구름에 휩싸이고 말았던 듯하다.

아마도 그의 주위로 무한히 펼쳐진 어둠 속으로 괴기한 물체가 소용돌이를 일으키면서, 그 자신의 몸은 혜성의 꼬리에 실려 선회하는, 우주의 눈이 빙빙 도는 높은 곳으로 날아올라 지옥의 바닥에서 달세계로, 그리고 또다시 달에서 지옥의 바닥으로 광기의 돌진을 반복하고 있었음에 틀림없었다. 그리고 그가 이르는 곳마다 미친 듯 기뻐 춤추는 옛 신들과 녹색의 박쥐 날개를 지닌 땅의 정령들의 허허로운 웃음소리가 들렸을 것으로 추측된다.

그러나 요한슨은 그 악몽으로부터 구출되었다――비질란트호, 해사심판소의 법정, 다니딘 항구, 그리고 오랜 항해를 거쳐 그는 마침내 에게베르크의 산록에 있는 고향집으로 돌아갈 수 있었다. 그러나 그 두려운 경험을 남에게 이야기할 수는 없었다. 그들은 그가 미쳤다고 생각할 것이기 때문이었다. 아내에게도 알리고 싶지 않았다. 그 자신도 죽음이 이 기억을 휩쓸어가 준다면, 다시없는 신의 은총이라며 감사히 생각했을 터였다.

이상이 내가 읽은 수기의 개략적인 내용이었다. 이 수기는 지금 윌콕스 청년의 희미한 돋을새김과 에인젤 교수의 자료와 함께 주석 상자에 보관되어 있다. 나의 이 기록도 위의 것들과 운명을 같이하게 될 것이다. 나는 이 글을 내 정신이 정상임을 입증하기 위하여 썼다. 때문에 나 스스로는 관련시켜 생각하고 싶지 않은 사건도 일부러 결부시켜 기록했는데 그것이 광기의 증거인지 하는 여부는 내가 판단할 수 있는 일이 아니다. 간단히 말하자면, 우주가 공포를 방패막이로 끝까지 지키려 애썼던 비밀을 내가 알아 버린 것이다.

앞으로는 봄의 청명한 하늘도, 여름의 꽃도 내게는 독이 되리라. 어쨌든 나의 목숨은 길지 않을 것이다. 나의 큰아버지가, 그리고 불쌍한 요한슨이 죽어간 것처럼, 나 또한 죽으리라. 우주의 비밀을 너무 많이 알았고, 또 그 저주스런 신앙이 살아 있기 때문이다.

크투르프도 역시 살아 있다고 적어도 나는 그렇게 생각한다. 태양이 젊었던 시절부터 그를 비호하고 있던 바위의 갈라진 틈으로 되돌아가 여전히 살아 있음에 분명하다. 그의 저주받은 도시도 또다시 바다 속으로 가라앉았다. 5월의 폭풍 이후 비질란트호가 그 해상을 아무 일 없이 항해한 것이 그 증거이다.

그러나 지상에서는 그의 신도들이 오늘밤에도 여전히 사람의 발길이 멀리 떨어진 깊은 밤 삼림 속에서 우상을 실은 돌기둥을 둘러싸고 비명을 지르고 미쳐 날뛰며, 살육을 거듭하고 있다. 크투르프는 바다 속 암흑의 심연에 붙들린 형태로 몸을 감추고 있다. 그렇지 않으면 지금의 이 땅은 공포와 광란의 세계로 바뀌어 우리들 인류는 울부짖고 있을 것임이 분명하다.

언젠가 다시 변화가 일어난다. 떠오른 것이 가라앉는 것처럼, 가라앉은 것은 다시 떠오른다. 엄연히 지금 이 순간에도 추악한 태고의 신들이 바다 속에서 기회가 오기만을 꿈꾸면서 기다리고 있으며 지상에서는 도시 위에 퇴폐의 그림자가 펼쳐져 인류 위기가 점점 다가오고 있다. 반드시 그때가 도래한다——그러나 그날의 일은 생각할 것이 못 된다. 생각하기에는 너무나도 무섭기 때문에. 그리고 나의 유언 집행자에게 내가 죽은 뒤에 이 기록을 발견하거든 세상사람들의 눈에 띄지 않도록 신중하게 처리하도록 당부할 것이다.

아웃사이더 러브크래프트

하워드 필립스 러브크래프트(1890~1937)는 로드 아일랜드 주 프로비던스에서 태어나 생애의 대부분을 이곳에서 보냈다. 예외로 북미의 동부 내륙 지방을 둘러싸고 있는 옛 도시들, 이를테면 캐나다의 퀘벡, 세인트 오거스틴(플로리다주 북동부 해안에 있는 휴양지로 미국에서 가장 오래된 도시) 및 뉴올리언스에 잠시 머문 적도 있지만, 이 짧은 여행의 주된 목적은 옛 시대의 자세한 사정을 조사하는 것이었다. 이러한 여행들은 공포와 초자연을 다루는 그의 작품에서 큰 역할을 맡게 될 주요소로 그 성과를 드러냈지만, 사실 러브크래프트에게는 여행이란 좀처럼 보기드문 일이기도 했다. 그도 그럴 것이 늘 병마에 시달리고 있어서 거의 은둔자에 가까운 생애를 보냈기 때문이다.

성장한 뒤에는, 자신의 문학적 재능을 그 자신은 거의 가치를 인정하지 않았던 다른 작가들의 작품을 다듬는데 사용하면서 어렵게 생활을 꾸려나갔다. 1922년이 되어서야 러브크래프트의 작품은 비로소 팔리게 되었고, 그 이듬해에 〈워더 테일스〉라는 잡지가 생기면서 러브크래프트의 기념할 만한 소설이 드디어 정기적으로 발표되게 되었다. 하지만 그때에도 러브크래프트는 스스로의 문학적 재능에 자신을 갖지 못하여 다른 사람들의 작품 문장을 갈고 다듬는 힘겨운 일에 여전히 많은 시간을 쏟아부었다. 또한 다른 작가나 독자들과 편지를 주고받는 데에도 더 많은 시간을 기울이고 있었다. 편지를 주고받는 일은, 그와 같은 은둔 생활자에게 있어서는 부족한 것을 메꿔줄 수 있는 또다른 보완방법이기도 했던 것이다.

러브크래프트의 소설은 순식간에 독자들의 호의적인 반응을 불러일으키면서 곧 영국의 뛰어난 작가 선집(選集)――크리스티느 켐벨 톰슨이 편집하던 《밤이 아니야》 시리즈에도 실리게 되었고, 에드워드 J. 오브라이언의 그해 최우수 소설집에도 별 두 개 및 세 개짜리로 랭크되었다. 또한 O. 헨리 기념선집과 더 실 해미트의 《밤에 가다》, T. 에블릿 헐의 《날이 저물면 조심하라》라는 선집에도 그의 소설이 실리게 되었다. 여러 출판사들이 그의 원고를 묶어 단행본으로 출간할 것을 검토했는데 최종적인 결론은 너무 고딕 로망적인 작품 성격이 걸림돌이 되어 다들 자신이 서지 않는다는 것이었다. 이에 따라 러브크래프트가 생전에 출판한 책은 겨우 1권밖에 없다. 《인스마우스의 그림자》가 유일한 그 책인데, 그의 숭배자가 1936년 개인적으로 출판했지만 인쇄상태는 조잡했다.

1939년 소크 시티에 아컴하우스 출판사가 설립되었다. 발기인은 러브크래프트의 편지친구들로, 작가였던 오거스트 덜레스와 도널드 윈드레이였다.

H.P. 러브크래프트의 산문과 시를 출판한다는 특별한 목적을 가지고 시작하였지만 더욱 범위를 확대하여 같은 장르의 다른 많은 작가들의 작품도 내게 되었다. 1939년에 러브크래프트의 산문과 시를 모은 3권의 대형 선집을 출판하면서 출발하였는데 그 중 2권――《아웃

사이더 외(外)》와 《졸음의 벽 너머/머지나리아》——은 절판되었고, 장편소설 하나와 합작소설인 《문가에 숨어 있는 것》과 《선문집》은 간행되지 않았다.

H.P. 러브크래프트의 작품은 고딕 로망의 전통을 이어받은 독창적인 것이다. 그가 이 전통에 도달하게 된 것은 A. 포와 던새니와 매켄을 깊이 연구한 결과로, 계통적으로는 이들과 같으나 작품의 유형은 그 어느 쪽에도 속하지 않는다. 《벽 속의 쥐》《던윗치의 괴물》《인스마우스의 그림자》와 같은 작품들은 현대 그로테스크소설의 최고봉이라고 하겠다. H.P. 러브크래프트가 당시 미국 그로테스크문학계의 독보적인 거장임에 분명했으면서도 그의 작품이 생전에 더 많은 독자들을 얻지 못한 것은, 초자연적인 작품이 팔릴 수 있는 고급시장이 미국에는 없었다는 이유 하나뿐이다. 러브크래프트의 실생활이나 그의 문학에서도 짐작할 수 있겠지만 그가 좋아했던 말은 '아웃사이더'였다.

러브크래프트의 애독자라면 그의 몇몇 작품들 속에는 공통된 지명이나 인명, 괴물의 이름이 나온다는 것을 잘 알고 있을 것이다. 예를 들어 《인스마우스의 그림자》나 《어둠 속의 속삭임》의 첫머리에 '매사추세츠 주 아컴 지방의 미스카트닉 대학'이라는 구절이 나오는데 이 '아컴'이나 '미스카트닉'같은 고유명사는 모두 가공의 이름이며, 앞에서 말한 《던윗치의 괴물》에도 같은 이름이 나온다.

포그너의 '요그너파토파', 또는 J.B. 캐벌의 '포웨템'처럼 러브크래프트의 '아컴'은 그가 만들어낸 독자적인 미크로 코스모스의 한 지역인데, 작품을 구성하는 그의 독특한 요소들의 명칭은 지명, 인명, 책 이름을 통틀어 조금만 훑어봐도 '요그 소트호트' '크투르프' '유그고트프' '냐르라트호테프' '네크로노미콘' '데모노라트리아' '매그넘 이노미넌덤' '르 리에' '아자트호트' '하스툴' '베트모라' '르 무르카트포로스'

'브란' '이안' 등 헤아릴 수 없이 많다. 게다가 이 모든 이름들이 순수한 그의 상상력에서 나왔을 뿐 아니라 '마젤란성운' '구상성단' '은하계외 우주'처럼 실제 명사도 그의 우주를 구축하는데 적절한 소도구로 이용되고 있다. 그밖에도, 다른 소설에서는 그다지 볼 수 없는 단어들로 그가 자주 사용하는 말 가운데는 아래와 같은 것이 있다.

familiar 부리는 마귀, 시종마귀
cryptic 신비한, 비밀의
dryad 숲의 선녀
entity 실체
macabre 엄청난, 굉장한
bizarrerie 기괴한 것
aeon 영체(靈體)
ichor 그리스 로마신화 속에 나오는 신의 체액. 인간의 피에 해당
demented 광기의, 미친
cyclopean 사이클로푸스식의
rapport 영매에 의한 영감통신
fungoid 균류의
cormophyte 경엽식물
mutant 돌연변이체
celebrant 제사장
cadaverous 시체의, 창백한
blihgt 생물에 해를 끼치는 안개낀 대기
conclave '비밀회의'라는 의미로 사용

이처럼 예를 들자면 끝이 없으니 대충 이 정도에서 마치겠지만, 그에게는 시민들이 일상생활에서는 그다지 사용하지 않을 법한 용어를 즐겨 쓰는 경향이 두드러진다.

가령 penultimate(어미—끝—에서 2번째)라는 단어는 거의 희귀어에 가까운데도 그의 작품에서는 이런 말들이 눈에 띈다.

러브크래프트 전집에 수록된《어둠 속의 속삭임》도 이런 그의 작품군에 속하는 한 예인데, 작풍은《던윗치의 괴물》과는 상당히 다르다. 괴물을 다룬다는 점에서는 같지만, 문제의 괴물이 언제 그 정체를 드러내는가 하는 서스펜스에 실컷 가슴을 졸인 뒤 그 기대감의 정점에서 추악한 괴물이 모습을 드러낸다는 형식의 대표적인 작품이《던윗치의 괴물》이라면, 그 반대로 작품을 이끌고가는 예가 바로《어둠 속의 속삭임》이라고 해야 하리라. 물론 따지기 좋아하는 독자라면 에이클리는 고작해야 기계장치가 되어있는 납인형일 뿐으로 노이즈가 조종하고 있었다고도 생각할 수 있을 것이다. 마찬가지로 에이클리와 노이즈가 동일인물이라는 설도 가능하겠고, 나아가서는 에이클리와 노이즈는 서로 다른 사람으로 에이클리 또한 행방불명되었다고 하는 소박한 추측도 가능할 것이다. 그러나 이 모든 주장도 하나만 옳다는 식의 결정적인 논리는 못 된다. 그 어느 생각도 가능하지만 마찬가지로 결정적일 수도 없다고 하는, 말하자면 알듯 모를듯 뿌연 안개 속에서 피어오르는 기괴한 분위기 속에서 실체가 없는 의혹을 뒤섞어 넣는 방식의 대표적인 작품 가운데 하나가 바로《어둠 속의 속삭임》이라고 하겠다.

따라서 이 작품이 실체가 불분명해서 너무 가볍다고 표현한다면 그야말로 민망한 소리가 될 것이다. 오히려 마지막까지 실체를 숨겨두면서 어디까지 괴기스런 분위기를 전할 수 있을까 도전하는 그의 야심의 실험작으로 보아야 마땅하지 않을까. 그의 야심을 성립시키려면 무엇보다 독특한 문장이 필요한 것은 말할 것도 없는데, 다행히 그에게는 걸맞는 개성적인 문체가 있다. 하지만 그러한 문체가 모든 작품에서 완벽하게 나타나 있다고는 말할 수 없다. 문장의 완벽성에서는 포에게 한참 못 미치지만 작품들의 조직적인 구성을 만들어냈다는 점에서는 그의 독자성을 인정해야만 할 것이다. 또한《어둠 속의 속삭임》에는 우주드라마를 앞서 개척한 듯한 요소도 있으니까 고전적인 SF 작품으로도 볼 수 있으리라. 실체의 출현이라는 면에서 볼 때《인스마우스의 그림자》는 앞에서 서술한 두 작품의 거의 중간쯤 되는 작품에 해당하는데, 환상적이면서도 현실감이 있어서 읽고 난 뒤에도 묘하게 생생한 인상과 함께, 물고기 얼굴을 한 기묘한 생물의 모습이 언제까지고 마음에 남게 된다.

《시체안치소에서》는 말하자면 당시 미국에서 유행한 블랙유머의 선두주자와 같은 내용인데 정교하게 구성되어 있는 대화의 구조가 탁월하다.

《벽 속의 쥐》는 시각과 청각을 동시에 자극하는 치밀한 구성으로 기이한 정취를 맛볼 수 있는 작품이다. 작가의 문장 리듬을 따라갈 수 없는 독자는 시시하게 생각할지도 모르겠지만 리듬을 제대로 탄 독자라면 점점 러브크래프트의 작품리듬이 친근하게 느껴질 것임에 틀림없다. 공포라는 감정 자체가 어떤 실체를 보고 느끼는 두려움이 아니라 궁극적으로는 자신의 상상력이 만들어 내는 것이니만큼, 이미지를 그리는 상상력이 풍부한 사람일수록 러브크래프트의 독자가 될 가능성이 높다고 해도 틀린 말은 아닐 것이다.

그의 작품을 다 읽고 난 후 어쩐지 마음을 떠나지 않는 인상 가운데 하나는, 넓은 식당의 희고 큰 테이블보를 앞에 두고 홀로 식사하던 손님의 모습이다.

《어둠 속의 속삭임》에서 먼길을 찾아온 윌마트가 에이클리의 집 식당에 앉아 있던 그 장면. 말할 것도 없이 멀리서 방문한 손님을 맞는 바른 자세가 아닐 뿐더러 일반적인 상식으로도 상상하기 어려운 접대 방법이다. 그렇지만 러브크래프트는 에이클리와 같은 괴짜가 손님을 맞는 장면에 스스럼없이 이런 장면을 자연스럽게 끼워넣었다.

"어려서 아버지가 돌아가셔서 병든 어머니와 고독한 소년시절을 보냈다"는 작가에게는 애초부터 여럿이 떠들썩하게 식탁을 둘러싸는 즐거운 경험이 없는 것이 아닐까? 멀리서 찾아온 손님이라 할지라도 홀로 텅 빈 식탁에 동그마니 자리를 잡는다. 이 스산한 식탁풍경에서 러브크래프트의 적막한 일상생활을 느낀다면 잘못일까?

단란한 가정을 조금이라도 알고 있는 사람이라면 정감어린 교류, 부드러운 표정, 대화와 웃음, 마음을 전하는 작은 몸짓……과 같은 인간다운 생활의 모습은 식탁에서 가장 잘 드러남을 알고 있으니까 여러 사람이 에워싸고 있는 식탁풍경은 작중인물의 성격이나 버릇 및 특징을 생활 속에서 자연스럽게 드러낼 수 있는 절호의 무대가 될 수 있음에도, 러브크래프트에게는 그런 '식탁'이 없다. 식탁이 있다한들 쓸쓸히 혼자서 우두커니 앉아 커다란 흰 테이블보만 바라보고 있다. 늘 얘기할 상대도 없이 혼자서 식사하는 생활, 이것은 너무 서글프지 않은가!

그래서 무슨 짓이라도 하지 않으면 견딜 수 없었던 것이다. 그야말로 뭔가를, 적어도 사람에게는 말은 못걸망정 이야기를 건네듯이 문장으로나마 써보지 않고는 스스로도 도저히 참을 수가 없었던 것이다.

결국 러브크래프트는 글을 쓰기 시작했고, 편협된 공상에 집착함으로써 한 사람에게는 너무 큰 테이블보의 압도적인 공백감에서 이어지는 서글픔과는 관계를 끊고자 몸부림쳤던 것은 아닐까.